ZWEI MILLIONEN IN KLEINEN SCHEINEN

Patrick Lorenz wurde 1980 in Franken geboren und hat sich nach knapp achtjährigem Berlinaufenthalt inzwischen mit Kind und Kegel in ruhigere Gefilde zurückgezogen. Nach vorübergehendem Germanistik- und Journalistikstudium zog es ihn in die TV-Branche, wo er zunächst als Regieassistent und Aufnahmeleiter arbeitete, später als Drehbuchautor für erfolgreiche TV-Formate wie »Küstenwache«, »SOKO Köln« oder »SOKO Wismar«.

PATRICK LORENZ

ZWEI MILLIONEN IN KLEINEN SCHEINEN

Kriminalroman

emons:

LChoice
Hier bestellen

Lust auf mehr? Laden Sie sich die »LChoice«-App runter, scannen Sie den QR-Code und bestellen Sie weitere Bücher direkt in Ihrer Buchhandlung.

Bibliografische Information der Deutschen Nationalbibliothek
Die Deutsche Nationalbibliothek verzeichnet diese Publikation in der Deutschen Nationalbibliografie; detaillierte bibliografische Daten sind im Internet über http://dnb.d-nb.de abrufbar.

FSC www.fsc.org
MIX
Papier aus verantwortungsvollen Quellen
FSC® C083411

Umschlagmotiv: iStockphoto.com/pictureimpressions, iStockphoto.com/stevanovicigor
Umschlaggestaltung: Nina Schäfer, nach einem Konzept von Leonardo Magrelli und Nina Schäfer
Umsetzung: Tobias Doetsch
Gestaltung Innenteil: César Satz & Grafik GmbH, Köln
Lektorat: Lothar Strüh
Druck und Bindung: CPI – Clausen & Bosse, Leck
Printed in Germany 2019
ISBN 978-3-7408-0657-6
Originalausgabe

Dieser Roman wurde vermittelt durch die Arrowsmith Agency, Hamburg.

Für Noel

Man kann heutzutage nicht vorsichtig genug sein.
Du machst irgendwas und denkst, das ist völlig korrekt,
aber dann wird einer wegen gar nichts sauer,
und du sitzt in der Scheiße.

Jackie Cogan in »Ich töte lieber sanft«

Happy Hour

»Schöne Scheiße«, sagte Nicki.

Eddie, der mit vollem Namen Ehsan Reza Khalilzadeh hieß, sah ihn vorwurfsvoll an und legte seinen gebräunten Unterarm, auf dem nicht ein Härchen spross, auf die hölzerne Theke.

»Du willst mir also sagen, der Chris, der hat sich das alles nur ausgedacht?« Eddie, den manche auch Perser-Eddie nannten, machte eine Pause. »Und die Dörte, die auch, ja?«

Seine Stimme klang nicht direkt weinerlich, aber ein wenig zu hoch für einen Mann, der aussah wie Anfang vierzig. Doch sie passte ganz gut zu seinem schwarzen, dauergewellten Haar, das ölig auf seinen Schultern lag und das er etwa alle zwei Sekunden in einer halben Kopfdrehung nach hinten warf.

Nicki war überzeugt, dass Eddie sich für ziemlich gut aussehend hielt, für eine Art persisches Männermodel oder so.

Und natürlich hatten sich Dörte und Chris, seine beiden Kollegen im »Rodeo«, der schäbigen Kneipe, die Eddie in Kreuzberg betrieb, den Müll nur ausgedacht.

Chris hatte Nicki von Anfang an nicht leiden können, wahrscheinlich, weil er begriffen hatte, dass Nicki ihn für eine Lachnummer hielt. Allein wie er den Rauch seiner Zigarette ausstieß – mit faltiger Stirn und gespitzten Lippen –, als wäre er der Marlboro-Mann persönlich. Fehlte nur, dass er sich zum Qualmen einen Cowboyhut aufsetzte.

Und dass Dörte ihn in die Pfanne hauen wollte – okay, das war 'ne andere Geschichte. Nach neulich Abend konnte er ihr das in gewisser Weise nicht mal übel nehmen. Aber woher hätte er wissen sollen, dass »Netflix and chill« neuerdings der Code für Sex war? Warum hatte sie ihm nicht klar und verständlich mitgeteilt, dass sie einen DVD-Abend machen wollte? Das hätte er kapiert. Und Kondome statt M&Ms mitgebracht.

Aber das konnte er Eddie so nicht verklickern. Deswegen sagte er: »Keine Ahnung, Eddie. Ich weiß nicht, was der Chris so denkt. Ob er überhaupt ab und zu denkt. Ich bin nicht ohne Kohle hier reinspaziert und hab Drinks bestellt. Und ich bin auch nicht davon ausgegangen, dass ich was für umsonst bekomme.«

Eddie nahm einen Schluck von seinem Ginger-Ale und schlug die Beine über dem Barhocker übereinander. »Also hattest du Geld dabei?«

»Ähm …« Nicki zögerte. »Nein, hatte ich nicht.«

Eddie glotzte doof.

Nicki ärgerte sich. Es ging hier wohl kaum um die Sache. Konnte es nicht. Meine Güte, sie soffen während ihrer Arbeitszeit ständig auf Eddies Kosten. Oft genug sah der dabei sogar zu. Oder trank ein Ginger-Ale mit. Hier ging's um was anderes.

Nicki sagte: »Aber das hab ich dem Chris und der Dörte ja gesagt. ›Leute, wir sind abgebrannt‹, hab ich gesagt.«

»Und dann hast du trotzdem was bestellt.« Frage und Vorwurf zugleich von Eddie.

»Ja. Nein. Mann, Eddie. Mein Kumpel und ich, wir waren unterwegs, wir hatten was getrunken, okay? Dann torkeln wir hier rein – zugegeben, nicht mehr ganz nüchtern – und setzen uns an die Bar. Es ist mitten in der Nacht, fast drei oder so, und ich sag zum Chris: ›Hey, Marlboro-Mann, wo is 'n dein Hut?‹ Und was macht er? Spitzt die Lippen, zieht an seiner Kippe und fragt mich, ob wir was trinken wollen.«

»Und darauf hast du gesagt: ›Ja, klar Mann, geht aufs Haus‹.«

»Wer sagt das?«

»Der Chris.«

Was für ein Oberarsch, dachte Nicki und sagte: »Nein, ich hab gesagt: ›An sich gern, Chris, aber ich bin pleite.‹ Und dann hat er seine Marlboro weitergeraucht.«

»Der Chris sagt aber was anderes. Er sagt, das ist anders gelaufen. Und die Dörte, die sagt das auch. Die erzählen eine andere Geschichte als du, Nicki. Wie kann das sein? Ich versteh das nicht. Verstehst du das?«

Nicki verstand das. Die beiden waren Freunde, hingen ständig miteinander rum. Vielleicht lief da manchmal sogar was. Nicki hatte das Verhältnis der beiden nie ganz durchschaut, aber es interessierte ihn auch nicht sonderlich.

Er stöhnte. »Warum sitzen wir überhaupt hier und quatschen, wenn du mir sowieso kein Wort glaubst?«

Eddies Miene verfinsterte sich. »Weil du das Chili aus dem verdammten Eimer gefressen hast.«

»Ah so«, sagte Nicki.

»Oder hat sich der Michael das auch nur ausgedacht?«

Damit war Nickis Frage beantwortet, noch bevor er sie sich gestellt hatte: Der Koch hatte gepetzt.

»Kommt ganz drauf an, was der Michael so erzählt«, sagte er und tat cooler, als er war.

»Er erzählt, dass er dich erwischt hat, wie du im Lager über dem Chili con Carne gesessen und das Zeug in dich reingeschaufelt hast.«

Die Lage war jetzt klar. Nicki saß hier, um sich einen Anschiss abzuholen und gefeuert zu werden.

Er sagte: »Das könnte eventuell so gewesen sein.«

»Was denkst du dir dabei? Bist du noch ganz dicht? Ich will den Leuten das Chili verkaufen. Und du, du wühlst mit einem Löffel drin rum.« Eddie verzog angewidert das Gesicht. »Mit einem Löffel, an dem dein Speichel klebt.«

Am Anfang, als er sich die ersten Male das Chili »reingeschaufelt« hatte, wie Eddie sich ausdrückte, hatte er noch die Hände benutzt. Genau genommen konnte Eddie also dankbar sein, dass er sich später an seine gute Erziehung erinnert und Besteck benutzt hatte.

»Mal ehrlich, Eddie«, sagte Nicki, »das Zeug steht da am Boden rum, in ’nem versifften Eimer.«

»Versifft? Warum ist der Eimer versifft? Das ist ein ganz normaler, handelsüblicher Plastikeimer, wie man ihn in jedem Großmarkt kriegt. In dem vorher Crème fraîche war. Oder irgendwas. Der Michael spült ihn aus, und dann kommt da das Chili rein. Aber … was spielt das verdammt noch mal für ’ne Rolle?«

»Ja, du hast recht, der Eimer ist super. Und Alufolie ist ja auch drüber.«

»Großzügig von dir, Nicki. Echt großzügig, dass wir deinen hohen Hygieneansprüchen gerecht werden. Das bedeutet mir viel. Und dem Michael sicher auch. Ich schick ihm gleich ’ne Nachricht. Aber weißt du, was nicht okay ist, Nicki? Weißt du’s?«

Nicki mochte es nicht, wenn Eddie theatralisch wurde.

»Sag’s mir, Eddie«, sagte er in gelangweiltem Ton.

»Dein Verhalten ist nicht okay. Du bist nicht okay.« Eddie zeigte mit dem Finger auf ihn und wiederholte, betonte jedes Wort: »DU. BIST. NICHT. OKAY.«

»Hm«, machte Nicki.

»Das hier ist kein Selbstbedienungsladen, und wenn, dann ist’s immer noch *mein* verdammter Selbstbedienungsladen. Nicht deiner. Und ich –« Eddie unterbrach sich, als er sah, wie Nicki wortlos vom Hocker glitt. Er staunte: »Was denn? Wo, wo willst du hin? Ich, ich bin noch nicht fertig.«

»Weiß noch nicht«, sagte Nicki. »Vielleicht geh ich gegenüber ’n Bier trinken.«

Er fühlte sich entspannt wie selten.

Eddie blaffte: »Du bist gekündigt. Verschwinde! Und lass dich nicht wieder blicken. Ich will dich nie wieder in meinem Laden sehen, ist das klar? Haben wir uns verstanden?« Er konnte nicht im Ansatz verbergen, wie wichtig es ihm war, sich überlegen zu fühlen.

Nicki sagte: »Alles klar.«

Und dann brach er auf. Das Schulterzucken sparte er sich Eddies Seelenleben zuliebe.

Aber als der ihm mit bebender Stimme »Ist das alles, was du dazu zu sagen hast?« nachrief, da konnte Nicki nicht anders, er blieb stehen. Er drehte sich um und sah einen hageren Mann, der ihn böse anfunkelte. Er kam ihm schon jetzt wie ein Fremder vor. Und Nicki wurde klar, dass der schöne Perser-Eddie mit den öltriefenden Haaren und den rasierten Unterarmen niemals mehr sein würde als der Besitzer einer heruntergekommenen Happy-Hour-Bar.

Und dann zuckte er doch mit den Schultern.

Testarossa

Fletscher hatte den Tipp bekommen, dass Deniz ihm wegen des Testarossas demnächst einen Besuch abstatten werde. Als er schon am nächsten Vormittag in sein Büro marschierte und sich, beide Daumen in den Hosenbund geklemmt, vor seinem Schreibtisch aufbaute, war er also gewappnet.

»Selamlar, Deniz«, empfing Fletscher ihn mit einem Zahnpastalächeln. Er deutete auf den Stuhl, der auf der anderen Seite des Schreibtisches stand, und sagte: »Lüften, yerine otur.«

Deniz, der mit vollständigem Kampfnamen Stahlplatten-Deniz hieß, sah ihn gereizt an. »Was willst du von mir?«

Fletscher hatte in der Vergangenheit so manche Geschichte über die Titanplatte gehört, die Deniz' Schädel zusammenhielt. Im Grunde erzählten aber alle dasselbe, nämlich, dass Deniz seit seinem Motorradunfall zu einer gewissen mentalen Instabilität neigte. Es gab Leute, die waren der Meinung, er habe 'ne Schraube locker. Und es gab welche, die fanden, das sei schon vor dem Crash so gewesen. Aber keine einzige Story, die um das Metall in Deniz' Rübe kreiste, besagte, dass es ihn debil gemacht habe. Folglich kamen nur zwei mögliche Schlüsse in Betracht: Entweder war Fletschers Aussprache so dürftig, dass Deniz seine eigene Sprache nicht verstand, oder aber es war überhaupt nicht seine Sprache.

»Ich sagte: ›Setz dich, mein Freund.‹ Und zwar auf Türkisch«, erklärte Fletscher.

Deniz reckte das Kinn. »Ich bin Deutscher. Und ganz sicher nicht dein Atze.«

So viel zum Plan, das Eis mit ein wenig Gastfreundschaft zu brechen.

Fletscher ließ sich nicht beirren und lächelte einfach weiter, nachdem er sich eine Dimitrino angesteckt hatte. »Dann bitte, nimm Platz, Deniz.«

Deniz pflanzte sich und schickte einen warnenden Blick über den Schreibtisch. »Du weißt, warum ich hier bin.«

Fletscher sah den feinen Schwaden seiner Zigarette zu, wie sie zur Decke aufstiegen. Deniz betrieb irgendwo in Neukölln einen Imbiss mit seiner Verwandtschaft, in seiner Freizeit war er Geldeintreiber. Möglich auch, dass es genau andersherum war. Unbestreitbar war hingegen, dass seine Funktion als mobiles Inkassobüro ihn hierhergeführt hatte.

Fletscher nickte. »Ich kann's mir denken.«

Deniz streckte die offene Hand aus. »Na, dann lass mal endlich die Wagenschlüssel oder hundertfünfzig Riesen rüberwachsen.«

»Ich fürchte fast, Deniz, das ist derzeit beides nicht machbar.« Fletschers Lächeln bat um Nachsicht.

Aber Deniz war offensichtlich nicht hier, um Nachsicht walten zu lassen. Er zog einen Kimber K6 DCR aus dem Hosenbund und legte ihn vor sich ab. »Vielleicht willst du noch mal in dich gehen.«

Fletscher nahm einen Zug an seiner Zigarette. Sein Blick glitt über den Revolver hinweg zu Deniz. »Wer schickt dich? Tommy Tick-Tock?«

Statt zu antworten, sah Deniz ihn mit ausdruckslosem Blick an.

»Ich würde gerne was klarstellen, Deniz«, warf Fletscher ein. »Mir ist bewusst, du machst nur deinen Job, aber der Ferrari, der da unten parkt, der gehört Tommy nicht.«

»Sehe ich aus, als würde mich das jucken?«

Fletscher schüttelte den Kopf. Deniz' Erscheinungsbild erfüllte ganz das Klischee des tumben Brutalos. Die Oberarme zum Platzen angeschwollen, als wären Eiweißriegel seine Leibspeise, die Haare, die unter der beigen Gucci-Baseballkappe hervorlugten, raspelkurz geschoren, an seinem Hals hing ein Goldkettchen, und auf seiner Hüfte ruhte die unvermeidliche Bauchtasche mit grün-rot-grünen Streifen.

»Ich denke, du siehst aus wie jemand, der weiß, was er tut«, sagte Fletscher. »Gleichzeitig, und verstehe mich bitte nicht falsch, siehst du aber auch aus wie jemand, der keinen gesteigerten Wert auf gründliche Recherche legt.«

Deniz drehte den Kopf ein wenig zur Seite und griff nach dem Revolver. »Willst du damit irgendwas andeuten?« Er klopfte sich mit dem Lauf seitlich an den Hinterkopf. »Klingt das, als hätte ich Blech da drin?«

Ein erneutes Kopfschütteln von Fletscher.

»Ich nehme an, du weißt, wie sie mich nennen?«, fragte Deniz.

Fletscher nickte.

»Dann ist dir ja sicher auch zu Ohren gekommen, dass ich manchmal so ein klein wenig die Kontrolle verliere. Schuld ist das Scheiß-Metall.« Deniz legte auf Fletscher an. »Mir brennen die Sicherungen einfach zu schnell durch.«

»Immer mit der Ruhe.« Fletscher wich zurück, kam aber nicht weiter als bis zur Lehne seines Stuhls. »Was ich damit sagen wollte«, sagte er, »hättest du deine Hausaufgaben gemacht, dann würdest du jetzt nicht dasitzen und mir deine Knarre unter die Nase halten.«

Deniz lachte trocken. »Du hast Nerven, Schnüffler, das muss ich dir lassen.«

Fletscher hob beschwichtigend die Hände. »Lass es mich kurz skizzieren.«

Deniz schob sich mit dem Lauf der Pistole die Mütze ein Stück weit aus der gekräuselten Stirn und wartete offenbar auf die Skizze.

»Ich hab den Ferrari für eine Klientin besorgt, die zufällig gleichzeitig eine gute Bekannte von mir ist. Wobei ›besorgt‹ das falsche Wort ist. ›Zurückgestohlen‹ trifft es besser. Bevor ich ihn gestohlen habe, war es nämlich ihr Ferrari, der ihr gestohlen wurde. Und zwar von einem ihrer zahlreichen Ex-Liebhaber. Ich hab ihr schon zigmal gesagt, dass sie bei der Auswahl ihrer Lustknaben vielleicht etwas wählerischer sein sollte. Aber … anderes Thema.« Fletscher winkte ab. »Lange Rede, kurzer Sinn: Bei deinem Auftraggeber und dem Ex meiner Klientin, die gleichzeitig eine gute Bekannte ist, dürfte es sich um dieselbe Person handeln: Tommy Tick-Tock. Und wie ich das sehe, hat er keinen Anspruch auf den Ferrari. Er hat ihn gestohlen, ich hab ihn zurückgestohlen, und inzwischen gehört er ganz legal mir. Ich kann dir sogar die Papiere zeigen.«

Fletscher legte die Hand an die Schublade, aber Deniz bremste ihn umgehend ein. »Hände auf die Bettdecke.«

Fletscher gehorchte und legte die Hände auf die Tischplatte.

Deniz sagte: »Ich hab keinen Schimmer, was du da gerade für 'n Vortrag gehalten hast.«

»Es ist eigentlich nicht kompliziert. Meine Klientin hat mir den Ferrari als Zeichen ihrer Dankbarkeit günstig verkauft, und ich beabsichtige, ihn weiterzuverkaufen und 'ne schöne Stange Geld zu machen.« Fletscher lächelte gewinnend. »Und somit schließt sich der Kreis, denn mit diesem Geld werde ich meine Schulden bei Tommy begleichen.«

Deniz starrte ihn an, als fühlte er sich von ihm verarscht. »Ich kenne keinen Tommy Tick-Tock.«

Fletschers Augenbrauen hoben sich. »Nicht?«

»Die Schlüssel für die Karre, na los. Ich wiederhole mich echt ungern.« Deniz spannte den Hahn des Revolvers.

»Okay, gut.« Fletscher deutete mit dem Kinn zum Regal. »Er ist in der Schatulle.«

Deniz' Blick wanderte zur hölzernen Schatulle und wieder zurück. Er gab Fletscher mit einem Nicken zu verstehen, dass er sich bewegen durfte. »Bring die Schachtel her und stell sie auf den Tisch. Und zwar langsam und geschmeidig. Nicht, dass ich am Ende noch nervös werde und aus Versehen mit dem Finger zucke.«

Fletscher machte die zwei Schritte zum Regal, kehrte mit der Schatulle zurück und stellte sie mit der gewünschten verzögerten Bewegung ab. Dann sah er zu Deniz auf. »Darf ich?«

»Gib das her«, sagte Deniz und riss die Schatulle an sich. »Für wie blöd hältst du mich?«

Die Wahrheit war, für ganz normal durchschnittlich

blöd. Die Sache war die, Deniz' Achillesferse lag zwar in seinem Kopf, aber mit Metall hatte sie nichts zu tun. Deniz' Schwachpunkt, den er nicht gut genug verbarg – sonst hätte Fletscher wohl kaum in einem Tresengespräch davon erfahren –, nannte sich Batrachophobie. Er hatte panische Angst vor Fröschen.

Was das im Detail bedeutete, erlebte Fletscher, als Deniz die Schatulle öffnete. Er schlug die Augen auf, weiter, als Fletscher es anatomisch für möglich gehalten hätte, stieß einen Schrei aus, man musste es Mädchenkreischen nennen, ließ die Schatulle fallen, sprang auf und stolperte rückwärts aus dem Stuhl, der dabei umkippte. Und das alles in einer Geschwindigkeit, dass Fletscher nicht mal dazu kam, »Quak!« zu sagen, wie er es sich fest vorgenommen hatte.

Nachdem es Deniz schließlich gelungen war, seinen Blick vom Frosch zu lösen, der geduldig auf dem Fußboden hockte, und er zu Fletscher sah, dauerte es von da an noch eine ganze Weile, bis er realisierte, dass seine Waffe den Besitzer gewechselt hatte.

Jetzt konnten sie vernünftig plaudern.

»Für wen arbeitest du?«, fragte Fletscher.

Deniz stand der Angstschweiß auf der fahlen Stirn, während er den grünen Hüpfer nicht aus den Augen ließ. »Für Claahsen. Claahsen schickt mich.«

Fletscher war verwirrt. »Dirk Claahsen?«

Deniz nickte.

»Perücken-Dirk?«

Ein weiteres Nicken.

»Scheiße, was soll das? Wir hatten uns geeinigt, dass er sein Geld in Raten zurückkriegt.«

Deniz reagierte nicht, sein Blick klebte weiterhin auf dem Frosch.

Fletscher seufzte angestrengt. »Deniz, könnte ich vielleicht kurz um deine Aufmerksamkeit bitten?«

Deniz blickte blass zu ihm auf.

»Richte Dirk aus, er soll mich nächstes Mal anrufen, wenn

er wieder mal kalte Füße kriegt. Spart allen viel Stress. Er bekommt sein Geld wie abgemacht. Ich halte mein Wort.«

»Wenn du alt genug wirst.«

»Hm?«, machte Fletscher, weil er nicht ganz mitkam. »War das 'ne Drohung? Weil, wenn ja, dann muss ich dir sagen, ganz schlechte Idee. Ich hab nämlich 'ne Drohphobie. Ist ganz ähnlich wie dein Ding mit den Fröschen.«

Deniz durchleuchtete Fletscher. »Du weißt es nicht?«

»Was weiß ich nicht, Deniz?«

In Deniz' Augen trat etwas Fieses, etwas Schadenfrohes. »Schalako kommt raus.«

Fletscher fühlte sich mit einem Mal so, wie der Geldeintreiber aussah – zum Kotzen.

»Es macht die Runde, dass er Bewährung kriegt«, sagte Deniz. »Und wenn das passiert, dann wird von dir nicht viel übrig bleiben, Schnüffler. Claahsen hat einfach Muffensausen, dass er in die Röhre glotzt, wenn du die Radieschen von unten zählst.«

Fletscher nickte mit düsterer Miene und legte auf ihn an. »Zieh Leine, Deniz, bevor ich den Froschkönig auf dich hetze.«

Eineinhalb Stunden später sprang draußen vor der Tür ein Motor an. Erst dachte Fletscher sich nichts dabei, aber nach einer Weile wurde ihm klar, dass es der Motor einer Kettensäge war.

Als er auf den Parkplatz trat, hatte Stahlplatten-Deniz sein Werk soeben vollendet. Die Kiefer neigte sich zur Seite wie der schiefe Turm von Pisa und dann noch etwas weiter, bis sie umfiel wie das, was sie war: ein zwei Tonnen schwerer Baum.

Der rote Testarossa wurde regelrecht zermalmt. Der Baum knallte mit einer solchen Wucht aufs Dach, dass es bis runter zur Handbremse eingefaltet wurde, gleichzeitig zerbarsten die Scheiben des Ferraris, und die Splitter verteilten sich um die zerknautschte Karosserie, zwei Reifen zerplatzten mit einem lauten Knall.

Deniz nahm den Gehörschutz ab und wandte sich mit dem Strahlen eines Siegers im Blick zu Fletscher um. Er hatte den Wagen tiefergelegt.

So sah es also aus, wenn Deniz die Sicherungen durchbrannten. Nun ja, für Beschattungen wäre der Ferrari ohnehin ungeeignet gewesen.

Erster Teil

1

Das Taxi rollte über die A 100 in östlicher Richtung.

Auf Höhe der Ausfahrt Beusselstraße in Moabit sah der Fahrer die rot aufleuchtende Lichterkette vor sich – der Verkehr staute sich von der Seestraße zurück auf die Stadtautobahn. Er setzte den Blinker, warf einen Blick in den Seitenspiegel und schob sich rüber auf die Abbiegerspur.

Melisa saß auf der Rückbank. Den Ellbogen an den Türrahmen gestützt, den Kopf in die rechte Hand gelegt. In der anderen hielt sie ihr iPhone.

»Warte mal kurz«, sagte sie ins Gerät und neigte sich zum Fahrer vor. »Äh … wohin fahren Sie?«

»Seestraße ist dicht. So ist schneller«, antwortete der Taxifahrer mit ausländischem Akzent, ohne seinen Blick von der Fahrbahn zu lösen.

Melisa hob die Brauen. »Und Sie wissen, was Sie tun?«

Der Mann nickte ihr eifrig über den Rückspiegel zu. »Weg ist schnell. Seestraße nur für Leute, die nicht auskennen.«

»Na schön. Aber wenn Sie einen Umweg fahren, dann zahle ich das nicht.«

Er schüttelte den Kopf. »Kein Umweg, kein Umweg.«

Melisa war nicht überzeugt, aber sie hatte im Moment andere Sorgen. Größere Sorgen.

Sie ließ sich zurücksinken und legte das Handy wieder ans Ohr. »Okay. Wo waren wir?«

Sie versuchte, ihm zuzuhören, aber sie hatte schnell genug. »*Dein* Mann für gewisse Angelegenheiten«, stellte sie klar. »Das hast du wirklich grandios verbockt. Großes Kino.« Es folgte ein Beschwichtigungsversuch, aber Melisa war nicht in Stimmung. »Erinnerst du dich, was ich gesagt habe?« Seine Antwort führte dazu, dass sie angestrengt ausatmen musste.

»Jetzt versuch bitte nicht, witzig zu sein. Ich hab gesagt: Such einen anderen.«

Sie legte eine kurze Pause ein. »Der Commander ...« Sie presste Luft durch ihre Zähne. Es zischte und war genauso abschätzig gemeint, wie es klang. »Es ist so lächerlich, dass es nicht mehr lustig ist.« Während sie der Stimme am anderen Ende der Leitung zuhörte, wurde sie immer fassungsloser. »Oh come on, Mister«, sagte sie. »Es gibt zwei Kategorien von Idioten. Die einen sind die, die nichts kapieren, aber immerhin tun, was man ihnen sagt. Mit solchen Leuten kannst du arbeiten. Und die zweite Kategorie, das ist die, zu der dein Buddy offensichtlich gehört. Das sind die Typen, die sich für clever halten. Von der sollte man sich fernhalten. Es ist eigentlich ganz einfach. Nur du hast's nicht kapiert.« Sie nahm mit einem Nicken zur Kenntnis, was der andere sagte, verdrehte jedoch bald genervt die Augen. »Okay, ich hab's verstanden. Er ist nicht dein Buddy. Wie auch immer, wir brauchen Ersatz. Und zwar schnell.«

Melisa wechselte das Handy ans andere Ohr und hatte alle Mühe, sich zu zügeln, als sie fragte: »Was soll das wieder heißen?« Sie erhielt eine Antwort, aber auch die gefiel ihr nicht. »Verschieben? Hast du gerade wirklich ›verschieben‹ gesagt?« Sie hörte für einen Moment zu, ehe ihr Unterkiefer sich von selbst aufklappte. Sie war bestenfalls eine Schrittweite von einer Nervenkrise entfernt. »Gar nichts wird verschoben«, stellte sie klar. »Was ist, wenn er übermorgen wieder einen Notfall hat? Ich verlasse mich nicht auf den Konjunktiv eines Vollidioten. Du weißt selbst, wie eng alles getaktet ist. Der Plan stammt von dir.«

Sie bekam abermals eine Antwort, und ihre Antwort darauf lautete: »Nein. Ich ruf dich später an. – Hörst du, was ich sage, Fletscher? Ich. Ruf. Dich. An. Ich muss jetzt erst mal in Ruhe nachdenken.«

Melisa legte auf.

Sie musste nicht in Ruhe nachdenken. Sie musste sich mit aller Macht davon abhalten, hysterisch zu werden. Sie setzte sich aufrecht, schloss die Augen und atmete tief in den Bauch ein. Und wieder aus. Hatte sie's doch gleich geahnt. Es war keine gute Idee gewesen, sich auf den aufgeblasenen Gockel einzulassen.

Melisa öffnete ihre Make-up-Dose und betrachtete sich. Es war an der Zeit, sich einzugestehen, dass sie ihren Glow verloren hatte. Da half auch die teuerste Foundation nicht. Weg war weg. Nur, was konnte eine Frau in dieser Welt bewirken, wenn ihr der Glow nicht länger zur Seite stand? Melisa wusste es nicht. Aber viel konnte es nicht sein.

Sie schloss das Döschen und sah mürrisch auf. Als der Fahrer in den Rückspiegel schielte, fing Melisa seinen Blick. Der Mann war immerhin diskret genug, so zu tun, als würde er nicht vor Neugierde platzen.

***

Eine halbe Stunde später hielt das Taxi in Prenzlauer Berg vor dem mehrstöckigen Gebäude mit den mintgrünen Fensterrahmen am Ende der Schönhauser Allee. Es war höchste Zeit, Melisa brauchte dringend ihre Massage.

»Sechsunddreißig Euro und sechzig Cent, bitte sehr«, sagte der Fahrer, als er sein Kinn neben seine Schulter legte.

Sie sah an ihm vorbei zum Taxameter, griff ihre rote Handtasche, fischte das Portemonnaie hervor und reichte vier klein gefaltete Zehn-Euro-Scheine nach vorn. Sie sagte: »Der Rest ist für Sie«, und wollte los.

»Ich danke Ihnen, danke«, sagte der Fahrer, während er wiederholt nickte. »Brauchen Sie Quittung?«

»Oh ja.« Melisa stoppte. Sie hatte es schon wieder vergessen. Und am Monatsende hätte es wieder Stress gegeben. »Bei deinen Belegen fehlen vierzig Euro, Lissi«, würde er sagen. In diesem Ton, der typisch für ihn war und den sie nicht ausstehen konnte.

Sie sagte: »Können Sie bitte ›vierzig‹ draufschreiben?«

Sie sah noch, wie der Fahrer einen Quittungsblock hervorkramte, ehe sie in Gedanken versank.

Er nannte sich selbst »Der Commander«. Seinen echten Namen kannte sie nicht. Sie wusste nur, dass er ein Idiot war und dass der Idiot einen Idioten-Notfall hatte. Und das nicht mal zwei Tage vor ihrem Tag. Vor *ihrem* Tag! Wie dämlich konnte man sein? Jetzt stand sie da – vermutlich war der Ausdruck noch nie treffender gewesen – wie bestellt und nicht abgeholt. Was nutzte ein Plan, wenn das Personal fehlte, um ihn umzusetzen?

Die Zeit rannte ihr davon. Ende der Woche würde »TweetSheet« an die Börse gehen. Bis dahin musste Cash her. Die Nummer war ja angeblich bombensicher. Der Kurs würde binnen weniger Tage durch die Decke gehen, hatte ihr der Investment-Typ versichert, bevor er sich mit der Hand durch die schmierigen Haare gefahren war. Die Aktie werde ihren Wert im Handumdrehen verzehnfachen. Wer einen Teil vom Kuchen abhaben wolle, müsse schnell sein. Kaufen, verkaufen, zack, zack, zack. Der frühe Vogel fängt den Wurm. Bla, bla, bla. Und er kam sich ja so unglaublich smart und unwiderstehlich vor in seinem Maßanzug samt Einstecktuch. Fest stand: Sie brauchte das Geld. Sie brauchte es schnell.

»Vierzig Euro. Bitte sehr«, sagte eine Stimme mit Akzent.

Melisa blinzelte und sah nach vorn. Der Fahrer streckte ihr die Quittung entgegen. Sie nahm sie, öffnete die Tür und stellte ihre High Heels auf den Asphalt.

»Schönen Tag Ihnen«, sagte der Fahrer und grinste durch die Zahnlücke unter seinem buschigen Schnauzer.

»Ja, danke«, sagte Melisa, obwohl sie wusste, dass der Tag längst ruiniert war.

Sie glitt aus dem Wagen, schlüpfte in ihre silbern funkelnde Paillettenjacke, strich den Minirock glatt und wischte sich eine Strähne aus der Stirn. Dann gab sie der Tür einen Stoß und trippelte los.

Sie musste sich nicht extra umdrehen, um zu wissen, dass der Fahrer auf ihren Hintern starrte.

Sie trat in die Drehtür des Ärztehauses, im Inneren des Gebäudes wieder heraus und steuerte auf den Aufzug zu, der zwar noch auf der anderen Seite der Halle wartete, dessen Türen sich aber langsam in Bewegung setzten.

»Halt, warten Sie«, rief sie, und legte einen Schritt zu.

***

Nicki trug eine verwaschene Jeans, darüber schlabberte ein T-Shirt, dazu die ausgetretenen, ehemals blauen Sneakers mit den aufgeplatzten Nähten und dem gelben N an der Seite. Seine Haare waren ungewaschen, und in seinem Gesicht wucherte ein Vierzehn-Tage-Bart.

Er lehnte in der Ecke und hörte, wie das Klacken ihrer Absätze näher kam. Im Vorbeugen drückte er den Türöffner. Als er wieder aufsah, trat sie zu ihm in die Kabine.

»Danke«, sagte sie und schickte ein flüchtiges Lächeln hinterher. Auf ihrer Wange formte sich dabei eines dieser Grübchen, die meistens ziemlich sexy waren.

»Bitte«, sagte Nicki und richtete sich instinktiv auf.

Er beobachtete, wie sie ihren Finger mit dem lackierten Nagel auf die Taste mit der Drei bewegte, die Vier leuchtete bereits.

Sie hatte ausgeprägte Wangenknochen, dunkelbraune, fast schwarze Haare, die ihr in etwa bis zur Brust hingen. Die Augen leuchtend grün und schwarz umrandet. »Smokey Eyes« nannte sich das, wie Nicki seit Kurzem wusste. Ihre Nase war stupsig, mit einer ganz leicht angedeuteten Knolle an der Spitze, die, so kam es ihm vor, ziemlich vorlaut nach oben zeigte. Eine sehr geschmackvolle Nase, wie Nicki fand. War sicher nicht billig gewesen. Sie hatte volle, blassrosa geschminkte Lippen, und unter ihrer Bluse verbarg sich ein kleiner, runder Busen. Nur seine Form verriet er, und die machte einen kecken Eindruck.

Ihre Hüften waren schmal, die Beine filigran – soweit das von Nickis Platz aus zu erkennen war. Ohne ihre hohen Schuhe musste sie um die eins fünfundsiebzig sein, schätzte er. Gerade überragte sie ihn jedoch um einige Zentimeter. Alles in allem war nicht viel dran an ihr. Sie war wahrscheinlich Ende zwanzig, gut möglich aber auch, dass sie zu der Sorte Frau gehörte, die geschminkt deutlich älter wirkte. So wie fast alle jungen Frauen, wenn man's genau nahm. Vielleicht war sie also gerade auch erst neunzehn geworden.

Aber welche Rolle spielte das, fragte Nicki sich. Sie waren zwei Fremde in einem Aufzug, deren Wege sich für die Dauer einer Fahrt über drei Etagen kreuzten. Er vergrub die Hände in den Hosentaschen und wartete sehnsüchtig, dass sie zu ihm sah.

Sie tat es erst, als der Aufzug zwischen der zweiten und dritten Etage mit einem Ruck stehen blieb, Nicki gegen die Fahrstuhlwand schwankte und er etwas lauter, als ihm lieb war, dachte: »Scheiße, sterben wir jetzt?«

Sie war scheinbar vollkommen ungerührt, hielt die Griffleiste fest und sah ihn mit ihren grünen Knopfaugen an.

Nicki war durcheinander. Ob allein deswegen, weil er bei ihrem Anblick – vom Todesgedanken mal abgesehen – plötzlich nur noch an Sex denken konnte, oder ob der stecken gebliebene Aufzug dabei auch eine Rolle spielte, vermochte er in diesem Moment nicht zu beurteilen.

Sein Blick wanderte zur Bedienungskonsole, wo er den Alarmschalter entdeckte, einen gelben Knopf mit einem Glockensymbol. Er sagte: »Müssen wir ... Wir sollten jemanden verständigen, oder?«

»Können wir«, entgegnete sie scheinbar gleichgültig. »Aber die werden uns auch nur sagen, dass es gleich weitergeht.«

Nicki hatte ihren Mund beobachtet. Es waren wirklich sehr schöne Lippen. Vielleicht auch gemacht. Aber vor allem hatte sie eine Strenge an sich, die ihrer Mundpartie entsprang und alles andere als unattraktiv war.

»Bleibst du öfter im Aufzug stecken?«, fragte er.

»Eigentlich nur in dem hier. Aber das dafür ständig.« Sie fischte ein Schminkdöschen aus ihrer Handtasche und klappte es auf. »Ich denke mir immer, nächstes Mal, da nimmst du die Treppe. Aber was mache ich stattdessen beim nächsten Mal?«

»Du nimmst den Aufzug.«

Nicki grinste, weil er glaubte, er hätte mit Humor gepunktet, aber sie reagierte nicht. Das Offensichtliche zu kommentieren, war offenbar nicht ihre Art.

Er sah auf sein Telefon und stellte fest, dass er spät dran war. Als er seufzte, deutete sie den Laut falsch. Sie hob genervt die Brauen und sagte zu ihrem Abbild im Spiegel der Make-up-Dose: »Trust me, es geht gleich weiter.«

Dann schloss sie das Döschen, packte es weg und beachtete ihn nicht mehr. Die Unterhaltung schien beendet.

Nicki wandte seine Aufmerksamkeit dem Plakat zu, das an der Wand neben ihm hing. »Jeder kann Proband sein!«, war darauf zu lesen. Daneben eine Telefonnummer.

Es klingelte bestimmt eine Minute, bis jemand abnahm.

Nicki sagte: »Nicki Sommer, hallo. Ich hab einen Termin bei Ihnen. – Vor zwanzig Minuten. – Warum ich erst jetzt …? – Weil ich im Aufzug festsitze. – Ja, die Treppe, ja, ich weiß. – Vielleicht wär's am besten, wir machen einen neuen Termin aus? – Was? In einem Monat erst? Können Sie nicht …? – Ja, okay. Wiederhören.« Er legte auf. »Scheiße.«

Nicki steckte sein Handy weg, und als er wieder zu ihr schaute, stellte er fest, dass sie das Plakat musterte. Es schien, als würde sie ihn erst jetzt als Person wahrnehmen, als sie ihn fragenden Blickes ansah und sagte: »Du testest Medikamente?«

Nicki nickte betreten. »Aber heut nicht mehr.«

»Ist das nicht creepy?«

»Du meinst, wie viel Bedeutung Pünktlichkeit in diesem Land zugemessen wird?«

»Ich meine, irgendwas zu schlucken und nicht zu wissen, was passiert.«

Nicki zuckte mit den Achseln. »Ist schon okay. Meistens zumindest.«

»Aber manchmal nicht?«

Nicki wunderte sich, was er von dem Frage-Antwort-Quiz halten sollte. Und woher es so plötzlich kam.

»Kann schon mal sein, dass sich da was entwickelt, was dann

später unter ›Nebenwirkungen‹ steht«, sagte er und grinste wieder.

Sie verzog auch dieses Mal keine Miene. »Machst du das regelmäßig?«

»Na ja. Ich mach das, wenn ich Kohle brauch. Meine Karriere ist aber noch ganz am Anfang. Ich hab bisher nur ein Krebsmittel getestet.«

Sie hob erneut die Brauen an. »Du hast Krebs?«

»Nein.«

»Warum testen sie's dann an dir?«

»Weil sie rausfinden wollen, wie man's am besten verabreicht.«

»Und? Wie?«

»In Tablettenform, würd ich sagen.«

Sie nickte, dann fragte sie: »Kannst du denn nichts Richtiges? Hast du nichts gelernt? Nicht mal BWL studiert?«

Nicki fühlte, wie sein ohnehin nicht gerade aufgeblasenes Ego noch weiter schrumpfte.

»Es muss doch irgendwas geben, womit du ein bisschen Geld verdienen kannst«, sagte sie. »Medikamentenexperimente sind echt creepy.«

»Also wenn du 'ne bessere Idee hast …«, erwiderte Nicki, und sein Blick sagte: Nur raus damit.

»Ich hab ungefähr hundert bessere Ideen.«

Als sie lächelte, spürte Nicki, dass etwas Seltsames in ihm vorging. Er hatte Schmetterlinge im Bauch.

»Versuchshäschen spielen«, sagte sie, »das ist so strange.«

Nicki runzelte die Stirn. »Heißt das nicht Kaninchen? Versuchskaninchen?«

»Nein, Hasipups, es heißt Häschen«, erwiderte sie. Ihre Gesichtszüge waren jetzt weicher. Sie wirkte überhaupt nicht mehr streng. Sie holte kurz Luft und sagte: »Das ist sicher was Psychologisches bei dir. Hat deine Mommy dir die Brust gegeben?«

»Was hat das denn jetzt damit –«

Weiter kam er nicht. Es ging erneut ein Ruck durch den

Aufzug, und sie setzten sich wieder in Bewegung. Diesmal hatte Nicki sich auch festgehalten.

»Du hast recht gehabt«, sagte er mit einem vorsichtigen Lächeln.

»Ich weiß.« Sie strahlte ihn an.

Der Lift stoppte in der dritten Etage.

»Also dann, farewell, Mr. Proband.« Sie zwinkerte ihm zu, klemmte sich ihr Täschchen unter den Arm und brach auf.

Nicki sah ihr nach. Es fühlte sich ganz und gar falsch an, sie einfach so gehen zu lassen. Flammen des Verlangens schlugen in ihm hoch, und es kam ihm vor, als wäre ein Gurt um seine Brust gespannt, der sich eng und enger zog.

Er machte einen Schritt aus dem Lift. »Und, wie lauten sie?«

Sie drehte sich mit fragendem Gesicht zu ihm um.

»Deine hundert Ideen«, erklärte er, während sich die Aufzugtüren hinter ihm schlossen.

Sie guckte ihn an. Länger, als man das normalerweise tat, und länger, als sie es bisher getan hatte. »Wie wär's mit 'nem richtigen Job? Mit einem, bei dem auch was rumkommt.«

»Ich hatte einen – hab in 'ner Kneipe gearbeitet. Abgefuckter Laden. Rumgekommen ist nicht viel, aber es war ein richtiger Job, schätze ich. ›Rodeo‹, kennst du wahrscheinlich nicht.«

Sie schüttelte stumm den Kopf.

»War eh nur vorübergehend«, fuhr er fort. »Mit der Gastro bin ich durch.«

»Weil du jetzt ja was Besseres hast.«

Der bissige Unterton kam Nicki bekannt vor. Er fragte sich, ob es ihn beunruhigen sollte, dass sie ihn an seine Mutter erinnerte. Bevor er den Gedanken loswerden konnte, hörte er ihre Stimme. »Ich will noch mal runterfahren.«

Sie drückte den Rufknopf und schaute ihm tief in die Augen.

»Wohin denn?«, sagte er, bemüht, ihrem Blick standzuhalten, obwohl er bohrend war.

»Einfach runter. Ich fahre viel lieber runter. Es macht so ein Gefühl …«

Er hatte keinen Schimmer, wovon sie sprach. »Ach ja?«

»Ja, im Bauch, wenn der Aufzug losfährt.« Sie deutete auf ihr Brustbein. »Da.«

Nickis Blick folgte ihrem Fingerzeig und verweilte auf ihrem Dekolleté. Ihr Busen war wirklich keck. Sie war keck. Er mochte sie sehr.

Sie sagte: »Es ist einfach nicht dasselbe, wenn's nach oben geht. Verstehst du? Wie in der Achterbahn.«

Nicki ahnte, welches Gefühl sie meinte, als sie ihm im Vorbeigehen zuzwinkerte. Er folgte ihr in die Kabine, und die Aufzugtüren schlossen sich hinter ihnen.

»Kann's losgehen?«, fragte sie vorfreudig.

Nicki nickte, obwohl er ahnte, dass er nicht bereit war.

Sie griff seine Hand. Furchtbar zart. Wie ein Stück warme, feste Butter.

Sie drückte auf das E für Erdgeschoss und lächelte. Sie schien erregt zu sein. Als der Aufzug losfuhr, öffneten sich ihre Lippen, und sie zerquetschte ihm beinahe die Hand.

Nicki sah sie an und sagte: »Nach unten fühlt sich's wirklich anders an.«

Und dann musste er sich darauf konzentrieren, keinen Ständer zu bekommen.

Um ihn herum herrschte absolute Stille, als würden Raum und Zeit nicht mehr existieren.

Er sah ihre smaragdgrünen Augen. Bemerkte, dass er es mochte, dass ihr Kinn nicht ganz symmetrisch war, sondern zu einer Seite leicht abfiel. Sah, wie ihr wunderschöner Mund sich bewegte.

Erst als sie ihm zuwinkte und dabei ein verwundertes Gesicht machte, wurde ihm klar, dass sie mit ihm sprach.

Er hörte sie: »Hallo? Jemand da? Ich glaube, das ist deine Etage.«

Sie schielte zur Seite, Nicki folgte ihrem Blick und sah in die menschenleere Empfangshalle. »Ja. Richtig.«

Er trat abwesend aus dem Lift, wollte etwas sagen, irgendwas im Sinn von, dass er gern mal wieder mit ihr Aufzug fahren würde oder so. Er wollte sie wiedersehen. Er wollte, dass sie ihn mochte. So, wie er sie mochte. Er sagte: »Also dann …«

Sie lächelte breit. »War nett, dich kennengelernt zu haben, Nicki Sommer.«

»Ja, dich auch.«

Obwohl er eigentlich nicht wollte, drehte Nicki sich um und lief los. Er hatte ohnehin keine Chance bei ihr.

In dem Moment sagte sie hinter ihm: »Weißt du schon, wo du heute zu Abend isst?«

Nicki blieb stehen und blickte sie mit großen Augen an. »Ähm … nein.«

»Es gibt Pierogi. Magst du?«

Sie wirkte mädchenhaft, fast verletzlich und ganz und gar unschuldig, fand er. Aber er hatte keine Idee, was Pierogi sein könnten.

Auch als sie anfügte: »Ich mach die mit Erdbeerfüllung und Vanillesoße«, änderte sich daran wenig.

»Klingt gut.«

»Klingt nicht nur gut, sondern schmeckt auch gut. Wir Polinnen sind gute Köchinnen. Um acht bei mir?«

»Okay«, sagte er und versuchte zu verbergen, dass er nicht glauben konnte, dass sie es ernst meinte.

Sie nannte ihm ihre Adresse, und als kurz darauf die Fahrstuhltüren zufuhren und sie sich mit einem zuckersüßen »Bis später, ich freu mich« verabschiedete, da fiel ihm gerade noch rechtzeitig ein, dass er ihren Namen noch gar nicht kannte.

»Wie heißt du eigentlich?«, fragte er.

***

»Ich heiße Melisa.« Sie lächelte. Er hatte angebissen.

2

Nicki war frisch geduscht. Er hatte ein blaugraues Hemd angezogen, darüber den speckigen Sommerparka. Die löchrigen, aber unheimlich bequemen Sneakers hatte er gegen Chelsea-Boots ohne Löcher getauscht. Er besaß nur zwei Paar Schuhe. Rasiert hatte er sich nicht, dazu war keine Zeit gewesen.

Er erreichte zeitgleich mit der U2 das Gleis. Da er keine Lust hatte, zum zweiten Mal am Tag in ein Ticket zu investieren, und wie immer spät dran war, ließ er es sein. Er stieg in die U-Bahn Richtung Alexanderplatz und bereute seine Entscheidung schon, als die Türen sich schlossen.

An jeder der folgenden Stationen stand er sprungbereit am Ausgang und beobachtete nervös, wer am Bahnsteig wartete und wer den Waggon betrat, um notfalls im letzten Moment zu verduften, sollten es Kontrolleure sein, die zustiegen. Sie waren in der Regel leicht zu erkennen, die meisten von ihnen sahen so aus, als hätten sie selbst noch nie für eine Fahrkarte bezahlt.

Kurz vorm Alex stieg ein Mann zu, der die neueste Ausgabe der Obdachlosenzeitung »motz« anpries und um eine »kleine Spende« bettelte, indem er einen auswendig gelernten Text runterratterte. Nicki hörte dem Mann nur mit einem Ohr zu und musterte dessen verwahrlostes Äußeres.

Obwohl der Fremde ihm leidtat, breitete sich Unbehagen in ihm aus. Er kannte das Gefühl inzwischen bestens. In den zurückliegenden Wochen, seit sein Vater ihn nicht mal mehr finanziell unterstützte und er im »Rodeo« rausgeflogen war, war es zu einem stetigen Begleiter geworden: Es war die Angst. Die Angst davor, gegen das Leben zu verlieren. Nicki wollte nicht als Verkäufer der »motz« im Berliner Nahverkehr enden.

Eine Minute später erreichten sie den Alex.

Nicki wühlte sich durch die herumschwirrende Menschenmasse in Richtung S-Bahn und löste ein Ticket am Automaten – um seinen Nerven eine Ruhepause zu gönnen. Als er in der S-Bahn Nummer sieben saß, bemerkte er, dass sich unter seiner Achsel ein dunkler Fleck gebildet hatte. Er war nach wie vor angespannt. Diesmal aber nicht wegen einer möglichen Fahrscheinkontrolle.

***

Nicki stieg am S-Bahnhof Grunewald aus. Die letzten anderthalb Kilometer musste er zu Fuß durch einen Stadtteil, in dessen Nähe er bis dahin noch nicht mal gekommen war. Er schien nichts verpasst zu haben. Abgesehen von den teuren Wagen, die in den Auffahrten der teuren Häuser mit ihren gepflegten Vorgärten standen, gab es in dieser spießbürgerlichen Gegend nicht viel zu entdecken.

Es erinnerte ihn alles stark an den Ort, wo er aufgewachsen war, an sein Elternhaus und an seinen Vater, Hans-Jürgen, der gerade entweder im Büro hinter einem schweren Schreibtisch saß oder auf dem Golfplatz stand, die lächerliche Sonnenschildmütze tief in die Stirn gezogen. Aber ganz egal wo er sich aufhielt, er würde unwahrscheinlich zufrieden mit sich selbst sein und jedem, der es hören wollte oder auch nicht, stolz von seiner Tochter Miriam erzählen, die an der Columbia University in New York studierte und sich vor den Scharen von Headhuntern förmlich verstecken musste.

Miriam war schon immer sehr ehrgeizig gewesen, würde er sagen, sie kam eben ganz nach ihm. Und dann würde jemand nach seinem Sohn fragen. Studierte Niklas nicht auch? Medizin war es doch, nicht wahr? Und Hans-Jürgens Gesicht würde dann nicht mehr so strahlen.

Sein Vater würde die lächerliche Mütze abnehmen und grummeln, dass es in jeder Familie eben bedauerlicherweise auch ein schwarzes Schaf gebe. Und dann würde er sich daran erinnern, dass er über Jahre hinweg monatlich tausend Euro in seinen Sohn investiert hatte, in der Hoffnung, er würde ein erfolgreicher Chirurg werden. Oder falls das nicht möglich war, dann wenigstens ein solider Orthopäde. Ihm würde wieder einfallen, wie er vor einem Jahr zufällig durch ein Schreiben der medizinischen Fakultät der HU erfahren hatte, dass sein Sohn bereits vor vier Semestern exmatrikuliert worden war. Er würde sich an ihren anschließenden Streit erinnern, daran, wie Niklas es gewagt hatte, ihm allen Ernstes ins Gesicht zu sagen, dass er einfach nicht geschaffen sei für ein Leben, das aus nichts weiter als Karriere, Eigenheim und Urlaub an möglichst weit entfernten Sandstränden bestand. Daran, dass sein eigener Sohn ein noch weit größerer Nichtsnutz und Versager war, als er bisher zu wissen geglaubt hatte.

Anschließend fiele ihm dann sicher noch ein, wie er Nicki gesagt hatte, er solle sich bloß nie wieder zu Hause blicken lassen. Und konsequenterweise noch am selben Tag den Dauerauftrag stornierte.

Und dann würde er sich wie immer selbst bemitleiden. Schließlich wollte er stets nur das Beste für seine Kinder. Und an Miriam sehe man ja, dass er sich nichts vorzuwerfen habe, was seine Erziehungsmethoden anging.

Er würde die lächerliche Mütze wieder aufsetzen, sie zweimal korrigieren, vermutlich, damit sie auch wirklich lächerlich aussah, und dann wäre das Thema beendet.

Nicki hatte nicht die geringste Lust, sich diesen Scheiß vorzustellen, und tat es trotzdem immer wieder. Er bereitete dem ein Ende, indem er sich darauf konzentrierte, in den Straßen, die alle gleich aussahen, nicht die Orientierung zu verlieren.

***

Es dämmerte schon, als er sein Ziel erreichte: eine dreistöckige neoklassizistische Villa, wie sie oft am Rand von Großstädten zu finden war. Mit spitzem Giebel über dem Eingangsbereich, weiß und grau gestrichener Fassade und hohen Fenstern. Diese hier war so weit von der Straße zurückgesetzt, dass man im Vorgarten ohne Probleme ein weiteres Einfamilienhaus hätte unterbringen können. Um das Grundstück herum führte eine zwei Meter hohe Mauer mit einer eisernen Eingangstür. Auf den rechtwinkligen Säulen, die die Einfahrt rahmten, standen Lampen im Stil alter Straßenlaternen. Alles war so sauber, dass Nicki glaubte, Chlor zu riechen.

In das vergoldete Klingelschild neben dem Gartentor war »Dr. Dr. D. Dietze« eingraviert.

Nicki warf einen Blick auf die Notiz, die er sich gemacht hatte. Er war hier richtig, kein Zweifel. Da Melisa ihren Familiennamen nicht verraten hatte, war dieser Dr. Dietze bestimmt ihr Vater. Sie wohnt eben noch zu Hause, erklärte Nicki sich selbst und betätigte die Klingel.

Nach einer Weile meldete sich eine männliche Stimme über die Gegensprechanlage: »Ja?«

»Ich bin's, der Nicki«, sagte Nicki. Er klang nicht cool. »Niklas Sommer«, schob er nach, um zu retten, was zu retten war. »Ich bin mit Melisa verabredet.«

Nachdem das Tor sich mit einem Summen geöffnet hatte, folgte er dem gepflasterten Weg, der schnurstracks zur Villa führte. In der Auffahrt parkten eine steingraue S-Klasse und ein Range Rover Vogue in derselben Lackierung. Nicki fragte sich, ob der Porsche Boxster, der draußen auf der Straße stand, wirklich nur zufällig dieselbe Farbe wie die anderen beiden Wagen hatte.

Als er die Stufen erreichte, die hinauf zur Haustür führten, kam ihm ein dicker Mann in einer schwarzen Cordhose und einem beigen Pullover entgegen. Auf seiner Nase saß eine Brille mit schmalem Metallrahmen, durch die er Nicki unverhohlen abschätzig musterte.

Nicki streckte die Hand aus. »Hallo.«

Der andere rührte sich nicht. »Sie sind unpünktlich.«

»Echt? Waren wir …?« Nicki zog die Hand zurück und warf einen Blick auf die Uhr seines Telefons. Es war nicht mal zwanzig nach acht.

Unterdessen sagte der Mann: »Kommen Sie rein.« Es klang nicht wie eine höfliche Einladung.

Als Nicki neben ihn trat, merkte er, dass der Fremde einen halben Kopf kleiner war als er selbst. Außerdem zog sich ein Seitenscheitel durch sein lichtes graublondes Haar, das am Ansatz verschwitzt war. Er wog geschätzt um die hundertzwanzig Kilo und wirkte wie Mitte sechzig.

Der Dicke schloss die Tür hinter ihm. »Hier entlang.«

Als Nicki ihm folgte, fiel sein Blick unweigerlich auf die ausladenden Hüften und das speckige Hinterteil, das in der zu engen Cordhose vor ihm hin- und herwackelte.

Sie durchquerten eine Eingangshalle auf eine imposante Treppe zu. Die mündete etwa nach der Hälfte in einen weitläufigen Treppenabsatz und teilte sich dort. Zwei separate Treppen, eine nach links, eine nach rechts geschwungen, führten nach oben. Der Anblick erinnerte Nicki an alte Schwarz-Weiß-Filme, die an der Ostküste der USA spielten.

Der Dicke ging weiter, trat durch eine Flügeltür, hinter der sich ein weiterer Raum auftat – offenbar das Wohnzimmer. Er deutete auf einen von mehreren weißen Sesseln, die einem riesigen Sofa gegenüberstanden. »Nehmen Sie Platz.«

Nicki setzte sich und verfolgte, wie der andere auf eine Minibar am Ende des Raumes zusteuerte und dort nach einer Whiskyflasche griff. »Für Sie auch einen?«

»Nein danke«, sagte Nicki und sah sich interessiert um. Weiß verputzte Wände, weiße Stuckdecken, ein weißer Teppich unter dem Sofa und weiße Stehlampen, weiße Regale, weiße Beistelltische … Nur die Stiele der weißen Tulpen, die in einer weißen Vase auf dem weißen Esstisch neben ihm standen, waren grün.

Der Dicke drehte sich, Flasche und Glas in der Hand, zu Nicki, hob dabei den zwei Fingerbreit gefüllten Tumbler. »Ihnen entgeht was, das ist ein Jahrhundert-Scotch. Ein Highland Malt, der seinesgleichen sucht.« Sagte es und kippte das Zeug in einem Schluck hinunter. Anschließend machte er »Ahh!«, als wäre Nicki sein Publikum.

Er ließ sich in einen Sessel sinken, von dem von da an nichts mehr zu sehen war, und stellte das leere Glas und die Flasche ab. »Ich habe die letzten zehn Flaschen ersteigert und mir selbst zum Geburtstag geschenkt.«

Nicki tat ihm den Gefallen und lächelte höflich. Insgeheim fragte er sich, wie lange es noch dauerte, bis der Sessel unter der Last zusammenbrach.

Der Dicke sagte: »Lissi liegt mir schon seit Monaten in den Ohren. Ich bin ja nach wie vor dagegen. Sie haben es lediglich der Tatsache zu verdanken, dass Sie um einiges günstiger als Ihre Kollegen sind, dass ich mich habe überreden lassen. Wobei ich grundsätzlich der Meinung bin, wer etwas von sich und seiner Arbeit hält, der verlangt auch einen entsprechenden Preis. Das hier wird jedenfalls nur ein unverbindliches Beratungsgespräch. Das hat sie Ihnen hoffentlich im Vorfeld mitgeteilt.«

Nicki schüttelte kaum merklich den Kopf. Wovon redete der Typ?

Der Dicke betrachtete zufrieden den Inhalt seines Glases und tat nicht mal so, als interessierte er sich für eine Antwort. Als er fortfuhr, wurde Nicki schnell klar, dass er einer von jenen war, die es liebten, sich selbst beim Reden zuzuhören. Der Dicke brauchte keine Antworten, alles, was er brauchte, war ein Zuhörer, der nicht weglief.

Er sagte: »Ich persönlich kann der Farbe Weiß ja einiges abgewinnen. Ich fühle mich wohl in weißer Umgebung. Ich mag die Reinheit, die von Weiß ausgeht. Es ist makellos. Es beruhigt meinen Drang nach Perfektion. Ähnlich wie es symmetrische Gesichtszüge und perfekte Körper tun. Wussten Sie, dass Ärzte bis Ende des 19. Jahrhunderts Schwarz trugen?«

Nicki machte offenbar ein recht dummes Gesicht, denn der andere sah sich zu einer Erklärung veranlasst. »Ich bin Schönheitschirurg. Es wurde erst kürzlich über mich berichtet. Eigentlich wird ständig über mich berichtet. Sie haben bestimmt schon von mir gehört.«

Er deutete hinter sich, auf eine nicht zu übersehende goldene Statue, die mit ausgebreiteten Flügeln im Regal posierte. »Das ist die Beauty Trophy 2017«, erläuterte er. »Sie wurde mir verliehen, weil ich eine innovative Methode zur Brustvergrößerung mit Eigenfett entwickelt habe.«

Nicki nickte freundlich, um beeindruckt zu wirken, und sah zu, wie der Dicke sich ein weiteres Glas Jahrhundert-Scotch eingoss. »Sagen Sie, Herr Sommer, wie finden Sie Melisas Busen?«

»Was?« Ein ungläubiges Augenblinzeln von Nicki.

»Ihr Busen. Ich habe ihn vergrößert. Zu einem vollen B-Körbchen.« Der Dicke nahm noch einen Schluck und sah ihn erwartungsvoll an.

»Ich … fand ihn … keck«, sagte Nicki.

Der Dicke musterte ihn skeptisch, und Nickis Gefühl, das bis zu diesem Augenblick zwar beharrlich, aber leise protestiert hatte, rief ihm mit ganzer Kraft zu, dass hier irgendetwas so gar nicht stimmte. Nicki sagte: »Wir haben uns noch gar nicht … Sind Sie … sind Sie Melisas Vater?«

Ein Grinsen breitete sich im Gesicht des Fremden aus, das zu einem lauten, unangenehmen Lachen anwuchs und sein speckiges Doppelkinn wabbeln ließ.

»Ja, Herr Sommer«, grölte er, »ich bin ihr Sugardaddy.«

Der Dicke lachte noch immer speckwurmmäßig vor sich hin, als in Nickis Rücken die Tür aufschwang. Er wandte sich um und erblickte Melisa, die wie ein Engel in den Raum schwebte. Es war ihm im Aufzug nicht aufgefallen, aber durch die hohen Absätze ihrer Schuhe hatte sie nicht nur unwahrscheinlich sexy Beine, sie wirkte auf gewisse Weise auch gefährlich. Das gefiel ihm.

Nicki erhob sich instinktiv aus dem Sessel.

»Das Weiß, ich weiß.« Melisa winkte entschuldigend, während sie näher kam. Als sie ihn erreichte, blieb sie dicht vor ihm stehen und gab ihm Küsschen links und rechts auf die Wangen.

Nicki atmete Melisa ein. Sie roch nach zarten Orangenblüten, frisch gemahlenem, kräftigem Kaffee und süßlicher Vanille.

Sie machte einen halben Schritt rückwärts und sah sich um. »Ätzend, oder? Ich wollte längst alles rauswerfen.«

Sie bedachte den Dicken, der stumm in seinem Sessel hockte und am Whisky schnüffelte, mit einem abschätzigen Seitenblick.

Nicki war froh, sie zu sehen. Auch weil sie ihm hoffentlich gleich erklären würde, was hier warum schieflief.

Doch bevor er seine Frage formulieren konnte, meldete sich der Dicke zu Wort: »Melisa gibt leidenschaftlich gern das Geld anderer Leute aus, müssen Sie wissen. Vornehmlich meins.« Er fixierte sie. »Aber wer könnte diesem hübschen Köpfchen einen Wunsch ausschlagen? Nicht wahr, Lissi?« Er grinste widerlich.

Melisa grinste nicht, als sie sagte: »Disgusting, Diederich, disgusting.«

Er nahm es mit einem gleichgültigen Schulterzucken hin und nippte an seinem Drink.

»Was willst du trinken?«, fragte Melisa Nicki.

»Er will nichts, hat er gesagt«, mischte sich der Dicke ein, während er seinen bernsteinfarbenen Edeldrink im Gegenlicht schwenkte.

Melisa und Nicki taten beide so, als hätten sie nichts gehört.

»'ne Cola«, sagte Nicki.

Melisa sah ihn schräg von der Seite an. »Ernsthaft, 'ne Cola?«

Unterdessen hatte der Dicke den restlichen Scotch in sich hineingekippt. »Ich muss los, Rotarier-Treffen«, sagte er, während er sich abmühte, seine Hose mit beiden Händen über seinen Wanst zu ziehen. »Würde mich sehr wundern, wenn wir uns wiedersehen.«

Als der Dicke schwerfällig loswalzte, glaubte Nicki zu spüren, wie der Boden unter seinen Füßen vibrierte.

»Goodbye, Mr. Sommer« – und weg war der dicke Diederich.

Nickis Befürchtung, dass der Dicke zurückkehren könnte, nur um ihm zu widersprechen oder ins Wort zu fallen, war vielleicht irrwitzig, aber durchaus begründet. Und so wartete er ab, bis die Haustür ins Schloss fiel, ehe er es wagte, den Mund wieder aufzumachen. »Was stimmt hier nicht?«

»Was soll nicht stimmen, Hasipups?«, erwiderte Melisa.

»Kam mir irgendwie so vor, als dachte der Dicke, ich würde das Haus einrichten wollen.«

Draußen sprang ein Motor an, ein Auto fuhr aus der Auffahrt.

Melisa sagte: »Ja, klar.«

Nicki wartete eine Zeit lang, aber es kam nichts mehr von ihr.

»Er … er ist dein Freund, oder?«, fragte er schließlich.

Sie blickte ihn ungläubig an. »Was dachtest du? Mein Vater?«

»Um ehrlich zu sein –« Nicki unterbrach sich selbst. Er hatte nicht nachgedacht, als er es hätte tun sollen – was zu einem Zeitpunkt gewesen wäre, als es noch hilfreich hätte sein können. Inzwischen war dieser Zug abgefahren. »Versteh mich nicht falsch, aber ich glaub, ich hau ab.« Er stand auf. »Ich find allein raus.«

Melisa hielt ihn fest, und er spürte ihre butterweichen Hände. Sie cremte sie sicher mehrmals täglich ein. Und mit einem Herzensbrecherlächeln zwitscherte sie: »Komm, wir gehen schwimmen.«

Nicki sagte nichts, aber er blickte wohl ziemlich blöd aus der Wäsche, denn Melisa ahmte ihn nach, indem sie den Mund öffnete und die Augen weit aufschlug. Halb fragte sie, halb bestimmte sie: »Du kannst doch schwimmen.«

Er nickte, und sie zog ihn mit sich.

***

»Ich zieh mir nur schnell was Passenderes an. Du kannst schon ins Wasser.«

Nicki sah sie entgeistert an. »Ich hab keine Badehose dabei.«

Melisa stemmte die Hand in die Hüfte, knickte ein Bein ein – eine herausfordernde Pose mit dazugehörigem Blick. »Und?«

»Ohne Badehose kein Baden«, sagte Nicki.

Sie schüttelte den Kopf, als hätte er etwas durch und durch

Abwegiges von sich gegeben und verschwand hinter einem Paravent, der sich am Rande der Terrasse befand.

Nicki blieb zurück. Einige Strahler, die im Boden steckten, warfen schwaches Licht auf die Sandsteinplatten. Der mit hellblauem Wasser befüllte Pool, der sich an die Terrasse anschloss, war ein reizvoll schimmerndes Versprechen. Ansonsten nur Dunkelheit ringsum. Als säße Nicki auf einer Insel in einem Meer aus Schwarz. In der Ferne erhellte ein Schleier, der sich Nacht für Nacht um das erleuchtete Berlin hüllte, den Horizont. Die Stadt, in der es niemals Nacht war.

Melisa kam zurück, es hatte wirklich nicht lange gedauert. Sie trug ein winziges Höschen und ein nicht minder winziges Bikinioberteil.

»Du stehst ja immer noch da«, sagte sie. Lief mit tanzenden Hüften und durchgestrecktem Rücken zum Pool, tauchte in das glitzernde Nass ein und schwamm bis zum gegenüberliegenden Ufer.

Sie hielt sich mit einer Hand am Beckenrand, mit der anderen strich sie sich die wassergetränkten Haare aus dem Gesicht. »Das Wasser ist herrlich, komm rein.«

»Nee, lass mal.«

Sie nahm es hin und stieß sich mit den Beinen vom Beckenrand ab. Nicki beobachtete sie, wie sie geschmeidig durch den Pool glitt.

Einige Bahnen später kletterte sie über die Leiter aus dem Pool. Das Wasser rann über ihren Rücken, nahm die Kurve über ihren runden Po und lief schließlich ihre schlanken, aber muskulösen Beine hinab. Melisa hielt auf der letzten Sprosse inne, griff die äußere Naht ihres wirklich sehr sparsamen Höschens und zog es auf beiden Seiten nach außen, dorthin, wo es hingehörte. Fehlte wirklich nur, dass sie ihr Haar in Zeitlupe schleuderte. Leider tat sie es nicht.

Stattdessen ging sie zu einer Liege, von denen zwei auf der Terrasse standen, griff ein Handtuch, steckte ihren Kopf hinein und rieb sich das Haar.

Sie war vollkommen. Ihre Proportionen, die Form ihres

Körpers, wie sie sich bewegte – Melisa war der fleischgewordene goldene Schnitt. Nicki konnte sich nicht vorstellen, dass eine griechische Statue existierte, die auch nur annähernd so perfekt war.

Als sie sich auf die Liege setzte und ein Bein anwinkelte, sah Nicki die Innenseite ihres feuchten Oberschenkels. Das war zugleich der Moment, in dem er seine schweißnassen Hände bemerkte. Er hatte sich lange nicht mehr so unsicher gefühlt.

Melisa winkte ihn lächelnd herbei. »Setz dich, chillax dich, nimm dir 'nen Keks.«

Nicki blieb stehen und sagte: »Melisa, ganz ehrlich, ich weiß nicht, was das soll.«

Ihr Lächeln verflog. »Hasipups, warum bist du jetzt so?«

»Warum ich so bin? Im Ernst?«

Sie machte ein ahnungsloses Gesicht.

»Erst lädst du mich zum Essen ein und dann … Ich meine, nur weil ich irgendwelche Pillen schlucke, heißt das nicht, dass ich … Und wann wolltest du mir eigentlich sagen, dass du 'nen Freund hast?«

Das ahnungslose Gesicht verschwand, ein vorwurfsvolles nahm seinen Platz ein. »Verstehe«, sagte sie. »Du dachtest, wir ficken.«

Nicki zögerte.

Sein Schweigen schien ihr Antwort genug. »Und ich blöde Kuh hab gedacht, du bist anders.« Ihr Blick wanderte in die Dunkelheit.

Nicki fühlte sich schlecht. Aber er wusste, egal was er jetzt sagen würde, es würde alles kaputt machen.

»Ich hab gleich was gespürt im Aufzug«, sagte Melisa in die Nacht hinein. »So ein Gefühl, dass das kein Zufall ist, weißt du, sondern Schicksal. Wir *sollten* uns begegnen.«

»Ich glaub nicht an Schicksal«, erwiderte Nicki.

»Ich dachte, du bist der, der mich rettet.« Sie lächelte ihn traurig an. »Da hab ich mich wohl geirrt. Schönen Abend noch.«

»Ich soll dich retten?« Er klang genauso ahnungslos, wie er war. Jedenfalls in seinen eigenen Ohren.

Sie stand von der Liege auf und stellte sich dicht vor ihn. Er presste die Lippen fest aufeinander. Es kam ihm vor, als würde eine unsichtbare Anziehungskraft von dieser Frau ausgehen, die ihn mit aller Macht auf sie zuschob.

Sie sagte: »Schau mir in die Augen.«

Nicki sah in ihre grünen Augen.

»Diederich ist eifersüchtig. Hochgradig eifersüchtig. Es ist krank. Ich will weg von ihm. So schnell es geht und so weit wie möglich.« Sie sagte es mit einer Schwermut, die er ihr nicht zugetraut hätte.

»Warum verlässt du ihn nicht?«, fragte er.

»Er lässt mich nicht gehen.«

»Er kann dich ja schlecht gegen deinen Willen festhalten.«

Melisas Blick verriet ihm, wie falsch er lag.

»Du verstehst das nicht. Du kennst ihn nicht. Du kannst dir nicht vorstellen, wozu er fähig ist.« Sie machte eine Pause. »Ich weiß, was du denkst. Du denkst, die spinnt, was will die überhaupt, hat doch alles – wohnt in einer Villa, hat Schmuck, teure Klamotten, einen noch teureren Körper, fährt einen Porsche … Aber die Wahrheit ist, ich bin die im goldenen Käfig. Obwohl, nein, das stimmt nicht, das nehme ich zurück. Es ist mehr als ein Gefängnis. Ich lebe im Traum des Traums eines Geisteskranken. Auch bekannt als: die Hölle.«

Sie setzte sich mit schlaffen Schultern zurück auf den Rand der Liege. »Selbst wenn ich es irgendwie schaffen würde, von hier wegzukommen, ich wüsste ja gar nicht, wohin. Oder was ich dann machen soll.« Eine Träne fand den Weg auf ihre Wange. »Ich könnte den Schmuck verticken, klar, aber was dann? Das Geld wäre nach ein paar Monaten aufgebraucht. Nein, ich bräuchte mehr. Ich bräuchte so viel, dass ich davon leben könnte. Irgendwo im Ausland.«

Nicki hockte sich ihr gegenüber auf die zweite Liege. »Also wenn's um Geld geht, bin ich der falsche Ansprechpartner.« Er versuchte sich an einem aufmunternden Grinsen.

Melisa schniefte. »Manchmal stelle ich mir vor, wie eine Flutwelle mich wegreißt, mich wegspült und ans andere Ende der Welt trägt. Weit weg von Berlin, weit weg von Diederich Dietze.«

Nicki wusste nicht, ob er sie richtig verstand. »Und du dachtest, ich könnte diese Flutwelle sein, die dich wegträgt?«

Sie sah zu ihm. »Würdest du?«

Auf einmal lag ein Strahlen in ihren Augen, das er lange nicht gesehen hatte.

Er wusste noch immer nicht, wovon sie redete, tat aber erst mal so, um ihr die Hoffnung nicht sofort wieder zu nehmen. »Wenn ich wüsste, wie ich es anstellen soll. Vielleicht, wer weiß?«

»Das ist ganz einfach, das kann ich dir sagen.«

Und dann sprach sie aus, was sie sich überlegt hatte, und er kapierte endlich, worum es ging: Sie wollte, dass Nicki ihre Flutwelle würde, indem er sie zum Schein entführte und Lösegeld für sie verlangte.

Dazu sagte er erst mal nichts. Zugegeben, sie hatte was an sich. Mal wirkte sie mädchenhaft, mal nahezu naiv, und im nächsten Moment taten sich Abgründe auf. Er wollte nicht, dass sie unglücklich war. Aber sich selbst wollte er auch nicht noch unglücklicher machen. Also sagte er – und es war ein fast schon peinlich halbherziger Versuch, denn insgeheim gefiel ihm die Vorstellung, Melisas Held zu sein –, er kenne sich nicht aus, weder mit dem einen noch mit dem anderen.

Sie ließ den Einwand nicht gelten. Auch Nickis Bedenken, dass sie eine Straftat begehen würden, wischte sie nonchalant zur Seite. Wo gehobelt wird, da fallen nun mal Späne, fand sie und war zudem der festen Überzeugung – behauptete sie jedenfalls –, dass niemand Nicki verdächtigen würde. Es gab keine Verbindung, nur eine gemeinsame Fahrt im Aufzug.

Er mochte das Gefühl, das sich einstellte, als sie sagte, er könne ihr vertrauen, schließlich seien sie Komplizen. Es gefiel ihm, ein Geheimnis mit ihr zu teilen. Das machte ihn zwangsläufig zu etwas Besonderem für sie.

Er fragte: »Und wie viel soll er für dich zahlen?«

»Ich dachte an zwei Millionen.«

Nicki war baff. »In Euro?«

Sie nickte. »In kleinen Scheinen. Wären fünf Prozent Aufwandsentschädigung okay für dich?«

»Das wäre was – hunderttausend?«

Sie nickte erneut.

»Das ist 'ne Menge Schotter«, sagte Nicki.

Er versuchte, sich auszumalen, wie viele Reisekoffer man mit zehntausend Zehn-Euro-Scheinen füllen konnte. Doch die Bilder wurden von einer heftigen Böe aus seinem Kopf geblasen. »Was ist, wenn er nicht zahlt?«

Sie blieb ganz ruhig. »Wird er. Wenn er glaubt, dass es echt ist, dann wird er zahlen. Er wird mich wiederhaben wollen. Dabei geht's nicht um Geld.«

Er kräuselte die Stirn. »Nicht?«

»Nein.« Sie sah ihn abwägend an. »Hast du als Kind Insekten die Beine ausgerissen und ihnen beim Sterben zugesehen?«

Nicki schüttelte den Kopf. »Sollte ich?«

»Diederich hat es hundertpro gemacht. Er genießt es so sehr, wenn ich leide. Er steht voll drauf. Aber das wirklich Coole für ihn ist dabei, dass ich nicht sterbe wie einer der Krabbler, denen er früher als kleiner Chubby die Beine ausgerissen hat, sondern dass er mich immer weiter und weiter quälen kann. Er wird bezahlen, trust me, auch zwei Millionen. Er wird mich zurückhaben wollen. Vielleicht bin *ich* ihm das Geld nicht wert, kann sein, aber sein Vergnügen ist es ihm auf jeden Fall wert.«

Nicki wollte etwas sagen, aber die Gedankenfetzen in seinem Kopf kamen zu schnell und aus allen möglichen Richtungen auf ihn zugeflogen, zischten an ihm vorüber, ohne dass er sie festhalten oder auch nur betrachten konnte.

Melisa sagte: »Du hast mich gefragt, ob ich eine Idee für einen Job für dich habe.« Sie zuckte mit den schmalen Schultern und lächelte unschuldig. »Das ist sie. Und sie ist so viel wert wie hundert. Mindestens.«

***

Nicki war schon wieder auf dem Weg zur S-Bahn, hatte aber noch längst nicht verdaut, was da über ihn hereingebrochen war.

Gerade eben hatte er noch neben der halb nackten Melisa gesessen, wie hypnotisiert von ihren wohlgeformten Brüsten, während sie ihre Vorstellung davon, wie ihr Kidnapping ablaufen sollte, vor ihm ausbreitete. Es war ein längerer Vortrag gewesen, an dessen Ende er gestammelt hatte: »Ich … denk mal drüber nach …«

In Wirklichkeit hatte er nicht die geringste Ahnung, worüber er nachdenken, vielmehr, womit er anfangen sollte.

Sie hatte gesagt: »Okay, überleg's dir. Aber überleg nicht zu lange. Es muss bald passieren.«

»Wann denn?«, hatte er gefragt.

»Morgen«, hatte sie geantwortet.

Er hatte nach Luft geschnappt. »Das ist … sehr bald.«

»Nennen wir es weibliche Intuition. Diederich verhält sich schon seit Tagen merkwürdig. Also jenseits seiner normalen Merkwürdigkeit. Du verstehst schon. Er macht ständig irgendwelche Andeutungen, und wenn uns andere Männer begegnen, fragt er, wie ich sie finde. Ich hab kein gutes Gefühl. Das letzte Mal, als er so merkwürdig war, hat sich im Nachhinein herausgestellt, dass er jemanden auf mich angesetzt hatte.«

»Angesetzt?«

»Einen Privatdetektiv. Er sollte rausfinden, ob ich ihn betrüge.«

Nicki hatte die Augenbrauen angehoben und verständnisvoll genickt, ganz so, als wäre er im Bilde.

Als er jetzt am Gleis wartete und den Mücken dabei zusah, wie sie in scheinbar konfusen Bahnen ums grelle Laternenlicht schwirrten, wurde ihm bewusst, warum ihm so schwindelig zumute war. Melisa war das Licht, und er war die Mücke, die von ihr in den Bann gezogen wurde. Irgendwie absehbar, dass das auf Dauer nicht gut gehen konnte.

***

Melisa stand vor dem Spiegel, der vom Boden bis zur Decke reichte und mit dem sie eine innige Hassliebe verband. Liebe, weil sie sich von Kopf bis Fuß darin betrachten konnte. Hass, weil sie sich von Kopf bis Fuß darin betrachten musste. Unendlich viele Fehler und Makel verteilt auf einen Meter und zweiundsiebzig Zentimeter.

Sie schob sich dicht ans Glas, um jede einzelne Pore zu begutachten. Es war zum Verzweifeln. Sie musste schon wieder zu ihrem Spritzendoktor. Das Botox wirkte nicht mehr. Auf ihrer Stirn würde in wenigen Tagen eine Falte zum Vorschein kommen.

Sie presste einen Tropfen der Feuchtigkeitscreme, die neben dem Waschbecken stand, auf ihren Finger und fragte: »Ist das wichtig?«

»Für mich schon«, erwiderte die tiefe Stimme aus dem Telefon. »Ich arbeite nicht mit Leuten, die ich nicht kenne. Keine guten Erfahrungen gemacht.«

»Und ich hab keine guten Erfahrungen mit Leuten gemacht, die du kennst.«

»Ich bitte dich. Du hast überhaupt keine Erfahrungen.«

Melisa massierte sich die Creme durch sanftes Fingerklopfen an den Augenrändern ein und musste sich zügeln, die Stirn nicht in Falten zu legen.

»Es spielt keine Rolle, ob du ihn kennst oder nicht, okay, solange er mir aus der Hand frisst. Unfähiger als dein Commander kann er nicht sein. Per Naturgesetz ausgeschlossen.«

Sie nahm die Bodylotion und ließ das Handtuch, das sie sich umgebunden hatte, zu Boden fallen. Sie fing mit den Armen an. Könnten sich fester anfühlen, dachte sie.

»Und das tut er – aus deiner Hand fressen?«, fragte die Stimme.

Fletscher, dieser kleinkarierte Bedenkenträger.

Mit einer Schärfe, die einwandfrei klarstellte, dass er es dabei bewenden lassen sollte, sagte sie: »Er wird es, okay?«

Sie verrieb die Lotion auf ihrem Bauch.

»›Wird‹?« Er konnte es nicht lassen.

Melisas Miene gefror. Sie drehte sich leicht zur Seite, damit das Licht weniger Schatten auf ihren Bauch warf. Ja, sie musste mit ihrem Coach unbedingt über ihr Bauchmuskel-Work-out sprechen.

»Du nervst, echt«, sagte sie. »Er meldet sich, sobald er sich entschieden hat.«

»Die Sache ist also noch nicht final eingetütet?«

Sein vorwurfsvoller Ton gefiel ihr gar nicht.

»Hast du was an den Ohren? Ich hab dir doch gerade gesagt, dass er's macht. Also macht er's. Er glaubt, dass er sich noch entscheiden muss, das ist alles. Und warum sollte ich ihm die Illusion nehmen? Ihr Männer fahrt doch auf das Gefühl ab, ihr hättet was zu melden.«

Fletscher brauchte eine Weile, ehe er sagte: »Was hast du ihm versprochen?«

»Mich. Und hunderttausend.«

Melisa musterte die kleine Narbe unterhalb ihrer Brustwarze, bevor sie die Lotion auf ihr Dekolleté verteilte.

»Und er ist dumm genug, dir das abzukaufen?«, fragte er.

»Er ist verliebt«, entgegnete sie. »Und wer weiß, vielleicht halte ich mein Versprechen. Wenigstens teilweise. Eigentlich ist er viel zu jung für meinen Geschmack, ich meine, er ist fast noch ein Baby. Aber er strahlt so eine Melancholie aus …« Sie sah, wie ihr Spiegelbild mit den Achseln zuckte. »Wer weiß, vielleicht bin ich von den Socken.«

»Von den Socken? Du?«

Sie kam zu ihren Beinen. Nach wie vor fand sie ihre Oberschenkel zu dick. Sah aus wie ein Trampel. Und war das da eine Delle? Mein Gott, es war eine.

Sie stöhnte. »Du hast so was von keine Ahnung von Frauen.«

»Von mir aus. Wenn du das sagst. Und was ist nun? Bleibt's bei morgen, wenn ich nichts mehr von dir höre?«

»Es bleibt bei morgen, und du hörst noch von mir.«

Sie schickte ihm ein Küsschen durchs Mikrofon und legte auf.

Melisa sah in den Spiegel. Die Wimpern schnitten definitiv gut ab. Sie war zufrieden mit der neuen Wimperntante. Schade, dass es ihr erster und einziger Termin bei ihr bleiben würde.

Es waren ihre letzten Tage in der Stadt. Sie stellte sich vor, wie sie im Flieger saß, im Himmel über Berlin. Stellte sich vor, wie sie mit einem wehmütigen Lächeln hinabsah auf dieses Monster von einer Stadt, das sie mehr als einmal verschluckt, zerkaut und wieder ausgespuckt hatte. Aber sie hatte überlebt. Sie war sich sicher, Berlin respektierte sie dafür. Was in etwa die höchste Anerkennung war, die von dieser Stadt verliehen wurde. Für ihren triumphalen Abgang mit Glitzer und Konfetti würde Melisa schon selbst sorgen.

***

Diederich Dietze war nach dem tödlich langweiligen Rotarier-Treffen, dessen einziges Highlight ein Blanc de Noir aus dem Jahr 2012 gewesen war, nicht nach Hause, sondern in die Praxis gefahren, auf der Rückbank zwei heimlich eingesteckte Flaschen des guten Rebensaftes. Er hatte sich auf dem ledernen Zweisitzer in seinem Büro eingerichtet, in dem sonst seine Patientinnen saßen, während sie mit ihren Chanel-Handtaschen und ihrem Harry-Winston-Schmuck zu kaschieren versuchten, was ihnen an Selbstbewusstsein fehlte. Er wusste, was es hieß, die eigene Hässlichkeit zu akzeptieren. Sie wussten es nicht. Hetzten der Idee eines Schönheitsideals hinterher, ohne darüber nachzudenken, warum sie partout nicht sie selbst sein wollten.

Er wusste, wenn er philosophisch wurde, dann war er angetrunken. Die Krux war, er konnte den Flaschenboden noch so weit zur Decke strecken, es kam nichts mehr raus. Er kniff ein Auge zu und sah mit dem anderen durch den Flaschenhals – geleert bis auf den letzten Tropfen.

Als er die Flasche enttäuscht abstellte, blieb sein Blick am Laptop hängen, den er drüben auf dem Schreibtisch abgestellt hatte, als die leere Weinflasche zu seinen Füßen noch eine sündige Verlockung gewesen war.

Diederich Dietze wuchtete sich umständlich aus dem Sofa. Er brauchte tatsächlich mehrere Anläufe – der Boden schwankte unter ihm, als stünde er an Deck eines Einmasters beim Sturmsegeln auf der Ostsee. Er war froh, als er den Schreibtisch erreichte, ohne über Bord gegangen zu sein.

Die Kamera lag an ihrem Platz. Nachdem er die Abdeckung des USB-Anschlusses geöffnet hatte, suchte er das Kabel in der mittleren Schreibtischschublade. Zu seiner Überraschung gelang es ihm auf Anhieb, den Microstecker mit der richtigen Seite in die USB-Schnittstelle einzuführen. Das andere Ende des Kabels bugsierte er in den Laptop, dann startete er den Download.

Es dauerte nicht lange, bis ihm ein »Bling!« mitteilte, dass die Daten heruntergeladen waren. Er doppelklickte auf eine der JPEG-Dateien. Die Aufnahme war schief geraten, Diederich Dietze musste den Kopf ein wenig zur Seite neigen, um das Bild für sein betäubtes Gehirn in den richtigen Winkel zu rücken. Jetzt erinnerte er sich. Ausgeprägte Klitorishypertrophie. Ein seltenes und besonders reizendes Exemplar. Wird bei den anderen für gehöriges Aufsehen sorgen. Er klickte begierig weiter.

3

Nicki kam es vor, als hätte jemand die Rewind-Taste gedrückt. Er hatte die S7 Richtung Ahrensfelde genommen, war am Alexanderplatz umgestiegen und stand, rund fünf Stunden nachdem er aufgebrochen war, wieder vor seiner Haustür.

Sein Bauchgefühl hatte die gesamte Fahrt über mit seinem Verstand diskutiert – ähnlich wie damals, als er am 24. Dezember im Zug nach Karlsruhe saß und sich nicht entscheiden konnte, ob er seinem Vater beichten sollte, dass er die Uni längst geschmissen hatte –, und die beiden Streithähne wurden sich einfach nicht einig.

»Melisa ist so wunderschön und, Mann, sexy ist ja gar kein Ausdruck«, sagte sein Bauch. »Ich fühle mich wie … wie ein richtiger Mann in ihrer Gegenwart.«

Sein Kopf entgegnete: »Ich bin auch noch da, du kannst aufhören, mit deinem Schwanz zu denken. Die wickelt dich ein, merkst du das nicht? Hasipups hier, Handauflegen dort und dann wird mit dem Popöchen gewackelt.«

Der Bauch sagte: »Du musst dir mal über eine Sache im Klaren sein: Hunderttausend ist nicht nur 'ne Menge Schotter. Das ist scheißviel Schotter.«

»Ja, mag sein. Aber da ich abgebrannt bin, wäre alles scheißviel«, sagte der Kopf.

»Ich sag dir jetzt mal was, und dieser Rat ist gratis, weil du's bist: Niemand mag Klugscheißer. Und das schließt mich ein. Und dann sag ich dir noch was, bevor du deine Klappe gleich wieder aufreißt: So 'ne Chance, die kriegst du nie wieder«, sagte der Bauch. »Und seien wir ehrlich – beschissener, als es ist, kann's nicht werden.«

Nickis Kopf wusste selbst, dass alles am Arsch war, das musste ihm das Bauchgefühl nicht sagen. Er hatte verbockt, was zu verbocken war. Teilweise sogar mit Absicht, weil er aus Prinzip dagegen war. Egal worum es ging. Ein ausgestreckter

Mittelfinger als Botschaft an die Welt sollte es sein. Dumm nur, dass die Welt sich nicht im Geringsten für ihn interessierte.

»Das ist die Gelegenheit, auf die du immer gewartet hast«, nervte der Bauch weiter. »Vielleicht findest du endlich deinen Platz.«

Der Kopf sagte: »Ich will ihr ja helfen, aber …«

»Aber du hast die Hosen voll, ich weiß. So wie immer, wenn's drauf ankommt. Du stehst dir dein Leben lang selbst im Weg. Face your fears, Mann – wie sie sagen würde.«

Der Kopf erhob keinen Einspruch. Ihm fiel nichts ein.

»Außerdem kriegst du keinen Cent mehr aus dem Automaten«, fuhr der Bauch fort.

»Ich hab die Medikamententests. Da kommt schon was rein.«

»Ist doch scheiße. Wach auf, Mann. Du wirst dieses Jahr dreiunddreißig. Hast du dich mal umgesehen? Die anderen in deinem Alter, die sind verheiratet, haben Frau und Kind, 'ne Eigentumswohnung und fahren mit ihrem SUV ins Stilwerk. Mit der Kohle könntest du was starten.«

»Was soll ich denn bitte starten?«

»Keine Ahnung. Aber du könntest endlich mal dazugehören.«

»Seit wann will ich dazugehören?«, fragte der Kopf.

Und der Bauch antwortete: »Du weißt besser als ich, dass es so ist.«

»Es findet sich was anderes«, sagte Nickis Kopf, ohne direkt zu widersprechen. »Es hat sich bisher immer was ergeben.«

»Von wegen. Das hier, das hat sich ergeben«, sagte der Bauch. »Und Melisa kannste abhaken, wenn du für sie nicht die Welle machst, das ist ja wohl klar. Die wird dich nicht ranlassen.«

Der Kopf schwieg, und der Bauch wusste, dass er ihn so gut wie in der Tasche hatte. Er musste ihn nur noch davon überzeugen, dass schon alles gut gehen würde. »Ich weiß, was dein Problem ist.«

»Ach ja?«

»Ja. Du hast Angst. Angst, dass du versagst, wenn es drauf ankommt. Das kennen wir ja schon von dir. Zerfressen von Selbstzweifeln und Schwarzmalerei. Du hast Angst, dass du's nicht hinkriegst, stimmt's? Oder hab ich recht?«

»Stimmt und du hast recht«, sagte der Kopf. »Ich brauch 'nen Partner. Einen fähigen Partner am besten.«

»Was ist mit Bosse?«, fragte der Bauch.

»Was soll mit dem sein?«, fragte der Kopf, weil er zwischen »Bosse« und »fähiger Partner« keine Verbindung erkannte.

»Du brauchst nicht nur einen Partner, sondern auch ein Auto und jemanden mit Führerschein. Ich sag dir: Du brauchst Bosse. Du hast nur ihn. Oder willste 'ne Annonce im Tagesspiegel schalten?«

Es dauerte etwas, ehe der Kopf sagte: »Scheiße, du hast recht.«

»Ich hab auch meine Momente«, sagte der Bauch. »Und das Beste an Bosse ist, dass er völlig berechenbar ist. Und falls er doch zickt …«

»Hey, hey, hey, langsam«, unterbrach der Kopf. »Bosse ist mein Freund, mein einziger Freund.«

»Du weißt genau, was ich meine«, beschwichtigte der Bauch und wusste in diesem Moment, dass er gewonnen hatte.

***

Nicki schlappte hoch in die dritte Etage, schlüpfte aus seinen Schuhen, ging den Flur entlang, vorbei an Bosses Rennrad, das an der Wand hing, und fläzte sich im Wohnzimmer neben ihn auf die Couch.

Der Adonis, den er nicht nur seinen Freund nannte, sondern mit dem er sich außerdem die Wohnung teilte, hatte seine aufgepumpten Oberarme und die rasierte Brust in einem rosa Muscleshirt in Szene gesetzt, wodurch er wie eine Mischung aus Hulk Hogan und Sonny Crockett aussah.

Auf dem Couchtisch stand ein halb ausgetrunkener Eiweißshake, daneben lagen eine Tüte Erdnussflips und ein iPad, auf dem Facebook geöffnet war.

Bosse hielt sein iPhone in der Hand. Offensichtlich kam er gerade vom Fitnessstudio, wo er eine Serie neuer Spiegel-Selfies mit nacktem Oberkörper gemacht und sie hochgeladen hatte. Sein zweitliebstes Hobby. Am liebsten zog er sich schrottige Filme und Serien rein.

Seine Füße steckten in Flip-Flops, die er auf dem Couchtisch abgelegt hatte. Auf dem Kopf trug er eine Cap mit einem N und einem Y, was vermutlich für New York stand, wohin er einmal im Jahr mit seinen Eltern flog, die dort Freunde hatten oder so.

Bosse begrüßte Nicki mit einem gleichgültigen »Hey, na?« und tippte weiter auf sein Phone ein.

Im Fernseher flimmerte eine amerikanische Serie, es schien »The Walking Dead« zu sein, denn eine Meute Zombies war dabei, einem Typen bei lebendigem Leib den Darm zu entnehmen.

Nicki entwich beim Anblick der Innereien ein »Uuuhhh!«.

Bosse blickte vom Smartphone auf, sah, was Nicki sah, und rutschte sensationsgeil vor an die Kante der Couch. »Nein! Echt jetzt? Krass!«

Er griff in die Tüte mit den Flips, schob sich eine Handvoll in den Mund und verfolgte gebannt das Geschehen.

Nicki sagte: »Marvin, ich sehe, es ist ungünstig, aber wir müssen reden.«

Wie nicht anders zu erwarten – keine Reaktion.

Nicki schickte ein entschlossenes »Jetzt« hinterher.

»Jetzt ist schlecht«, sagte Bosse. Es sei weit mehr als ungünstig, denn Glenn sei nämlich soeben aufgefressen worden.

Nicki griff die Fernbedienung und drückte auf Pause. Bosse fand das nicht lustig. Er wirkte zunächst entsetzt, doch dann leerte sich sein Gesichtsausdruck. »Sach ma, hast du mich gerade beim Vornamen genannt?«

Nicki zuckte mit den Schultern. »Hab ich?«

»Du hast. War deutlich zu hören.«

»Ich nenn dich doch sonst nicht so.«

»Ja eben.«

»Ich hab bestimmt ›Bosse‹ gesagt. Wie immer.«

Bosse sah Nicki streng an. »Du hast das M-Wort gesagt.«

»Mann, Bosse. Selbst wenn. Irgendwie stimmt ja beides, oder?«

»Ich hasse das M-Wort. Das weißt du. Du weißt es genau.«

»Ja, ich weiß. Deswegen benutz ich's ja auch nie.« Nicki verdrehte die Augen.

Bosse schwieg und sah ihn prüfend an. Er spürte wohl, dass irgendwas passiert war. »Und, wie war dein Date?«

»Gut. Ich glaub, sie findet mich süß.«

Bosse guckte sparsam.

Nicki fand das unangebracht. »Schwer zu glauben, was, dass sie mich süß findet?«

»Ja, du Süßer, du. Mit deinen schmächtigen Ärmchen.« Bosse kniff Nicki in den dünnen Oberarm, erwischte außer Haut nicht viel.

Nicki zog den Arm weg. »Lass das, du Penner, oder ich sag wieder Marvin zu dir.«

Bosse sagte: »Mann, jetzt hab dich nicht so. Ich freu mich für dich. Ehrlich. Vielleicht wirst du ja sogar entjungfert. Stell dir das mal vor.«

Nicki verzog gelangweilt den Mundwinkel.

»Und was haste jetzt vor«, fragte Bosse, »mit deiner, wie hieß sie noch mal – Me… Ma…?«

»Melisa. Ihr Name ist Melisa. Und: Ich weiß es nicht.«

»Was weißte nicht? Ich denke, du stehst auf sie. Und sie auch auf dich, wie ich gehört habe. Traust dich nicht, oder was? Soll ich dir 'n paar Tricks zeigen?«

»Wie ist das, hat man überhaupt noch Sex, wenn man zehn Jahre mit derselben …«, Nicki suchte nach dem passenden Wort, »… Person zusammen ist?«

»Es sind fast elf«, sagte Bosse. »Wir haben Jahrestag in einer Woche. Keinen Plan, was ich ihr schenken soll.« Er kratzte sich unruhig am Bein.

»Ihr schenkt euch was zum Jahrestag?«

Bosse sah Nicki an, als hätte er ihn gefragt, ob er ein Befürworter des nuklearen Armageddons sei. »Wo kommst du 'n her? Am Jahrestag schenkt natürlich nur der Mann was.«

Nicki legte die Stirn in Falten. Sicher eine der unzähligen schwachsinnigen Regeln, die Viola aufgestellt hatte und an die Bosse sich brav hielt, ohne sie zu hinterfragen.

Bosse schielte zum Fernseher. »Drück mal.«

Nicki tat ihm den Gefallen, und das Ausweiden am lebenden Objekt wurde fortgesetzt.

»So krass! Glenn, ey.« Bosse schüttelte ungläubig den Kopf. »Die können doch nicht einfach so den Quotenasiaten killen.«

»Wir machen morgen übrigens einen Ausflug«, sagte Nicki, als er seinen Blick zum Bildschirm wandern ließ. »Mit deinem Auto.«

»Ja? Wohin?«, fragte Bosse geistig abwesend und mit dem Mund voller Erdnussflips.

»Grunewald.«

Bosse machte: »M-hm.« Zerkaute seine Flips, wie ein Eichhörnchen Nüsse nagt, während die Untoten Glenn als Snack unter sich aufteilten.

***

Nicki saß auf dem Boden, mit dem Rücken an den Heizkörper unter dem Fenster zum Innenhof gelehnt. Er telefonierte mit Melisa. »Ich hab nachgedacht und, ähm, also ich mach's.«

»Hasipups, du bist der Beste«, flötete sie.

»Aber, ähm, ich hab mir überlegt, ich … ich mach's nicht alleine.«

Schweigen am anderen Ende der Leitung.

»Melisa? Bist du noch dran?«

»Ja.« Es klang so reserviert, wie ein Ja nur klingen konnte. »Was bedeutet ›nicht alleine‹?«

»Ein Freund von mir kommt noch mit.«

»Aha?« Eindeutig mehr Aufforderung als Kenntnisnahme.

»Bosse, mein Mitbewohner. Der ist in Ordnung.«

»Warum?«

»Warum er in Ordnung ist?«

»Nein. Warum kommst du nicht alleine?«

»Na ja. Was du noch nicht weißt: Ich hab kein Auto und auch keinen Führerschein. Und ich dachte mir, es könnte vielleicht komisch aussehen, wenn du fährst. Und – und Bosse hat beides.«

»Dir ist klar, dass ich nicht Nein sagen kann, weil es morgen passieren muss?«

»Damit hat das nichts zu tun.«

»Das ist echt hinterlistig. Nicki Sommer ist hinterlistig. Wer hätt's gedacht.« Sie klang enttäuscht und gleichzeitig ein wenig beeindruckt.

»Nein, so ist das nicht«, sagte Nicki.

»Wie auch immer. Ich find s nicht gut. Gefällt mir nicht. Zu viele Mitwisser. Was ist dein Bosse für ein Typ? Ist er zuverlässig? Können wir ihm vertrauen? Was ist, wenn er quatscht? Heutzutage quatschen die meisten Typen viel zu viel.«

»Ja. Aber nein. Er wird nicht, er weiß ja nichts.«

»Wie viel ist nichts?«

»Nichts ist nichts.«

Stille.

Und dann sagte sie: »Na schön. Erschließt sich mir zwar nicht, wie dieser Bosse dir helfen soll, wenn er so rein gar nichts weiß, aber das ist deine Sache. Du sagst, du vertraust ihm, du sagst, er quatscht nicht. Okay. Ich hoffe nur, dir ist klar, dass ich ihn nicht bezahlen werde. Und ich hoffe, dir ist klar, dass du die Konsequenzen trägst, falls sich herausstellt, dass du falschliegst.«

»Konsequenzen?«, wunderte Nicki sich laut.

Sie ging darauf nicht ein und fragte stattdessen: »Hast du noch Fragen?«

»Nein, ich … glaub nicht. Wir kommen raus zu dir, ich lade dich ein. So, dass es echt aussieht, und das war's. Genauso, wie du es dir vorstellst. Ist ja keine Wissenschaft.«

»Sag ich doch. Aber denk dran: Morgen ist Yogamittwoch. Ich verlasse um halb drei das Haus.«

»Hab ich aufm Schirm.«

»Schön, dann bis morgen, Hasipups. Ich freu mich.«

»Ja, tschüss, ich mich auch«, sagte Nicki und legte auf.

Er fand, Melisas Stimme klang ganz zauberhaft am Telefon. Aber was zum Geier meinte sie mit »Konsequenzen«?

4

Nicki hatte den Wecker gestellt, um gleich am Morgen die notwendigen Besorgungen zu erledigen. Er war so früh dran, dass er vor dem Baumarkt warten musste, bis ein Angestellter kam und ihm die Tür aufschloss.

Er besorgte Tape zum Knebeln, Kabelbinder zum Fesseln und einen Stoffsack, um ihn Melisa über den Kopf zu ziehen. Ein Fernglas, sofern es von Nutzen sein sollte, lag zu Hause. Sein Vater hatte es ihm vor Jahren geschenkt. Es fühlte sich an, als wäre es in einem anderen Leben passiert. In einem von vielen Paralleluniversen war Nicki vielleicht ein Sohn, der auch mit fast dreiunddreißig noch Geschenke von seinem Vater bekam. Nichts in der Dimension eines Fernglases, aber vielleicht ein Auto oder eine Wohnung oder einen Urlaub auf Barbados. Vielleicht gab es irgendwo jenseits dieses Universums eine Welt, in der ein Nicki Sommer lebte, dessen Vater stolz auf ihn war. Auch wenn er es sich zuerst nicht eingestehen wollte – Nicki gefiel die Vorstellung. Sie hatte etwas Tröstliches.

***

Sie nahmen Bosses Wagen, einen weißen 1er-BMW, ein Geschenk seiner Eltern, als er zum Studium nach Berlin gezogen war.

Ganz der brave Sohn, fuhr Bosse jedes zweite Wochenende nach Düsseldorf. Dort hatte sein Vater eine Firma, in die Bosse junior nach dem Studium einsteigen und die er in zehn bis fünfzehn Jahren ganz übernehmen würde. Sein Weg war vorbestimmt, bequem und sorgenfrei.

Nicki fand es super, wenn Bosse die Düse machte. Er war zwar erst vor knapp sechs Wochen, nachdem er im »Rodeo« rausgeflogen und sein bisschen Erspartes aufgebraucht gewesen war, bei Bosse eingezogen, aber das WG-Leben ging ihm schon jetzt mächtig auf den Sack.

Er genoss jede Minute, die er allein in der Bude war. Entsprechend paradiesisch fühlte sich die Zeit an, in der Bosse in NRW weilte. Niemand störte sich daran, dass Nicki die Wanne nach dem Duschen nicht ausspülte, dass sich das benutzte Geschirr tagelang stapelte oder dass er den Müll nicht trennte.

Die Stunden vor Bosses Rückkehr waren dann zwar meistens etwas anstrengend, weil er dessen penible Ordnung wiederherstellen musste, aber das waren ihm seine paar Tage in Freiheit wert.

***

Sie fuhren über die Avus raus nach Grunewald.

Wenige Straßen vor ihrem Ziel sagte Nicki zu Bosse, dass er kurz an der Tanke anhalten solle. Er behauptete, er habe Heißhunger auf ein Eis, und fragte, ob Bosse auch eines wolle. Bosse wollte kein Eis. Zu viele Kohlenhydrate seien ungesund, sagte er und zog sein Smartphone aus der Tasche.

Nicki holte sich ein Cornetto Nuss, schraubte die Nummernschilder vorn und hinten vom BMW und stieg zurück in den Wagen.

Bosse war vollends davon vereinnahmt, mit der typischen Daumenbewegung über sein Handy zu wischen, und hatte null mitbekommen.

Als Nicki meinte, dass sie von ihm aus weiterkönnten, nickte er gefällig, trat die Kupplung, drückte den Startknopf, und der Motor sprang an.

Nicki klammerte sich an sein Cornetto Nuss und beschwor sich für den Rest des Weges selbst, betete sozusagen einen Rosenkranz nach dem anderen, dass sie ganz bestimmt keiner Polizeistreife begegnen würden.

»Wir sind da«, sagte Nicki, als vor ihnen die spitzen Giebel hinter der braunroten Backsteinmauer auftauchten. »Stell dich da drüben hin.« Er deutete auf eine großzügige Lücke am Straßenrand, schräg gegenüber dem Einfahrtstor.

Während Bosse den weißen BMW 118i an der Villa vorüberrollen ließ, sah Nicki auf das zermatschte Cornetto in seiner Hand. Es war nicht mehr zu gebrauchen.

Nachdem sie gewendet und eingeparkt hatten, nahm er die Einkaufstüte, die auf dem Rücksitz stand, und kramte die Gummimasken heraus, die er auf dem Rückweg vom Baumarkt in den Arkaden besorgt hatte.

»Du bist Spiderman«, sagte er, reichte Bosse die Maske und streifte sich selbst das grüne Gesicht mit den spitzen Ohren über.

Bosse betrachtete das rote Spinnennetz auf seinem Schoß. »Was ist das?«

Nicki drängelte: »Na los. Es ist Yogamittwoch. Wir sind spät dran.«

Bosse sah verständnislos auf. »Was geht ab, ey?«

»Nichts geht ab. Du bist Spiderman.«

»Was für eine Art von Ausflug ist das eigentlich?« Bosse scannte misstrauisch die Umgebung. »Was zum Teufel machen wir hier?«

Nicki deutete mit dem Kinn in Richtung Villa. »Melisa wohnt da drüben. Wir kidnappen sie.«

Bosse drehte sich zu ihm, in seinem Gesicht hatte sich ein fettes Fragezeichen geformt. »Kidnappen? Als Yoda und Spiderman?«

Berechtigte Fragen, fand Nicki. Entgegnete aber: »Gibt's da ein Problem?«

»Oh ja, da gibt's sogar eine ganze Reihe Probleme. Keine Ahnung, was ›kidnappen‹ heißen soll«, er malte Anführungszeichen in die Luft, »dazu kommen wir gleich. Aber vor allem: Spiderman? Echt jetzt, Nicki?«

Nicki zuckte mit den Schultern. »Warum nicht? Du stehst doch auf den Marvel-Scheiß.«

»Alter, Spiderman war das letzte Mal vor zehn Jahren angesagt. Damals, mit Tobey Maguire.«

»Also ich fand den Reboot nicht so schlecht.«

»Ich bitte dich. Wie alt ist der Peter-Parker-Darsteller da? Fünfzehn? Sechzehn, wenn's hochkommt. Mann, ich zieh mir doch keine Kinderfilme rein.«

Bosse hielt Nicki die Maske dicht vors Gesicht. »Und das hier, das ist eine Andrew-Garfield-Spiderman-Maske, falls du's nicht gemerkt hast.«

»Nee, hab ich nicht.«

»Geht gar nicht. Das ist noch viel schlimmer als ein Kinderfilm.« Bosse zeigte mit dem Finger auf Nicki. »Ich will der Jedi-Meister sein.«

Nicki verlor allmählich die Geduld. Er stöhnte ein »Okay«, nahm die Maske ab und warf sie Bosse hin.

Bosse lächelte in Yodas Gesicht, das flach wie ein Pfannkuchen in seinem Schoß lag. »›Star Wars‹ ist einfach viel … erwachsener.« Zog sich die Gummimaske über und betrachtete sich zufrieden im Spiegel der Sonnenblende.

Die Digitaluhr über dem Radio sprang auf vierzehn Uhr zweiunddreißig, als Melisa auf die Straße trat. Sie trug eine Sporttasche über der Schulter, und ihre Beine steckten in einer beige und schwarz gemusterten Leggins, die irgendwie nach Schlange aussah. Darüber flatterte ein bauchfreies weißes Top. Außerdem hatte sie goldene Turnschuhe an.

»Es geht los«, sagte Nicki und merkte an seinem Tonfall, wie aufgeregt er war.

Bosses Augen leuchteten, als er Melisa entdeckte. »Boah, ist sie das?«

Nicki sagte nur: »Ja.«

»Noch mal zurück zu Punkt eins.« Bosses Blick haftete weiter auf Melisa. »Was soll das bedeuten: ›Wir kidnappen sie‹?«

»Das bedeutet, dass du im Auto wartest.«

Nicki pustete durch, öffnete die Tür und stieg aus.

Melisa bekam gar nicht mit, wie er ihr den Weg zum Porsche versperrte. Sie stoppte erst, als sie sich ihm zwei Schritte genähert hatte, und sah ihn über den Rand ihrer lilafarbenen Ray-Ban-Sonnenbrille hinweg an.

Nicki stand wie angewurzelt da. Er wollte was sagen, aber er wusste ums Verrecken nicht, was. »Äääh …«, machte er, drehte sich hilfesuchend zu Bosse, der im Wagen saß und das Geschehen interessiert verfolgte, und dann wieder zurück zu Melisa.

Sie stemmte die Hände in die Hüfte, ihr Gesicht nahm einen fordernden Ausdruck an.

Nicki sagte: »Ähm, ich … entführ dich jetzt«, und wusste noch im selben Augenblick: Das war nicht der Satz, den er hätte sagen sollen.

Ihre Mundwinkel senkten sich.

Er ärgerte sich.

Ein junger Mann afrikanischer Abstammung trat mit einem Zwergschnauzer an der Leine aus einem benachbarten Haus. Ihrer beider Blicke wanderten auf die gegenüberliegende Straßenseite.

Melisa sagte leise: »Scheiße, der Hundesitter.« Und noch in derselben Sekunde wandte sie sich ab und rief in einer Lautstärke, die der Jüngling mit dem Hund unmöglich überhören konnte: »Lass mich in Ruhe, du Freak!« Und dann stolzierte sie an Nicki vorbei.

Nicki und der Hundesitter sahen ihr verdutzt nach. Der Zwergschnauzer ging in die Hocke und erledigte sein Geschäft.

Nicki wusste, er musste was tun. Er konnte nicht nur dastehen und dumm aus der Wäsche gucken. Er musste ihr nach. Er musste sie aufhalten. Er musste – »Bleib stehen!«

Sie ging einfach weiter, blickte sich nicht mal um.

Er stürzte hinter ihr her, holte sie ein und packte sie an den Schultern. Er wollte sie nur festhalten, aber sie war so leicht, dass es ihr die Beine wegriss und Nicki sie plötzlich zwischen seinen Händen hielt.

Melisa stieß einen Schrei aus, zappelte und strampelte um sich. Ihre Tasche fiel zu Boden, und Nicki überlegte, ob er sie aufheben sollte. Er lockerte den Griff anscheinend unbewusst, wodurch Melisa wieder Boden unter den Füßen zu spüren bekam.

Sie drehte sich blitzschnell ein und schleuderte ihren Handrücken in Nickis Gesicht. Als er sich reflexartig an die Wange fasste, rammte sie ihm ihr spitzes Knie in den Magen.

Nicki blieb die Luft weg. Er stieß ein Seufzen aus und sank zu Boden. Er spürte, wie seine Mundhöhle sich mit seinem halb verdauten Mittagessen füllte.

***

Yoda-Bosse sah alles mit an. Sah, wie Nicki am Boden kauerte, die Stirn auf den Asphalt drückte und kotzte. Sah, wie der Schwarze mit dem Hund unbewegt am selben Fleck stand und Spiderman anstarrte. Sah Melisa, die wie ein Mädchen die Straße hochrannte.

Bosse schwenkte zurück zu Nicki. Der hatte sich inzwischen halbwegs aufgerappelt, stand gekrümmt da, die Füße leicht nach innen gedreht, sodass seine großen Zehen aufeinanderzeigten. Die Arme hatte er über seinem Bauch gefaltet. Es schien, als versuchte er, auf diese Weise den Rest seines Mageninhalts in sich zu behalten. Sein vor Schmerzen zur Fratze verzerrtes Gesicht sagte: »Halt sie auf.«

Bosse ließ das Seitenfenster runterfahren. Das dauerte einen Moment. Dann sagte er: »Ich hätt nicht gedacht, dass sie so heiß ist. Hast du gesehen, was ihr Arsch macht, wenn sie rennt? Sie hat was von Cara Delevingne, findest du nicht auch?«

Nicki zitterte und wankte, als trampelte eine Viehherde durch seinen Magen. Und offenbar hatte er keinen Bock auf diese Art von Männergespräch. Er sagte: »Halt's Maul und fahr ihr nach.«

Bosse konnte das so nicht stehen lassen. »Heh, ich hab kein Maul. Ich –«

»Fahr ihr nach, verdammt! Fahr ihr nach!«

Es klang cholerisch und hatte seine Wirkung.

»Okay, okay, schon gut. Ich fahr ihr nach. Und dann?«

Nicki breitete die Handflächen aus, sein Mund öffnete sich,

sein Kopf wippte. Alles in allem wirkte er, als könnte er's nicht fassen. »Und dann kidnappst du sie.«

Bosse nickte, als wäre der Auftrag klar, schnallte sich an und düste los.

Sie war nicht weit gekommen. Bosse entdeckte sie schon hinter der ersten Kurve. Er hatte sie schnell eingeholt.

Als er auf ihrer Höhe ankam, bremste er, schaltete runter in den ersten Gang und ließ den Wagen, ohne Gas zu geben, neben ihr herrollen.

Melisa schielte aus dem Augenwinkel zu ihm.

Bosse rief ihr zu, die Scheibe war noch heruntergelassen: »Nicki sagt, ich soll dich kidnappen.«

Melisa fuhr als Antwort ihren Mittelfinger aus.

Sie rannte weiter, gewann ein paar Meter.

Bosse schaute ihr einfach nach. Er sagte zu sich, ohne genau zu wissen, aus welchem Film er zitierte: »Du hast es so gewollt, Baby.«

Legte beide Hände fest ans Steuer. Trat das Gaspedal durch, der Motor heulte auf. Zog an Melisa vorbei, lenkte scharf nach rechts, schrammte über den Bordstein. Dann Vollbremsung.

Der BMW wurde für Melisa zu einem tonnenschweren blechernen Geschoss, dem sie gerade so in letzter Sekunde ausweichen konnte. Während Bosse bequem in einem schwarzen Teilleder-Sportsitz saß, beobachtete er, wie Melisa sich notgedrungen an dem Stunt versuchte, den Mel Gibson in »Kopfgeld« gebracht hatte.

Es ging gründlich in die Hose. Sie wollte auf den Motordeckel springen, um dem BMW auszuweichen, und schaffte es mit dem Sprungbein sogar auf die Haube, aber der Kotflügel erwischte sie am anderen Bein und riss es ihr mit voller Wucht weg. Den Rest erledigten physikalische Kräfte: Melisa wurde Kopf voraus über den Großteil der Kühlerhaube geschleudert und schlug dicht vor Bosse mit der Schulter gegen die Windschutzscheibe. Ihr schmaler Körper wurde durch den Aufprall zurückgeworfen, die Beine schnellten in die Höhe, und sie landete nach einer beinahe Hundertachtzig-Grad-Drehung neben dem linken Vorderrad.

Dort blieb sie liegen und rührte sich nicht mehr.

***

Nicki hatte noch immer die blau-rote Spiderman-Maske auf, als er um die Ecke bog und sein Blick auf den weißen BMW fiel, der wie hingeworfen quer über dem Gehweg lag.

Bosse saß, soweit Nicki es erkennen konnte, hinter dem Steuer. Von Melisa keine Spur.

Während er sich dem Wagen näherte, merkte Nicki, dass die Seitenscheibe am Beifahrerplatz noch immer eingefahren war. Er stützte sich in den Türrahmen und schob den Kopf in den Wagenfond.

Bosse hockte auf dem Fahrersitz, umklammerte das Lenkrad und stierte ins Nichts.

»Wo ist Melisa?«, fragte Nicki.

Er erhielt weder eine Antwort noch sonst eine Reaktion. Er nahm den Griff und wollte die Tür gerade öffnen, als er die goldenen Turnschuhe entdeckte, die auf der anderen Seite des Autos auf dem Asphalt hervorlugten.

Nicki nahm den Weg ums Heck und fand Melisa, die an den Vorderreifen angelehnt kauerte.

Ihre Lippe war aufgeplatzt, und sie hatte eine Wunde am Kopf, aus der ihr Blut über die Stirn und die linke Nasenwand rann, bis zum Kinn, von wo es in Tropfen auf ihre schlanken Schlangenbeine fiel, die Nicki teils besorgniserregend verdreht erschienen.

Sie sah mitgenommen aus. Ihre sonst so luftig-locker-sexy liegenden Haare waren ein wildes Durcheinander. Ihr weißes Oberteil war verdreckt, an einer Stelle eingerissen. Nicki konnte den schwarzen BH-Träger sehen, der sich über ihr Schlüsselbein spannte.

Er beugte sich über Melisa. »Lebst du noch?«

Sie blinzelte matt.

Nicki zog ihr vorsichtig die Stofffetzen über die nackte Schulter. »Alles okay?«

Melisa deutete ein Nicken an und hauchte: »Mir geht's gut.«

Nicki beäugte sie kritisch. Ihr Sprunggelenk war nicht nur in unnatürlicher Stellung, es war auch angeschwollen und verfärbte sich allmählich. »Dein Knöchel sieht nicht gut aus«, sagte er.

Sie erwiderte flüsternd: »Dein Freund ist ein Verkehrsrowdy.«

»Ich glaube, wir sollten ins Krankenhaus.«

Sie wollte den Kopf schütteln, brach aber ab. Vermutlich, weil sie Schmerzen hatte. »No way. Das mit dem Bein kriegst du selber hin. Wir bleiben bei unserem Plan. Bring mich zu dir.«

Nicki wollte zuerst widersprechen, aber es überwog das Heldengefühl. Was sie ihm nicht alles zutraute! Ja, er würde sie verarzten.

An Bosse adressiert sagte er: »Bring mal die Baumarkttüte.«

Nichts geschah.

Er tätschelte Melisa die Schulter. »Bin gleich wieder da.«

Nicki stand auf, schaute zu Bosse, der sich nach wie vor ans Lenkrad krallte und keine Regung zeigte. Er ging zur Tür hinter dem Fahrersitz und öffnete sie. Griff die Tüte, die in den Fußraum gefallen war, und fischte nacheinander den Stoffsack, das Klebeband und die Kabelbinder heraus. Dann tappte er zurück zu Melisa.

Sie hatte die Augen geschlossen. Nicki kniete sich vor sie, riss einen Streifen Klebeband ab und presste ihn auf ihren Mund.

Sie schlug die Augen auf und schrie ihn stumm an. Es schien, als würden ihre Augäpfel jeden Moment aus den Höhlen ploppen. Nicki streifte ihr schnell den Sack über den Kopf.

Anschließend schnürte er ihr die Hände mit den Kabelbindern auf den Rücken. Er zog sie wohl etwas zu fest. Sie wimmerte leise.

Er fasste ihr unter die Arme, zerrte ihren kraftlosen Körper zur offen stehenden Hintertür und breitete sie auf dem Rücksitz aus. Sie war wirklich ein Fliegengewicht.

Als er um den Wagen herumging, spürte er wieder bei jedem Schritt die Schmerzen im Magenbereich. Anschließend öffnete er die gegenüberliegende Tür und zog Melisa an den Oberarmen zu sich. Dann schloss er die Seitentür über ihrem Kopf, ging zurück zur anderen Seite, setzte sich neben sie, legte ihre Beine mit den goldenen Schuhen auf seine Beine und schloss die Autotür.

»Ich hab gesagt: ›Fahr ihr nach.‹ Und nicht: ›Fahr sie über den Haufen.‹ Du hast ihr das Bein gebrochen, du Arschloch.«

Bosse saß vor ihm und bewegte sich immer noch nicht.

Nicki zog sich die Maske vom Kopf, strich sich durch die Haare und beschloss, sich erst mal zu beruhigen. Er war bereit, Marvin Bosse noch einige Sekunden zu geben. *Einundzwanzig, zweiundzwanzig …* »Okay, wollen wir?« Fast liebevoll gefragt.

Es dauerte etwas, aber Bosse lockerte schließlich seinen Klammergriff und drehte sich mit entrücktem Gesichtsausdruck zu ihm um.

»Kannst du fahren?«, fragte Nicki.

Bosses Kinn senkte und hob sich mehrmals mechanisch.

»Na, dann los, weg hier«, sagte Nicki.

Bosse drehte sich wieder nach vorn, legte den Rückwärtsgang ein und setzte vorsichtig zurück.

5

Fletscher hielt seinen Hertz-Mietwagen bei knapp über achtzig Kilometern pro Stunde und folgte dem weißen 1er-BMW, der etwa fünf Wagenlängen vor ihm in Richtung Innenstadt rollte.

Er hatte sich für einen A6 Allroad Quattro entschieden. Es war ein unauffälliges Auto, ein deutscher Allerweltswagen, aber er hatte mit dreihundertdreiunddreißig PS ordentlich Power unter der Motorhaube, wenn er sie benötigte.

Aus den Lautsprecherboxen drang »Wanna Be Startin' Somethin'« von Michael Jacksons »Thriller«-Album. Fletscher kannte jede Strophe, er wippte zum Takt des Songs leicht mit dem Kopf.

Der BMW nahm die Abfahrt Messedamm-Süd, bog aber nicht auf den verstopften A 100-Stadtring, sondern steuerte im letzten Moment hinunter auf die Halenseestraße. Die Amateure hatten vergessen, die Nummernschilder wieder anzubringen. Er konnte nur hoffen, dass sie deswegen nicht angehalten wurden. Er wechselte auf die mittlere der drei Spuren und verringerte den Abstand, um im dichten Verkehr nicht den Anschluss zu verlieren. Die ersten beiden Ampeln passierten sie bei Grün, die Ampel an der Kreuzung Messedamm/Neue Kantstraße sprang auf Gelb, als sie sich näherten.

Der 1er wurde langsamer, und ein Smart, der schon seit einer Weile dicht hinter ihm drängelte, scherte auf die Busspur aus. Der Motor heulte auf, und die kleine Plastikkiste mit dem rot-gelben Call-a-Pizza-Logo auf der Karosserie raste mit Vollgas über die Kreuzung. Das war Kundenservice.

Fletscher kam schräg versetzt hinter dem BMW zum Stehen und versuchte, einen Blick ins Innere des Wagens zu erhaschen. Sah aber nur die schwarze Silhouette des einen auf der Rückbank und das abgeschnittene Profil des anderen, der vorn hinterm Steuer saß.

Die Ampel sprang um. Der BMW setzte sich wieder in Bewegung, Fletscher auch.

An der nächsten Kreuzung blinkte der Wagen und bog nach rechts auf den Kaiserdamm. Sie erwischten eine grüne Welle und ließen die nächsten fünf Ampeln hinter sich. Fletscher hielt wieder größeren Abstand und ließ zwei Fahrzeuge – einen Q7 mit blondem Edelweibchen am Steuer und einen rostigen Passat, in dem eine junge Familie mit tobenden Kindern saß – zwischen sich und dem BMW einordnen.

Obwohl er vermutete, dass die beiden ihn selbst dann nicht bemerken würden, wenn er für den Rest des Weges an ihrer Stoßstange klebte, wollte er auf Nummer sicher gehen. Wenn ihn das Leben etwas gelehrt hatte, dann, dass er sich nicht auf andere verlassen sollte.

In diesem Fall nicht einmal auf deren schier grenzenlose Inkompetenz.

Es ging weiter die Bismarckstraße entlang, über den Ernst-Reuter-Platz, die Straße des 17. Juni runter, vorbei am Charlottenburger Tor, bis zur S-Bahn-Station Tiergarten, wo der BMW in die Bachstraße abbog.

Nachdem sie die Spree überquert hatten, kreuzten sie die Turmstraße und kamen an der einstigen Schultheiss-Brauerei vorüber, die inzwischen Schultheiss-Quartier hieß und zum Shoppen und Schlemmen einlud – eine weitere Dreißigtausend-Quadratmeter-Mall des Großinvestors mit dem klangvollen Namen Harald G. Huth. Gerade mal hundert Meter Luftlinie vom Kleinen Tiergarten entfernt, der eben erst frisch frisiert worden war, damit man die Drogendealer besser sehen konnte. Der optimistische Hintergedanke zielte auf Gewaltreduktion ab.

Der weiße BMW und Fletscher fuhren in die Perleberger und passierten so den Hintereingang des Einkaufsparadieses. Zwischen Fletscher und den BMW hatte sich in der zurückliegenden Dreißigerzone ein tiefergelegter Golf GTI mit auffälligen Leichtmetallfelgen gedrängt. Ein Aufkleber am Heck des Wagens beseitigte Fletschers letzte Zweifel, welcher sozialen

Schicht der Besitzer zugehörte: »Wir sind die, mit denen ihr früher nicht spielen durftet«.

Beim Zebrastreifen, der auf Höhe der Rathenower die Fahrbahn kreuzte, fuhr der Golf beinahe eine unaufmerksame Frau an, die zwei Einkaufstüten schleppte. Der Fahrer hupte, woraufhin die Frau zurück auf den Gehsteig sprang. Dann gab er lautstark Gas und düste davon. Fletscher stoppte und wartete, bis die Frau die Mittelinsel erreicht hatte. Es dauerte eine Ewigkeit.

Er ging davon aus, dass er an der nächsten Ampel, spätestens an der Ecke Fennstraße/Am Nordhafen wieder Sichtkontakt zum BMW herstellen würde. Und genauso kam es. Vier Fahrzeuge vor sich entdeckte er das weiße Auto mit der wertvollen Fracht. Es stand auf der rechten Abbiegerspur und blinkte. Fletscher ordnete den Audi hinter dem Wagen ein und bog in der nächsten Grünphase mit ihm ab.

Während der Stadtverkehr sie mit sich riss, erinnerte Fletscher sich an damals, als er Melisa schon einmal gefolgt war.

Zweiter Teil

6

Fletscher trug eine eng anliegende Jeans, darüber ein schmal geschnittenes weißes Hemd. Die Krawatte hatte er locker um den Hals gebunden, ein dunkles Sportsakko hing hinter ihm über der Stuhllehne.

Sein schwarzes, dichtes Haar schmiegte er sich jeden Morgen nach dem Duschen mit Pomade an den Kopf und ließ es sich exakt alle vier Wochen schneiden und färben. Seine Gesichtsrasur bevorzugte er glatt, er mochte es, wenn ihm eine frische Urlaubsbräune anhaftete, weswegen er, insofern es die Auftragslage zuließ, im Zehn-Tage-Rhythmus das Solarium aufsuchte.

Er wusste, dass ihn viele Frauen für einen attraktiven und gut aussehenden Mann hielten. Die meisten waren überrascht, wenn sie erfuhren, dass er schon weit über vierzig war. Er kam recht gut an, tat aber auch was dafür. Dreimal die Woche ging er Gewichte stemmen und joggte jeden Morgen um sieben eine halbe Stunde durch den Park. Außerdem aß er viel Gemüse und verzichtete auf rotes Fleisch.

Und dann waren da natürlich seine kastanienbraunen, wie er gehört hatte, gütig schimmernden Augen. Hin und wieder, wenn er ein Date mit einer besonders attraktiven Frau hatte, benutzte er einen Kajalstift, um sie hervorzuheben. Aber wirklich nur hin und wieder.

Fletscher legte die zur Hälfte abgebrannte Dimitrino Botschafter auf den Rand des Aschenbechers und blätterte lustlos durch die Tagespost. Ein Mahnbescheid, eine Rechnung, zwei Schreiben einer Kanzlei, die Zahlungsaufforderung eines Inkassobüros, Werbung eines Stromanbieters, noch eine Rechnung, ein weiterer Mahnbescheid …

Er zog die Schublade auf, in der er alle Briefe aufbewahrte, deren Absender ihm den Buckel runterrutschen konnten. Das Fach war überfüllter als die indische Eisenbahn. Fletscher ließ die Tagespost in den Papierkorb fallen und kippte den Inhalt der Schublade kurzerhand hinterher.

Es klopfte an der Tür.

Fletscher nahm in aller Ruhe einen letzten Zug, dann drückte er die Zigarette aus und wartete darauf, dass es erneut klopfte.

Aber vergebens.

Seine neue Praktikantin war großartig. Ein Volltreffer. Er fragte sich, wie lange sie draußen vor dem Büro ausharren würde, wenn er nicht antwortete. Aber das würde er ein anderes Mal herausfinden.

Er sagte »Ja?«, und kurz darauf erschien Patrizia: eine kleine, stämmige Person mit roten Löckchen, blassem Teint und Sommersprossen rund um die flache Nase. Sie blieb im Türrahmen stehen und deutete mit dem Daumen hinter sich. »Da ist jemand.«

Fletscher kannte die Kleine inzwischen über einen Monat, aber hatte sich noch immer nicht an ihre tiefe Stimme gewöhnt.

»Wer denn?«

Sie zuckte mit den Schultern. »Hat seinen Namen nicht gesagt.«

»Und was will er?«

Sie zuckte erneut die Schultern. Und das nicht etwa aus Verlegenheit.

»Okay. Schicken Sie ihn rein«, sagte Fletscher.

Sie nickte nicht, verzog auch sonst keine Miene und wollte schon los.

Er hielt sie auf: »Und, Patrizia?«

Sie hielt inne und warf ihm einen müden Blick zu.

»Bringen Sie uns frischen Kaffee und Gebäck, ja?«

»Was 'n für 'n Gebäck?«, fragte sie in ihrem unnachahmlich gelangweilten Ton.

»Der Bäcker gegenüber hat ganz guten Vanilleplunder.«

»Und wie viel soll ich davon kaufen?«

»Wie viele Männer warten da draußen?«

»Nur der eine.«

»Dann sollten vier Teile genügen.«

Patrizia zögerte. Etwas schien ihr auf der Seele zu liegen. Fletscher freute sich schon und wurde nicht enttäuscht, als sie sagte: »Aber er ist dick. Sehr dick.«

Ein erfrischendes Mädchen. Fletscher mochte sie.

»Vier Teile«, sagte er und unterdrückte ein Schmunzeln, weil er autoritäre Distanz wahren wollte.

Patrizia nahm es hin und verschwand.

Fletscher gratulierte sich selbst, dass er den richtigen Riecher gehabt und sich für sie als Praktikantin entschieden hatte. Er zog den Krawattenknoten enger, schlüpfte in sein Sakko und musterte sich im Spiegel. Zupfte am Revers, legte eine abstehende Haarsträhne an den ihr zugedachten Platz und setzte seinen Vertrauen-Sie-mir-ich-will-nur-Ihr-Bestes-Blick auf.

Als er näher kommende Schritte vernahm, sah er zur Bürotür.

Patrizia hatte nicht übertrieben. Der Mann war äußerst korpulent. Fletscher empfing ihn mit einem Lächeln und wusste, dass seine gebleichten Zähne dabei schneeweiß strahlten. »K. K. Fletscher, Privatermittler. Angenehm.« Er streckte dem Mann die Hand entgegen.

Der Fremde erwiderte weder den Handschlag, noch lächelte er. »Und ich dachte, ich hätte einen Friseurtermin.«

Fletscher spürte eine leichte Irritation, die es ihm erschwerte, sein Lächeln aufrechtzuerhalten. Er beobachtete, wie der Mann unaufgefordert versuchte, seinen fettleibigen Körper auf das Sitzpolster zwischen den Armlehnen des Besucherstuhls zu zwängen. Er scheiterte und begnügte sich schließlich damit, auf der Stuhlkante Platz zu nehmen. Es sah unbequem aus.

Fletscher setzte sich ihm gegenüber. »Hat Ihnen meine Assistentin schon etwas angeboten, Herr …?«

»Dietze. Dr. Dr. Dietze.«

Fletscher sorgte dafür, dass sein Gesichtsausdruck die offenbar erwünschte Hochachtung gewährte. »Möchten Sie einen Kaffee, Herr Dr. Dr. Dietze? Oder ein Wasser?«

»Einem Cognac wäre ich nicht abgeneigt.«

Kein einfacher Fall, wie ihm schien, aber Fletscher war nicht gewillt, seine Rolle als demütiger Gastgeber vorschnell aufzugeben. »Bedaure«, sagte er. »Aber meine Assistentin besorgt Ihnen gerne einen.«

»Schon gut. Sie müssen es nicht übertreiben.«

Fletscher nickte andächtig, ehe er sämig fragte: »Was kann ich für Sie tun, Herr Dietze?«

»Ich will, dass Sie herausfinden, mit wem meine Freundin bumst.«

»Verstehe«, sagte Fletscher. »Haben Sie einen Verdacht, mit wem sie Sie hintergeht?« Er versuchte so ernst zu klingen wie ein Bestatter, der den Hinterbliebenen sein Beileid überbringt.

»Ich glaube – nein, genau genommen bin ich mir sogar sehr sicher, dass es dieser Profisportler ist. Ein Basketballspieler. Kippmann.«

Fletscher hob seine gezupften Brauen. »Sie meinen Kippling? Stevie Kippling? Mr. Big Shot?«

»Verzeihung?«

»So nennen ihn die Fans. Seine Fans. Manche sagen auch ›Der Kippster‹. Oder einfach nur Kipp. Kippmann wäre mir neu.«

Fletscher gab »Kippling« bei Google ein und legte Dietze das iPad vor. »Das ist der Bursche.«

Der Doc begutachtete das Foto auf dem Display.

»Ist er das?«.

Dietze nickte, ohne ihn anzusehen. »Ja, das ist er.« Es lag Kränkung in seiner Stimme.

Fletscher zog das Tablet wieder zu sich und schlug erneut einen betont geschäftsmäßigen Ton an. »Wenn ich Sie richtig verstehe – und korrigieren Sie mich bitte, wenn ich mich irre –, dann würden Sie Ihren Verdacht, was Ihre Partnerin und Herrn Kippling betrifft, gerne gegen Gewissheit eintauschen.«

Dietze sagte: »Sie irren sich nicht.«

Fletscher nickte. »Darf ich Sie fragen, wie Sie zu Ihrem Verdacht gelangt sind? Worauf fußt er? Was ist passiert?«

»Es war genau vor einer Woche. Ich und ein befreundeter Kollege haben Geburtstag gefeiert. Wir haben rein zufällig am gleichen Tag. An sich ein kompetenter Mann, den ich fachlich schätze, aber immer wenn ich seine Gemahlin sehe, frage ich mich, warum er sie nicht endlich unters Messer nimmt. Brigitte ist gut und gerne …«, Dietze überlegte, »… die ist mit Sicherheit schon jenseits der vierzig.« Er zückte ein Taschentuch und tupfte sich die schwitzende Stirn. »Haben Sie vielleicht ein Glas Wasser?«, fragte er dann.

»Natürlich.«

Fletscher stand auf, um eine Null-Komma-zwei-Liter-Flasche vom Sideboard zu holen. Der Doc sah stumm dabei zu, wie er das Getränk und ein Glas vor ihm abstellte und sich dann wieder hinter sein iPad setzte.

»An sich habe ich ja eine Schwäche für Poolpartys«, sagte der doppelte Doktor, während er sich selbst eingoss. »Aus den naheliegenden Gründen. Aber diese war wahrlich unerfreulich.«

Er trank einen Schluck und holte tief Luft. »Es waren vermutlich die Canapés. Entweder allein oder in Kombination mit dem abgestandenen Champagner. Jedenfalls, ich wollte vermeiden, dass ich mich in meinen eigenen Pool erbreche, und habe mich auf die Suche nach Lissi gemacht. Damit sie die Party für mich beendet. Lissi heißt in Wirklichkeit Melisa, aber ich nenne sie meistens Lissi. Klingt niedlicher, wie ich finde, und passt auch besser zu ihrer neuen Nase. Ich konnte sie nirgends finden. Und an ihr Handy ist sie auch nicht. Das war in etwa der Moment, in dem mir so schlecht wurde, dass ich Magenkrämpfe bekam. Ich war voll und ganz darauf konzentriert, mir nicht den Läufer im Treppenhaus zu versauen, als ich höre, wie oben eine Tür aufgeht. Kurz darauf kam sie mir im Badeanzug entgegen. Sie sah wie immer zum Anbeißen aus, aber als sie mich entdeckte, wirkte sie überrascht. Rückblickend würde ich sagen, das passendere Wort wäre ›ertappt‹.

Sie wirkte ertappt, hatte sich aber schnell wieder im Griff. In so was ist sie gut, wenn Sie verstehen, was ich meine. Ich kann mich leider nicht ganz an ihren genauen Wortlaut erinnern, aber dafür an den Tonfall: ›Liebster, ich hab dich überall gesucht. Ist alles okay? Du siehst blass aus.‹ Süßlich klingt sie sonst nur, wenn sie was von mir will.«

Dietze lachte, aber es war ein bitteres Lachen. Er verstummte schlagartig und sah Fletscher fest an. »Und jetzt raten Sie, wer nach ihr die Treppe heruntergekommen ist.«

»Mr. Big Shot.«

Dietze nickte.

»Ich wollte von ihr wissen, was sie mit ihm im Haus sucht, wenn alle anderen am Pool eine Party feiern. Ein eifersüchtigerer Mann könnte da auf Gedanken kommen, sagte ich. Sie wollte mir gerade antworten, und ich war wirklich gespannt auf ihre Geschichte, da mischt sich dieser Ballspieler in seiner Badehose mit den grünen Pünktchen ein und fragt mich, wer ich überhaupt bin. Fragt mich allen Ernstes, wer ich bin. In meinem eigenen Haus. Ist das zu fassen? Ich schaue ihn an und sage: ›Ich bin derjenige, dem das hier gehört. Das Haus, der Pool …‹ Ich habe auf Lissi gezeigt und ihm, wie ich finde, auch in diesem Punkt recht eindeutig die Besitzverhältnisse erklärt: ›Und die junge Dame hier gehört auch zu mir.‹ Und was macht er? Er sieht zu ihr und fängt an zu stottern: ›Ke-ke-kennst du den alten Sack?‹ Mir fällt gerade nicht ein, was sie geantwortet hat. Ich glaube, nichts. Ich jedenfalls sage: ›Verlassen Sie mein Haus. Die Party ist zu Ende für Sie.‹ Da baut er sich vor mir auf wie ein Affe, der sein Revier markiert. ›W-w-weißt 'n du ü-ü-überhaupt, m-m-mit wem du redest? W-w-weißt 'n du eigentlich, w-w-wer er ist?‹ Ich drehe mich um, aber da war niemand. Nur wir drei auf der Treppe. Und da habe ich begriffen, er sprach von sich selbst in der dritten Person. Hybris gepaart mit Stumpfsinn. Eine exklusive Mischung. Ich sage ihm: ›Nein, Sportsfreund, ich bedaure, ich weiß nicht, wer er ist.‹ Da dreht er mir den Rücken zu, und ich lese ›KIPP‹ auf seinem Shirt. Ich versichere Ihnen, Herr Fletscher, ich schmücke nichts aus. Er hatte sein eigenes Trikot an. Mit seinem Namen. Er sagt zu mir: ›E-e-er ist der Kipp, Mann‹. Und ich sage: ›Sehr schnittiges Trikot, Herr Kippmann. Sehr schnittig. Tragen Sie es, damit Sie Ihren Namen nicht vergessen? Oder damit man Sie in Ihr Gehege zurückführt, wenn Sie sich im Zoo verirren?‹ Er verstand natürlich kein Wort. Also habe ich ihm frei übersetzt: ›Verschwinden Sie, Kippmann. Oder ich rufe die Polizei.‹ Immerhin, das kam an. Zum Glück ist Lissi dann recht schnell eingeschritten. Ich weiß nicht, wie viel länger ich die Contenance noch hätte bewahren können. Ich sage Ihnen, Herr Fletscher, ich war wahrlich ganz kurz davor, mich zu vergessen. Ganz kurz.«

Fletscher wäre gern dabei gewesen, wenn der gedrungene Mann, der nicht zwischen zwei Stuhllehnen passte, die Beherrschung verlor. Er hätte gern gesehen, wie er gegen den Zwei-Meter-Center Stevie Kippling antrat. Ein erneutes Türklopfen beendete die Aufführung vor Fletschers geistigem Auge.

»Kommen Sie rein, Patrizia«, sagte er.

Patrizia kam rein. Sie balancierte ein Tablett mit zwei gefüllten Kaffeetassen, einem Milchkännchen, einer Zuckerdose, zwei Servietten und einem Teller mit vier Vanilleplundern. Stellte alles auf dem Schreibtisch ab und lächelte, als Fletscher sich bei ihr bedankte.

Noch bevor sie die Bürotür hinter sich geschlossen hatte, hatte der Doc einen Plunder in der Hand und zweimal hineingebissen. Er verschlang die breiige Masse, biss erneut in den Plunder und kippte einen Schwung Kaffee hinterher.

Fletscher sah ihm interessiert bei der Nahrungsaufnahme zu und nippte möglichst vornehm an seiner Kaffeetasse.

Dietze sagte mit vollem Mund: »Seit diesem Abend hat sie ständig die verschiedensten Termine, an die ich mich in den seltensten Fällen erinnern kann, obwohl sie angeblich mit mir zuvor darüber gesprochen hat. Und deswegen, mein lieber Fletscher, bin ich hier. Ich bin mir nämlich beinahe sicher, dass diese Termine größtenteils ein und derselbe Termin sind.«

Dietze starrte mit vollen Backen an Fletscher vorbei. Falls er so etwas wie Gefühle besaß, dann waren sie verletzt.

»Ich würde Ihnen unser 24/7-Paket empfehlen«, sagte Fletscher in die Stille hinein.

Dietze schlang den halb zerkauten Plunder herunter. »24/7?«

Fletscher nickte. »Ich folge Melisa in einem von Ihnen bestimmten Zeitraum vierundzwanzig Stunden am Tag, sieben Tage die Woche. Ich dokumentiere, was sie macht, mit wem sie sich trifft. Und so weiter und so fort.« Fletscher zeigte sein seriösestes Gesicht. »Die schonungslose Wahrheit, dessen müssen Sie sich bewusst sein.«

»Und was soll das kosten?«, fragte Dietze.

»Das 24/7-Paket inklusive digitaler Beweissicherung und einer finalen Analyse nach Beendigung der Beschattung kostet zweitausendfünfhundert Euro. Plus Spesen und Steuern. Das Beratungsgespräch, das wir gerade führen, ist selbstverständlich gratis.«

Dietze schaute Fletscher perplex durch seine Brillengläser an. »Zweitausendfünfhundert?«

»Ein vergleichsweise günstiges Angebot«, antwortete Fletscher mit eingeübtem Pokerface. Und dann der übliche Spruch: »Ich kann um fünfhundert runtergehen. Aber nicht mehr.«

»Kann ich das absetzen?«

»Da in Ihrem Fall ein konkreter Verdacht besteht, mit dem Sie an mich herantreten, sollte das möglich sein.« Fletscher schob nach: »Meine Assistentin kann sich aber gerne noch mal für Sie schlaumachen, was den steuerlichen Aspekt angeht. Wenn Sie also noch einmal in Ruhe über alles –«

»Schon gut. Gekauft.«

Fletscher schaltete sein Lächeln ein und streckte Dietze die Hand hin. »Auf eine gute Zusammenarbeit.«

Dietze tastete ihn mit Blicken ab, ehe er diesmal tatsächlich einschlug.

Fletscher griff einen Stift und sagte: »Ich benötige noch ein paar Daten. Wie lautet der Nachname Ihrer Partnerin?«

»Rakowska. Wie man's spricht.«

»Melissa Rakowska«, murmelte Fletscher, während er den Namen notierte.

»Melisa mit einem s.«

Fletscher nickte und strich das überschüssige s.

»Geburtsdatum?«

»Irgendwann im Oktober.«

Fletscher sah zum Doc. Der verzog keine Miene. Fletscher verzichtete auf ein Nachhaken und fragte stattdessen: »Haben Sie vielleicht ein Foto?«

Dietze fasste in sein Jackett, zog ein Lichtbild hervor und schob es über den Tisch. Die Aufnahme zeigte ein junges Ding, vermutlich Anfang, aber höchstens Mitte zwanzig. Sehr schlank, sehr attraktiv. Sie trug ein mohnblumenrotes, weites Oberteil, schwarze Hotpants – oder Minirock, das war nicht genau zu erkennen – und schwarze Heels. Sie hatte einen Zylinder auf, lehnte an einer Mauer und schäkerte mit der Kamera.

Fletscher hatte das Gefühl, sie flirtete mit ihm. Er wusste nicht, was er davon halten sollte. Er sah zu Dietze auf. »Darf ich das behalten?«

Der Doc zögerte einen Moment lang und versuchte ihn zu durchleuchten. Fletscher erkannte brodelnde Eifersucht und finsteres Misstrauen in seinem Blick.

Er überwand sich schließlich und machte eine gönnerhafte Handbewegung in Richtung des Fotos, die vermutlich seine wahre Gemütslage verschleiern sollte.

»Bitte«, sagte er, »ich besitze mehr als genug davon. Und noch ganz andere.«

7

Er wartete in der Mohrenstraße in Berlin-Mitte und starrte auf den Eingang des Holmes Place, während im Hintergrund »The Way You Make Me Feel« dudelte. Fletscher klappte die Sonnenblende herunter und besah sich im Spiegel. Unter seinen Augen hatten sich dunkle Ringe gebildet. Seine Lider schimmerten rot, sein Blinzeln war träge. Er hatte nicht viel Schlaf abbekommen in den zurückliegenden Nächten.

Meist schickte ihm Dietze gegen zwei Uhr nachts eine Nachricht, dass Melisa das Haus nicht mehr verlassen werde. Dann machte er Feierabend und fuhr nach Hause. Bis er dort ankam, war es allerdings schon fast drei, bis er im Bett lag und schlief, vergingen weitere dreißig Minuten. Und schon zwei Stunden später, um halb sechs, weckte ihn der Wecker wieder.

Fletscher beschattete Melisa seit sechs Tagen, und so langsam fiel es ihm schwer, sich zu erinnern, wie es vorher gewesen war, bevor sie der Mittelpunkt seines Lebens wurde.

Er kam nicht weit mit seinen gedanklichen Ausgrabungen – das Mobiltelefon in seiner Sakkoinnentasche vibrierte. Fletscher kannte die Nummer nicht, hob aber entgegen aller Gewohnheit trotzdem ab. Ihm wurde augenblicklich in Erinnerung gerufen, warum er seine Gewohnheiten so sorgsam pflegte, als der Anrufer sich als Bekannter eines Gläubigers zu erkennen gab, bei dem er Wettschulden hatte. Die Sorte von Gläubiger, die keinen Mahnbescheid beantragten.

Er hörte sich die leeren, als Drohung gedachten Worthülsen an, die der andere allem Anschein nach ablas oder auswendig gelernt hatte, und als er endlich zum Ende kam, sagte Fletscher: »Dann sei so gut und richte Sami aus, er kann mich herzlich dort küssen, wo die Affen sich kratzen.« Er legte den Finger auf das rote Hörersymbol und beendete das lästige Gespräch, das niemals hätte stattfinden sollen.

Als das Vibrieren des Handys nur Sekunden später von

Neuem begann, ging er irrtümlich davon aus, es wäre abermals Samis Sprachrohr. Doch es war sein Kontakt beim LKA, der anrief. Er hatte schlechte, um nicht zu sagen, miserable Nachrichten: Schalako würde in der Tat früher freikommen. Sein Antrag auf vorzeitige Haftentlassung sei quasi bewilligt, die Anhörung, die innerhalb der nächsten Tage stattfinde, lediglich Formsache.

Fletscher hatte Schalako zwar in den Knast gebracht – er stand damals vor der Wahl, Schalako oder er, und hatte sich für ihn entschieden –, aber über Jahre in einem Käfig mit Raubtieren eingesperrt zu sein, hatte bislang jeden verwandelt. Auch wenn er selbst eine Hyäne war, eine Erfahrung wie diese war auch an jemandem wie Schalako unmöglich spurlos vorübergegangen. Die entscheidende Frage war, in welche Richtung hatte er sich verändert: Würde er als Mann zurückkehren, der des Kämpfens müde war, oder als Bestie, die die letzten Skrupel abgestreift hatte? Fletscher würde es am eigenen Leib erfahren, wenn er sich nichts einfallen ließ, so viel war sicher.

Doch vorerst galt es, sich auf den Job zu konzentrieren. Er klappte die Blende zu, als das Ziel der Observierung endlich aus der verspiegelten Flügeltür spazierte.

Melisa steckte nach wie vor in der hellblauen, bis zum obersten Knopf geschlossenen Bluse und dem azurblauen Pullover. Beides hing ihr locker über die schwarze Haremshose mit den weißen Aufdrucken, die Fletscher aus der Ferne nicht genauer bestimmen konnte.

Er ließ ihr gut fünfzig Schritte Vorsprung, ehe er aus dem Audi stieg.

Als er die Friedrichstraße betrat, löste Melisa sich gerade vom Schaufenster eines H&M-Stores und schlenderte Richtung Unter den Linden. Sie überquerte die Taubenstraße, vorbei am Quartier 206 mit Louis Vuitton und Gucci, kreuzte die Jägerstraße, wechselte auf Höhe des Haupteingangs der Galeries Lafayette die Straßenseite und verschwand fünfzig Meter später im Geschäft Ecke Friedrichstraße und Französische Straße.

Fletscher las den Schriftzug über der Tür: »Hermès«. Er ging weiter und lehnte sich mit der Schulter an eine der Säulen des schräg gegenüberliegenden Rosmarin Karrees. Und dann wartete er.

Die letzten Tage hatten an seiner Geduld gezehrt. Das Warten vorm Biosupermarkt, in dem sie mehrmals die Woche einkaufte, vorm Waxing-Studio oder das stundenlange Sitzen vorm Kino, vorm Yogakurs, vorm Café, in dem sie regelmäßig ihren Espresso trank und sich mit einer Freundin traf – wasserstoffblond, falsche Fingernägel, falsche Wimpern, falscher Busen, Minirock und Zehn-Zentimeter-Absätze –, oder im Park, wenn er ihr dabei zusah, wie sie in ihrer Hängematte lag und Bücher über vegane Ernährung las. Und natürlich vorm Fitnessstudio, das sie täglich aufsuchte.

Das war der Job, klar. Und er war Profi. Aber es drehte sich nun mal nicht darum, ein Protokoll ihrer Freizeitgestaltung zu erstellen, sondern ihr ein Verhältnis mit Kippling nachzuweisen. Und Stand heute, Tag Nummer sechs von insgesamt sieben Beschattungstagen, die das 24/7-Paket umfasste, war von Mr. Big Shot nicht ansatzweise etwas zu sehen.

Nach zwanzig Minuten blickte Fletscher das erste Mal auf seine Uhr – eine Omega De Ville mit weißem Ziffernblatt –, nach fünfundzwanzig das zweite Mal.

Er schob sich einen Kaugummi in den Mund. Dann einen zweiten und einen dritten. Er vergrub die Hände tief in seiner dunkelblauen Chinohose und kaute. Das half.

Es vergingen weitere zwanzig Minuten, bis Melisa mit einer Tüte unter dem Arm aus dem Laden kam. Fletscher warf die Kaugummis in einen Mülleimer und nahm die Verfolgung auf.

An der nächsten Fußgängerampel wartete er nur eine Armlänge hinter ihr. Erst jetzt fiel ihm auf, wie schmal und zerbrechlich sie war. Das grüne Männchen mit Hut leuchtete auf, die Menschentraube setzte sich wieder in Bewegung.

Zu seiner angenehmen Überraschung schenkte Melisa sowohl Zara als auch Esprit im Upper Eastside keine größere Aufmerksamkeit. Sie steuerte zielstrebig auf Dussmann zu und betrat das sogenannte Kulturkaufhaus durch den Haupteingang in der Friedrichstraße.

Fletscher überlegte, ob er sich vor dem Gebäude wieder die Beine in den Bauch stehen oder ihr folgen sollte. Er entschied sich für Letzteres – seine Kaugummis waren aufgebraucht.

Sie bahnte sich ihren Weg zwischen den Büchertischen hindurch, als er sie wiederentdeckte. Er schlich ihr nach und sah, wie sie vor einer Bücherwand stoppte und mit dem Zeigefinger die Buchrücken entlangfuhr. Sie suchte anscheinend etwas Bestimmtes und fand es. Sie zog ein Buch aus dem Regal, überflog den Klappentext und wanderte mit der Lektüre weiter.

Als sie in einem Gang verschwand, verließ Fletscher seine Position neben der Bestsellerwand, in der sich Krimis und Schmonzetten aneinanderreihten, um nachzusehen, was sie aus dem Bord gezogen hatte.

Zwischen den Werken einer gewissen Simone de Beauvoir klaffte eine Lücke. Der Name sagte Fletscher nichts. Er griff eines ihrer Werke und las: Simone de Beauvoir – »Das andere Geschlecht«. Er stellte es schnell zurück.

In der Musikabteilung fand er sie wieder. Melisa hielt zwei Vinylplatten in den Händen und konnte sich offenbar nicht zwischen Noga Erez' »Off The Radar« und »She-Devils« von den She-Devils entscheiden. Sie erwarb schließlich beide, ließ sich die Alben und das Buch am Kassenrondell in eine knallrote Plastiktüte packen und kehrte zu ihrem Wagen zurück, den sie in der Charlottenstraße vorm Augustiner Bräu geparkt hatte.

Fletscher wartete, bis sie den Motor ihres Boxsters anwarf und mit Ausparken beschäftigt war, ehe er zu seinem Wagen in die Mohrenstraße joggte.

Als er in die Charlottenstraße einbog, wartete das graue Cabrio blinkend an der Ecke Leipziger Straße. Fletscher reihte sich hinter ihr ein.

Nachdem die Ampel auf Grün gesprungen war, lenkte sie ihren Porsche nach rechts und nahm Kurs auf den Potsdamer Platz.

Fletscher fuhr ihr nach, sie überquerten den Leipziger Platz, Melisa ordnete sich auf die Linksabbiegerspur ein und steuerte in die Stresemannstraße.

Nicht mal hundert Meter weiter bog sie, ohne zu blinken und ohne Rücksicht auf kreuzende Fußgänger, die teilweise zurückspringen mussten, um nicht von ihr überrollt zu werden, in die Linkstraße.

Fletscher manövrierte seinen Mietwagen vorsichtiger durch die von Touristen dominierte Menschenherde und beobachtete aus der Ferne, wie Melisa die Warnblinker setzte und im Halteverbot anhielt. Während er sich ihr langsam näherte, verließ sie den Boxster und lief durch einen schmalen Korridor zwischen zwei Häuserwänden. Ganz ruhig, ohne jede Eile.

Fletscher beschloss, im Auto zu warten – lange konnte sie den Porsche da nicht parken.

Er fuhr rechts ran und schaltete die Audioanlage ein. Als die ersten Takte von »Speed Demon« erklangen, huschte ein Lächeln über sein müdes Gesicht. Ein verkannter Geniestreich von Jackson und Jones. Er drehte lauter und klopfte zum Beat auf dem Lenkrad. Steckte sich eine Zigarette an, und als er ein paar tiefe Züge genommen hatte, keimte in ihm die zarte Hoffnung, Melisa würde gemeinsam mit Kippling zurückkehren.

Aber nichts dergleichen geschah.

Vielmehr erregte der Porsche bald die Aufmerksamkeit zweier Mitarbeiter des Ordnungsamtes. Ihre zu langen blauen Hosen und zu weiten weißen Hemden wirkten wie eine Verkleidung, als sie einen Blick durch die Scheiben des Cabriolets warfen, die Köpfe zusammensteckten und abwechselnd mit den Schultern zuckten. Nach einer Weile rief der eine der beiden jemanden an.

Den Abschleppdienst, wie sich herausstellte.

Die orangen Warnblinklichter des Boxsters blinkten noch immer, als der hydraulische Hebekran ihn in die Höhe hievte und auf die Ladefläche des Abschleppfahrzeugs wuchtete.

Inzwischen waren mindestens vierzig Minuten vergangen, seit Melisa ihren Wagen zurückgelassen hatte. Zu Fletschers

Verwunderung war nach wie vor nichts von ihr zu sehen, aber immerhin hatte er recht behalten – lange hatte der Porsche nicht im Halteverbot geparkt.

Er stieg aus. Warum, wusste er selbst nicht genau. Er lehnte sich an die Fahrertür, zündete sich eine weitere Zigarette an und schaute hinüber zum Abschleppwagen, der sich mit dem grauen Fahrzeug auf dem Rücken entfernte und bald hinter einer Kurve verschwand. Fletscher machte ein paar Schritte und lenkte seinen Blick in den Korridor, durch den Melisa verschwunden war. Am anderen Ende schwirrten Leute vorüber, die auf dem Weg in die Potsdamer-Platz-Arkaden waren oder aus ihnen herauskamen.

Während er immer wieder an seiner Zigarette zog, versuchte er sich einen Reim darauf zu machen, wo die Kleine steckte.

Wenig später wusste er es. »Komm, ich spendier dir ein Eis«, sagte eine weibliche Stimme hinter ihm.

Fletscher drehte sich um. Sie stand da, wie sie immer dastand, und sah ihn an – mit eingeknicktem Bein, eine Hand in die Hüfte gestemmt. Auf ihrer Hose tänzelten weiße Pferde.

8

Sie saßen an einem Zweiertisch. Fletscher beobachtete sie, während sie die Speisekarte studierte. Sie war hübsch, sah von Nahem sogar noch besser aus. Er mochte ihre Ausstrahlung – frech und zugleich schüchtern. Etwas Mädchenhaftes, geradezu Unschuldiges umgab sie. Gleichzeitig etwas Abgründiges, das ihm verriet, dass sie ihn noch überraschen würde.

Sie war eine jener Frauen, denen man besser mit Vorsicht begegnete, wobei man es gerade bei ihnen nur selten schaffte. Eine jener Frauen, die aus einem Mann einen kleinen Jungen machen konnten, warnte er sich selbst, als sie die Karte zuschlug und ihn mit ihren tiefgrünen Augen ansah. Ihr Blick war herausfordernd, beinahe überheblich. Wie vorhin, als sie ihn angesprochen hatte.

Sie schob ihm die Speisekarte hin.

Er sagte: »Danke, ich weiß schon, was ich nehme.«

Sie nahm es regungslos zur Kenntnis, und wie aufs Stichwort erschien eine der Bedienungen. Penelope, falls man ihrem Namensschild Glauben schenken durfte.

»Für mich zwei vegane Kugeln, bitte. Einmal New York Cheesecake und eine Kugel belgische Schokolade«, sagte Melisa.

Penelope tippte in ihren elektronischen Bestellblock, dann sah sie fragend zu Fletscher.

»Ein Spaghetti-Eis, nicht vegan«, sagte er.

Penelope nickte und verschwand.

Melisa wirkte halbwegs erstaunt.

»Was ist?«, wollte Fletscher wissen, weil es ihm auffiel.

»Ich hätte wetten können, du nimmst den Jumbobecher. Mit extra Sahne und Schokosoße. Schmierig, klebrig, und wenn man's genau nimmt: ungenießbar.«

Fletscher wusste, wie er wirken konnte, auf einen bestimmten Frauentyp im Speziellen. Das war nicht neu. Nur zählte

Melisa sicher nicht dazu. Dafür war sie zu selbstbewusst und zu begehrenswert.

Er sagte: »Manchmal trügt der Schein.«

»In deinem Fall bestimmt nicht.«

Es fiel ihm schwer zu glauben, dass sie ihn nicht wenigstens teilweise attraktiv fand. War sie beleidigt, weil er ihr nachspioniert hatte?

Er lehnte sich zurück und versuchte, sie zu ergründen. Es war nicht möglich.

»Was soll das hier werden?«, fragte er.

»Warum schnüffelst du mir nach?«, gab sie zurück.

»Weil's mein Job ist.« Und dann, nach einer kurzen Pause: »Wann hab ich mich verraten? Wann ist dir aufgefallen, dass ich dir folge?«

»Ist es nicht. Sonst hätte ich den Porsche wohl kaum abschleppen lassen müssen.« Sie bedachte ihn mit einem vorlauten Augenaufschlag.

Er kam zu keinem befriedigenden Schluss, was sie damit meinte. Doch bevor er nachbohren konnte, kehrte Penelope zurück.

Fletscher bedankte sich bei ihr, nachdem sie das Eis serviert hatte, und schenkte ihr ein schneeweißes Lächeln. Sie schien durcheinander. Jedenfalls griente sie nur ein verlegenes »Buon appetito« und flüchtete.

Fletscher griff den Löffel, nahm Vanilleeis und Erdbeersoße auf. »Ich liebe Spaghetti-Eis.« Er bohrte tiefer in den zartgelben Eishügel, lud sich Eis und Sahne auf. »Das Beste ist die gefrorene Sahne.« Er sah Melisa fest an. »Also: Wann? Wann hast du mich entdeckt? Wenn ich tippen müsste, würde ich sagen, es war gestern, vorm Waxing-Studio. Da war ich nicht ganz bei der Sache.«

»Du bist mir zum Waxing nachgeschlichen?«

Das konnte er also streichen.

»Im Biomarkt?« Er überlegte laut: »Nein. Da war zu viel los. Und im Kino war's zu dunkel.« Er ging die letzten beiden Tage im Geiste durch. Denn hätte sie ihn früher entdeckt, hätte sie ihn schon früher angesprochen, mutmaßte er. »In deinem Lieblingscafé? Gestern saß ich nur zwei Tische entfernt …«

Melisa schüttelte den Kopf. Zwar eher aus Unglauben, wie es schien, aber Fletscher deutete es als ein Nein – was auch stimmte.

»Dir ist schon klar, dass du pervers bist, oder?«, sagte sie.

»Sind wir das nicht alle?«

»Kann sein. Aber wir sind nicht alle Stalker. Gibt's einen Ort, an dem du mir nicht nachgeschnüffelt hast?«

Jetzt begriff er. Zumindest im Ansatz. »Du hast mich gar nicht entdeckt …«

»Du bist schlauer, als du aussiehst.«

»Wie bist du dann …« Er sprach den Satz nicht zu Ende, denn er kannte die Antwort auf seine Frage bereits. »Du hast was gefunden. Einen Hinweis.«

Melisa schwieg. Es lag ein neuer Ausdruck in ihrem Gesicht, so etwas wie Anerkennung. Er tat eben nicht nur smart, sondern war es auch. Damit hatte sie vielleicht nicht gerechnet. Und auf einmal wurde ihm alles klar.

»Der Vertrag. Du hast den Vertrag gefunden.«

»Zumindest scheinst du ein einigermaßen talentierter Detektiv zu sein.«

»Wo hatte er ihn versteckt? Zwischen seinen Socken?«

Sie lächelte schadenfroh. »Du bist dran.«

Fletscher machte ein ahnungsloses Gesicht.

»Warum verfolgst du mich?«, fragte sie. »Was glaubt er diesmal, mit wem ich ihn betrüge?«

Fletscher stach erneut in sein Eis. Er kaute auf Flocken aus weißer Schokolade, als er ihr zunuschelte: »Kipp.«

Sie sah ihn erstaunt, wenn nicht sogar entgeistert an und sagte nichts.

Fletscher bemerkte, dass ihr Eis langsam zu Suppe wurde. »Dein Eis schmilzt.«

Sie senkte den Blick, aß von ihrem Käsekucheneis. Presste den Löffel an ihre volle Unterlippe und sah zu ihm. »Du kennst Kipp?«

»Nur aus dem Fernsehen. Ich steh nicht so auf Basketball.«

»Er ist ein Schwachkopf. Jetzt weißt du alles über ihn.«

»Ich hatte mich fast schon darauf gefreut, ihn besser kennenzulernen«, sagte Fletscher. Genau genommen war es eine Frage.

Melisa deutete ein Schulterzucken an. »Ich kann dir seine Nummer geben.«

»Ja, warum nicht. Dann frage ich ihn, was da zwischen euch läuft.«

Melisa blitzte ihn feindselig an, aber er ignorierte es.

»Was war auf der Party?«

»Nichts. Der Spacko wollte, dass ich ihm einen blase.«

»Und, hast du?«

Statt zu antworten, blickte sie auf ihr Eis und nahm einen weiteren Löffel. Sie wirkte unzufrieden. »Ich hätte Zitrone nehmen sollen.«

»Tja, so ist das manchmal im Leben.« Fletscher hatte keine Lust mehr, um den heißen Brei oder vielmehr um das warm werdende Eis herumzureden. Er sagte: »Kommen wir zur Sache.«

»Okay. Verhören Sie mich, Mr. Detektiv.«

Sie setzte sich aufrecht und legte ihre Hände auf die Tischfläche. Für sie schien alles Spiel zu sein.

»Er fragt dich also, ob du ihm einen bläst, und du antwortest ihm …?« So neutral wie möglich gefragt.

»Ich hab ihm gesagt, wenn er zwei Millionen besorgt, dann mache ich's ihm so oft, bis er in Ohnmacht fällt.«

Fletscher musterte Melisa – keine Regung, die ihm nähere Auskunft hätte erteilen können. Er fragte: »Und?«

Sie schickte als Antwort ein geheimnisvolles Lächeln. So ähnlich wie das auf dem Foto, das in seiner Sakkoinnentasche steckte.

»Wozu braucht ein Mädchen wie du zwei Millionen?«

»Ich will investieren.«

»In was? Eine Eisdiele?«

Sie beugte ihren Kopf leicht nach vorn und sah ihm direkt

in die Augen. »Glaubst du wirklich, du kannst das Unvermeidliche umgehen, indem du den coolen Macker spielst?«

»Was außer dem Tod könnte unvermeidlich sein?«

»Dass du dich in mich verliebst.«

Er lachte.

Sie hielt seine Augen fest und sagte: »So wie alle anderen.«

»Sorry, Melisa, aber du bist nicht mein Typ. Ich stehe eher auf blond.« Er gab sich alle Mühe, möglichst abweisend zu erscheinen. Es hatte wenig Wirkung.

»Ich färbe mir die Haare.«

Fletscher ballte vor Anspannung die Zehen in den Schuhen. »Danke. Aber ich denke, wir sollten es bei unserer geschäftlichen Beziehung belassen. Nimm's nicht persönlich.«

Er beobachtete, wie sie unruhig mit ihren Fingern auf die Tischplatte klopfte.

Er sagte: »Verrate mir lieber, in was du zwei Millionen investieren willst.«

Sie stöhnte. »Hach, Männer.«

Dann hörte er, wie sie »TweetSheet« sagte. Das sei das, worin sie investieren wolle. Was das sein solle, fragte er sie, weil er noch nie von diesem oder dieser TweetSheet gehört hatte. »Die Zukunft«, antwortete sie. Und dass es vielleicht nicht schaden würde, wenn er mal was anderes als den Playboy lesen würde.

»Kein Mensch liest den Playboy«, entgegnete er. »Außerdem bin ich ein Gentlemen's-Quarterly-Mann.«

Daraufhin grinste sie verächtlich und erklärte: »TweetSheet is the next big thing. In fünf Jahren spricht niemand mehr über Facebook, Twitter oder Flickr.«

»Flickr?«

Sie ignorierte das.

»TweetSheet geht in gut zwei Wochen an die Börse. Zurzeit läuft die Roadshow, aber die Experten rechnen damit, dass das KGV innerhalb kürzester Zeit nach dem IPO auf über hundert Punkte schießt.«

Fletscher hatte wenig bis nichts verstanden. Was sie offenbar bemerkte, denn sie erklärte unaufgefordert: »KGV steht für Kurs-Gewinn-Verhältnis.«

Er nickte, war aber nach wie vor ahnungslos.

Sie sagte: »Das KGV von Apple ...« Sie stockte. »Von Apple schon mal gehört?«

Fletscher lächelte müde.

»Na immerhin. Das KGV von Apple liegt in etwa bei dreizehn. Das von Coca-Cola bei neunzehn. Beides nicht gerade unbekannte oder erfolglose Marken.« Sie legte eine kurze Pause ein. »Die TweetSheet-Aktie wird – ich zitiere – ›durch die Decke gehen‹.«

»Sagt wer?«

»Der schleimscheißende Investmentbanker, den ich auf der Party kennengelernt habe.«

»Wie nahe kennengelernt?«

»So nahe, wie es nötig war.«

Fletscher hob die Brauen, er verstand.

Melisa fuhr unbeirrt fort: »Derzeit sieht's so aus, als würde die Aktie für vierzig Euro an den Markt gehen. Wenn ich direkt nach dem Börsengang kaufe, krieg ich für zwei Millionen fünfzigtausend Aktien. Vorsichtig geschätzt wird der Wert der Aktie innerhalb der ersten Monate um zehn Euro steigen. Vorsichtig geschätzt. Wären also fünfhunderttausend Gewinn. Und das, wie gesagt, allein in den ersten Monaten.« Sie verstummte. Ihre grünen Kulleraugen schien etwas zu bedrücken.

Er hatte eine Vermutung, was es war. »Aber du hast keine zwei Millionen.«

Sie senkte den Blick. »Aber ich hab keine zwei Millionen.«

»Was ist mit Dietze? Ist er nicht interessiert? Oder kann er so viel nicht lockermachen?«

»Ach, Diederich. Der hat keinen Sinn für Geschäfte. Und außerdem, was bringt mir das, wenn er 'nen fetten Gewinn einfährt?«

Fletscher erkannte allmählich, woher der Wind wehte. »Du hättest also viel lieber alles für dich?«

Melisa nickte. »Yessir.«

»Und dann was? Mit Kipp auf die einsame Insel?«

Sie seufzte. »Lass den Schwachkopf da raus. Mit dem hab ich nur geredet, weil Luzia mich drum gebeten hat.«

»Wer ist Luzia?«

»Die Wasserstoffblondine.«

Fletscher erinnerte sich – falsche Nägel, falsche Wimpern, falsche Brüste, Minirock und Zehn-Zentimeter-Absätze. Aber er bekam den Zusammenhang nicht auf die Kette. »Was hat sie mit Kipp zu schaffen?«, fragte er.

»Ja nichts, das ist es ja.«

Er machte eine auffordernde Geste, und Melisa tat ihm den Gefallen. »Luzi hat so 'nen Tick. Sie datet nur Promis. Ihr Lebensziel besteht darin, sich von einem schwängern zu lassen, damit sie ausgesorgt hat. Frag mich nicht. Ich find's auch krank. Aber hey, wahrscheinlich würdet ihr euch gut verstehen. Ich hab ihr gesagt, sie sollte ihre Definition von Promi vielleicht mal überdenken. Ich meine, wenn Kipp schon unter Promi fällt … da kann sie auch 'nen Kellner ausm Soho-Haus ficken. Anyway. Die Party war öde, mir war langweilig, also hab ich mit ihr getextet. Sie wollte wissen, ob einer für sie dabei ist, und ich hab geschrieben, dass so ein Basketballer am Pool abhängt, zumindest sieht er aus wie einer und hat ein Trikot an, auf dem ›Kipp‹ oder was steht. Da ist sie fast ausgeflippt und hat mich so lange genervt, dass ich ihn unbedingt nach seiner Nummer fragen soll, bis es mir zu blöd wurde und ich gesagt hab, ich mach's, damit ich endlich meine Ruhe hab. Typen wie Kipp gucke ich mit dem Arsch nicht an. Für wen hältst du mich bitte?«

Fletscher konnte es nicht sagen, selbst wenn er gewollt hätte. Vielleicht war es die schwierigste Frage von allen. »Okay, nehmen wir mal an, deine Story stimmt«, sagte er. »Was hast du vor mit dem Geld?«

»Na, weiter investieren«, sagte sie. »In Marihuana. Ich mach's wie Peter Thiel. Der hat sich mit mehreren Millionen in die Private-Equity-Firma Privateer Holdings eingekauft. Die Marihuana-Industrie in Amerika boomt, seit die das Zeug legalisiert haben. Das wird wie damals bei PayPal laufen – da hat er dreihunderttausend Dollar reingesteckt und fünfundfünfzig Millionen rausbekommen, als die an die Börse sind. Oder ich investiere in was anderes. Auf YouTube zum Beispiel geht einiges mit den Channels von verhaltensgestörten Teenies. Da steckt 'ne Menge Potenzial in der Vermarktung.«

»Verstehe. Aber wozu das Ganze? Wohin führt das?«

»In die Freiheit.«

Jetzt kapierte er. »Du willst den Doc verlassen.«

Ihre unmissverständliche Antwort bestand aus Schweigen.

Fletscher lächelte süffisant. »Und ich dachte, das wäre die ganz große Liebe zwischen euch.«

Sie lächelte ebenso zurück. »Du solltest mich inzwischen für reifer halten.«

»Ein bisschen vielleicht«, erwiderte er und wusste im selben Augenblick, dass ein verräterischer Glanz in sein Gesicht trat, den er lieber unterdrückt hätte.

Sie stieg darauf ein, als hätte sie nur darauf gewartet. »Du hast nicht zufällig zwei Millionen übrig?«

Fletscher schaute sie an und wägte ab. Es schien, als meinte sie es ernst.

»Nein, hab ich nicht«, sagte er. »Und ehrlich gesagt wäre mir das etwas zu teuer für einen Blowjob.«

»Ein Jammer.« Es war ihr Schlusssatz.

Melisa winkte Penelope, und als sie sich wieder zu ihm drehte, fragte er: »Hast du keine Angst, dass ich Dietze das alles brühwarm auftische?«

»Nein.« Sie kramte in der Handtasche nach ihrem Portemonnaie und sah ihn nicht mal an.

Tatsächlich hatte er keine derartigen Absichten. Warum hätte er Doc Dietze von dieser Unterhaltung berichten sollen, wenn ihm das lukrativere Geschäft gegenübersaß?

»Was hast du jetzt vor?«

»Zahlen.«

Penelope kam auch schon.

Melisa beglich wie versprochen die Rechnung, und Fletscher zwinkerte der Bedienung zum Abschied zu. Sie lächelte verlegen. Schüchtern, aber ganz süß, und ihr Körper erschien ihm schön straff. Vielleicht würde er später noch mal allein vorbeischauen.

Zu Melisa gewandt sagte er: »Danke für die Einladung. Aber ich meinte das Geld. Wie willst du's auftreiben?«

»Irgendwas wird mir schon einfallen.«

Die Antwort, auf die er gehofft hatte – sie wusste es nicht.

***

Er würde hoffentlich bald zu dem Schluss gelangen, dass sie ein schwaches Mädchen war, das auf die Hilfe eines starken Mannes wie ihm angewiesen war.

Sie erhob sich und wollte los, aber der schmierige Schnüffler bewegte sich nicht.

Saß da, in all seiner Selbstgefälligkeit, und sagte: »Hast du schon mal drüber nachgedacht, dich kidnappen zu lassen?«

Melisa tat verwirrt, innerlich aber triumphierte sie. Das ging flotter als gedacht.

9

Fletschers Haar war voll und dicht und glänzte in der Abendsonne.

Während Melisa ihn beobachtete, fragte sie sich, ob er es föhnte oder frottierte, bevor er sich Gel reinschmierte – oder womit auch immer er es sich an den Schädel kleisterte. Sie kannte Frauen, die für solches Haar über Leichen gehen würden. Weiß Gott, Frauen taten oft genug verrücktere Dinge für weit weniger. Fletschers Haar war Killerhaar.

Melisa wurde ein wenig neidisch, wenn sie daran dachte, welchen Aufwand sie betreiben musste, um bestenfalls einen Bruchteil des Volumens herzustellen, welches ihm offenbar naturgegeben war.

Erst neulich hatte sie sich von Luzi dazu überreden lassen, es mit Trockenshampoo zu versuchen. Sie hatte sich mit dem Zeug besprüht, bis sie aussah, als hätte sie ihren Kopf in einen Sack Mehl getunkt. Dann hatte sie sich einen Dutt gebunden und mit der Gewissheit schlafen gelegt, sie würde am nächsten Tag als neues Toni&Guy-Model entdeckt. Sie träumte sogar von einem Shooting auf Sizilien. Am Morgen jedoch, nachdem sie das Trockenshampoo ausgerieben hatte, musste sie zur Kenntnis nehmen, dass sie wie ein elektrisch aufgeladener Wischmopp aussah.

Sie schickte Luzi ein Foto mitsamt einer Nachricht, in der sie ihre Entrüstung zum Ausdruck brachte, aber Luzi schrieb zurück, ihre Frisur sei krass hipstermäßig. Sie meinte, Melisa solle zum Hackeschen Markt fahren und behaupten, das sei der in London neuerdings voll angesagte Frizz-Electric-Look. Und sie solle »FrizzElectric« als ein Wort aussprechen, ohne Atempause.

Darauf hatte Melisa nichts geantwortet, da ihr schnell klar wurde, dass Luzi noch einige Restpromille vom Vorabend im Blut hatte.

Melisa wurde allmählich ungeduldig. Sie hatte keine Lust mehr, gelangweilt im Auto zu warten. Außerdem drückten ihr die Chemikalien aus dem blauen Wunderbaum, der am Rückspiegel vor ihrer Nase baumelte und angeblich nach »New Car« duftete, unangenehm auf den Frontallappen. Sie sah zu Fletscher, der nach wie vor mit seinem Smartphone am Ohr neben dem Wagen auf und ab ging. Fünfzehn Minuten machte er das mittlerweile schon. Melisa drückte den Fensterheber und schaute zu, wie die Scheibe surrend neben ihr in der Beifahrertür verschwand. Draußen am Potsdamer Platz war es windig geworden, Fletschers zum Seitenscheitel nach hinten gelegtes Haar klebte trotzdem bewegungslos an seinem Kopf.

»Heh, Mr. Detektiv!«, rief sie ihm zu.

Er blieb stehen und sah sie an.

»Wie machst du das mit den Haaren?«

Er schaute verständnislos, schob die Hand über das Mikrofon des Telefons und fragte: »Was?«

»Benutzt du Gel oder Wachs? Pomade?«

»Weder noch. Das ist Paste.«

Melisa wiederholte ratlos: »Paste?«

Er nickte. »Aus Tonmineralien, mit Sojabohnenextrakten und Goldrohrbambus.«

Sie machte große Augen.

»Ich tausche ja liebend gern Haarpflegetipps mit dir aus«, sagte Fletscher, »aber muss das jetzt sein?« Er zeigte auf das Telefon. »Ich hab endlich jemanden in der Leitung, der weiß, wo dein Auto ist.«

Sie schüttelte den Kopf. »Nein, nein, wir können das verschieben.«

Er legte das Handy wieder an und entfernte sich langsam. Melisa hörte noch, wie er sagte: »Aber es muss doch eine Möglichkeit geben …« Der Rest wurde vom Wind davongetragen.

In seinem taillierten Sakko samt Einstecktuch, der Weste über dem weißen Hemd und seiner schmal geschnittenen, farblich abgestimmten Krawatte sah er aus, als entspränge er einem Modekatalog.

Fletscher war die Kategorie Mann, wie Melisa ihn verdiente: groß, gut aussehend, durchtrainiert und mit breiten Schultern. Er war, rein äußerlich betrachtet, ein Hottie. Ein Mann, den die Frauen ansahen, wenn er den Raum betrat. Sie konnte nicht anders, sie musste lächeln. Bald würde sie herausfinden, wie er im Bett war. Ob es sein würde, wie sie befürchtete – all show and no substance –, oder ob er was taugte als Stecher. Ein paar Tricks hatte er bestimmt auf Lager. Bei selbstverliebten Typen wie ihm bestand die größte Gefahr eher darin, dass sie ihre einstudierte und hundertmal geprobte Nummer mechanisch durchzogen.

***

Fletscher zwang sich zwar zu einem »Danke«, bevor er auflegte, er hätte den trägen Verwaltungsbeamten, den er an der Strippe hatte, aber viel lieber mit »Sie können mich mal kreuzweise« verabschiedet.

Als er sich hinters Lenkrad des Audis setzte, lag Melisas erwartungsvoller Blick bereits auf ihm.

»Und? Wo ist mein kleiner Liebling?«

»In Schöneberg«, sagte er.

»In Schöneberg? Aber … da kennt Boxi sich doch gar nicht aus.«

Es überraschte ihn nicht, dass sie ihr Auto mit einem Kosenamen ausgestattet hatte.

»Boxi steht in der Belziger Straße«, sagte er. »Auf dem Sicherstellungsgelände der Polizei.«

Melisa schaute abwartend. Offenbar hatte sie aber nicht darauf gewartet, ihm zuzusehen, wie er sich eine Dimitrino ansteckte und wiederholt an ihr zog. Sie drängelte: »Worauf warten wir? Fahren wir.«

»Da ist heute niemand mehr.«

»Oh«, machte sie.

»Und morgen auch nicht. Erst ab Montag um neun wieder.«

»Doppel-Oh.«

»Schätze, du musst die Bahn nach Hause nehmen.«

Sie sah ihn skeptisch an. »Ist ja wohl nicht dein Ernst, Mister. Du könntest wenigstens so tun, als hättest du Manieren.«

»Sorry, ich hab noch ’ne Menge zu erledigen.«

»Was denn, ’nen Termin im Solarium?«

Er nahm einen weiteren Zug und stieß den Rauch aus dem Fenster aus. »Klappt das sonst, ja?«, fragte er und drehte sich zu ihr. »Bekommst du sonst, was du willst, wenn du frech wirst?«

»Ich bekomme immer, was ich will. Ganz egal, wie ich bin.«

»Dann wird das jetzt eine ganz neue Erfahrung für dich.«

Sie fixierte ihn. Er versuchte, ihren Blick zu deuten. Er glaubte nicht, dass sie einem Kräftemessen abgeneigt war. Im Gegenteil, es schien sie auf gewisse Weise anzuspornen. Fletscher vermutete, sie wollte ihm zeigen, was es bedeutete, wenn eine Frau wie sie ein Ziel verfolgte.

»Wegen dir ist Boxi doch überhaupt erst abgeschleppt worden«, sagte sie.

Fletscher hob die Brauen. »Ich war’s also, der ihn im absoluten Halteverbot abgestellt hat?«

»Nein, aber wegen dir musste ich ihn dort abstellen. Ich musste ja irgendwie rausfinden, wer mich stalkt.«

Fletschers Miene wurde streng. »Ich wollt’s dir vorhin schon sagen, hab’s aber nicht getan, weil ich’s für Jargon hielt, urbane Sprache, du weißt schon, aber jetzt hast du’s wiederholt, und ich hab das Gefühl, es ist an der Zeit, was klarzustellen: Ich stalke nicht. Dich nicht und auch sonst niemanden. Ich beschatte. Ich verfolge. Ich spioniere aus. Okay?«

Melisa blinzelte nicht mal, sie schien ganz und gar erstarrt.

Fletscher schwieg und dachte kurz nach. Dann sagte er in schon weit weniger aggressivem Ton: »Aber das war clever, das muss ich dir lassen.«

»Danke. Und das aus deinem Mund. Fährst du mich jetzt endlich nach Hause?«

Der Schuh hatte Fletscher von Beginn an woanders gedrückt. »Was ist mit Dietze? Was ist, wenn er sieht, wie ich dich absetze? Das könnte er eventuell falsch interpretieren, meinst du nicht?«

Melisa schüttelte langsam den Kopf. »Der kommt heute nicht vor halb zehn nach Hause.«

»Warum nicht?«, fragte Fletscher.

»Weil Donnerstag ist. Donnerstags kommt er nie vor halb zehn.«

»Das ist natürlich ein Argument.«

Sie stöhnte. »Du bist so ein Schwarzseher. Wahnsinn. Diederich erledigt donnerstags nach der Sprechstunde noch Papierkram. Krankenkassenabrechnungen, Anträge, Steuer … keine Ahnung, was weiß ich? Wen interessiert's? Er wird nicht da sein. Punkt.«

»Er kümmert sich selbst um die Steuer?«

Sie legte den Kopf zur Seite und schob die Oberlippe vor. Sie ahnte wohl, dass er nicht überzeugt war. Dabei sollte die Kleine eigentlich wissen, wovon sie redete. Oder wollte sie ihn reinlegen? Aber mit welcher Motivation, nach allem, was sie ihm über ihre Pläne verraten hatte? Vielleicht, weil das ganze Gerede über durch die Decke schießende Aktien und Peter Dingsbums frei erfunden war? Er wusste es nicht, aber es gab nur einen Weg, es herauszufinden. »Okay. Ich fahr dich.«

Sie lächelte zufrieden.

»Aber bilde dir nicht ein, dass deine Masche bei mir zieht.«

Melisa knipste das Lächeln aus. »Sorry, Baby? Welche Masche?«

»Ich bitte dich. Du willst mir doch nicht ernsthaft erzählen, das crazy Femme-fatale-Ding wäre echt.«

»Mindestens so echt wie das Steve-McQueen-Ding, das du abziehst.«

Fletscher versuchte, teilnahmslos zu wirken. Er wollte verbergen, dass er sich durch den Vergleich geschmeichelt fühlte.

Als er den Motor startete, sprang das CD-Deck an und setzte den Song an der Stelle fort, an der er vorhin den Zündschlüssel gezogen hatte.

»The Girl was persuasive / The Girl I could not trust / The

Girl was bad / The Girl was dangerous«, hauchte es aus den Lautsprechern.

»Was ist das? Klingt wie …« Melisa stockte. »Michael Jackson?« Als könnte sie's nicht glauben.

»Ja«, sagte Fletscher. »›Dangerous‹. Early Version.«

Melisa ließ ihren Blick übers Display wandern. »Das ist, das ist aber nicht Radio, oder, ist es?«

»Nein.« Er setzte den Blinker, um auszuparken. »Das ist CD.«

Melisa sank in ihrem Sitz zurück und gaffte ihn von der Seite an. Schließlich sagte sie: »Early Version, ja?«

Er nickte. »Die Version hat es nicht aufs Album geschafft.«

»Welches Album?«

Er sah zu ihr, um sich zu vergewissern, dass sie es ernst meinte. – Sie tat es. »Das ›Dangerous‹-Album.«

»Aha.«

»Das war 1991. Vor deiner Zeit«, erklärte er. »Das ist die Version, die Michael Jackson und Bill Bottrell aufgenommen haben, bevor Teddy Riley auf Empfehlung von Quincy Jones dazustieß und den Song überarbeitet hat. Ist deutlich näher am Sound des ›Bad‹-Albums, wie man hört. Der Song wurde in dieser Form erst 2004 auf der ›Ultimate Collection‹ veröffentlicht. Mir gefällt die Album-Version besser. Hat was Industrielles, was Raueres «

Melisa starrte ihn für eine Weile an, ehe sie meinte: »Mister, das ist jetzt echt creepy.«

Fletscher warf ihr einen kurzen Seitenblick zu. »Was ist creepy?«

»Du. Michael Jackson sowieso.«

»Warum ist Michael creepy?«

»Michael?«

»Von wem reden wir?«

»Na, vom King of Pop, dachte ich. Tot seit mindestens zehn Jahren.«

Fletscher störte sich immens an ihrem überheblichen Grinsen. Er lenkte den Wagen scharf an den Straßenrand und trat hart auf die Bremse. Melisas Kopf schnellte vor und wieder zurück.

»Yee-zus!«, stieß sie aus, als sie erschrocken zu ihm sah.

Er schaltete die Musik aus. »Was soll das heißen?«

»Was soll was heißen?«

»Was du eben angedeutet hast. Denkst du so über ihn?«

»Was hab ich bitte angedeutet?«

»Beantworte meine Frage: Denkst du so über ihn?«

»Du hast sie ja nicht alle.«

Melisa musterte ihn. Sie begriff offenbar, dass es ihm ernst war. »Scheiße, Fletscher«, sagte sie, »der war mehrmals wegen Kindesmissbrauch vor Gericht. Irgendwas wird schon dran gewesen sein.«

»Michael liebte Kinder.«

»Nichts anderes sage ich.«

Er erhob die Stimme. »Es reicht, Melisa. Es reicht!«

Sie starrte ihn mit einer Mischung aus Schrecken und Unglauben an.

Fletscher sagte: »Er lebte in seiner eigenen Welt, dagegen sag ich ja nichts. Man kann dazu stehen, wie man will, wenn ein erwachsener Mann mit einem Schimpansen in einen Vergnügungspark zieht. Aber diese Missbrauchsvorwürfe … Das stinkt doch zum Himmel. Da hatten ein paar Schlaumeier 'ne Idee, wie sie schnell an Geld kommen. Und dann dieser besessene Staatsanwalt, Tom Sneddon, der auf Michaels Kosten Karriere machen wollte … Mal ehrlich: Wenn dein Kind misshandelt wird, würdest du dich dann auf einen Vergleich einlassen und die Millionen nehmen? Oder würdest du auf alles Geld der Welt pfeifen und alles versuchen und erst dann Ruhe geben, wenn das Schwein verurteilt ist?«

»Meine Einstellung zu Geld solltest du inzwischen kennen«, sagte sie.

Fletscher schwieg. Die kannte er tatsächlich. Und wahrscheinlich hätte er sich auch für das Geld entschieden. Dahin gehend schienen sie sich nicht unähnlich.

Er hörte gar nicht richtig hin, als Melisa neben ihm sagte:

»Können wir dann weiter, damit wir vielleicht noch vor Diederich ankommen?«

***

Der schwarze A6 rollte in Schrittgeschwindigkeit über das Kopfsteinpflaster. Fletscher saß auf dem Fahrersitz, der Platz neben ihm war leer.

Hinter den Fenstern regte sich nichts. Das Garagentor schien geschlossen, es stand kein Wagen in der Auffahrt, weit und breit keine Spur von Dietzes Mercedes oder dem Range Rover. Fletscher ermahnte sich, trotzdem vorsichtig zu bleiben. Er würde die Lage noch für eine Weile sondieren.

Er wendete den Audi und hielt auf Höhe des Nachbargrundstücks auf der gegenüberliegenden Straßenseite an. Während er an einer Dimitrino zog, fiel ihm auf, dass ihm die Fliesen an der Hauswand der Villa neben Dietzes Villa seltsam bekannt vorkamen. Er tat es zunächst als Einbildung ab, doch dann erinnerte er sich, dass er in einem Zeitungsartikel über das futuristisch anmutende Gebäude, in dem es auf den ersten Blick keinen rechten Winkel gab, gelesen hatte.

Irgendein Vorstandsvorsitzender hatte sich ein Hightech-Schlösschen mit angeblich über fünfzehntausend pyramidenförmigen Außenwandfliesen errichten lassen. Im Keller des Hauses war angeblich ein Ausstellungsraum für die Oldtimersammlung untergebracht, und von den Kinderzimmern in der zweiten Etage fuhr ein Aufzug runter zum Schwimmbad, hieß es. Außerdem hatte der Hausherr eigens eine App entwickeln lassen, mit der jede einzelne Maschine in seinem Vierhundert-Quadratmeter-Bau, wahrscheinlich sogar die Wassertemperatur der Dusche, per Touchscreen bedient werden konnte. Den größten Clou stellten aber die Fliesen dar, fünfzehntausend – oder wie viele auch immer – handgemachte Sonderanfertigungen. Durch deren besondere Form wechselte das Haus je nach Sonnenstand die Farbe, hatte der Text behauptet.

Irre, wofür die Leute ihr Geld ausgaben, wenn sie zu viel davon hatten, dachte Fletscher und war zugleich etwas enttäuscht, dass die Sonne bereits hinter den Baumkronen verschwunden war und die fünfzehntausend kleinen Pyramiden wie stinknormale weiße Wandfliesen von OBI aussahen.

Er zerdrückte die Zigarette im Aschenbecher neben dem »Rauchen verboten«-Aufkleber und griff die Dose mit den Wrigley's Extras, die in der Mittelkonsole steckte. »Kennst du eure Nachbarn?«

»Welche?«

»Die, über die was in der Zeitung stand.«

Hämisches Lachen hinter ihm. »Die Leute hier sind so wichtig, über die steht ständig was in der Zeitung.«

Fletscher legte sich zwei Kaugummis auf die Zunge und stellte die Dose zurück an ihren Platz. »Die mit den schiefen Wänden.«

»Ich komm jetzt hoch«, sagte Melisa und setzte sich im selben Atemzug auf der Rückbank auf. Sie sah aus dem Seitenfenster, sagte: »Nö, kenn ich nicht.« Sagte: »Ich kenn hier genau genommen niemanden.«

Fletscher nahm es so hin und schielte über seine rechte Schulter, ohne dabei die Dietze'sche Villa aus den Augen zu verlieren. »Schwer zu sagen, ob der Doc da ist. Geh sicherheitshalber wieder in Deckung.«

Melisa seufzte. »Wie oft muss ich's denn noch sagen? Er ist in der Praxis. *In der Praxis.*«

Jetzt drehte er sich doch ganz zu ihr um und sah bestätigt, was er ihrer Stimme schon entnommen hatte – sie war genervt. Er war gerade im Begriff, ihr mitzuteilen, dass sie den Doc unter einem Vorwand anrufen solle, um herauszufinden, wo er sich aufhielt, als er ein Motorengeräusch vernahm, das rasch näher kam. Er schnellte im Sitz herum und entdeckte einen Wagen, der auf sie zuhielt. Gut möglich, dass er steingrau war.

»Runter!«, rief er und warf seinen Oberkörper auf den Beifahrersitz.

In dieser Position verharrte er für eine Weile. Wartete, bis das Geräusch sich in der Ferne verflüchtigt hatte, dann erhob er sich langsam, um einen Blick aus dem Heckfenster zu wagen.

Er blieb an Melisa hängen, die sich nicht bewegt hatte und ihn mit teilnahmsloser Miene anguckte. »Wie stellst du dir das mit der Entführung eigentlich vor?«.

Fletscher setzte sich auf, fuhr sich durchs Haar und machte »Hm?«. Aber nicht etwa, weil er sie nicht verstanden hatte, sondern weil er den Eindruck erwecken wollte, als hätte er nicht sehnsüchtig auf ihre Frage gewartet.

Er drehte sich wieder im Sitz nach vorn und hörte, wie sie hinter ihm sagte: »Ich bilde mir ein, du hast mir vorgeschlagen, dass ich mich entführen lassen soll, um an meine zwei Millionen zu gelangen. Und jetzt will ich wissen, wie du dir das vorstellst. Du wirst ja irgendeine Idee haben.«

»Die Idee ist ganz einfach. Du suchst dir jemanden, den du dafür bezahlst, dass er dich kidnappt. Mit dem kleinen, aber feinen Unterschied, dass später nicht, wie bei einer Erpressung üblich, er den größten Teil des Geldes bekommt, sondern du. Das ist nicht neu.«

Melisa schwieg für einen Moment, dann sagte sie: »Hast du so was schon mal abgezogen?«

»Spielt das eine Rolle?«

»Wahrscheinlich nicht. Und wer würde mich entführen? Du?«

»Nein. Die Verbindung wäre viel zu offensichtlich. Da würde sogar die Polizei dahinterkommen.«

»Wer dann?«

»Ich kenne da jemanden. Er ist der Richtige für den Job. Wir kennen uns von früher.«

»Was heißt das, ihr kennt euch von früher? Habt ihr zusammen Postkutschen überfallen?«

»Schätzchen, du musst nicht alles wissen. Wenn dir die Sache ernst ist, kann ich bei ihm anklopfen. Aber nur, wenn's dir wirklich ernst ist.«

»Das weiß ich jetzt doch noch nicht. War ja deine Idee. Aber fragen kostet ja nichts.«

»Fragen nicht, aber wenn wir schon bei den Finanzen sind – ich sehe mich als externen Berater bei dem Projekt. Wenn ihr also ins Geschäft kommt – oder du und ein anderer Postkutschenräuber –, dann fällt ein, nennen wir's, Beraterhonorar für mich an.«

»Wie viel?«, fragte sie trocken.

»Zehn Prozent.« Er sah erneut über den Rückspiegel zu ihr, sagte zu ihrem Spiegelbild: »Denk in Ruhe drüber nach. Solche Dinge sollte man nicht überstürzen.«

Sie sah nach vorn, ihre Blicke trafen sich. »Fändest du's nicht auch ziemlich verrückt, dich auf jemanden einzulassen, der von deinem eifersüchtigen Lover beauftragt wurde, dir nachzuspionieren? Warum sollte ich dir vertrauen? Nenn mir einen Grund. Ein einziger würde schon ausreichen.«

Fletscher drehte sich nach hinten. »Ganz einfach: weil du mich bezahlst.«

»Das tut Diederich auch, hoffe ich für dich.«

»Aber du zahlst besser. Und ich bin nun mal Geschäftsmann.«

Ein Lächeln fand den Weg in ihr Gesicht. »Mr. Detektiv, ich hab allmählich das Gefühl, wir werden ganz prächtig harmonieren.«

Sie lehnte sich vor, stützte die Unterarme auf den Rückenlehnen der Vordersitze ab und legte ihre Hand auf seine Schulter.

Er blickte skeptisch auf ihre Hand.

Sie tat, als würde sie es nicht mitkriegen. Fragte: »Und was machen wir mit Kipp, dem Schwachkopf?«

Fletscher schaute sie verhalten an, er begriff nicht, worauf sie hinauswollte.

Sie las es wohl aus seinem Gesicht. »Sagst du Diederich, dass ich was mit ihm habe?«

»Warum sollte ich? Hast du ja nicht.«

Sie zog die Hand weg, ließ sich langsam zurücksinken und

schaute nachdenklich aus dem Fenster. »Dass er dich engagiert hat, heißt nicht, dass er Zweifel hat. Er braucht dich nur, um sich das bestätigen zu lassen, wovon er längst überzeugt ist.«

»Und das soll Sinn ergeben?«

»Du kennst ihn nicht. Weißt du, das Problem ist, Diederich Dietze ist besessen von Diederich Dietze. Von Dr. Dr. Diederich Dietze.«

Fletscher betrachtete ihr perfektes Profil und sagte: »Ist mir nicht entgangen. Aber vielleicht verrätst du mir einfach, was du mir eigentlich sagen willst?«

Sie drehte ihren Kopf und blickte ihm über den Spiegel in die Augen. »Er muss recht behalten.«

Fletscher war sich nicht sicher, ob er folgen konnte. »Versteh ich das richtig? Ich soll ihm sagen, dass du mit Kipp in die Kiste steigst?«

Melisa lächelte. »Jetzt hast du's gerafft.«

Fletscher hob die Brauen, seine Stirn legte sich in Falten.

Sie fuhr fort: »Andernfalls sucht er sich hundertpro einen anderen. Und zwar so lange und so oft, bis er bekommt, was er will. Und ich kann mir irgendwie nicht vorstellen, dass ich Lust habe, noch mehr Prozente abzutreten. Sofern der andere überhaupt deinen Geschäftssinn teilt. Tut er's nicht, hab ich ein Problem. Ich brauch das Geld in zwei Wochen.«

Fletscher dachte darüber nach, dann sagte er: »Wir geben dem Doc also, was er will.«

Melisa nickte. »Wir geben ihm das Flittchen, das er sich so sehnlich wünscht.«

»Damit das funktionieren kann, bräuchte ich aber Fotos. Fotos von dir und Kipp.«

»Nackt oder angezogen?«

Ihr Blick verriet ihm, dass sie mit beiden Möglichkeiten einverstanden sein würde.

»Deine Entscheidung«, sagte er, »Hauptsache, die Pose stimmt.«

»Ich ruf Kipp an und sag ihm, ich will Freikarten fürs Spiel, für mich und Luzia. Ich geh stark davon aus, er wird sie mir bei einem ro-romantischen Abendessen überreichen wo-wollen. Vermutlich im Bocca di Ba-Bacco. Oder im Grill Royal. Vielleicht ja sogar im Al Contadino Sotto Le Stelle. Nein, das fällt weg. Kann er nicht aussprechen.«

»Ein Dinner bei romantischem Kerzenlicht ist in dem Fall kein besonders aussagekräftiges Motiv.«

»Du wirst dein Motiv schon bekommen. Die wahre Herausforderung besteht darin, dass ich ihm nicht meine Pasta ins Gesicht werfe, weil er so scheißdämlich ist.«

»Wie wird der Doc auf die Fotos reagieren?«

Sie zuckte mit den Schultern. »Spielt das eine Rolle?«

Es schien ihr ehrlich egal zu sein. Sie hielt sich anscheinend nicht lange mit dem Gedanken auf, denn sie sagte: »Es ist schon fast neun. Wir sollten uns beeilen.«

»Womit jetzt?«

Melisa lehnte sich wieder vor zu ihm. Diesmal legte sie ihre Hand nicht auf seine Schulter, sondern strich ihm über die Brust. »Darling. Es steht dir förmlich auf der Stirn geschrieben, dass du mich haben willst.«

Fletscher sagte nichts und sah Melisas Hand zu, wie sie sich über seinen Bauchnabel hinweg seinem Gürtel näherte. Ihre Stimme hauchte etwas in Richtung »Also von meiner Seite spricht nichts dagegen, ich würde es als Vertiefung unserer Geschäftsbeziehungen betrachten« in sein Ohr. Sicher war er sich da allerdings nicht. Erst als sie ihre Hand wieder wegnahm und meinte: »Komm, ich zeig dir meine Lippenstiftsammlung«, war er wieder einigermaßen aufnahmefähig und vernahm, wie sie hinter ihm die Wagentür aufstieß.

***

Melisa blieb neben seiner Scheibe stehen und schaute mit eingeknicktem Bein und Hand in der Hüfte zu Fletscher. Keine Reaktion. Der Schnüffler machte keinerlei Anstalten, sich zu erheben. Sie klopfte an die Scheibe und lächelte. »Wirst du jetzt schüchtern?«

Er drehte sich zu ihr und sah sie von unten an. Sagte: »Ich hab dir gesagt, das wird eine neue Erfahrung für dich.«

Seine Stimme klang recht dumpf hinter dem Glas, und ehe sie wusste, wovon er sprach, schob er nach: »Wir bleiben in Kontakt.«

Damit wandte er seinen Blick auf die Straße und fuhr los.

Melisa blieb zurück. Das war lange nicht passiert. Während sie zusah, wie die roten Bremslichter aufleuchteten und der dunkle Wagen in eine Querstraße abbog, fragte sie sich, ob es ihr überhaupt schon mal passiert war.

Sie war sich nicht ganz sicher, aber sie glaubte, eher nicht.

10

KIPP: »Vierundsechzig offensive Rebounds und einhundert-neu-neu-neunundneunzig defensive Rebounds. Ich mein, hey, Mann, das ist ein Total-Rebound-Sco-o-ore von … also zusammen sind das … also … also mindestens …«

MELISA: »Zweihundertdreiundsechzig.«

KIPP: »Genau. Wollte das jetzt nicht so … Ich mein, meine Mama sagt immer, Bescheidenheit ist eine Tugend, Kipp, sagt sie immer. Und klar, der Kipp kann, wenn er will. Klar kann der Kipp bescheiden sein. Der Kipp kann alles.«

MELISA: »Eines deiner größten Talente.«

KIPP: »Ja, ich mein, Stevie Kippling ist der Rebound-Champion. Ein verdammter Basketball-G-G-Gott. Ich mein, ich hab den Rekord von Corey Tubbs ge-geknackt. Tubbs, Melisa. Tubbs. Das ist nicht irgendwer. Das musst du dir reinziehen. Das ist Tubbs. Ich mein, wir reden über Tubbs. Und ich mein, jetzt schon, mein ich. Das ist schon heavy, ey. Es sind ja noch … no-no-noch zwei Ma-Ma-Matches zu spielen, diese Season.«

MELISA: »Ich bin sprachlos. Ich weiß nicht, was ich sagen soll. Ähm … Glückwunsch?«

KIPP: »Ey jo, danke, Melisa. Alles eine Frage vom Ko-o-opf. Kopfsache, weißt du? Und … und M-M-Metallität.«

MELISA: »Deine Stärke, zweifellos.«

KIPP: »Ey jo, der Kipp ist ein Fighter. Der Kipp lässt sich von niemandem unterkriegen.«

MELISA: »Kipp, bitte. Schalt das dümmliche Grinsen aus.«

KIPP: »Ich m-m-mach alles für dich, Süße. W-was du willst. Ey jo.«

MELISA: »Was du nicht sagst. Wirklich, Kipp?«

KIPP: »Oh ja, Baby. Der Kipp ist ganz nur für dich da.«

MELISA: »Wenn das so ist, dann fände ich es reizend von dir, wenn du dem Kellner winken könntest.«

KIPP: »Ich winke. Siehst du? Ich w-w-winke. Ey? Ey, Bedienung? Checkt überhaupt nichts, das Opfer. Ich kann aufstehen. S-soll ich aufstehen und mit ihm reden? Ich steh auf. W-w-was willst du, Melisa?«

MELISA: »Keine Vorspeise.«

KIPP: »Häh? Aber … aber hast du nicht gesagt, d-d-dass du … dass du voll Hunger hast? Ich mein …«

MELISA: »Ja, aber das ist lange her. Ich hab die Lage unterschätzt. Ich stehe auf keinen Fall drei Gänge mit dir durch.«

KIPP: »W-was soll das heißen? D-d-d-d-du bist irgendwie … D-du kommst mir irgendwie voll verspannt vor momentan, irgendwie. Alles im grünen Bereich, so? Soll ich dir vielleicht die Füße, die F-F-Füße ma-massieren? Ich kann das. Ich kann das gut, voll wahr. Der Kipp ist ein Massage-Gott.«

MELISA: »Verlockend, aber nein danke. Mir geht's gut.«

KIPP: »Bist ja auch mit dem Kipp unterwegs. Hehe.«

MELISA: »Eben. Ich sitze mit Stevie Kippling persönlich beim Italiener, hab Freikarten für ein Spiel bekommen und –«

KIPP: »Das sind keine Freikarten! Das sind Top-Freikarten, Melisa, Mann. Das is die M-M-Mercedes-Benz-Loge … Ich mein – hallo? Fetter geht's nicht. Mein Buddy, de-de-der Bill, der wird ja auch da sein, beim Spiel. Der Bill hat 'ne Firma. Mehrere sogar, glaub ich. Wir wollen was aufziehen zusammen. Das wird 'n ga-ganz großes Ding.«

MELISA: »Wow.«

KIPP: »Ey jo. Ich sag ja immer, w-wo ein Wille ist … d-da … ich mein, da gibt's auch 'nen Weg. Cheers, Melisa. Was m-m-machst du da?«

MELISA: »Nichts. Ich exe mein Glas.«

KIPP: »Weißt du eigentlich, d-d-dass du 'ne Top-Frau bist? Echt top. Ich mein, wie sch-sch-schön du bist. Top schön.«

MELISA: »Bitte was?«

KIPP: »Du flashst mich. So voll, ey.«

MELISA: »Nimm die Hand da weg. Jetzt. Sofort.«

KIPP: »Okay. Wie du willst. Sie is weg. Ich leg sie auf den

Tisch. Beide Hände lege ich auf den Tisch, wenn du willst. Da liegen sie. Siehst du? Bewegen sich nicht. Böse Hände. Bö-böse, böse Hände. Aber Melisa, du … du bist so … so w-w-wundersch-sch-sch-sch-hü-hübsch.«

MELISA: »Kipp. Es nutzt sich ab. Bei dir noch sehr viel schneller als bei allen anderen.«

KIPP: »Aber … aber es ist halt so. B-bei dir stimmt einfach a-a-alles – dein Gesicht, deine Titten, dein Arsch … Und w-w-wenn ich dich ansehe … Es … es fühlt sich so gut an … Deine Augen. D-d-deine Augen.«

MELISA: »Ich hab zwei davon, ja, scharf beobachtet.«

KIPP: »Sie sind so … so … W-welche Farbe haben d-d-deine Augen? Ich kann's b-bei dem Licht nicht so …«

MELISA: »Sie sind grün.«

KIPP: »Ja, so grün. Und so t-t-tief und unerkenntlich. Deine Augen … deine Augen sind wie … wie Waldbeeren, sie zwingen mich, niederzuknien; und haben die Sorgen geschrien, dann … d-d-dann … auf Unergründliches bauen, wie die … die … u-und … und … und ich … Ach, fuck! Ich hab vergessen, wie's weitergeht.«

MELISA: »Waldbeeren? Redest du mit Luzi auch so?«

KIPP: »Mit wem?«

MELISA: »Luzia, meine Freundin. Deine Freundin. Du weißt schon.«

KIPP: »Ääääähhhh …«

MELISA: »Die Blondine? Mit den gemachten Hupen? Klingelt da was?«

KIPP: »Hmmmmm …«

MELISA: »Komm schon, Kipp. Du schläfst ein paarmal die Woche mit ihr und machst ihr teure Geschenke, damit sie dir den Finger in den –«

KIPP: »Ach, Luzia meinst du! Ja, die ist schon ho-hot und so, jo.«

MELISA: »Sie sagt, du sagst, dass sie deine große Liebe ist.«

KIPP: »Ja, das hab ich. Hab ich das gesagt?«

MELISA: »Das klingt nach einem klitzekleinen Aber …«

KIPP: »Aber … sie ist nicht so ho-hot wie du.«

MELISA: »Luzi ist meine Freundin. Tu ihr nicht weh. Sonst tu ich dir weh.«

KIPP: »Is ja gut. Peace, Melisa.«

MELISA: »Ich mein's ernst, Kipp.«

KIPP: »Ey jo, geht klar. Ich … ich liebe Luzia, aber weißt du, w-w-was ich dir schon lange sagen wollte? Du … du erinnerst mich an eine. D-d-die Nackte aus dem Musikvideo da. Lief kontemporär ho-ho-hoch und runter.«

MELISA: »Kontemporär.«

KIPP: »Was 'n?«

MELISA: »Ach, nichts. Rhetorische Frage: Hast du auch nur ein Wort von dem verstanden, was ich dir gesagt habe?«

KIPP: »Auf jeden. Das Video … d-das ist mit Pharrell u-u-und dem anderen da.«

MELISA: »Meinst du die Ratajkowski, oder wie?«

KIPP: »Ey, ja! Die is so ho-ho-hot, boah ey.«

MELISA: »Findest du es wirklich angebracht, einer Frau beim Abendessen zu erzählen, wen du ho-ho-hotter findest?«

KIPP: »W-w-warum hotter? Du bist auch ho-ho-hot.«

MELISA: »Du hast gesagt, ich erinnere dich an sie. Das bedeutet, du hältst sie für den Maßstab, an dem du die anderen misst. Demnach auch mich.«

KIPP: »J-j-ja. Nein. Man wird ja wohl n-n-noch seine Meinung sagen können. Also ich mein …«

MELISA: »Scheiße, Kipp.«

KIPP: »W-was?«

MELISA: »Ich zieh dich nur auf.«

KIPP: »Ja? Hehe. Ha-hast mich voll erwischt. Wolltest den Kipp verarschen, was? Hab echt k-k-kurz Schiss gehabt. Echt jetzt. Ich mein … boah. Hehe.«

MELISA: »Hey, gute Nachrichten: Ich glaub, der Champagner wirkt.«

KIPP: »Hast du einen sitzen?«

MELISA: »Ach, was soll's, bringen wir's hinter uns.«

KIPP: »Häh? Hinter uns? W-was denn?«
MELISA: »Küss mich, Schwachkopf.«

***

Draußen war jemand.

Fletscher hielt die Aufnahme an und stellte das Bügeleisen ab. Patrizias vibrierende Stimme hinter der Tür sagte: »Halt, stopp, Sie können da nicht rein.«

Er nahm das Hemd vom Bügeltisch, schlüpfte eilig hinein. Er hatte es trocken bügeln müssen, weil er nach einer fast einstündigen Fahrt im Berufsverkehr völlig durchnässt im Büro angekommen war. Die Stadt flimmerte seit Tagen in einer glühenden Hitze. Wenn man in der Sonne stand, hatte man das Gefühl, der Planet brannte. Schon heute Morgen hatte das Thermometer sechsundzwanzig Grad angezeigt, inzwischen war es kurz nach zwölf, und die Temperatur lag bei zweiunddreißig, Tendenz weiter steigend.

Fletscher war noch nicht weit mit den Knöpfen gekommen, als die Tür aufschwang und Doc Dietze mit wuchtigen Schritten ins Zimmer polterte. Er atmete schwer und schwitzte noch stärker als sonst.

Patrizia war dicht hinter ihm, kam aber erst zum Vorschein, als sie sich an Dietzes massigem Leib vorbei in den Raum schob. »Tut mir leid, aber …«, entschuldigte sie sich und breitete ihre Arme vor sich aus, um zu signalisieren, dass sie alles versucht hatte.

Fletscher war nicht sauer. Im Gegenteil, er liebte Situationen wie diese, in denen er vor Publikum den nachsichtigen Chef geben konnte. Er nickte Patrizia zu – alles in Ordnung, kleine rothaarige Praktikantin – und empfing den Doc mit derselben antrainierten Höflichkeit, wie er sie allen Klienten zuteilwerden ließ. »Herr Dr. Dr. Dietze«, sagte er mit einem Lächeln auf den Lippen.

Dietze kam ohne Umschweife direkt zur Sache. »Sie sagten, Sie hätten was …«

Der Doc war nervös. Aber wer konnte es ihm verdenken? Fletscher hatte am Telefon nicht mit Andeutungen gegeizt.

Er wies, wie schon vor einer Woche, auf den Stuhl auf der gegenüberliegenden Seite des Schreibtischs. »Bitte, nehmen Sie Platz.«

Dietze schnaufte, aber er gehorchte. Während Fletscher beobachtete, wie er diesmal gar nicht erst versuchte, sich zwischen die Armlehnen zu zwängen, und sein ausladendes Gesäß stattdessen sofort auf der Kante der Sitzfläche ablud, schloss er in aller Ruhe die Knopfleiste seines Hemdes.

Die obersten beiden Knöpfe ließ er offen – man sollte sehen, dass er frisch von der Sonnenbank kam. Er zupfte die Ärmel straff, ließ sich in seinen Stuhl sinken und setzte ein dienstliches Gesicht auf.

Er hatte soeben Luft geholt, um seinen üblichen Text loszuwerden, als Patrizia sich zu Wort meldete. »Okay«, sagte sie gehetzt, »ich renn schnell rüber zum Bäcker. Wieder vier Teile?«

Fletscher mochte es nicht, unterbrochen zu werden. Er blieb trotzdem ein nachsichtiger Chef. »Ich denke nicht, dass wir heute Gebäck brauchen, danke, Patrizia.«

Sie warf ihm ein gleichgültiges »Wie Sie meinen« hin, doch ihre Augen gaben ihre Gedanken preis. Sie sagten, dass Fletscher selbst schuld wäre wenn der dicke Mann ihn auffressen würde, als wäre er ein Stück überzuckerter Vanilleplunder.

Fletscher belächelte seine Praktikantin demonstrativ für Dietze – Personalprobleme, wer kannte sie nicht? –, während Patrizia sich zurückzog.

Als die Tür ins Schloss fiel, bemerkte er, dass er keine Zigarette zwischen den Fingern hielt. Er griff nach Schachtel und Feuerzeug. »Sie erlauben?«

Dietze schickte eine gönnerhafte Handgeste über den Tisch. »Bitte.«

Fletscher steckte sich eine Dimitrino an und nahm einen tiefen Zug. Dann sagte er mit möglichst tragender Stimme seinen oft erprobten Text auf: »Ich mache den Job jetzt seit fast fünf Jahren, ich habe dieses Gespräch schon viele Male geführt, Herr Dietze, das können Sie mir glauben, aber in diesen fast fünf Jahren habe ich noch immer keinen Weg gefunden, wie sich das, was ich Ihnen leider mitteilen muss, angenehm gestalten ließe. Mittlerweile denke ich, es gibt nur einen Weg: den schonungslosen.«

»Sparen Sie sich ihre Anteilnahme und sagen Sie's einfach geradeheraus, Fletscher. Es gibt einen anderen Mann in ihrem Leben, nicht wahr?«

Dietze log sich in die Tasche, wenn er glaubte, er würde locker wegstecken, was er gleich zu hören bekam. Und selbst wenn er sich nichts vormachte, dann würde er bald wissen, dass es Dinge gab, nach denen ein Mann nicht einfach weitermachen konnte, als wäre nichts gewesen, als wäre es der unabänderliche Lauf der Welt.

Fletscher nickte. »Es gibt einen anderen.«

Dietze seufzte und schüttelte den Kopf, so, als wäre er entsetzt, dass er mit seiner Vorahnung voll ins Schwarze getroffen hatte. »Ich wusste es. Ich wusste es.« Als wäre die Vorahnung die Schuldige. »Wer ist es? Ist *er* es?«, fragte er aufgewühlt.

»Stevie Kippling, ja. Sie lagen richtig«, entgegnete Fletscher aufgesetzt mitfühlend.

»Kippling. Ich wusste es.«

Fletscher schenkte Dietze erneut ein kondolierendes Nicken. »Ich habe Fotos, wenn Sie wollen.«

Der Doc schien unschlüssig, ob er wollte, aber da es unumgänglich war, dass er sich die Fotos ansah, nahm Fletscher ihm die Entscheidung ab und schob ihm das iPad unter die Nase. »Einfach nach links wischen.«

Er beobachtete den Doc, wie er die Schnappschüsse überflog, die gestern Abend in Charlottenburg entstanden waren, als Fletscher am Savignyplatz Ecke Grollmannstraße im Auto wartete und durch sein Kameraobjektiv verfolgte, wie Melisa und Kipp beim Italiener am Fenster saßen und Blödsinn quatschten. Es war ihre Idee gewesen, ihr Telefon auf dem Tisch zu platzieren und unauffällig seine Nummer anzuwählen, damit er ihre Unterhaltung mitanhören konnte, während er die vermeintlich verfängliche Szenerie festhielt.

Dietze wischte erst zögerlich, dann zunehmend hastiger durch die Aufnahmen, die in erster Linie dokumentierten, wie Mr. Big Shot seine Zunge in Melisas Hals rammte. Er kommentierte die Bilder mit nur einem Satz, den er dafür immer und immer wieder wiederholte: »Ich wusste es. Ich wusste es. Ich wusste es …« Schließlich senkte er das Tablet, sah Fletscher mit überraschend entseeltem Blick an und fragte: »Wann und wo war das?«

»Gestern Abend, gegen einundzwanzig Uhr bei Petrocelli am Savignyplatz«, erklärte Fletscher.

»Und nach dem Abendessen?«

»Entschuldigung?«

»Es ehrt Sie, dass Sie mir das Schlimmste ersparen wollen, aber Lissi kam erst nach ein Uhr nach Hause. Ich frage Sie: Was war nach dem Abendessen?« Dietze bemühte sich, gefasst zu wirken, aber er war getroffen, das war nicht zu übersehen.

Fletscher setzte alles daran, sein Gesicht keine Regung zeigen zu lassen. Die Lüge durfte nicht auffliegen. »Sie sind in die Monkey Bar gefahren«, sagte er. »Liegt auf dem Bikini-Berlin-Gelände, falls Ihnen das ein Begriff ist.«

Es ging gut, der Doc kaufte ihm den Schwindel ab und wollte wissen, was danach geschehen war. Fletscher tat erneut, als wollte er es dabei belassen: »Herr Dietze, ich –«

»Und danach?«, unterbrach der Doc. Sein Ton war eine komische Mischung – grob und zur selben Zeit flehend.

»25 Hours Hotel. Ist im selben Gebäude.«

Dietze schluckte schwer und stieß ein brüchiges »Weiter« aus.

»Sie sind gegen halb zwölf aufs Zimmer. Kurz nach eins hat sie das Hotel wieder verlassen und ist …«, Fletscher legte eine andächtige Pause ein, »… nach Hause gefahren. Zeitlich deckt sich das also mit Ihrer Beobachtung.«

Dietze sagte: »So ein Schlamassel«, und wirbelte für seine Verhältnisse geradezu aus dem Stuhl. Er vollführte eine halbe

Drehung um die Stuhllehne und hatte einen ganz bestimmten Ausdruck in den Augen, den Fletscher nur zu gut kannte. Es war der verletzte Stolz des Betrogenen.

Doch was dann geschah, war auch für Fletscher neu. Doc Dietze ließ die Stuhllehne los, an die er sich bis dahin geklammert hatte, machte einige ziellose Schritte hin, einige her. Sein Blick fiel auf das Bügelbrett, auf dem noch das Dampfbügeleisen stand. Er sagte: »Ich. Lag. Noch. Wach. Als. Sie. Kam«, und hämmerte das Gerät mit jeder Silbe auf den Bügeltisch, der sich quietschend unter den Einschlägen verbog.

Fletscher lehnte sich zurück und verfolgte das Geschehen. Sollte Dietze sich ruhig abreagieren, wer wusste, wozu es noch gut sein würde.

Es dauerte nicht lange, dann standen er und der Bügeltisch schlaff und gekrümmt da, und es wirkte, als ob das Bügeleisen, das in Dietzes Hand baumelte, ihn noch tiefer in den Sumpf aus Schwermut und Selbstmitleid hinabzog. Er winselte: »Sie meinte, sie hat sich die Spätvorstellung angesehen. Und dann ... dann hat sie sich an mich geschmiegt und mir ins Ohr gehaucht, dass sie mich lieb hat.«

Fletscher befürchtete, Dietze würde jeden Moment anfangen zu heulen, doch er wurde eines Besseren belehrt. Der Doc visierte das Fenster an und schleuderte das Tefal-Bügeleisen mit Anti-Kalk-Kollektor und Extra-Dampfstoß, das Fletscher für neunundsechzig Euro neunundneunzig bei Amazon erstanden hatte, mit voller Wucht gegen die Scheibe.

Er hörte, wie Metall und Kunststoff auf Glas trafen, gefolgt von einem Geräusch, das entstand, wenn man mit schwerem Schuhwerk auf eine Flasche aus dünnem Plastik stapfte.

Fletscher lenkte seinen Blick über den Fußboden hoch zur Scheibe. Das Bügeleisen lag da, der Griff war auseinandergebrochen, auf dem Parkett breitete sich eine Pfütze aus. In der unteren Hälfte des Fensters war ein spinnennetzförmiger Sprung gewachsen.

Fletscher nahm einen letzten Zug, dann drückte er die Zigarette im Aschenbecher aus.

Nachdem er das Wasser aufgewischt, das Bügeleisen in den Papierkorb befördert hatte und wieder in seinem Stuhl saß, zündete er sich erneut eine an. Er inspizierte die Glut, die sich durch Papier und Tabak fraß und tote Asche hinterließ. »Es dürfte am unkompliziertesten sein, wenn ich das Bügeleisen und den Bügeltisch«, er sah zu Dietze auf, »und die Scheibe mit auf die Rechnung setze.«

Der dicke Doc kauerte neben dem verbeulten Bügelbrett auf dem Teppich und glich einem schweißtropfenden Haufen Elend. Bemitleidenswerte Kreatur, dachte Fletscher. »Ich konnte übrigens in Erfahrung bringen, dass Kippling das Zimmer fest angemietet hat. Das Hotelpersonal hat sich an mindestens vier verschiedene weibliche Begleitungen in den letzten Wochen erinnert. Vielleicht tröstet Sie das ein wenig.«

Dietze stierte ausdruckslos zu Fletscher. Es dauerte eine ganze Weile, bis er den Mund aufbekam, dafür war die Verachtung, die dann aus ihm sprach, umso stürmischer: »Sie ist nur eine von vielen für ihn!«

Das war nicht die Reaktion, die Fletscher bewirken wollte. »Sieht ganz so aus«, sagte er, »aber ich denke nicht, dass Melisa das bewusst ist.«

Dietze stellte sich umständlich auf die Beine und rollte auf ihn zu. »Als wäre es nicht Affront genug, dass dieser Ballspieler sich meine Frau nimmt«, sagte er. »Nein, er verhöhnt mich zusätzlich, indem er mich zu einem Gehörnten unter vielen macht. Ohne jede Exklusivität. Was für eine beispiellose Erniedrigung. Was für eine Demütigung. Was für eine Herabwürdigung ins Mittelmaß.«

Dietze erreichte den Schreibtisch, beugte sich direkt in Fletschers Gesicht. »Auch wenn ich ihn sonst sehr schätze, aber der große Nietzsche lag falsch, als er meinte, die Mediokrität sei die glücklichste Maske, die der überlegene Geist tragen könne.« Der Doc kniff die Augen zusammen. »Ich will seine Eier.«

Der große Fletscher sagte dazu nichts.

»Verstehen Sie mich?«, hakte Dietze nach. »Ich will, dass Sie ihn kastrieren.«

Fletscher konnte sich nicht rühren. Er war nur zu einem einzigen Gedanken fähig: Scheiße, Scheiße, Scheiße! Am liebsten hätte er sich selbst in die Schnauze geschlagen. Er hatte es vermasselt mit seinem Geplapper. Die Sache drohte massiv außer Kontrolle zu geraten. »Ich bin Privatermittler, kein Urologe. Wie stellen Sie sich das vor?«, fragte er. Wenngleich er ahnte, dass die Antwort ihm nicht gefallen würde.

»Ich habe nicht vor, mir irgendetwas vorzustellen. Dafür bezahle ich ja Sie – damit *ich* mir nichts vorstellen muss.«

»Wir reden hier über eine ernste Straftat, Herr Doktor, das ist Ihnen hoffentlich bewusst.«

»Nennen Sie es, wie Sie wollen, Fletscher. Wie hoch ist Ihr Preis?«

Fletscher sah ihn fest an. Es gab noch eine Chance – er musste auf Zeit spielen. Hoffen, dass Dietzes Vergeltungswunsch in den Hintergrund gedrängt würde, sobald er ganz von Melisas Entführung vereinnahmt war.

Fletscher sagte: »Vielleicht sollten Sie die Sache erst mal sacken lassen. Sie sind wütend. Das ist normal, ich verstehe das. Warum schlafen Sie nicht eine Nacht drüber? Das hilft in den meisten Fällen. Aus Erfahrung weiß ich, dass man solche Entscheidungen am besten mit kühlem Kopf –« Er verstummte, als er den Zorn in Dietzes Augen aufblitzen sah.

»Kriegen Sie das organisiert, oder soll ich mir jemanden suchen, der es organisiert?«

Es war nichts anderes als eine spärlich verdeckte Drohung. Fletscher konnte den Pistolenlauf auf seiner Brust beinahe fühlen. Bloß keine weiteren Interessengruppen, sonst konnten sie die Entführung und alles andere knicken. Er sagte: »Nicht nötig, ich organisiere das.«

»Gut«, sagte der Doc. »Meinetwegen finden Sie jemanden, der sich kümmert, wenn Sie sich die Finger nicht schmutzig machen wollen. Urologe oder Schlachter – ist mir gleich.«

Fletschers zarte Hoffnung, doch noch irgendwie aus der Nummer herauszukommen, war verdampft wie ein Wassertropfen unter dem Tefal FV9640.

»Ich lege die Abwicklung ganz in Ihre Hände«, der Doc erhob sich, »enttäuschen Sie mich nicht.« Er schloss das Sakko über seinem Wanst, wodurch kaschiert wurde, dass er sich die Hose auf Höhe des Bauchnabels festschnallen musste. »Ich will seine Eier in einem Einmachglas«, fuhr er fort. »Mit Bügelverschluss und Gummiring. Und ich erwarte, dass es zeitnah geschieht. Ich will das noch vor dem Wochenende vom Tisch haben.«

Fletscher verfolgte sparsamen Blickes, wie Dietze aufbrach. Ein genialer Einfall seinerseits blieb aus, ebenso eine spontane Meinungsänderung seitens Dietzes. Vielmehr setzte der Doc noch einen drauf, als er kurz vor dem Ausgang stoppte und ein letztes Mal zu ihm sah. »Und Fletscher, ich will, dass es im Hotel passiert. In dem Zimmer, in dem er sie –« Er brachte den Satz nicht zu Ende. Musste er auch nicht.

Fletscher nickte schwach, und Dietze verschwand. Er hörte noch, wie die Kleine im Vorzimmer ihm einen schönen Tag wünschte, und dann war es endlich vorbei.

Fletscher nahm sich eine Dimitrino, steckte sie an und spürte, wie seine Lungen sich langsam mit Rauch füllten, während er einatmete.

Es fiel ihm schwer, einen kühlen Kopf zu bewahren. Warum verdammt noch mal war er nicht bei dem geblieben, was er sich vorgenommen hatte? Warum hatte er sich wie ein Anfänger verhalten und ohne jede Not in diese Lage manövriert? Waren es Gewissensbisse, die ihn überkommen hatten, als er bemerkte, dass Dietze die ausgedachte Affäre naheging? Oder hatte er wie ein Streber mit seinem Wissen glänzen wollen, um als guter Ermittler dazustehen? Vermutlich war es eine Kombination aus beidem.

Ein Kidnapping zu inszenieren, bei dem andere die Drecksarbeit erledigten, um anschließend von ihm übers Ohr gehauen zu werden, war eine Sache. Es war letztlich nicht viel mehr als ein Spaß, nicht bösartiger als ein Streich, nicht gefährlicher als eine Gaunerei. Aber das hier, das entwickelte sich zu etwas anderem. Was Dietze verlangte, fiel nicht mehr unter »leicht verdientes Geld«. Das Projekt wurde schmutzig.

Fletscher aschte ab, und als er blinzeln musste, stellte er fest, dass er geblendet wurde. Er drehte den Kopf seitwärts und sah, wie sich das Sonnenlicht, das durch die gerissene Scheibe ins Zimmer fiel, in Spektralfarben brach. Er presste den Filter fest zwischen seine Lippen, lenkte den Blick aus dem Licht und nahm einen weiteren, tiefen Zug.

Und dann wusste er, wie er es angehen würde.

11

Er rief sie von unterwegs an und kam nicht mal dazu, Luft zu holen, nachdem er »Fletscher hier« gesagt hatte, da wollte sie schon wissen, ob er sich an ihren Plan gehalten hatte. Sie ging davon aus, dass er es nicht getan hatte, denn Dietze sei zu ihr wie immer, berichtete sie, eben so, als wüsste er von nichts.

Fletscher wollte nicht mit der Tür ins Haus fallen, deswegen beruhigte er sie zunächst, als er endlich zu Wort kam, und sagte, alles sei wie besprochen gelaufen. Weil Melisa ihm nicht glauben wollte (wahrscheinlich ein Fall von weiblicher Intuition) und Frage auf Frage stellte, fasste er das Gespräch mit Dietze für sie in groben Zügen zusammen. Er habe ihm wie abgemacht die vermeintlich entlarvenden Bilder von ihr und Kipp gezeigt, dazu habe Dietze aber nicht viel gesagt, außer, dass er ja von Anfang an gewusst habe, dass sie ihn betrog.

Melisa bohrte mit unüberhörbarer Skepsis nach. »Und damit hat er sich zufriedengegeben? Ernsthaft?«

Fletscher musste einräumen, dass dies nicht ganz die Wahrheit treffe. »Nein, hat er nicht. Du hattest recht«, sagte er.

Und dann versuchte er ihr klarzumachen, dass er, als der Doc wissen wollte, was nach dem Abendessen passiert war, improvisieren musste und er ihm deshalb erzählt habe, Melisa sei mit Kipp ins 25 Hours gefahren, wo sie einige gemeinsame Stunden verbracht hätten.

Melisa konnte es sich nicht verkneifen, ihm aufs Brot zu schmieren, dass sie es besser gewusst und gleich gesagt habe, dass Diederich nachbohren und mehr als Fotos fordern würde.

Als sie im selben Atemzug fragte, wie er ausgerechnet aufs 25 Hours gekommen sei, meinte Fletscher, dass es so nah an der Wahrheit lag, dass es sich angeboten hatte. Sie verstand nicht gleich, also erläuterte er ihr, dass Kipp tatsächlich in das Hotel gefahren sei, nachdem sie ihn über dem Hauptgang sitzen gelassen und er etwa eine Viertelstunde lang auf seinem Smartphone herumgetippt habe.

Weil Melisa nichts dazu einfiel, was Kipp im Hotel zu suchen hatte, wo er doch eine Wohnung in der Stadt besaß, sagte Fletscher ihr, dass er sich dort mit Luzia getroffen und mit ihr die Nacht verbracht habe. Um genau zu sein, seien sie zuerst in die Monkey Bar eingekehrt. Aber das sei ein weniger wichtiges Detail, das sei ihm bewusst.

Melisa schwieg für einige Sekunden, dann wollte sie wissen, ob Fletscher Kipp also gefolgt war, während sie sich im Kino einen miserablen Film angesehen hatte.

Fletscher bejahte ihre Frage, die eigentlich eine Feststellung war, und sie wollte nicht mal wissen, warum er Kipp nachgefahren war. Es war wohl okay für sie. Vielleicht auch egal.

Es schien sie mehr zu beschäftigen, was mit ihrer Freundin los war. Sie sagte, sie könne nicht verstehen, was Luzi an einem Schwachkopf wie Kippling fand, und kam nach einiger Spekulation über dessen sexuelle Qualitäten und die Anziehungskraft von Geld und einem gewissen Bekanntheitsgrad zu dem Schluss, dass sie unbedingt mit Luzi reden musste. Am besten noch heute. Sie fürchtete, ihre Freundin sei dabei, sich in Kipp zu verlieben – weil Luzi sich, nachdem sie mit dem Betreffenden in der Kiste gelandet sei, bislang in jeden noch so großen Arsch verknallt habe, Hauptsache, sie könne sich einbilden, endlich ausgesorgt zu haben und irgendwann mit einem Foto in der InTouch oder dem OK!Magazin zu landen.

Fletscher wollte Melisa gern fragen, ob sie mit Dietze wegen dessen innerer Werte zusammen sei, begnügte sich aber mit einem Brummen. Aus zwei Gründen: zum einen, weil er wusste, dass die sich unvermeidlich daran anschließende Diskussion sie nicht weitergebracht hätte, und zum anderen, weil er intensiv darüber nachdachte, wie er ihr am besten beibringen konnte, dass da noch etwas war, was sie aus seiner Unterhaltung mit Dietze wissen sollte.

Er entschied sich letztlich für die unkomplizierteste aller

Lösungen und verriet ihr ohne weitere Umschweife, was der Doc verlangte: »Er will, dass ich Kipp die Eier abschneide.«

Melisa stieß ein »Jesus!« aus (natürlich in englischer Aussprache) und vermutete, dass Dietze durch Fletschers improvisierte Hotelstory auf diesen peinlich machomäßigen Einfall gekommen sei.

Fletscher musste das einräumen, auch wenn es ihm etwas schwerfiel. Er erzählte ihr – um möglichst sachlich zu wirken, in monotoner Stimmlage –, was das Hotelpersonal ihm gesteckt hatte, nämlich dass Kipp mehrmals die Woche vorbeikomme, aber selten zweimal in Folge mit derselben weiblichen Begleitung – und dass er diese Information ungeschützt an den Herrn Dr. Dr. weitergeleitet habe.

Melisa gab sich erstaunt und tat, als verstünde sie nicht recht. »Du wolltest ihn trösten? Du wolltest Diederich Dietze trösten?«

Fletscher bejahte, auf gewisse Weise könne man das so wohl sagen. Er habe wohl einen empathischen Moment gehabt.

Es folgte eine Kombination aus zu lautem Ausatmen und Lachen. Und darauf: »Wie kommt man bitte auf *die* Idee? Das ist das Beknackteste, was ich seit Langem gehört habe. Das ist das Beknackteste, was ich überhaupt jemals gehört habe.«

Er wusste, dass sie nicht ganz falschlag. Es war dämlich und nicht professionell gewesen. Er sagte: »Wir müssen uns mit der Realität anfreunden. Mir bleibt nichts anderes übrig, als den Auftrag auszuführen. Es sei denn, dein Interesse an einer weiteren Zusammenarbeit hat sich inzwischen erledigt, denn darauf wird's hinauslaufen, wenn ich mich nicht kümmere. Er wird sich einen anderen suchen – für diesen Job und auch für künftige Jobs.«

Sie wich der Frage aus und wollte zunächst wissen, was Diederich seiner Einschätzung nach mit »die Eier abschneiden« meine.

Fletscher verriet ihr seine Einschätzung und war überrascht, als sie sagte: »Na, dann ist ja alles easy.«

Oder gebe es ein Problem? Sehe er eines?

»Nein, alles in Butter«, sagte Fletscher, obwohl es das wahrlich nicht war, und erzählte ihr, dass er schon auf dem Weg zu seinem Mann für solche Angelegenheiten sei.

Ob das zufällig derselbe Mann sei, den er auch mit gewissen anderen Angelegenheiten betrauen wollte, fragte sie.

Er antwortete: »Ja, aber mit Zufall hat das nichts zu tun.«

Daraufhin sagte Melisa, dass es ja vielleicht ganz gut sei, dass Fletscher Mist (ihr Wortlaut: »Bullshit«) gebaut hatte.

Er wollte erst kontern, unterließ es aber, als sie sagte, dass sein Mann, um genauer zu sein, ihr Mann, sich auf diese Weise bewähren und zeigen könne, was er draufhatte. Sie habe nämlich in der Zwischenzeit nachgedacht und sich entschieden. Wenn ihr Mann für gewisse Angelegenheiten das mit Kipp gut hinbekäme, dann würde sie Fletschers unverschämtes Angebot annehmen. Kipps Entmannung sei also quasi eine Bewerbungsaktion.

Als Fletscher entgegnete, dass sein Mann sie nicht enttäuschen werde, warf Melisa ihm ein knappes »Warten wir's ab« hin.

Das Gespräch war damit beendet. Er sollte sich wieder melden, sobald er mit ihrem Mann für gewisse Angelegenheiten »gechattet« hatte.

Fletscher stand vor einem ungefähr zweieinhalb Meter hohen und gut drei Meter breiten Schaufenster, dessen gesamte Fläche von einem Regal vereinnahmt wurde. In den Fächern stapelten sich Gegenstände, die allesamt drei gemeinsame Eigenschaften aufwiesen: Sie waren alt, benutzt und staubig.

Fletscher sah Gameboy-Spiele aus den Neunzigern, die schon zur Zeit ihres Erscheinens Raritäten gewesen waren, Stereoanlagen und Teile davon aus demselben Jahrzehnt, gebrauchte Röhrenfernseher von längst ausgestorbenen Herstellern wie Grundig oder Blaupunkt und vor allem Spiegelreflexkameras. Als wäre ein Lkw vorgefahren und hätte alle Spiegelreflexkameras abgeworfen, die jemals hergestellt worden waren.

Es war nicht möglich, durch das Dickicht aus »alt, benutzt und staubig« von draußen nach drinnen zu sehen, und Fletscher konnte sich nicht vorstellen, wie es andersherum funktionieren sollte.

Er machte einen Schritt zurück und legte den Kopf in den Nacken. Auf dem Schild, das über dem Schaufenster hing, stand in großen Druckbuchstaben: »AN- UND VERKAUF TECHNISCHER GELEGENHEITEN«.

Fletscher zündete sich eine Zigarette an und blickte sich um. Ein paar Häuser weiter lag das Automatencasino »Vulkan«, daneben der »Ali Ali«-Friseursalon. Das Eckgebäude auf der anderen Straßenseite beherbergte den Backshop »Yadun«, vor dem die Sorte abgewetzter grüner Kunstteppich ausgerollt war, wie man ihn vor bestimmten Läden fand. Jenseits der Hausdurchfahrt zu Fletschers Linken stand »Waffen Schuster« auf dem Fensterglas.

Es war Jahre her, dass er zuletzt im Wedding gewesen war, aber es war noch immer die passende Gegend für einen Ramschladen wie diesen, der technische Gelegenheiten an- und verkaufte.

Fletscher zog ein letztes Mal an seiner Dimitrino und ließ den Stummel zu Boden fallen. Es gab keine Alternative zu dem, was er tat. Oder tun würde.

Das Gefühl, das ihn beschlich, wenn er daran dachte, dass Kipp seine Männlichkeit einbüßen sollte, obwohl er nichts weiter gemacht hatte, als sich quer durch die Stadt zu vögeln, führte nach wie vor zu einem ausgeprägten Unbehagen in seiner Magengegend, als hätte er zu fettig gegessen. Aber damit musste Schluss sein. Letztlich hatte Kippling sich und seine Eier selbst in Teufels Küche gebracht. Man konnte es zwar nicht direkt die Wahrheit nennen, dass er und Melisa ein sexuelles Verhältnis hatten, aber es bestand kein Zweifel daran, dass Kipp ein entsprechendes Angebot sofort angenommen hätte. Es traf also keinen Unschuldigen.

Es ging ums Geschäft, und in diesem Gewerbe waren Gewissensbisse fehl am Platz. Fressen oder gefressen werden. So war die Welt, in der er lebte, Fletscher hatte die Spielregeln nicht aufgestellt, und es war nicht an ihm, sie in Frage zu stellen. Das taten die, die hinter ihm her waren, ja auch nicht. Und von daher gab es nur eine realistische Sichtweise, die da lautete: Pech gehabt, Kipp.

Fletscher löschte den letzten Rest der verglimmenden Glut unter seiner Schuhsohle, richtete den Kragen seines Hemdes und verschwand im An- und Verkauf technischer Gelegenheiten.

Es war niemand zu sehen, als er das Geschäft betrat. Dafür konnte er die fremde Stimme eines Mannes hören, der mit ausgeprägtem griechischem Akzent sprach. Er schien sich irgendwo im hinteren Teil des Ladens aufzuhalten, irgendwo hinter den meterhohen Regalen.

Er sagte: »Die wollen, dass du über Internet kaufst. Und nicht nur das. Die wollen, dass du Leben in Internet lebst. Am besten, du gehst gar nicht mehr vor Tür. Facebook, Amazon, Whatsapp und was nicht weiß ich. Denn nur so sie dich lückenlos überwachen können. Ja, du musst nicht mit so blöd Gesicht glotzen. Die wissen, wo du kaufst und du kaufst wie viel und was du zahlst. Die wissen, dass du frisst Dosenravioli und dass du triffst mit Renate, das, das sie wissen schon lange.«

Fletscher erkannte die Stimme des anderen Mannes sofort wieder. Sie gehörte Bruno, Bruno Béla – dem Mann, wegen dem er hier war.

Bruno sagte: »Ist ja alles schön und gut, Kosta, aber eine Sache verstehe ich nicht. Warum zum Kuckuck sollte es jemanden jucken, an wen du deine wurmigen Oliven verhökerst oder wann ich mit Renate schmuse? Kannst du mir das mal erklären?«

Fletscher folgte den beiden Stimmen. Er trat in eine schmale Schlucht aus Metallregalen, die bis zur Decke emporwuchsen und mit alten PC-Towern, Röhrenfernsehern, Lautsprecherboxen, Verstärkern und anderem Krempel befüllt waren. Der Weg war so eng, dass er sich mit Seitwärtsschritten vorwärtsbewegen musste, da er sich sonst die Schultern angeschlagen hätte.

Fletscher schob sich langsam weiter und lauschte Kostas Stimme: »Na, weil die wollen Markt kontrollieren. Ach, was sage ich, die alles kontrollieren wollen. Alles, Bruno. Die wollen Weltherrschaft. Und nur totale Kontrolle von die einzelnen Bürger, kapierst du, die macht möglich. Die Herrschaft von Elite unter Mantel von Verbesserung von menschliches Dasein.«

»Du plapperst doch nur wieder irgendwelchen Mist nach. Und wer sollen ›die‹ denn überhaupt sein?«

»Warum du hörst mir nicht zu?«, erwiderte der Grieche. »Die, das sind die Rockefellers, Rothschilds, Bilderberger. Schon mal von Brzezinski gehört? Natürlich nicht. Neue Weltordnung, Fleischklops, darum es geht. Die wollen Menschheit versklaven. Die wollen uns, dich und mich, uns alle, zu Sklaven machen. Die wollen, dass wir sind abhängig. Die wollen gefügige Welt haben. Das du musst einfach mal akzeptieren.«

»Kosta«, entgegnete Bruno, »selbst wenn du und ich alles zusammenlegen, was wir haben, dann ist das immer noch so wenig, dass die sich einen feuchten Kehricht dafür interessieren. Bei uns ist nichts zu holen.«

Fletscher mühte sich weiter voran, und während er hörte, wie Kosta sagte: »Aber klar wir besitzen was, Bruno, wir besitzen Individualität«, schob er sich um eine Ecke, und das Ende des Korridors tat sich vor ihm auf.

Als Fletscher aus der Regalschlucht trat, stieß er als Erstes auf Kosta, einen klein gewachsenen, abgemagerten Griechen mit Jean-Luc-Picard-Halbglatze und griechisch-römischer Hakennase. Er saß mit überkreuzten Beinen auf einem gebrechlichen Hocker und drehte sich ihm zwar zu, schielte aber gleichzeitig zu Bruno und sagte: »Die Kinder von Vernünftigen kochen, bevor hungrig sie sind.«

Dann schwieg er und starrte Fletscher unverhohlen an, als wartete er darauf, dass der unbekannte Besucher sich gefälligst vorstellte, wenn er schon unangekündigt auftauchte und seinen Vortrag unterbrach.

Fletscher tat ihm den Gefallen nicht. Er ließ stattdessen seinen Blick hinüber zu Kostas Gesprächspartner wandern, einem massigen Mann mit Glatze und Henriquatre-Bart. Es war zweifelsfrei Bruno, auch wenn sein Bart bei ihrem letzten Aufeinandertreffen dichter gewuchert hatte und nicht grau, sondern schwarz gewesen war. Und einige Kilo mehr brachte Bruno mittlerweile auch auf die Waage, wenn er sich nicht sehr täuschte.

Bruno richtete einen reservierten Blick auf Fletscher. »Kann ich Ihnen helfen?«

Fletscher hatte erwartet, dass Bruno ihn gleichermaßen schnell wiedererkennen würde, doch damit lag er offensichtlich falsch.

Erst als er seine verspiegelte Sonnenbrille abnahm, wich Brunos höfliches Misstrauen.

»K. K.? Junge, bist du's wirklich?« Er tat sich merklich schwer, seiner eigenen Beobachtung zu trauen.

»Ja, Bruno, ich bin's wirklich.«

Bruno sah zum Griechen. »Kosta, geh nach Hause.«

Aber der regte sich nicht und blickte stumm.

»Ich mein's ernst«, sagte Bruno. »Hau ab, du Knacker.«

Kosta brachte seinen Missmut zum Ausdruck, indem er abwinkte und ein krächzendes Geräusch von sich gab. Als er sich erhob, vernahm Fletscher ein Knarzen. Er konnte unmöglich ausmachen, ob es aus Kostas alten Knochen oder aus dem Hocker drang. Der Grieche raunte »Bis morgen« in Brunos Richtung und bedachte Fletscher mit einem strafenden Blick, ehe er mit gekrümmtem Rücken in die Schlucht zwischen den Regalen tippelte und verschwand.

Fletscher sah zu Bruno. Dessen Miene nach zu urteilen, konnte er noch immer nicht glauben, wer vor ihm stand. »Wie lange ist das jetzt her?«

»Etwas mehr als zwei Jahre.«

Bruno nickte. Nicht zustimmend, sondern nachdenklich. Dann sagte er: »Setz dich, willst du was trinken?«

»Gerne. Die Hitze trocknet einem die Kehle aus.« Als Fletscher vorsichtig auf dem Hocker Platz nahm, knarzte es unter ihm.

»Ja, da sagst du was«, erwiderte Bruno. »Wenn's nach mir ginge, wäre alles über zweiundzwanzig Grad verboten. Bier oder Schnaps?«

Fletscher benötigte einen Moment, um zu begreifen, dass es kein Scherz war. Er sagte: »Dann ein Bier.« Beobachtete, wie Bruno hinter eine Kommode ging und sich ducken musste, damit er sich den Kopf nicht an dem Kram stieß, der von der Decke hing: Taschenlampen, diverse Taschenmesser, einige Feldstecher und ein Wikingerfüllhorn.

Fletscher hatte tatsächlich fast vergessen, was für ein Koloss Bruno war. Zwei Meter groß und ebenso breit, mit dem Kreuz eines Holzfällers. Neben ihm erschien alles winzig. Die Bierflaschen sahen in seinen Pranken wie Spielzeug aus, wie Zubehör für ein Puppenhaus.

Als er ihm das Getränk reichte, blieb Fletschers Blick auf Brunos Unterarm hängen, wo Teile einer Tätowierung unter dem Hemdärmel hervorlugten. Der Ausschnitt war keine zwei Fingerbreit, aber Fletscher musste nicht mehr sehen, um sich an das ganze Bild zu erinnern, das er als Kind oft zu Gesicht bekommen hatte. Es war ein polynesisches Tattoo, eine Anordnung verschiedener traditioneller Motive, ähnlich dem Tattoo, das Dwayne Johnson alias The Rock trug. Es stammte angeblich aus Brunos Zeit im Knast, wo er die Bekanntschaft eines Maoris gemacht hatte, der Ahnung vom Tätowieren hatte. Mehr wusste Fletscher nicht, er hatte nie danach gefragt.

Bruno griff einen umherstehenden Stuhl und setzte sich ihm gegenüber hin, nachdem er den Stoff seiner Jeans nach oben gerafft hatte, damit sie nicht unter der Spannung zerriss. Er hatte Oberschenkel wie Baumstämme und wäre mit seiner Visage in jedem Film als Anführer einer Rockergang gecastet worden. Fletschers Mutter hatte ihren Sohn zwar meist mit Andeutungen abgespeist, aber er hatte genug erfahren, um zu wissen, dass Bruno ein Mann mit vielen Namen und Gesichtern war. Zu seinen wildesten Zeiten, den Zeiten des Kölner »Miljös«, war er als »Der schmale Pünn« bekannt gewesen, die damaligen Zuhälter und Clubbesitzer hatten den Spitznamen offenbar für originell gehalten.

Bruno streckte Fletscher den Boden der Bierflasche entgegen, um anzustoßen, und trank sie in einem Zug zur Hälfte aus. Dann lächelte er.

Fletscher wunderte sich zunächst noch über das Lächeln, das er nicht zuordnen konnte, doch als Bruno fragte: »Wie geht's deiner Mutter, Junge?«, wurde ihm schlagartig klar, was er in Brunos Augen flackern sah: Es war Wehmut. Bruno hing nach all den Jahren noch immer einer Frau und einem Leben nach, die er beide nicht bekommen hatte.

»Sie ist in einem Heim bei Hannover«, sagte Fletscher.

Bruno guckte, als hätte er sich verhört. »In einem Heim?«

Fletscher nickte. »Die Ärzte sagen, es geht ihr den Umständen entsprechend gut. Was auch immer das heißt. Sie hat sich das Gehirn matschig gesoffen. Erkennt mich meistens nicht, wenn ich sie besuche. Ich denke, sie hat es nie verkraftet, dass der Penner sie sitzen gelassen hat.«

»Wie sprichst du über deinen Vater, Junge?«

»Wie spricht man über einen, der Frau und Kind verlässt und mit einer anderen durchbrennt? Dass du ihn immer noch in Schutz nimmst …« Fletscher schüttelte den Kopf.

»Ich nehme ihn nicht in Schutz«, entgegnete Bruno, »aber wir alle machen Fehler.«

Dieses Mal war es Fletscher, der glaubte, er hätte sich verhört. »Fehler? Du nennst das einen Fehler? Wenn ich braune Schuhe zu einem schwarzen Gürtel trage, das ist ein Fehler. Was der Alte gemacht hat, war vorsätzliche Feigheit.«

Bruno sank in seinem Stuhl zurück, trank vom Bier und musterte Fletscher eindringlich, ohne zu blinzeln. Nach einer Weile blinzelte er dann doch und sagte: »Dein Vater hat auch mich verladen, und es ging dabei nicht um Peanuts. Ich will dir keine schlauen Ratschläge geben, es ist deine Sache, wie du damit umgehst, aber es wird der Tag kommen, an dem du dich entscheiden musst – versöhnst du dich mit deiner Vergangenheit, oder lässt du zu, dass sie dich auffrisst.«

»Was er getan hat, ist nicht zu verzeihen.«

»Ich sehe das so: Dein Vater hat getan, was er getan hat, weil er dachte, dass er es tun muss. Wer bin ich, ihn dafür zu verurteilen? Wir waren beide keine Klosterschwestern.«

Fletscher kannte keine Details, er wusste aber, dass sein Vater und Bruno in den siebziger und achtziger Jahren als Geldeintreiber unterwegs gewesen waren. Die Leute hatten vermutlich nicht direkt die Rollläden heruntergelassen, wenn die beiden auftauchten, aber sie hatten sich einen gewissen Ruf erarbeitet, keine Frage.

»Du redest von Köln«, sagte er.

Bruno nickte. »Auch, ja. Wir waren eigentlich immer dort, wo's Probleme gab. Manchmal haben wir sie gelöst, manchmal haben wir selbst für welche gesorgt. Ich bin nicht besonders stolz drauf, wer ich damals war und was ich getan habe. Aber ich bereue auch nichts.«

Brunos Mund umspielte ein Lächeln, er schien sich in den Erinnerungen zu verlieren. Aber dann, abrupt und ohne jeden Übergang, als wäre ein Schalter umgelegt worden, verschwand jedes Glück aus seinem Gesicht, und er sah Fletscher ernst an. »Es gibt nur eine Sache, die ich mir selbst nicht verzeihen kann und wahrscheinlich auch niemals verzeihen werde. Ich hätte deine Mutter nicht belügen dürfen. Das war falsch. Einfach nicht richtig.«

Als Fletschers Vater sich aus dem Staub gemacht hatte, hatte Bruno ihr erzählt, er sei spurlos verschwunden, obwohl er genau wusste, was los war. Die Affäre mit der anderen lief zu diesem Zeitpunkt schon eine ganze Weile.

Bruno nahm noch einen Schluck, dann sagte er: »Sie hat mir vorgeworfen, dass ich die Wahrheit zu lange für mich behalten habe. Ich hätte nicht tatenlos zusehen dürfen, hat sie gesagt, ich hätte ihn davon abhalten müssen, mit der anderen abzuhauen, hätte ihr zumindest die Chance geben müssen, etwas dagegen zu unternehmen. Für deine Frau Mutter war es, als wäre sie von uns beiden betrogen worden – von deinem Vater und von mir.«

Fletscher beobachtete, wie der Schmerz erneut in Bruno aufstieg. »Und sie hatte recht. Mit allem. Aber ich hatte deinem Vater mein Wort gegeben. Hätte ich nicht tun sollen.«

»Du hast dich meinem Vater gegenüber verpflichtet gefühlt, obwohl er dich beschissen hat?« Fletscher wusste, dass er abweisend klang. Es störte ihn nicht.

»An dem Tag, an dem das Wort eines Mannes nicht mehr zählt, zählt nichts mehr auf dieser Welt. So hab ich damals gedacht. Wir haben alle so gedacht. Es gab bestimmte Regeln. Grundsätze, verstehst du?«

»Nein, dieses Ehrenmann-Ding ist mir zu hoch.«

»Das versteht heute kaum noch einer. Es waren andere Zeiten. Dein Vater und ich, wir sind durch dick und dünn gegangen. Was meinst du, wie oft wir uns gegenseitig den Arsch gerettet haben! So was verbindet. Es hat was bedeutet, wenn wir uns das Wort gegeben haben. Wir wussten, wir konnten uns aufeinander verlassen. Ich hab lange geglaubt, es gäbe nichts, was stärker ist. Bis –« Bruno stockte.

Fletscher wusste, was er dachte, er musste es nicht aussprechen. Bruno dachte an seine Mutter, die er noch immer liebte, obwohl er seit über zwei Jahrzehnten keinen Kontakt mehr zu ihr hatte. »Und trotzdem hat er sich für das Geld und die Schlampe entschieden«, sagte Fletscher und war erstaunt, wie verbittert er war.

Bruno schaute ihn an, und sein Blick war trotz seines Glasauges bohrend. Er fragte: »Warum bist du hier, Junge? Schickt Renates Ehemann dich?«

Brunos Schwermut war Neugier gewichen.

Fletscher schüttelte den Kopf. »Weder ihr Ehemann noch Renate. Ich bin hier, weil ich ein Jobangebot für dich habe.«

»Für mich alten Sack?«

Bruno sah ihn skeptisch an. Ihm war offensichtlich klar, dass das nicht alles sein konnte. Fletscher wusste, dass Bruno zu viel Lebenserfahrung hatte, um sich irgendwelche Märchen auftischen zu lassen. Er sagte: »Ich brauche die Hilfe vom schmalen Pünn.«

»Der schmale Pünn?«, stieß Bruno aus, als wäre der Name mit einem Fluch belegt. Er setzte sich aufrecht hin. »So nennt mich schon lange niemand mehr.«

»Was nicht heißt, dass du es nicht mehr bist.«

»Der schmale Pünn ist im Ruhestand. Ich bin nur noch Bruno, der Plunder verkauft.«

Fletscher schwieg, und trotzdem schien Bruno seine Verzweiflung zu spüren.

»Du sitzt in der Klemme.«

Fletscher nickte stumm.

»Was ist das für ein Job?«

Fletscher zog sein Smartphone aus der Tasche und zeigte Bruno ein Foto von Kipp. Er brauchte keine zwei Sekunden, um ein Urteil zu fällen. »Ich erkenne ein Arschloch, wenn ich eins sehe. Auch mit Glasauge.«

»Deine Menschenkenntnis spricht für dich.«

»Was hat er ausgefressen?«

Fletscher steckte das Telefon weg und antwortete ganz bewusst unbestimmt: »Sagen wir, jemand möchte ein Arschlochproblem aus der Welt schaffen.«

Bruno wackelte mit dem Kopf, gerade so, als wäre er ein unbescholtener Bürger. »So was mache ich nicht«, sagte er. Er wirkte beinahe pikiert. »Nein, Junge, das ist nicht mein Metier. Ich hab mir geschworen, ich leg niemanden mehr um.«

»Er soll nicht umgelegt werden«, stellte Fletscher klar. »Es geht um seine Eier.«

Bruno war verständlicherweise dezent irritiert. »Seine Eier?«

»Seine Eier«, bestätigte Fletscher, und diesmal prallte Brunos prüfender Blick an seinem eingeübtem Pokerface ab. Er wollte nicht mehr als nötig verraten.

»Ich hatte mal 'nen ähnlichen Sachverhalt, damals in den Siebzigern«, sagte Bruno, »aber da ging's um Gerechtigkeit. Ich wusste, der Typ war 'ne Ratte und hatte es verdient. Aber das hier …« Er winkte mit dem Zeigefinger ab. »Du willst mir nicht verraten, worum's geht. Das ist okay. Ist deine Sache und geht mich nichts an. Aber das Arschloch kann dabei draufgehen. Und das macht es dann doch zu meiner Sache.«

»Ich weiß. Ich weiß das alles. Aber daran, dass der Job erledigt werden muss, ändert das nichts.«

»Tut mir leid, ich fürchte, ich kann dir nicht helfen.«

Fletscher war enttäuscht und konnte es nicht verbergen. »Mein Fehler, dass ich dachte, ich kann auf dich zählen.«

»Junge, ich glaube, du vergisst, mit dem du sprichst«, drang es dunkel dröhnend aus Bruno.

»Hör zu, Bruno«, schlug Fletscher einen versöhnlichen Ton an, »ich bin zu dir gekommen, weil ich nicht wusste, wen ich fragen soll. Das ist ein Job, den man nicht mit Leuten durchzieht, denen man nicht vertraut. Aber dir, dir vertraue ich. Wir sind fast eine Familie.«

Bruno knurrte ein »Hmm«. Er war nicht versöhnt, das war deutlich, aber immerhin schaute er jetzt nicht mehr, als wollte er Fletscher den Kopf von den Schultern reißen.

»Nichts für ungut, Bruno. Ich respektiere dein Nein.« Fletscher stellte das nicht mal halb getrunkene Bier ab und erhob sich. »So haben wir uns wenigstens mal wiedergesehen.«

Er hoffte auf eine Reaktion, aber Bruno musterte ihn regungslos und mit versteinerter Miene. Fletscher lächelte verhalten, weil es nicht wirkte, als würde noch etwas von Bruno kommen, und brach auf. Er kam keine zwei Schritte weit.

»Nicht so schnell, Grünschnabel«, tönte es hinter ihm.

Fletscher drehte sich um und sah, wie der Berg von einem Mann auf ihn zurollte. Er kam unmittelbar vor ihm zum Stillstand. Bruno überragte ihn locker um eine Kopflänge. »Du hast 'ne reichlich große Klappe. Aber du hast Rückgrat. Das gefällt mir.«

Bruno musterte Fletscher mit einer Nachsicht im Blick, mit der für gewöhnlich nur Väter ihre Söhne ansahen, und Fletscher wusste, dass Bruno immer auf seiner Seite sein würde. »Also, sprich, was ist drin bei dem Job?«

»So viel, wie du verlangst«, sagte Fletscher. »Und im Erfolgsfall eventuell noch ein Anschlussjob.«

Bruno hob die Brauen. »Angenommen, ich würde zwanzigtausend plus Spesen verlangen.«

»Dann würde ich das meinem Auftraggeber als Schnäppchen verkaufen.« Fletscher zögerte, kam dann aber doch nicht umhin. »Insgeheim würde ich mich aber wundern, wie sehr die Preise in letzter Zeit gestiegen sind.«

»Sind sie nicht, aber«, Brunos Blick glitt über die Regale und landete wieder bei Fletscher, »na ja, du sieht ja selbst.«

Fletscher schielte an ihm vorbei und blieb an einem blassgrünen Ruhla-Wecker aus DDR-Zeiten hängen. »Dabei ist Vintage doch so angesagt.«

»Schon, aber für Schrott zahlt auch heutzutage keiner was.«

»Das heißt, du bist dabei?«

Bruno nickte. »Ich lass dich doch nicht hängen, Junge. Irgendwelche Sonderwünsche?«

»Nein, eigentlich nicht«, sagte Fletscher. »Es sollte nur möglichst diskret ablaufen. Wobei … ich bin mir nicht sicher, ob das in diesem Fall überhaupt möglich ist.«

Und dann fielen ihm der Sonderwunsch und der Grund, warum er eine Plastiktüte in der Hand hielt, wieder ein. Er sagte: »Ach ja, doch, es gibt einen Sonderwunsch.« Holte das Einmachglas hervor und stellte es auf den Hocker. »Da drin sollen sie sein.«

Bruno schaute wortlos auf das Glas.

Fletscher sagte: »Ich melde mich bei dir, sobald mein Kontakt grünes Licht gibt. Dann klären wir die Details.«

Bruno nickte stumm, und somit stand der Deal.

Fletscher wollte los und streckte die Hand aus. Bruno schlug ein. »Richte deiner Frau Mutter liebe Grüße von mir aus, wenn du sie das nächste Mal siehst.«

Fletscher ging zurück zu seinem Wagen und rief Doc Dietze an. »Der Urologe übernimmt den Patienten. Aber er ist nicht ganz billig. Er verlangt vierzigtausend.«

***

Bruno schloss die Augen. Er spürte, wie der Alkohol in ihm hinabrann und seine Kehle erhitzte. Er mochte das Gefühl. Es war widerlich. Als würde er verbrennen. Als würde er sich von innen schälen. Ganz langsam, Schicht um Schicht toten Fleisches. Wahrscheinlich würde es sich ähnlich anfühlen, wenn er nach seinem Tod für seine Sünden büßen musste. Aber bis es so weit war, würde er weitersaufen, das hatte er längst mit sich abgemacht.

Nach dem dritten Glas Doppelkorn war nicht nur sein Rachen betäubt, sondern auch der Schmerz, der tief in ihm verborgen lag, dort unerbittlich an ihm nagte, sich durch seine Seele fraß wie Sonnenbrand durch Babyhaut und sich nun so anfühlte, als wäre er mit einem zarten, kühlenden Verband versorgt.

Bruno lenkte den Blick zur Tür, die nach hinten ins Lager führte. Er rief: »Rambo?« Er wartete, und weil nichts geschah, rief er erneut: »Milano?« Wieder nichts. Er rief ein drittes Mal: »Marzahn?« Das Ergebnis war identisch.

Bruno stöhnte und setzte sich in Bewegung. Es fühlte sich bei jedem Schritt an, als ramme ihm jemand ein Messer in die Hüfte, aber er war froh, dass Fletscher weg war und er den Schmerz wenigstens nicht mehr verbergen musste.

Bruno humpelte durch die Lagerhalle. Alles, was sie auf ihren Entrümpelungstouren einsammelten, luden sie hier ab und sortierten, was wiederzuverkaufen war, was reparabel war und was nicht und was sie auseinandernehmen und beim Wertstoffhof verscherbeln konnten.

Bruno rief erneut, auch dieses Mal, ohne eine Antwort zu erhalten: »Marzahn, wo steckst du?«

Und dann, endlich, in der Ecke, in der sie die Videospiele, Konsolen, Fernseher und ähnlichen Kram anhäuften, fand er ihn. Er lag auf dem Sofa beziehungsweise auf den Überresten davon – der Kunstlederüberzug war aufgeplatzt, die gelbe Schaumstofffüllung quoll an zig Stellen aus der Sitzfläche –, hatte das eine Bein angewinkelt, das andere quer über das Knie desselben gelegt.

Bruno fielen die bunt karierten Socken auf, zu denen er eine weiße, kurze Sporthose trug. Darüber eine Art Armeeshirt und um den Kopf ein weißes Stirnband, das seine Vokuhila im Zaum halten sollte – was aber nicht gelang.

Marzahn war ein ziemlich dünnes Männchen, aber nicht im Sinne von drahtig, sondern im Sinne von schwächlich. Er hatte einen Gameboy in der Hand und tat dasselbe, was er immer tat, sobald er eine freie Minute hatte: Er zockte.

Bruno blieb neben ihm stehen und guckte zu ihm hinab. »Hier steckst du. Warum antwortest du nicht?«

Das dünne Männchen löste seinen Blick nicht vom Bildschirm und sagte zu irgendwem, aber nicht zu Bruno, wie es schien: »Super Mario Land, Baby. Level zwölf.«

»Super Mario für 'n Arsch. Ich bezahl dich dafür, dass du den Krempel reparierst, und nicht dafür, dass du hier rumlungerst und deinem Hobby nachgehst.«

»Hab nix gehört«, sagte Marzahn und hielt es immer noch nicht für nötig, ihn anzusehen.

Bruno wurde stinkig. »Leg das Ding weg, oder ich brech dir die Finger.«

»Shitfuckkacke! Mann, Bruno. Jetzt bin ich game over.«

Marzahn sah Bruno verdattert an, und es schien, als fiele ihm siedend heiß ein, dass er nicht in seiner Rolle war. Er zog sich die Socken hoch und setzte wie auf Knopfdruck ein anderes Gesicht auf. »Erstens, Bruno«, sagte er, »ich heiße Milano Rambo, nicht Rambo Milano. Und zweitens, ich weiß nicht, wie oft ich dir das noch sagen soll: So nennt mich nicht mal meine Mama. Ich bin der Commander, Alter. Der Commander.«

»Du hast nicht alle Latten am Zaun, Kleiner.«

Marzahns rechtes Lid zuckte nervös. Ein Tick von ihm. »Was is 'n so dringend, dass du mir mitten in die Session platzen musst, heh?«

»Es gibt Arbeit«, sagte Bruno.

»Ach was?«

»Halt dir den Rest der Woche frei. Ich brauch 'nen Fahrer.«

Marzahn nahm das Stirnband ab, fuhr sich mit beiden Händen durch die Haare und verschränkte die Arme hinter dem Kopf. »Wie stellst 'n du dir das vor, Mann? Kommst hier reinspaziert, ohne Termin noch dazu. Ich muss das erst mal mit meiner Sekretärin abklären. Du siehst doch, ich bin busy bis hier. Voll zu.« Er zeichnete eine imaginäre Pegellinie auf Höhe seiner Nase.

Bruno blinzelte gelangweilt. »Is 'n Tausender drin für dich.«

Marzahn richtete seinen Oberkörper auf. »Tausend Euro? Alter, verarschst du mich?«

Bruno gab sich alle Mühe, den Dünnschiss, den Marzahn absonderte, so gut es ging zu ignorieren, aber es war nicht einfach.

»Was ist das für 'n Auftrag? Schmuggeln wir Toaster rüber nach Polen, oder was? Ich war noch nie in Polen. Aber die sollen schöne Autobahnen haben. Ganz neu. Zwei Stück nur, aber hey, immerhin, oder?«

»Keine Ahnung«, sagte Bruno, »war das letzte Mal vor zwanzig Jahren mit 'ner Cessna dort.« Hoffentlich brachte ihn das zum Schweigen.

»Bruder Bruno, ich lass mich auf nichts ein, wenn ich nicht weiß, worum's geht. Bisschen mehr Infos musst du schon rüberwachsen lassen.«

»Du bist der Fahrer. Du fährst mich. Das sind die Infos.«

Marzahn spannte sich das Stirnband wieder um den Schädel und probierte sich mit mäßigem Erfolg an einem toughen Gesichtsausdruck. »Hör mal zu, ich sag dir jetzt mal was. Ich weiß, was du vorhast. Du willst 'ne Top-secret-Nummer abziehen. Okey-dokey. Ist geritzt, Bruno. Der Commander ist dein Mann.« Er formte die Hand zur Pistole, zielte auf Bruno und grinste dämlich. »Commander Nullnullsieben, Baby.«

Bruno fiel beim besten Willen nichts ein, was er dazu noch hätte sagen können.

12

»Ko-o-omm rein, es ist offen«, erklang es hinter der geschlossenen Tür.

Luzia drückte die Klinke und trat ins Zimmer, das vor ihr lag, als wäre es in Kerzenschein getunkt, obwohl nirgends eine Kerze brannte. Das warme Licht, das durchs Fenster fiel und den Raum in kuscheligen Glimmer tauchte, stammte von dem Scheinwerfer, der die Gedächtniskirche anstrahlte.

»Hey, Süße, da bist du ja.«

Luzias Augen gewöhnten sich rasch ans Halbdunkel. Sie erkannte seine Umrisse auf dem Bett.

Er sagte: »Ich hab schon auf dich gewartet.«

Luzia sah das dümmliche Grinsen, an dem sie ihn auch in einer Dunkelkammer wiedererkannt hätte. Sie sagte: »Hey, Kippi«, zog die Tür hinter sich zu und drückte auf den Lichtschalter. Als die Deckenleuchte ansprang, bot sich Luzia ein verstörendes Bild: Kipp hatte sich zwischen Decken und Kissen drapiert, und es machte den Eindruck, als wäre er, abgesehen von dem Basketball, der vor seinem Schritt lag, splitterfasernackt. Er blinzelte unruhig mit seinen Glubschaugen. »H-h-hey, was geht ab? M-mach das Licht wieder aus.«

Luzia konnte nicht anders, als sie auf den Ball zwischen Kipps Beinen starrte: »Wer von uns soll glauben, es bräuchte einen so großen Ball, um zu verbergen, was du zu bieten hast?«

Luzia konnte zusehen, wie Kipps Einfältigkeit den Weg in sein Gesicht fand und sein Mund sich ein Stück weit öffnete, wahrscheinlich, ohne dass er sich dessen bewusst war. Sie ahmte ihn nach, indem sie übertrieben weit ihre Augen aufriss und ihren Kiefer ebenfalls aufklappen ließ. Kipps Reaktion bestand darin, sich verschämt die Decke über die Lenden zu ziehen.

Luzia ermahnte sich selbst.

»Jetzt hab dich nicht so«, sagte sie. Und fügte in verführerischem Ton an: »Du weißt doch, wie sehr ich den kleinen Kippi liebe.«

Kipp grinste dumm. »Ey jo?«

Er kapierte nicht, dass ihr Ton nur aufgesetzt war. Sie schlüpfte aus ihrem Mantel, legte ihn und die Handtasche ab und setzte sich neben Kipp aufs Bett. »Und den großen Kippi auch.« Luzia lächelte und nahm seine Hand. Kipp reagierte nicht. »Liebst du mich?«, drängte sie ihn.

Er nickte, und als Luzia ihn erwartungsvoll anschaute, verstand er, dass sie es hören wollte, und presste ein »Ja« hervor. Sie küsste ihn. Aber kaum, dass ihre Lippen sich voneinander gelöst hatten, hakte sie nach: »Bin ich wirklich deine große Liebe?«

»Ja.«

»Sag es noch mal.«

»W-was denn?«

»Dass ich wirklich deine große Liebe bin.«

»Du bist meine g-große Liebe, w-w-wirklich.«

»Luzia«, sagte sie und bewegte ihre Hand auffordernd.

»Du bist m-m-meine g-große Liebe, Luzia, wirklich.«

Sie lächelte wieder, als wäre ihr Hirn vernebelt vor lauter Liebe. »Sag alles noch mal. Das, was du damals gesagt hast, als wir das erste Mal hier waren. Als wir das erste Mal Liebe gemacht haben.«

In Kipp ratterte es, das war deutlich zu sehen. Dann sagte er: »Wow, sind die echt?«

Luzia gab ihm einen liebevollen Klaps auf den Po und tat, als hätte Kipp einen gelungenen Witz gerissen.

»Nein, du Dummy, das, was du über meine Augen gesagt hast.«

Kipp erinnerte sich. Er sagte: »D-d-deine Augen, i-ich muss mich ihnen ergeben, wie … wie die Wolken, r-r-rauschend im Blauen, auf Uner-Unergründliches bauen, bau ich auf deine Augen mein Leben.«

Luzia schenkte ihm ihren treudoofsten Gesichtsausdruck. »Tust du das, Kipp, ja? Tust du das wirklich?«

»Ja. Das … das, äh … t-tue ich.«

»Oh Kippi, ich bin so glücklich.« Sie küsste ihn. »Ich hab dir das noch nie gesagt, aber am Anfang … am Anfang, da war ich mir ja echt nicht ganz sicher.«

»Nicht?«

»Nein, ich hab gedacht, dass du mich nur ins Bett kriegen willst. Ich wäre nie auf die Idee gekommen, dass du so ein liebevoller Mann bist.«

Luzia untermalte den abwegigen Gedanken mit einem entsprechend abwegigen Lachen. Kipp stimmte nach einem kurzen Moment der Irritation mit ein.

»Aber dann hast du mir den Ring geschenkt. Und die Kette.«

»Du vergisst den zweiten Ring.«

»Ja, und den zweiten Ring. Und dann hast du gesagt, dass du mich über alles liebst. Und da wusste ich, dass ich ein dummes Mädchen war, weil ich an dir gezweifelt habe. Ich liebe dich.«

»Ich dich auch.«

Luzia lächelte süß. Dann bremste sie sich, um nicht maßlos zu übertreiben, und warf einen lüsternen Blick auf Kipps Ball. »Zeig ihn mir. Wo ist mein Champ?«

Kipp schmunzelte selbstgefällig, streckte sich zum Nachttisch und nahm ein Kondomtütchen, das er Luzia hinhielt, als er sich wieder zu ihr zurückrollte. Doch noch ehe er irgendetwas Dümmliches sagen konnte, hatte Luzia die Decke zurückgeschlagen, den Ball in eine Ecke geworfen und den Champ zwischen ihren Zähnen.

Kipp stöhnte. »D-d-du kannst auch den Finger nehmen, wenn du willst.«

Luzia wollte nicht. Sie wollte nur eins – es schnell hinter sich bringen. Dreißig Sekunden später war der Job erledigt.

Kipp wirkte befriedigt, als er sagte: »Das war top. D-du bist so ein … so ein t-top Blasi-Bunny.«

»Danke, Kippi«, gurgelte Luzia.

»Brauchst du was?«, fragte er.

Luzia nickte ein »M-hm« und wollte aus dem Bett steigen,

aber Kipp kam ihr zuvor und huschte mit den Worten »Bleib, ich muss eh pissen« ins Badezimmer.

Kaum hatte Luzia das Schließgeräusch der Tür vernommen, sprang sie aus dem Bett. Zog den mitgebrachten Becher aus der Handtasche und spuckte aus.

Als die Klospülung rauschte, war sie bereits in ihren Mantel geschlüpft und hatte die äußere Türklinke in der Hand.

***

»Startklar fürs zweite Viertel, hehe«, sagte Kipp, als er breitbeinig aus dem Bad ins Zimmer stolzierte. Ihm fiel schnell auf, dass was fehlte. Nicht ganz so schnell ging es, bis er dahinterkam, dass es die Süße war, deren Namen er sich so schlecht merken konnte. Sie räkelte sich nicht mehr auf dem Bett. Kipp blickte ratlos in den Raum. »B-b-blasi-Bunny?«

***

Luzia verspürte tiefe Erleichterung, als die Türen sich endlich schlossen und von Kipp noch immer nichts zu sehen war.

Während der Lift sie hinunter ins Parterre brachte, kramte sie ihr Smartphone aus der Tasche und tippte eine Nachricht an Melisa: »Der Tank ist gefüllt.«

Es dauerte nicht lange, bis ihre beste Freundin zurückschrieb: »Vergiss nicht, das Zeug hält sich nicht lange.«

Luzia wurde in ihrer Antwort vom »Bing!« des Aufzugs unterbrochen. Sie sah vom Handy auf und trat in die Hotellobby. Als ein Angestellter an ihr vorüberging, hielt sie ihn auf. »Entschuldigung, wo sind die Toiletten?«

Der Mann wies ihr die Richtung, und Luzia nutzte den Weg, um die Mail an Melisa zu Ende zu bringen. Sie schrieb: »Danke noch mal fürs Augenöffnen ich kann nicht fassen wie naiv ich war so auf ihn reinzufallen.«

»Dafür sind Freunde da er hat es verdient mache dir keine Gedanken«, erwiderte Melisa.

Und Luzia tippte: »Er wird sich wundern wie schnell sein Wunsch nach Familie in Erfüllung geht.«

Antwort Melisa: »J«

Luzia betrat die Damentoilette und stellte erleichtert fest, dass außer ihr niemand da war. Sie schloss sich in einer Kabine ein, streifte ihren Schlüpfer ab und setzte sich auf den Klodeckel. Sie stemmte die Beine gegen die Kabinentür und lehnte sich mit dem Rücken gegen den Spülkasten, sodass sie nun halbwegs auf der Toilette lag. Die letzte Nachricht, die sie Melisa sandte, bevor sie mit Kipps Samen ein Kind zeugte, lautete: »Ich hoffe, es kommt nach seiner Mutter.«

***

Sie saßen in einem dunkelblauen SEC 500 und rollten die Budapester runter in Richtung Zoo. Aus den Lautsprechern schallte ein Song von Bruce Springsteen, der wahrscheinlich in etwa dasselbe Alter hatte wie Brunos Wagen.

Nachdem sie die Nürnberger gekreuzt und hinter sich gelassen hatten, zeigte Bruno mit seinem kantigen Kinn zum Straßenrand. »Fahr da ran.«

»An der Bushaltestelle, oder was?«, fragte Marzahn und schielte hinüber zu der Ausbuchtung, ohne den Blick von der stark befahrenen Straße zu lösen.

Bruno fixierte seinen Chauffeur durch schmale, fast feindselige Augenschlitze. Er sagte: »An der Bushaltestelle, ja. Oder gibt's da auch wieder ein Problem? So wie vorhin, als wir die Leipziger im zweiten Gang entlangtuckern mussten, weil die Fahrbahn angeblich so schlecht ist?«

»Mann, Bruno, jetzt chill dich mal. Hast du die Bodenwellen und Schlaglöcher gezählt oder ich? Keine Ahnung, Mann, wir sind doch nicht bei Rock 'n' Roll Racing. Ich wollt nur auf deinen Ludenschlitten aufpassen. Und warum? Weil ich fremdes Eigentum respektiere. Weißt du, Bruno, ein einfaches Danke hätt's auch getan. Aber nein, du musst natürlich wieder negative Schwingungen verbreiten. Bruno, im Ernst jetzt mal.

Ey, weißt du was, weißt du, was ich glaube? Ich glaube, du bist unstet.«

»Un-was?«

»Unstet. Das bedeutet so viel wie: Du bist ungeduldig. Und ich glaube, ich weiß auch, warum. Du –«

»Fahr da jetzt ran«, fiel Bruno ihm wie zur Bestätigung ins Wort.

»Okay, okay«, beschwichtigte Marzahn, weil er jedes Mal Schiss bekam, wenn Bruno die Stimme erhob. Er setzte den Blinker, im zweiten Gang war er ja schon, und fuhr rechts ran. »Und jetzt?«

»Jetzt parken wir.«

Marzahn nickte übertrieben gehorsam, schob den Schaltknauf auf die Eins und schaltete den Motor aus. »Geparkt.« Er wollte sich schon wieder zu Bruno wenden, wurde aber durch eine Entdeckung abgehalten. Marzahn schob seinen Kopf nach vorn über das Lenkrad und schaute an der Hauswand nach oben. »Sind wir da, oder was?«, sagte er, als er die beiden Wörter las, die in nicht zu übersehender Größe über ihnen hingen: »Bikini Berlin«.

Weil von Bruno aber nichts kam, sah Marzahn zu ihm und bemerkte, dass sein Beifahrer den Eingang des Gebäudes, das sich an den kleinen Platz zu ihrer Rechten anschloss, nicht aus den Augen ließ.

»Sind wir wegen dem Hotel da? Wer ist da drin? Meine Fresse, wie ich Charlottenburg nicht abkann. Schau dir die Leute an. Schau dir das an. Alter, wie die aussehen. Ich schwör dir, die shoppen im Outlet.«

Bruno schwieg und konzentrierte sich weiter auf den Eingangsbereich. Marzahn störte sich nicht daran. Er sagte: »Und warum steht da ›fünfundzwanzig Stunden‹? Wo kriegen die die Extrastunde her? Soll das ein Gag sein, oder was? Ist das witzig, Bruno? Also ich kann nicht drüber lachen. Du? Ist das Marketing?«

Bruno sah nach wie vor stoisch aus dem Fenster. »Halt mal die Luft an.«

Marzahn gönnte ihm nur kurz Ruhe. »Was ist der Auftrag, Bruno? Warum sind wir hier? Wer ist da drin?«

»Der, mit dem sie verabredet war«, sagte Bruno.

Marzahn folgte seinem Blick. Er hatte eine Blondine ins Visier genommen, die jedes Klischee zu erfüllen schien: wasserstoffblonde Haare, Endlosbeine auf Zwanzig-Zentimeter-Absätzen, dazu trug sie einen Rock, der vielleicht auch nur ein Gürtel war, und dort, wo andere Frauen Brüste hatten, standen bei ihr zwei Wassermelonen ab, die wirkten, als wären sie angeschraubt. Eine durch und durch künstliche Erscheinung, wie Marzahn sie bisher nur aus Videospielen kannte. Er gaffte der Blondine nach, wie sie mit schwingenden Hüften durch den Gang zwischen Säulen und Schaufenstern davonstöckelte, bis er in scheinbar weiter Ferne Bruno hörte, der »Los geht's!« sagte.

Marzahn schaute zu ihm rüber. »Was geht los?«

»Für dich gar nichts.« Bruno öffnete die Beifahrertür.

»Mann ey, Bruder. Das ist jetzt nicht dein Ernst, oder?«

»Du wartest hier. Und versuch wenigstens, keine Scheiße zu bauen.«

Während Marzahn beobachtete, wie Bruno aufs Autodach fasste und seinen massigen Körper wie eine Art Kran selbst aus dem Wagen hievte, schob er seine Hand in den Rücken und zog die Pistole hervor, die er vor der Abfahrt in seinen Hosenbund gesteckt hatte.

Er sagte: »Ey, Bruno?«

Bruno, der schon neben dem Auto stand, beugte sich zurück in den Fond und bemerkte die Pistole in Marzahns Hand, deren Lauf zum Wagendach zeigte.

»Scheiße, steck das Ding weg«, sagte er und riss Marzahn die Waffe aus der Hand.

Bruno musterte die Knarre, dann sah er entgeistert zu ihm. »Wo haste die her?«

»Die ist vom Wolf, Mann.«

Bruno wirkte ahnungslos. »Vom bösen Wolf, oder was soll das wieder?«

Marzahn verdrehte die Augen. »Oh Mann. Wolf Schuster? Waffen Schuster? Schon mal von gehört?«

»Woher kennst du den Vornamen vom Schuster?«

Marzahn machte ein Gesicht, als käme Bruno von einem anderen Planeten. »Vielleicht, weil er dein Nachbar ist und ich vier Tage die Woche bei dir abhänge?«

Bruno schwieg.

Marzahn nutzte die Gelegenheit für einen weiteren Appell. »Nimm mich mit. Ich geb dir Feuerschutz.«

Bruno warf die Pistole Marzahn hin. »Mit einer Schreckschusspistole?«

»Also ich finde, sie sieht verdammt echt aus.«

Bruno lachte kurz und verächtlich.

»Ich kann Schmiere stehen«, ließ Marzahn nicht locker. »In einem Hotel voll mit Gästen vielleicht keine so schlechte Idee, meinst du nicht?«

»Wenn ein Bus kommt, dreh 'ne Runde um den Block und komm wieder hierher.«

Marzahn nickte enttäuscht. Bruno musterte ihn einen Moment lang. Etwas schien ihn zögern zu lassen. Schließlich sagte er: »Wenn ich in zwanzig Minuten nicht zurück bin – Zimmer vier siebzehn.«

Bruno schlug die Beifahrertür zu und marschierte los.

»Vier siebzehn«, murmelte Marzahn, »vier siebzehn, vier siebzehn, vier siebzehn«, und sah Bruno nach, der sich trotz seines Humpelns zügig entfernte.

Und mit einem Mal traf es ihn wie ein Blitz aus heiterem Himmel.

Marzahn drückte hastig den elektrischen Fensterheber und ließ die Scheibe einfahren. Er rief Bruno zu: »Hey, worum geht's überhaupt?«

Bruno drehte sich weder um, noch verringerte er sein Tempo, als er sagte: »Um Eier geht's. Es geht um Eier.«

***

Die zwanzig Minuten waren vor zehn Minuten abgelaufen.

Marzahn ging an vier vierzehn, vier fünfzehn, vier sechzehn vorüber und stoppte vor Zimmer vier siebzehn. Die Tür stand einen Spaltbreit offen. Marzahn war sich nicht sicher, was er tun sollte. Er schaute den Flur mit dem senfgelben Teppichboden hinauf und hinunter. Niemand da.

Er kam sich vor wie in einem Horrorfilm. Gleich würde irgendein krasser Scheiß passieren. Eine schwarze Katze, die ihn ansprang, sobald er die Tür öffnete, zum Beispiel. Oder zwei untote Zwillingsschwestern, die ihn in blutverschmierten Nachthemden hinter der Tür erwarteten.

Marzahn fand, es war Vorsicht angesagt. Er schob sein Ohr an die Tür und lauschte. Eine Lüftung surrte irgendwo monoton im Hintergrund, aber sonst war nichts zu hören. Er richtete sich auf und blickte nochmals hinter sich, um sich zu vergewissern, dass nicht etwa Jack Nicholson mit einer Axt neben ihm stand. Dann beugte er sich wieder zur Tür und flüsterte, als gälte es, ein Geheimnis zu wahren: »Bruno?«

Er wartete, erhielt jedoch keine Antwort. Marzahn überlegte. Sollte er oder sollte er nicht? Die Neugier war letztlich stärker als das mulmige Gefühl in seinem Verdauungstrakt.

Er gab der Zimmertür einen sanften Stoß, gerade fest genug, um den Kopf zwischen Tür und Rahmen hindurchzuschieben. Er spitzte in den Raum, sah aber nicht mehr als ein Stück Fußboden und tapezierte Wand.

»Bruno?«, flüsterte er ein wenig lauter.

Weil eine Reaktion aber erneut ausfiel, beschloss er, sich weiter vorzutasten. Ganz langsam, einen Fuß vor den anderen.

Es waren die Beine, die er zuerst entdeckte. Einige Gänseschritte später offenbarte sich ihm der Rest: Bruno lag in sich gekrümmt am Boden. Er trug eine schwarze Sturmhaube, hatte das Gesicht zur Seite abgewandt und rührte sich nicht.

Rings um seinen Körper lagen zerborstene Überreste verstreut, die zusammengesetzt vermutlich einen Couchtisch ergaben. Die Szenerie machte den Eindruck, als wäre Bruno auf das Möbelstück gestürzt und hätte es dabei in seine Einzelteile zersprengt.

Während Marzahn sich Bruno vorsichtig näherte, stellte er fest, dass sein Puls galoppierte. Das Wummern seiner Herzschläge hallte durch seinen gesamten Oberkörper und sorgte unter seiner Schädeldecke für ein äußerst unangenehmes Pochen.

Er blieb stehen und sagte: »Bruno, ey, sag doch was.«

Marzahn hatte eine ganz miese Ahnung. Er war sich nicht sicher, ob er Brunos Gesicht wirklich sehen wollte.

Bevor er dazu kam, eine Entscheidung zu fällen, hörte er, wie jemand Luft ausstieß. Es glich einem lauten Seufzen und stammte eindeutig nicht von Bruno.

Marzahn sah auf und bekam seinen Horrormoment: Am Boden vor dem Sofa kauerte einer, nackt bis auf die Unterhose, und starrte ins Nichts. Er wirkte nicht, als würde er irgendetwas von seiner Umgebung wahrnehmen.

»Hey, Mann, alles klar?«, fragte Marzahn. Er war selbst verwundert, wie gelassen er klang.

Der andere blinzelte, ließ seinen Blick langsam zu ihm wandern. »Ich … ich weiß nicht.«

»Was ist passiert, Mann?«

Der andere schwieg, und so stand Marzahn eine ganze Weile stumm herum und schaute zu, wie absolut nichts geschah.

Schließlich sagte er: »Ey, willst du dir vielleicht was anziehen? Du hast nämlich nur 'ne Unterhose an und … Alter, ich weiß auch nicht, aber irgendwie muss ich dir die ganze Zeit auf den Sack starren. Ich hab da voll keinen Bock drauf, also … wär's eventuell möglich?«

Der Typ schaute ihn an, als spräche Marzahn rückwärts, und schüttelte den Kopf. »D-d-der … der ist pervers. Wo-wo-wollte mir m-m-mit dem Ding da an die Eier.«

Er zeigte auf eine Schere, die einige Meter entfernt neben einem umgestürzten Stuhl lag, eine Fleischschere, wie man sie zum Zertrennen von Sehnen und Knochen benutzt.

Marzahn schaute zur Schere, dann wieder zu dem anderen, der sich inzwischen erhoben hatte, aber noch mit seinem Gleichgewichtssinn zu kämpfen hatte und sich auf der Sofalehne abstützen musste.

Marzahn runzelte die Stirn. »Weißt du, dass du jemandem irgendwie ziemlich ähnlich siehst?«

»Ja?«, sagte der andere, ließ das Sofa los und richtete sich schwankend auf.

»Sagt dir Stevie Kippling was? Der Basketballer? Seid ihr vielleicht verwandt oder so?«

»Ich bin's«, sagte er und sprühte nur so vor Selbstverliebtheit.

Marzahn war schwer beeindruckt. »Echt jetzt, Mann? Du bist Kipp? Mr. Big Shot, Baby?«

Kipp wankte auf ihn zu und drückte ihm die Hand. »Höchstpersönlich. Und . . w-wer bist du?«

»Ich? Ich bin der Commander.«

Kipp musterte ihn mit leerem Blick. »Commander von was?«

Marzahn machte »Ähm … also das war so –«, kam aber nicht weiter, weil Kipp ihn unterbrach: »W-willste 'ne Autogrammkarte? Es m-m-müssten noch welche im B-Bentley sein.«

Kipp senkte den Blick auf Bruno, der direkt zu seinen Füßen lag. Und noch während Marzahn sagte: »Das wär cool, Alter«, holte Kipp aus und trat Bruno mit aller Power, die er in sich hatte, gegen den Brustkorb.

Bruno ächzte und rollte sich noch ein Stück weit mehr in sich zusammen.

Kipps Gesicht verspannte sich. »Aua! Scheiße.«

Marzahn sah ihn verdattert an. »Was war 'n das?«

Kipp stellte sich auf ein Bein, griff den Fuß, mit dem er Bruno getreten hatte, und zog ihn aufwärts. »Der Wichser bricht mir die Zehen.«

Nachdem er sich selbst den großen Zeh gepustet hatte, senkte er den Fuß wieder. »Wo sind meine Schuhe?«

Er sondierte den Raum nach seinen Tretern, und als sein

Blick an Marzahns Retro-Schlappen hängen blieb, sagte er: »Coole Schuhe.«

Marzahn lächelte stolz. »Adidas Tennis Special.«

»Welche Größe?«

»Einundvierzig. Wieso?«

»Zu klein. Scheiße, was soll's.« Kipp ballte die Zehen und trat ein zweites Mal zu, in Brunos Bauch.

Marzahn tat's vom Zusehen weh. »Heh, Alter! Lass das doch.«

Kipp beachtete ihn gar nicht. »Der Wichser wollte mir an die Eier.« Und trat wieder zu.

Marzahn traf es wie ein Tritt – in diesem Fall nicht in die Rippen, sondern an den Kopf. »Du warst das?«, fragte er baff. »Du hast ihn so … fertiggemacht?«

»Ey jo. Der Kipp hat ihn v-v-volle Kanne durch den Tisch geslamt. Bamm! Der Penner wollte mir a-a-an die Eier.« Kipps Mundwinkel verzerrten sich, und er kickte zweimal wuchtig in Bruno. »P-p-perverser W-Wichser.«

»Ey, Mann, echt jetzt, Kipp. Stopp. Du tust Bruno weh.« Marzahn hatte denselben hilflosen Ton, den Mütter gegenüber ihren ungehorsamen Bälgern anschlugen. Mit dem entscheidenden Unterschied allerdings, dass Kipp reagierte. Er hielt inne und sah verwundert zu ihm.

»Bruno? W-w-wer ist Bruno?«

Marzahn zeigte hinab auf Bruno, der eingerollt wie Sushi am Boden lag. »Das da. Das ist Bruno.«

Kipp war augenscheinlich endgültig durcheinander. »Du kennst den?«

»Ja, Mann«, sagte Marzahn.

Kipp nickte, als verstünde er, aber dann verpasste er Bruno einen weiteren Tritt, dieses Mal in die Nieren.

Bruno stöhnte laut auf.

»Jetzt hör auf mit der Scheiße«, sagte Marzahn, stieg über Brunos Körper hinweg und stellte sich zwischen ihn und Kipp. »Wenn du ihn noch mal kicken willst, musst du an mir vorbei, klaro?«

Kipp sah ihn mit seinen viel zu großen, hervorquellenden Augen an. »B-b-bist du auch ’ne Schwuchtel, oder was?«

»Nein, ich bin hetero. Aber was … was zum Fuck hat das damit zu tun?«

»Dann sch-schieb ab. Der Kipp prügelt je-je-jetzt die Scheiße aus der Schwu-u-uchtel.«

Er wollte an Marzahn vorbei, aber der ließ ihn nicht passieren. »Sorry, Kipp, ich find ja, du spielst echt ’nen geschmeidigen Ball, aber was du hier abziehst, ist voll scheiße, Mann.«

Kipp konnte es zuerst nicht glauben und machte einen Schritt zur anderen Seite, um sich an Marzahn vorbeizuschieben. Aber der ging den Schritt mit und versperrte beharrlich die Bahn. Kipps Miene verzerrte sich, Feindseligkeit und Verachtung loderten in seinen Augen. »Schieb ab, Commander, verpiss dich«, sagte er und stieß ihn mit beiden Händen weg.

Marzahn stolperte rückwärts und konnte sich nur mit Mühe auf den Beinen halten, während Kipp abermals mit aller Gewalt sein Schienbein in Bruno rammte.

Für Marzahn war die Grenze damit überschritten. Er zog die Pistole aus dem Hosenbund und zielte auf Kipp. »Du hörst jetzt auf damit, capito?«

Kipp warf die Hände förmlich in die Höhe und wich verängstigt zurück. »He-he-hey«, stammelte er, »ist die … ist die ge-ge-la-la-laden?«

»Was denkst du?«

»W-wir … wir sind doch Freunde. Oder, Mann? Hey.«

Marzahn wies mit dem Lauf aufs Sofa. »Hinsetzen.«

Kipp gehorchte prompt. »B-bitte, Mann. Ich bin z-z-zu jung zum Sterben. Ich … ich geb dir s-so viele Au-Au-Autogramme, wie du willst.«

»Maul halten, Kipp.«

»O-okay. Aber … aber bitte, bitte erschieß mich nicht.«

Marzahn drohte Kipp mit der Pistole. »Wenn du nicht gleich die Schnauze hältst …«

»Okay«, sagte Kipp, während er beschwichtigend mit den Händen wedelte.

Marzahn warf ihm einen strengen Blick zu, ehe er sich über Bruno beugte. »Hey, Bruno«, fragte er, »hörst du mich?«

Bruno gab einen Laut von sich, den Marzahn als Bestätigung interpretierte. »Kannst du aufstehen? Soll ich 'nen Krankenwagen rufen?«

Brunos Atem ging schwer. Es dauerte, bis er seine Antwort hervorgepresst hatte. »Kein Arzt.«

Marzahn drehte ihn achtsam auf den Rücken und nahm ihm die Sturmhaube ab. Bruno war fies zugerichtet. Von seinem linken Auge war nur noch ein schmaler Schlitz übrig. Der lilafarbene, angeschwollene Tränensack darunter schien es mit aller Kraft zuzudrücken. Brunos Mund war grotesk verschoben, die Hälfte seiner Oberlippe quoll hervor, an einer Stelle war sie aufgeplatzt. Und auf seiner Nase prangte eine dunkelblaue Beule, aus der Blut lief.

»Scheiße, Bruno, du siehst echt scheiße aus«, sagte Marzahn. »Willst du was trinken? Schluck Wasser, hm?«

Bruno gab keine Antwort.

Marzahn sah zum Sofa, wo er Kippling vermutete, um ihm aufzutragen, ein Glas Wasser zu holen. Aber Mr. Big Shot war nicht da.

Nur einen Augenblick später vernahm Marzahn einen Kampfschrei und wandte sich um. Es war Kipp, der mit gefletschten Zähnen auf ihn zustürmte.

Marzahn wollte aufstehen, um Kipp auszuweichen, aber der war schon zu nahe. Kipps hundertzehn Kilo schwerer Zwei-Meter-Körper krachte in ihn.

Marzahns Nacken schnellte durch den Aufprall zurück, es riss ihm die Füße weg, und er knallte mit dem Hinterkopf gegen die Zimmerwand. Der Raum kippte nach rechts. Er war sich sicher, seine Schädeldecke war aufgebrochen und seine Gehirnmasse an der Wand verteilt. Er tastete sich ab, fand aber keine Öffnung.

Marzahn versuchte, sich auf die Beine zu stellen, doch der Boden bewegte sich wie ein Wasserbett unter seinen Füßen. Er musste sich an die Wand stützen, um sich an ihr aufzurichten.

Erst als er halbwegs stabil stand, registrierte er Kipp, der mit der Pistole auf ihn zielte. Marzahn sagte: »What the fuck?«

Kipp sagte nichts. Er drückte ab, feuerte zweimal, dreimal, viermal auf ihn. Marzahns Hände wurden von seinen Schutzreflexen automatisch vor sein Gesicht bewegt.

Kipp nahm den Finger vom Abzug, als ihm auffiel, dass die vermeintlichen Kugeln keine Löcher hinterließen. Verwirrt musterte er die Pistole in seiner Hand.

Marzahn senkte die Hände. »Ey, geht's noch?«

Kipp sah zu ihm und drückte noch mal ab. Marzahn blinzelte diesmal nur noch, als es knallte. Er sagte: »Du Arschloch. Du hast mich erschossen.«

Dann fasste er die Stehlampe, die neben ihm stand, und schleuderte sie gegen Kipp. Der schwere Metallfuß schlug knapp neben dessen Ohr ein und hinterließ ein golfballgroßes, flaches Loch, das aussah, als wäre es mit Hackfleisch gefüllt.

Kipp ließ die Pistole fallen, torkelte seitwärts in Richtung des Bettes und stürzte mit dem Hintern voraus durch eine Vase auf den Nachttisch. Das Glas zerbarst unter Kipp, und der Basketballstar fand sich in einer Pfütze sitzend wieder. Er verdrehte die Augen, kippte vom Nachttisch aufs Bett und blieb, das Gesicht in die Matratze gebohrt, liegen.

Während Kipp unverständliche Laute ausstieß und seinen Hintern abtastete, nahm Marzahn den Fuß der Lampe auf, deren Schirm davongeflogen war, und ging vorsichtig auf ihn zu. Sah, wie Kipps nasse Unterhose sich an den Stellen rosa färbte, wo die Splitter sich in seinen Hintern gebohrt hatten. Sah, wie er sich eine blutige Scherbe aus dem Arsch zog.

»Ey, sorry, Alter, tut mir echt leid«, sagte Marzahn, »aber das wär jetzt nicht passiert, wenn du Bruno nicht getreten hättest.«

»Du Penner! Ich blute. Du hast mich verletzt.«

Kipp trat wie ein bockender Esel hinter sich aus. Marzahn erwischte Kipps Huf gänzlich unvorbereitet auf Höhe des Blinddarms. Ihm blieb die Luft weg, der Lampenstiel fiel aus seiner Hand, und im nächsten Moment traf ihn ein zweiter

Tritt mit einer solchen Heftigkeit, dass es ihn gegen die Badezimmertür warf.

Die Tür gab unter dem Aufprall nach, das Schloss brach aus der Wand, und Marzahn fiel rücklings ins Badezimmer. Dort schlug er mit dem Schädel an den Waschbeckenrand, sank an Ort und Stelle zusammen und blieb mit hängendem Kopf in einer Art Schneidersitz hocken.

Als er wieder zu sich kam, prasselte Wasser auf ihn hernieder. Dieser Kipp hatte ihn offenbar in die Dusche gezerrt. Marzahn wollte die Arme heben, um sich zu befreien, aber Kipp hatte ihn fest im Griff. Er fühlte sich wie ein Regenschirm, der sich aufspannen will, obwohl er in einem Schirmständer steckt.

Seine Rettung war die Enge der Duschkabine. Denn als er begann, seine Beine verzweifelt von sich zu werfen, spürte er einen Widerstand unter seinen Schuhen. Es war die geflieste Duschwand. Marzahn lief sie so weit es ging hoch und stieß sich mit den Beinen ab, gegen Kipp.

Der erste Versuch verlief erfolglos, doch beim zweiten Anlauf legte er alle ihm verbliebene Kraft in den Abstoß. Kipp verlor das Gleichgewicht und fiel durch die Plastikwand der Dusche. Er landete unter Marzahn auf dem Hänge-WC, das unter der Last aus der Verankerung brach und gemeinsam mit beiden Männern auf den kalten Fußboden krachte.

Marzahn schlug die Augen auf. Er konnte seine Arme und Beine kaum spüren. Ein Blick zur Seite verriet ihm, dass er auf dem Bett lag. Er wollte aufstehen, aber sein Körper ließ sich nicht vom Fleck bewegen. Etwas hielt ihn zurück, drückte ihn tief in die Matratze.

Marzahn legte das Kinn auf die Brust und blickte an sich hinab: Seine Arme und Beine waren in ausgestrecktem Zustand an den Bettrahmen gefesselt. Kipp war auch da. Er stand am Fußende des Bettes und zog soeben den letzten Knoten fest.

Als er bemerkte, dass Marzahn wach war, sagte er: »Das sollte halten«, und verschwand aus dessen Blickfeld. Aber nicht für lange. Als Kipp wiederkam, hielt er einen Basketball, stieg aufs Bett und stellte sich breitbeinig über Marzahn.

»Biste jetzt völlig durchgeknallt?«, sagte Marzahn. »Bind mich los, du Spinner!«

Kipp grinste, als wäre der Leibhaftige in ihn gefahren.

Marzahn sah vorahnungsvoll auf den Ball zwischen Kipps Händen. »Was soll das werden?«

»Slam-Dunk-Training.«

Und dann schmetterte er ihm den Basketball auf die Nase. Es knirschte und knackte, Marzahn hörte, wie seine Nase brach. Er schrie vor Schmerzen auf, aber als er um Hilfe rufen wollte, verschluckte er sich an seinem eigenen Blut und dem, was sich in seiner Nase befunden hatte. Er brachte nicht mehr als ein Keuchen hervor.

***

»Fu-fuck, du Penner«, sagte Kipp.

Der Ball war von der Nase des Penners abgeprallt, an die Wand gedotzt und von dort so ungünstig unters Bett gekullert, dass er ihm hinterherkriechen musste. Als er den Ball nach viel Mühe endlich zu greifen bekam und sich wieder unter dem Bettrahmen hervorschob, fiel ihm auf, dass zwei schwarze Stiefel, die in schwarze Hosenbeine übergingen, neben ihm standen.

Kipp drehte den Kopf und sah hinauf ins geschundene Gesicht des anderen Penners, aus dem die Worte drangen: »Das könnte jetzt leicht piksen.«

Das Letzte, was Kipp sah, bevor ihm schwarz vor Augen wurde, war ein weißes Klo, das mit hoher Geschwindigkeit näher kam.

***

Nachdem er Stevie Kippling das Toilettenbecken über die Rübe gezogen hatte, dauerte es seine Zeit, bis Bruno die Kraft fand, um sich aufzurappeln und Marzahn loszubinden.

Wer letztlich wen aufrichtete, wussten beide nicht genau, aber gemeinsam schafften sie es, sich gegenseitig aus dem Bett zu zerren und auf die Beine zu stellen.

Brunos Blick haftete auf Marzahns übel deformierter Nase, unter der sich ein rotes Rinnsal den Weg zu seinem Mund bahnte. Es war der oft zitierte Unfall, von dem man sich nicht abwenden konnte. »Also dein Riechkolben ist hinüber, Kleiner«, resümierte er.

Marzahn führte die Hand langsam zur Nase und tastete sachte mit der Fingerkuppe sein eingedrücktes und breit gewalztes Nasenbein ab. »Aua«, sagte er mit verschnupfter Stimme und nahm den Finger wieder weg. Dann entdeckte er Kippling, der bewegungslos am Fußende des Bettes lag. Wo früher sein Kopf gewesen war, hatte er jetzt eine Kloschüssel. »Ist er tot?«, fragte Marzahn ehrfurchtsvoll.

»Nein, er atmet doch noch«, entgegnete Bruno trocken. Er spürte, wie seine Beine schlotterten und das Zittern stärker wurde. Er sagte: »Ich muss mich setzen«, und ließ sich aus Marzahns Armen auf die Bettkante sinken.

Marzahn, seines Gleichgewichts beraubt, wankte und musste sich seinerseits auf Brunos Schulter abstützen, um nicht den Halt zu verlieren.

»Was … was ist hier eigentlich los, Mann? Ich dachte, es geht … nur um Eier.«

»Er hat mich fertiggemacht«, sagte Bruno, »das ist los.« Und während sein suchender Blick durch den verwüsteten Raum glitt: »Die Fete muss ja der Hit gewesen sein.« Er versuchte sich an einem Lächeln, aber sein Gesicht schmerzte bei jeder noch so kleinen Bewegung.

Marzahn näselte: »Geht so.«

Bruno entdeckte, wonach er Ausschau hielt. Er zeigte mit dem Kinn auf die Schere, die neben einem umgefallenen Stuhl lag. »Schaffst du's da rüber?«

»Kann's versuchen.«

Er fiel beim ersten Schritt um. Aber es war wie Fahrrad fahren – der zweite Versuch lief mit zwei Schritten schon doppelt so gut, und im dritten Anlauf schaffte er es bis zur Schere. Er schwankte ohne weitere Unfälle zurück und übergab das Schneidewerkzeug an Bruno, der inzwischen neben dem bewusstlosen Kipp auf dem Boden kniete.

»Und jetzt?«, fragte Marzahn.

Bruno sah ihn nur vielsagend an.

Und dann wurde Marzahn Zeuge, wie Bruno sich über Kipp neigte, ihm die Unterhose herunterzog und die Fleischschere ansetzte.

***

Marzahn bog in den Kreisverkehr ein. Er atmete tief durch und beglückwünschte sich selbst, dass er so clever gewesen war, den Mercedes nicht an der Bushaltestelle abzustellen, sondern in der Tiefgarage des Hotels zu parken, wo ein Aufzug direkt von den Zimmern hinfuhr. Er hatte keine Idee, wie er Bruno, das Vieh, das sich mittlerweile kaum noch selbst aufrecht halten konnte, sonst zum Auto hätte schaffen sollen. So aber hatte er alles cool geregelt. Er hatte ihn nur die letzten Meter auf dem Gepäckwagen durch die Garage schieben müssen.

Marzahn setzte den Blinker und ließ den Strausberger Platz hinter sich. Als er die Karl-Marx-Allee lang und ausgestreckt vor sich liegen sah, fühlte es sich an, als käme er allmählich etwas runter. Da sich das Adrenalin abbaute, wurden die Schmerzen stärker. Er warf im Rückspiegel einen kurzen Blick auf das, was von seiner Nase übrig war. Nach und nach sickerte zu ihm durch, dass ihm wahrscheinlich niemand glauben würde, was sich in den zurückliegenden Stunden ereignet hatte.

Er sagte: »Kacke, Bruder Bruno, was war das für ein abgefuckter Scheiß? Das hätte auch anders ausgehen können. Echt übel hätte das ausgehen können, Bruno. Das ist dir hoffentlich klar. Was für eine Scheiße, ey. Was denkst du, was der Freak jetzt macht? Wusstest du, dass das Kippling war, der Basketballspieler? Er wollte mir ein Autogramm geben. Als wär er, keine

Ahnung, Boris Becker oder so. Alter, ich meine: Basketball. Das gilt in Deutschland als Randsportart. Niemand kennt den Kack-Arsch. Und der will mich abknallen. Unfassbar, Mann.«

Marzahn wackelte mit dem Kopf, weil ihm aber die Nase dabei noch mehr wehtat, hörte er schnell wieder auf damit.

Er hielt an einer roten Ampel und verspürte neben den äußerst unangenehmen Schmerzen im Gesicht nun auch ein Rumoren in der Magengegend. »Bruno, ich glaub, ich brauch mal 'ne Pause«, sagte er. »Mir ist irgendwie schlecht. Ich glaub, ich muss kotzen. Kann natürlich auch an Friedrichshain liegen. Sind wir überhaupt noch in Friedrichhain? Mann, ich war echt ewig nicht hier. Der dm da zum Beispiel, der war letztens noch nicht da.«

Es wurde grün, Marzahn fuhr weiter.

»Wo wollen wir eigentlich hin, sag mal? Wohin fahren wir?«

Marzahn sah rüber zu Bruno. Der saß zusammengesunken im Beifahrersitz, seine Augen waren geschlossen, und sein Kopf klopfte bei jeder Unebenheit in der Fahrbahn gegen die Scheibe.

»Bruno?«, fragte Marzahn mit erhobener Stimme, weil er testen wollte, ob sein Beifahrer tot war oder nur schlief. Aber bis auf etwas Speichel, der ihm aus dem Mund tropfte, bewegte sich nichts an Bruno.

Marzahn wurde nervös. »Bruno, sag was. Scheiße, Alter, ey, du bist echt blass. Bruno? Fuck! Kratzt du gerade ab?«

Bruno schwieg sich aus. Dafür vernahm Marzahn ein dumpfes Telefonklingeln. Es schien aus dem Handschuhfach zu kommen.

Er beugte sich hinüber und klappte es auf. Brunos Handy lag zwischen verschiedenen Papieren und allerhand Kleinkram und düdelte. Marzahn warf einen Blick aufs Display und sagte zum Handy, als könnte es ihn verstehen: »*Unbekannter Teilnehmer.* Ich spreche nicht mit unbekannten Teilnehmern, Mann.« Dann ging er ran. Er hielt den Atem an und wartete gespannt, aber da sich niemand meldete, sagte er schließlich: »Ja?«

»Wer ist da?«, fragte es am anderen Ende.

Marzahn zögerte. »Ich … ich bin ein Freund von Bruno. Und mit wem spreche ich?«

»Mit einem Freund von Bruno. Wo ist er?«

»Bruno? Der … sitzt neben mir.«

»Ich muss ihn sprechen.«

»Warum? Was wollen Sie von ihm?«

»Abgesehen davon, dass ich ihn sprechen will?«

»Ähm …«

»Wir waren verabredet.«

»Bruno hatte zu tun.«

»Ja, ich weiß. Deswegen waren wir verabredet.«

»Ach ja?«

»Geben Sie ihn mir.«

»Das … geht leider nicht.«

»Warum nicht?«

»Bruno ist … unpässlich. Ihm geht's nicht gut.«

»Was hat er?«

»Na ja. Er … er bewegt sich nicht. Ich weiß nicht … Ich glaub, er hat 'nen Herzinfarkt oder so.«

Die Leitung blieb stumm.

»Hallo? Sind Sie noch dran?«, fragte Marzahn.

»Sie sind im Auto unterwegs?«

»Ja, sind wir.«

»Wo?«

»In Scheiß-Friedrichshain, Mann.«

»Die Straße.«

»Karl-Marx-Allee. Oder Frankfurter Allee. Keine Ahnung, ey.«

»Hat Ihnen Bruno gesagt, dass Sie da langfahren sollen?«

»Na ja. Er hat was von ›Alex und dann abbiegen‹ genuschelt.«

»Sie sind falsch. Sagt Ihnen der S-Bahnhof Heinersdorf was?«

»Nein.«

»Geben Sie's ins Navi ein. Hinter dem Bahnhof steht ein

verlassenes Gebäude mit einem runden Dach. Der alte Ringlokschuppen. Auf dem Weg dorthin kommen Sie unter der Autobahn durch. Dort treffen wir uns.«

»Unter der Autobahn also?«

»Finden Sie das?«

»Ja, ich denke schon.«

»Gut. Dann in einer halben Stunde.«

»Aber wie … wie erkenne ich Sie denn?«

Er erhielt keine Antwort. Der unbekannte Teilnehmer hatte einfach aufgelegt.

***

Fletscher erkannte das blaue Coupé trotz Dunkelheit gleich wieder, als es unter die Brücke fuhr. Es war Brunos Auto.

Er saß auf dem Beifahrersitz und regte sich nicht. Den Fahrer hatte Fletscher hingegen noch nie zuvor gesehen. Er wartete eine Weile ab und beobachtete den Wagen, aber es tat sich nichts.

Fletscher schaltete das Fernlicht an. Es schoss frontal durch die Windschutzscheibe des Mercedes. Der Fahrer legte geblendet die Hand vors Gesicht. Sah aus wie ein Reh im Scheinwerferlicht. Bruno rührte sich noch immer nicht.

Fletscher verließ seinen Wagen und schritt auf den Mercedes zu. Der Fahrer glotzte dümmlich von unten zu ihm auf, als er neben ihm stehen blieb, kam aber nicht auf die Idee, die Scheibe einzufahren oder die Tür zu öffnen. Fletscher zog die Fahrertür auf und fragte: »Wer sind Sie?«

Der Fahrer sagte: »Ich bin der Commander.«

Fletscher hob die Augenbrauen. »Haben Sie auch 'nen richtigen Namen?«

»Marzahn, Mann«, sagte er, »wenn's denn sein muss.«

»Bruno hat Sie mit keinem Wort erwähnt.«

Marzahn zuckte mit den Achseln. »Keine Ahnung. Keine Ahnung, Mann, was Sie damit andeuten wollen. Bruno hat mir von Ihnen auch nichts erzählt.«

Fletscher bedachte ihn mit einem warnenden Blick, der keine Fragen offenließ. Es wirkte.

»Mann. Ich sollte … ich bin … ich bin nur der Fahrer, Mann.«

»Verstehe«, sagte Fletscher. »Was ist schiefgelaufen?«

»Ähm … alles? Hören Sie, ich hab echt keine Ahnung. Ich weiß nur eins: Ich hab 'nen echt beschissenen Tag hinter mir. Alter, ich wette, das war der beschissenste Tag der beschissensten Tage seit der Einführung von … keine Ahnung, Mann, der Sommerzeit? Bruno hier würde Ihnen das bestätigen, aber leider ist er damit beschäftigt zu verrecken. Also vielleicht könnten Sie damit aufhören, mir 'ne Scheiß-Angst einzujagen, und sich lieber um ihn kümmern, hm?«

Fletscher warf einen prüfenden Blick auf Bruno, dann winkte er Marzahn aus dem Wagen. »Aussteigen.«

Marzahn stieg aus. Er war nicht entschieden kleiner als Fletscher, brachte aber geschätzt nur die Hälfte auf die Waage. Er bestand nicht aus viel mehr als Haut und Knochen. Und er sah aus, als müsste er sich jeden Moment übergeben.

»Ist Ihnen schlecht?«

Marzahn nickte.

Fletscher deutete auf eine Buschreihe, deren schattige Umrisse im Dunkel zu erkennen waren. »Kotzen Sie sich aus.«

Marzahn nickte und dackelte los.

Fletscher sah ihm nach, bis die Nacht ihn verschluckte. »Bleiben Sie in der Nähe. Ich rufe, wenn ich Sie brauche.«

Marzahns Stimme antwortete: »Okey-dokey.«

Fletscher nahm neben Bruno Platz. Dessen Gesicht war kreidebleich, die Lippen blutleer. Er schien zu frieren, obwohl ihm Schweißperlen auf der Stirn standen. Als Bruno sich schwerfällig Fletscher zudrehte, lächelte er ihn an. »Sind das Cargohosen? Wir haben zwanzig neunzehn. Ich wusste nicht, dass so was noch hergestellt wird.«

»Ich lebe davon, alten Schrott zu verkaufen. Das nennt sich Authentizität«, sagte Bruno mit dünner Stimme, die einem Flüstern nahekam.

Fletscher lächelte zart, ehe er mit ernstem Ton fragte: »Wer ist der Typ?«

»Mach dir wegen dem keine Sorgen. Der ist harmlos. Arbeitet bei mir im Laden. Hat ein Händchen für Elektrokram. Und für Videospiele. Er hört auf den klangvollen Namen Rambo Milano Marzahn. Oder war's Milano Rambo?«

»Und was hat es mit diesem Commander-Ding auf sich?«

»So nennt er sich, weil er bei ›Commando‹ einen Allzeitrekord hält, den seit den Neunzigern niemand geknackt hat. Das ist ein Computerspiel für den Amiga 500, wenn ich's richtig verstanden habe. Er ist mächtig stolz drauf.«

»Das ist Bullshit, Bruno.«

»Ja, da hast du recht.«

»Ich meine damit, dass *er* Bullshit ist.«

»Wäre er nicht gewesen, würde ich jetzt nicht hier sitzen.«

»Bruno, du siehst aus, als wärst du kurz davor, den Löffel abzugeben. Ich bin mir nicht sicher, ob sich das als sein Verdienst anrechnen lässt.«

Bruno sah an Fletscher vorbei und sagte: »Da müsste Feuerwasser in der Seitentür stecken.«

Fletscher griff neben sich und förderte ein Fläschchen mit vierzig Millilitern Wodka zutage. Er löste den Schraubverschluss und reichte Bruno den Schnaps. »Hat der Auftrag dich so zugerichtet?«

Die Flasche war geleert, ehe Fletscher zweimal blinzeln konnte. Bruno nickte und ließ das Glas in den Fußraum fallen.

»Wie konnte das passieren?«

Bruno sah ihn fest an. »Bin alt geworden.«

Das gesamte Wageninnere hatte sich innerhalb von wenigen Augenblicken abgekühlt. Fletscher konnte die Eiseskälte spüren, die von Bruno ausging, ihn nach und nach umschloss und ihm selbst in die Glieder fuhr. Es war der Tod, der seine Ankunft ankündigte. Sie mussten so schnell wie möglich fort von diesem Ort.

»Okay, Bruno. Ich bring dich ins Krankenhaus«, sagte Fletscher und schloss die Tür. Als er den Schaltknüppel fasste, legte Bruno die Hand auf seine. Sie war kalt wie ein rohes Stück Fleisch. Bruno hatte diesen bestimmten Blick. Fletscher kannte ihn. Er hatte ihn schon oft gesehen. Bruno sah immer dann so aus, wenn das Gespräch auf Fletschers Mutter kam. Er sagte: »Warte.«

»Worauf soll ich warten?«, fragte Fletscher und ließ seine Hand erst mal dort, wo sie war.

»Weißt du, Junge«, sagte Bruno, »ich bin einer von denen geworden, zu denen ich nie gehören wollte.«

Fletscher guckte ahnungslos.

»Einer von den alten Säcken, die dir dieselben Anekdoten aus ihrer glorreichen Vergangenheit immer und immer wieder vorkauen«, erläuterte Bruno. »Aber der Witz ist, das Einzige, was dir am Ende bleibt, sind deine Erinnerungen. Du hegst sie und pflegst sie, und im Gegenzug geben sie dir das Gefühl, dass du noch am Leben bist. Auch wenn du eigentlich nur noch aufs Ende wartest.«

»Worauf willst du hinaus?«

»Es gibt eine Geschichte, die du noch nicht kennst. Ich hab sie bis heute niemandem erzählt.«

Fletscher wurde nicht schlau aus Brunos wirren Andeutungen. Er zog seine Hand weg und drehte sich seitlich. »Und du meinst, jetzt ist der passende Zeitpunkt?«

Bruno nickte. »Es ist deine Geschichte, Karl-Klemenz.«

Fletschers Miene sagte: Wie bitte?

»Die Geschichte deines Lebens. Wie du zu dem wurdest, der du heute bist.«

Fletscher kam aus dem Staunen nicht mehr heraus. »Hat Kippling dich am Kopf erwischt, oder ist das, was der Commander da draußen hat, ansteckend?«

Bruno fuhr unbeirrt fort: »Warum du tust, was du tust. Und warum dein ganzes Tun nichts anderes ist als eine verzweifelte Suche nach Liebe.«

Fletscher fühlte sich gereizt und dachte gar nicht daran, es zu verheimlichen. »Ich bin mir meiner Beweggründe sehr wohl bewusst, Bruno. Dazu brauche ich dich nicht.«

Für Fletscher war das Thema beendet. Er trat die Kupplung und drehte den Schlüssel, den Marzahn im Zündschloss stecken gelassen hatte. Als der Motor startete, bekam er im Augenwinkel mit, wie Bruno die Lippen bewegte, bildete sich aber aufgrund des Motorengeräuschs und Brunos Flüstern ein, er habe sich verhört. Er schaltete den Motor aus und sah verstört nach rechts. »Was?«

Brunos Augen waren glasig. »Ich hab ihn auf dem Gewissen. Ich hab deinen Vater gekillt.«

Fletscher starrte ihn an. Es ergab keinen Sinn. Nichts ergab mehr Sinn. Er hörte ein leises Piepsen, irgendwo in der Ferne. Es kam näher, wurde lauter, wuchs zu einem gellenden Pfeifen an. Bald war es so nah, dass Fletscher glaubte, es würde der Mitte seines Verstandes entspringen. Er brauchte etwas, bis er herausfand, woher der Lärm kam: Es war das Warnsignal von sich schließenden Waggontüren einer S-Bahn, die am nahe gelegenen Bahnsteig wartete. Die Bahn verschwand, aber in Fletschers Ohren blieb ein leises Pfeifen zurück.

Er hörte, wie er mit der Stimme eines Fremden fragte: »Warum?«

»Weil er euch unglücklich gemacht hätte«, entgegnete Bruno.

Fletscher schüttelte verständnislos den Kopf. Er wiederholte: »Warum?«

Bruno nahm den Griff, der über der Beifahrertür befestigt war, und klammerte sich an ihn, um nicht aus dem Sitz zu rutschen. »Weil er 'ne Drecksau war. Er stand eines Tages vor meiner Tür, total abgebrannt. Die andere hatte ihn verlassen und alles mitgenommen, was sie noch nicht verjubelt hatten. Dein Vater wollte meine Hilfe. Ich sollte für ihn rausfinden, ob deine Mutter ihn zurücknehmen würde.«

Bruno fiel das Reden zunehmend schwerer. Sein Atem ging röchelnd.

»Weiter«, sagte Fletscher.

»Hab ihm gesagt, dass sie sich mit ihm treffen will. Ich bin mit ihm aus der Stadt gefahren und … und hab ihm 'ne Kugel in seinen verdammten Hinterkopf gejagt. Niemand hat ihn je vermisst.«

Doch, er hatte ihn vermisst. Der kleine Karl-Klemenz Fletscher hatte seinen Vater schmerzlich vermisst.

Fletschers fremde Stimme fragte: »Warum hast du das getan?«

»Am Anfang dachte ich, ich wollte euch beschützen. Ich hab ja gesehen, wie ihr gelitten habt, als das Schwein sich aus dem Staub gemacht hat.«

Bruno musste eine Pause machen. Er schnappte verzweifelt nach Luft, doch es schien, als wollten seine Lungen nicht mehr weiter.

»Aber es gab noch einen Grund, wenn ich ehrlich bin. Ich war wütend. Ich hab's nicht ertragen, dass er nach zig Jahren einfach so angeschneit kam und ... Verdammt noch mal, deine Mutter hat ihn über alles geliebt. Und das, obwohl er sie die meiste Zeit wie Dreck behandelt hat. Würde mich nicht überraschen, wenn sie ihn immer noch liebt.«

Es rasselte hinter Brunos Brustkorb. Sein Flüstern wurde noch leiser. Fletscher musste sich zu ihm beugen, um überhaupt noch etwas zu verstehen. Bruno hauchte ihm ins Ohr: »Es hat mich aufgefressen, dass er das hatte, was ich unbedingt haben wollte – die Liebe deiner Mutter.«

Fletscher schob sich in seinen Sitz zurück. Das war die einzige Bewegung, zu der er fähig war. Er betrachtete den sterbenden Mann, der neben ihm saß.

Bruno umschloss den Haltegriff über sich, so fest er konnte, ehe er mit schwacher Stimme sagte: »Ich wollte dir immer ein Vater sein, mein Junge. Aber deine Mutter hat es nicht erlaubt. Du erinnerst dich vielleicht ... Der Streit, den wir hatten, als ich ihr gebeichtet habe, dass ich von seiner Geliebten wusste.« Bruno rang nach Luft. »Der größte Fehler meines Lebens.«

»Dass du ihn hinterrücks ermordet hast?«, fragte Fletscher.

»Nein, dass ich die Klappe nicht gehalten habe. Aber ich hab's einfach nicht mehr ertragen. Die ganzen Lügen ... Ich konnte deiner Mutter nicht mehr in die Augen sehen.« Bruno sah Fletscher traurig an. »Und jetzt kannst du entscheiden, ob du mich ins Krankenhaus fährst oder nicht.«

Fletscher schwieg. Er beobachtete, wie Brunos Brustkorb sich mühsam anhob und bald wieder in sich zurücksackte. »Du hattest kein Recht«, sagte er. »Du hattest kein Recht dazu. Er war trotz allem mein Vater.«

Bruno schloss die Augen und nahm es regungslos hin. Er schien schon auf dem Weg ins Jenseits. Doch etwas lag ihm noch auf der Seele. »Ich weiß nicht, wo du da drinsteckst, aber es würde mich nicht wundern, wenn's um eine Frau geht.«

Bruno schlug die Augen mit letzter Kraft weit auf. Er musterte Fletscher, und obwohl er keinen Ton von sich gab, wusste Fletscher, dass sein Blick ihn verraten hatte.

Bruno fispelte: »Sei auf der Hut. In solchen Geschichten verliert sich ein Mann leicht. Und ehe du dich versiehst, tust du Dinge, für die du dich am Ende deines Lebens selbst hasst. Ich weiß, wovon ich spreche. Sei auf der Hut, Junge. Sei auf der Hut.«

Bruno versuchte sich an einem väterlichen Lächeln. Aber sein Gesicht versteinerte und wurde zu einer steifen Maske. Sein Brustkorb hob sich ein letztes Mal, und als er sich wieder senkte, entwich ein leises Seufzen aus Bruno, mit dem er den Rest seines Lebens aushauchte.

Bruno war gestorben. Mit ihm war auch das Pfeifen in Fletschers Kopf gegangen. Er hatte jedes Gefühl dafür verloren, wie lange er schon neben Brunos Leiche saß. Er sah auf die Uhr. Es war Zeit zu verschwinden.

Fletscher beugte sich zu Bruno und schnallte ihm den Sicherheitsgurt um, damit er nicht aus dem Sitz fiel. Er verschränkte ihm die Hände über dem Bauch und strich ihm über die Lider, um die Augen zu schließen.

Als Fletscher dem Mercedes entstieg, war von Marzahn nichts zu sehen. Er rief nach ihm: »Marzahn? Commander?« Seine alte Stimme war zurück.

»Ja?«, antwortete es aus dem Dunkel.

Fletscher hörte erst Schuhe, die über vertrocknete Erde rieben, dann entdeckte er den schmalen Umriss, der auf ihn zukam.

Er lief ihm einige Schritte entgegen, um den Abstand zum Mercedes-Benz zu vergrößern. Als sie sich erreichten, drückte er Marzahn einen Fünfziger in die Hand. »Reicht das für den Nachhauseweg?«

Marzahn sah den Schein nicht an. Er sah auch Fletscher nicht an. Er sah zum Wagen. »Was ist mit Bruno? Wie geht's ihm?«

»Ich bringe ihn zum Arzt. Er ist zäh, er wird's packen. Aber er wird eine Weile Ruhe brauchen.«

Marzahn hatte augenscheinlich Zweifel am Wahrheitsgehalt dieser Aussage. Er wollte zum Wagen, aber Fletscher packte ihn an der Schulter und blickte ihn eindringlich an. »Sie fahren jetzt nach Hause. Sie haben nichts gesehen und nichts gehört. Ich kümmere mich um alles.«

Marzahn zögerte. Er warf einen Blick auf den Fünfziger in seiner Hand, dann sah er zu Fletscher. »Bruno hat mir 'nen Tausender versprochen.«

Fletscher versuchte, Marzahn zu durchleuchten. Drohte ihm der Idiot?

»Sie sollen Ihr Geld bekommen«, sagte er und hielt ihm sein Smartphone hin. »Tippen Sie Ihre Nummer ein. Ich melde mich.«

Marzahn folgte der Aufforderung und tippte.

»Haben Sie noch was im Wagen?«, fragte Fletscher, und während Marzahn den Kopf schüttelte, überlegte er, ob es nicht vielleicht am besten wäre, wenn der Commander Bruno sofort Gesellschaft leisten würde. Fletscher strich den Gedanken und sagte: »Gehen Sie jetzt.«

Marzahn nickte und brach auf. Es war die falsche Richtung.

»Zur Straße geht's aber da entlang.«

Marzahn blieb stehen und folgte mit seinem Blick Fletschers Fingerzeig. »Oh«, sagte er, machte kehrt und grinste, als er an Fletscher vorüberkam. »Ich kenn mich im Osten nicht so aus. Ich bin 'n echter Wessi, wissen Sie?«

Fletscher sah ihm eine Zeit lang nach. Er war sich inzwischen fast sicher, dass Marzahn ihm nicht gedroht hatte.

Als er sich wieder hinters Lenkrad setzte, blieb Fletschers Blick an einem Gegenstand auf der Rückbank haften. Es war ein Einmachglas.

***

Um ihrer urbanen, kosmopolitischen Zielgruppe den Wunsch nach Jugendlichkeit, Dynamik und Individualität zu erfüllen, hatte sich die Marketingabteilung der 25 Hours Hotel Company etwas einfallen lassen. Statt der üblichen »Bitte nicht stören«- und »Bitte das Zimmer aufräumen«-Schilder bot man den Gästen der 25 Hours Hotels eine ganze Palette an jugendlichen, dynamischen und individuellen Sprüchen zur Auswahl an, um sie an die Tür zu hängen.

Als der Angestellte Zimmer vier siebzehn erreichte, hing dort ein Schild mit der Aufschrift »Police Crime Scene. Move On« am Knauf.

Es hatte Beschwerden wegen Lärms gegeben, und nun war Fingerspitzengefühl gefragt. Herr Stevie Kippling gehörte schließlich zur Stammkundschaft. Weil er aber auch nach mehrmaligem Anklopfen nicht reagierte, fasste der Angestellte den Entschluss, das Zimmer zu betreten.

Er zog die Checkkarte durchs Türschloss, das grüne Lämpchen leuchtete auf, und dann trat er, wie er es gelernt hatte, diskret in den Raum und sagte in unterwürfigem Ton: »25 Hours Customer Care. Herr Kippling? Sind Sie da?«

Stevie Kippling war da. Er lag in einer blutroten Lache am Fußende des Doppelbettes, trug nicht mehr als eine Unterhose, die ihm auf Kniehöhe hing, und hatte beide Hände in seinen Schritt gepresst.

13

Als Erstes packte er das Einmachglas in eine blickdichte Papiertüte und stellte sie in den Kühlschrank. Als Nächstes nahm er eine Dusche.

Während er unter der Brause stand und sich mühte, die Schuld an Brunos Tod von sich zu waschen, die an ihm klebte wie zermatschte Insekten an einem Kühlergrill, grübelte er, wie er Brunos Leiche am besten loswerden konnte. Er kam zu keiner Lösung.

Alles, woran er denken konnte, waren Brunos tote Augen, die ihn vorwurfsvoll anstarrten und immer und immer wieder das Gleiche wiederholten, so lange, bis er Bruno endlich mühsam in den Audi gehievt, den Kofferraumdeckel geschlossen und ihn im Dunkel zurückgelassen hatte: *Es ist deine Schuld. Du hast mich umgebracht. Mörder. Es ist deine Schuld. Du hast mich umgebracht. Mörder. Es ist deine Schuld.*

Draußen waren es dreiundzwanzig Grad, als Fletscher erschöpft aufs Sofa sank. Obwohl er nicht mehr als ein Handtuch um die Hüften trug und es schon weit nach Mitternacht war, kochte sein Blut noch immer.

Er zündete sich eine Dimitrino an und betrachtete seine Umrisse im schwarzen Bildschirm des Fernsehers. Ein dunkler Schatten seiner selbst.

Fletscher versuchte sich zu sammeln, atmete tief aus.

Faktencheck: Bruno hatte den Auftrag in den Sand gesetzt. Kipplings Eier hatte er besorgt, okay, aber die übrigen Entwicklungen konnte man unmöglich als erfolgreich einstufen. Sah er der Wahrheit ins Auge, so musste Fletscher festhalten, dass die Entführung – und mit ihr viel Geld; Geld, das er benötigte, damit Schalako ihn nicht umgehend durch den Fleischwolf drehen würde; Geld, um sich Lebenszeit zu erkaufen – so gut wie geplatzt war. Selbst ein Fake-Kidnapping funktionierte nicht ohne Kidnapper. Und sein Mann für diese

Art von Angelegenheit wartete im Kofferraum des A6 auf sein Taxi in die Unterwelt.

Zusätzlich bereitete ihm der Mitwisser Sorgen, den er dank Bruno an der Backe hatte. Nicht, weil er fand, dass der Idiot eine Bedrohung darstellte, sondern eher, weil ein starkes Gefühl ihm dazu riet, ihn besser heute als morgen mit Hilfe eines Zementblocks im Wannsee zu versenken. Fletscher musste sich eingestehen, dass der Idiot dennoch recht hatte – es war ein Scheißtag.

Er stieß Rauch aus und ermahnte sich selbst: Gezeter half ihm nicht weiter. Er musste konzentriert bleiben, strukturiert denken.

Also der Reihe nach. Die Leiche und der Mercedes-Benz mussten verschwinden. Am liebsten hätte er Bruno zusammen mit seinem Wagen abgefackelt, aber das würde die Aufmerksamkeit von Leuten erregen, deren Aufmerksamkeit er nicht erregen wollte. Immerhin, er musste sich nicht auch noch wegen des Autos den Kopf zerbrechen. Er würde es gleich morgen früh dem Polen hinstellen, und dann würde der Pole machen, was er eben so machte: keine Fragen stellen und die Karre irgendwo östlich der Weichsel verscherbeln.

Fletscher legte die Zigarette auf den Rand des Aschenbechers und griff nach dem Bier, das schwitzend auf dem Couchtisch auf ihn wartete.

Im Hintergrund lief »Shout«. Ein mit der Single »Cry« veröffentlichter Song, den Jackson ursprünglich für das Album »Invincible« komponiert hatte.

Fletscher drehte lauter, hielt sich die kaltfeuchte Flasche in den Nacken und stierte seinen Schatten an.

»We're disconnected from love, we're disrespecting each other
Whatever happened to protecting each other
Poisoned your body and your soul for a minute of pleasure
But the damage that you've done is gonna last forever

Babies being born in the world already drug addicted
and afflicted
Family values are contradicted, ashes to ashes and dust
to dust
The pressure is building and I've had enough.«

Als er das nächste Mal blinzelte, war die Dimitrino bis auf den Filter zu Asche vergangen. Fletscher sah hinab zu seinem Fuß. Er klopfte im Takt mit. Ein karges Lächeln trat in sein Gesicht. Asche zu Asche, Staub zu Staub.

Der Sarg ruhte schon auf dem Laufschlitten, als sie Bruno auf die niedliche Oma mit den grauen Löckchen wuchteten. Ihr Körper gab unter Brunos Gewicht nach wie ein Kissen, das platt gedrückt wurde.

Der Fährmann schloss schwer atmend den Sargdeckel.

Auch Fletscher rang nach Luft. »Und das wird klappen?«

Der Fährmann nickte mehrmals und sagte: »Das ist ein Flachbettofen, der wird bis zu tausend Grad heiß. Dem ist es egal, ob er sechzig oder hundertsechzig Kilo totes Fleisch verbrennt.«

Er betätigte einen Schalter, woraufhin sich der Schlitten in Bewegung setzte. Fletscher sah zu, wie der Sarg langsam in den Ofen einfuhr. Ohne dass er es bewusst lenkte, nahm er Haltung an. Leb wohl, Bruno. Die Ofentür senkte sich automatisch hinter ihm. Und weg war er.

Fletscher verspürte mit einem Mal eine Leere in sich, wie sie ihm noch nicht begegnet war. Ein dunkles Nichts stieg in ihm auf. Die Kälte, die dieses Nichts verbreitete, wanderte bis in seine Fingerspitzen. Es war nicht der Tod, den er spürte. Fletscher spürte Verlust. So qualvoll und ungerecht, dass er für einen Augenblick das Gefühl hatte, als würde sein Herz von einer schwarzen Klaue zerdrückt. Gemeinsam mit Bruno war ein Teil seiner selbst zu Staub zerfallen. Es waren die letzten Reste einer Unschuld, die jedem Menschen mit der Geburt in die Wiege gelegt wurde, und sie waren soeben von tausend

Grad heißen Flammen verschlungen worden. Fletscher stand so klar wie nie vor Augen, dass eines Tages – eines Tages, der nicht mehr weit entfernt war – sein eigenes Ende kommen würde.

Fletscher hörte die Stimme des Fährmanns und sah zu ihm. Er sagte: »Die Verstorbenen sind jetzt in Ebene eins, der Hauptbrennkammer. Der Brennvorgang dauert in etwa eine Stunde. Danach verbringen die Verstorbenen eine weitere Stunde in der Ausbrennkammer, bevor sie in den Aschekasten verbracht werden. Hast du schon gefrühstückt?«

Fletscher hatte nicht gefrühstückt. Ihm war auch nicht danach. Tausend kleine Nadeln stachen ihn unermüdlich in den Magen. Er warf einen nervösen Blick auf seine Omega: kurz vor sechs.

»Die Kollegen kommen erst in zweieinhalb Stunden, alles entspannt«, sagte der Fährmann, nachdem er Fletschers innere Unruhe bemerkt hatte. »Ich hab selbst gemachte Marmelade von meiner Frau dabei«, fuhr er fort und lächelte vorfreudig.

»Danke, ich warte lieber draußen.«

»Ganz, wie du magst.«

Fletscher nickte und ging.

Er lehnte am Mietwagen und rauchte seine zweite Zigarette. Er hatte die Nacht über kein Auge zugemacht. Ein träger Schleier lag über ihm und allem, was ihn umgab, und hinderte ihn daran, einen klaren, scharfen Gedanken zu fassen. Fletschers müder Blick wanderte über die Grabreihen, die den Hügel des Friedhofs auf der anderen Straßenseite bedeckten.

In seiner Sakkoinnentasche vibrierte es. Doc Dietzes Antwort auf die Frage, ob sie sich in drei Stunden auf dem Parkplatz der Bauhaus-Filiale am S-Bahnhof Halensee treffen könnten, war ein schlichtes »OK«.

Fletscher schnipste den Stummel weg und überquerte die Straße. Warum, wusste er selbst nicht, aber er merkte schnell, dass er den Ort mochte. In der Gegenwart der Toten schwieg die Welt. Die Stille tat ihm gut.

Er hatte keine Lust aufs Sterben, wer hatte die schon, aber er fürchtete sich nicht. Das Leben, das war ihm noch nie so bewusst wie an diesem Morgen, war wesentlich grausamer als der Tod.

Er schlenderte die Gräber entlang, überflog die Inschriften auf den Steinen. Die toten Seelen hatten ihren Frieden gefunden, lagen eine neben der anderen gereiht, als wüssten sie, dass sie in Sicherheit waren. Das Leben konnte ihnen nichts mehr anhaben. Sie hatten ihren Kampf hinter sich. Ob sie als Gewinner oder Verlierer hier angekommen waren, ob arm oder reich, ob sie gute, ehrliche Menschen gewesen waren oder anderen Leid und Böses zugefügt hatten, das spielte alles keine Rolle mehr. Die Erleichterung darüber erfüllte den ganzen Ort mit einer Wärme und Wohligkeit, die Fletscher merkwürdig vertraut vorkam. Er atmete das Gefühl ein, spürte, wie es durch seine Adern schwamm und ihn, sein ganzes Ich, mit einer samtigen Zufriedenheit erfüllte.

Auf dem Rückweg, kurz bevor er das Krematorium betrat, wurde ihm klar: Falls er jemals zuvor eine vergleichbare Geborgenheit verspürt hatte, dann konnte das nur im Bauch seiner Mutter gewesen sein.

Fletscher beobachtete, wie der Fährmann eine Luke öffnete und den Aschekasten mit einem Haken aus dem Ofen zog. Als er die Reste von nicht zerfallenen Knochen erblickte, die aus der fahlen Asche ragten, richteten sich seine Nackenhärchen auf.

»Das sind die Gebeine der Verstorbenen«, sagte der Fährmann und klang beinahe feierlich, als er den Kasten auf dem Tisch abstellte. Er nahm einen Handstampfer und zermalmte die Überreste dessen, was früher zwei atmende Lebewesen gewesen waren, zu Staub.

Das tat er eine ganze Weile lang, ehe er stoppte und sagte: »Ah, da sind sie.«

Er griff in die Asche und förderte einen Goldklumpen hervor, den er Fletscher zwischen Zeigefinger und Daumen präsentierte. Er wühlte weiter, bis er Brunos fünf geschmolzene

Goldzähne geborgen und in seinen Hosentaschen verstaut hatte. Sie waren der Preis für die Überfahrt.

»Und wohin jetzt mit der Asche des Verstorbenen?«, fragte der Fährmann, als er den Blick auf Fletscher legte.

Der sah ihn ratlos an. »In eine – wie sagtest du, nennt ihr das? Aschekapsel? – dachte ich.«

»Das geht nicht«, sagte der Fährmann und deutete auf die mit Staub gefüllte Schale. »Das sind locker sechs Kilogramm.«

Fletscher zuckte ahnungslos die Schultern.

»Eine Aschekapsel wiegt normalerweise die Hälfte. Ich kann nicht sechs Kilogramm in eine Kapsel füllen. Das fällt auf. Wir müssen die Asche aufteilen.«

Fletscher nickte zustimmend. »Du bist der Fachmann.«

Der Fährmann starrte ihn auffordernd an.

Fletscher starrte zurück. »Was is?«

»Wo soll ich sie reinfüllen?«

Fletscher sah ihn verwirrt an und zeigte auf die grünen Kapseln, die in einem Rollwagen gestapelt neben ihnen standen.

»Das geht nicht. Die zählen hier sogar die Klopapierrollen.« Der Fährmann schüttelte den Kopf. »Ich kann dir keine Aschekapsel geben, das fällt auf.«

»Und jetzt?«

»Hast du nichts dabei?«, fragte der Fährmann vorwurfsvoll.

Fletscher atmete angestrengt aus. Er verzichtete auf die Nachfrage, ob es wirklich naheliegend war, dass man zum Bestatter eine Urne mitbringen musste, und sagte: »Ich seh nach, ob ich was im Auto habe.«

»Tu das«, sagte der Fährmann und begann, die Asche mürrisch in eine grüne Kunststoffkapsel zu schaufeln.

Fletscher erspähte den Range Rover bereits, als er die Zufahrt zum Parkplatz hinabsteuerte. Er hielt in entgegengesetzter Fahrtrichtung neben Dietze, sodass sie Fahrerseite an Fahrerseite standen.

Fletscher ließ die Scheibe herunter und sah nach oben. Der Doc thronte in seinem SUV einen knappen halben Meter über ihm und warf einen aufreizend langen Blick auf seine Uhr am Handgelenk.

»Guten Morgen, Herr Doktor«, sagte Fletscher.

»Sie sehen müde aus«, entgegnete Dietze.

Fletscher nickte kaum merklich und beäugte mit diskretem Ekel, wie Doc Dietze in ein Snickers biss, ein wenig kaute, die zweite Hälfte gleich nachschob, noch ein wenig kaute und den ganzen Riegel im Nu aufgefressen hatte.

Fletscher griff neben sich, dorthin, wo er die braune Papiertüte mit dem Einmachglas abgestellt hatte, und reichte sie dem Doc.

Dietzes Augenbrauen hoben sich über das Gestell seiner Brille, als er den Kopf in die Tüte steckte.

»Zufrieden?«

Dietze hob den Blick und sah ihm hart in die Augen. »Einer weniger.«

Noch ehe Fletscher den ganzen Wahnsinn erfasste, der diesen beiden Worten innewohnte, hatte der Doc einen Umschlag in der Hand, den er ihm entgegenstreckte.

Fletscher zählte das Geld, das darin lag.

»Es sind genau fünfzigtausend«, unterbrach Dietze ihn.

Fletscher sah verwundert auf. »Wir hatten vierzig vereinbart.«

»Betrachten Sie den Rest als Vorschuss.«

»Vorschuss wofür?«

»Für Ihre künftigen Bemühungen.«

Es war unprofessionell, in Kategorien wie Sympathie oder Antipathie zu unterscheiden, aber Fletscher mochte den überheblichen Sack nicht. Würde die Entführung stattfinden – wie das gehen sollte, war ihm nach wie vor ein Rätsel –, würde er kaum eine Wahl haben. Vorausgesetzt, was sehr wahrscheinlich war, Dietze käme auf ihn zu. So aber lagen die Dinge anders. Er wusste nicht, ob er noch für ihn arbeiten wollte. Verdammt, er wusste nicht mal, ob er überhaupt noch für irgendwen arbeiten wollte. Er war es leid, sich durch den Schlamm anderer zu wühlen. Seit dem Spaziergang auf dem Friedhof hatte sich ein

Gedanke an ihm festgebissen. Weigerte sich, ihn loszulassen, hing an ihm wie eine Natter an ihrer Beute. Es war der Wunsch nach einer Pause. Nach einer sehr langen Pause. Er war müde, er hatte es satt, sich im Hamsterrad abzustrampeln.

»Ich bin mir nicht sicher, ob ich unsere Zusammenarbeit fortsetzen will«, sagte Fletscher. »Ist mir zu schmutzig für meinen Geschmack.«

Der Doc lächelte auf ihn herab. »Ihre Hände sehen sauber aus.«

Fletscher schielte auf seine Hände. Wie konnte Dietze nicht sehen, dass sie blutverschmiert waren? Er verschränkte die Arme und ließ seine Hände unter seinen Achseln verschwinden. »Hypothetisch gefragt: Worum geht's?«

»Na, was denken Sie?«

»Melisa.«

Dietze nickte, ohne zu nicken.

»Schon wieder?«

»Nach wie vor.«

Fletscher wurde nicht schlau aus dem Doc. »Was wollen Sie noch?«, fragte er.

»Ich will, dass Sie sie dauerhaft für mich im Auge behalten.«

»Es gab nur Kippling, sonst war da niemand.«

Dietze blinzelte müde, um ihm zu verstehen zu geben, dass er nicht das Geringste verstanden hatte, was Melisa anbetraf. Dabei hatte Fletscher in ein paar Tagen vermutlich mehr über Melisa erfahren, als Dietze in seinem ganzen Leben überhaupt erahnen würde. Er hatte keine Lust, dem mit seinem üblichen Lächeln zu begegnen. »Ich glaube nicht, dass Sie einen Privatermittler brauchen. Schon mal über eine Paartherapie nachgedacht?«

Dietze hockte in seinem Sitz und sah ihn regungslos an. Sogar den Atem hatte er scheinbar angehalten. Nach einer Weile brach das Lachen umso heftiger aus ihm heraus.

Fletscher zog eine Augenbraue hoch, als ihm auffiel, dass Dietzes Doppelkinn wie Wackelpudding schwabbelte. Er sagte: »Wie stellen Sie sich das vor? Ich bin ein Ein-Mann-Unternehmen. Ich habe noch andere Klienten, die ich betreuen muss.«

»Nein, Fletscher, haben Sie nicht. Sie arbeiten ab jetzt exklusiv für mich.« Sagte es, und warf ihm die aktuelle Ausgabe der B.Z. zu.

Sie landete in seinem Schoß.

Die Titelseite zeigte Kipp mit schmerzverzerrtem Gesicht – ein Foto, das zweifelsfrei am Spielfeldrand geschossen worden war. Die Schlagzeile, die darüber lag, kreischte: »Blutbad in Charlottenburg! Berliner Basketballstar werden die Hoden geraubt!«

Fletscher überflog die darunterliegenden Zeilen: »Kipplings Zustand ist ernst … wurde in die Charité eingeliefert … Hotelpersonal fand ihn bewusstlos … LKA ist eingeschaltet …«

Er sah mit leerem Blick zu ihm auf, als Dietze sagte: »Ich hoffe, die Sache wurde fachmännisch abgewickelt. Ansonsten werden wir beide dafür hängen. Heute ist Montag, Sie wissen ja, wo Sie sie finden. Wir hören uns.«

Fletscher hatte keine Kraft, um zu widersprechen. Also nickte er einfach.

Als der SUV davonrollte, gab er den Blick auf den Baumarkt frei. Die Architekten hatten sich alle Mühe gegeben, der Fassade aus Glas und Metall etwas Besonderes mitzugeben. Hatte gewissermaßen hingehauen. Die Struktur erinnerte Fletscher an Linzer Torte. Über dem Gebäudeeingang prangte der Slogan: »Ihr Spezialist für Werkstatt, Haus und Garten«.

»Ja«, sagte er zu sich selbst, »das hätte ihm gefallen.«

Als er den Blinker setzte, um am Dreieck Nuthetal auf die A 10 aufzufahren, bimmelte es über die Freisprechanlage.

Es war sein Kontakt beim LKA. Die Neuigkeiten waren schlecht. Friedrich Tönnies, bekannt als Friedrich der Große, manchmal auch nur »Der Preuße« genannt, war auf seinen Fall, den Fall Kippling, angesetzt worden.

Tönnies eilte ein Ruf voraus. Er galt als Allzweckwaffe des LKA. Fletscher war ihm persönlich nie begegnet, kannte ihn nur vom Hörensagen und aus den Nachrichten. Treffenderweise sah der Ermittler mit seinem buschigen Bart aus wie

Otto von Bismarck – vermutlich einer der bekanntesten Preußen.

Tönnies jagte seit über zwei Jahrzehnten Kriminelle. War auf Ermittlerseite bei der Reemtsma-Entführung beteiligt gewesen, und bei der Festnahme des Kaufhauserpressers mit dem Pseudonym Dagobert hatte er seine Hände angeblich ebenfalls im Spiel gehabt. Seine Aufklärungsquote, so wurde getratscht, lag bei siebzig Prozent. Ein sagenhafter Wert. So sagenhaft, dass man sich fast sicher sein konnte, dass es sich um eine urban legend handelte. Und die ging so: Tönnies war kein Mensch, er war eine Maschine. Ein preußisches Polizeiuhrwerk. Unerbittlich, unermüdlich und unaufhaltsam. Was er anfing, brachte er zu Ende. Im Zweifelsfall unkonventionell und – das war vermutlich kein Tratsch – notfalls auch mit illegalen Methoden.

Wie gering der Wahrheitsgehalt hinter der lebenden Legende auch sein mochte, letztlich war es nicht von Bedeutung. Unstrittig war hingegen, dass die Körner bereits unaufhaltsam durch die Enge der Sanduhr rieselten. Die Zeit, die Fletscher blieb, um seinen Kopf aus der Schlinge zu ziehen, wurde rasant weniger.

Er ließ die nervenzehrende Großbaustelle auf der A 10 hinter sich und scheuchte den Audi mit zweihundertzwanzig Sachen über die A 2. Die Blätter der Fächerpalme, die in einem rosafarbenen Übertopf neben ihm auf dem Beifahrersitz stand, flatterten sachte. »Keine Angst, Bruno, ich bin ein guter Fahrer«, sagte Fletscher.

Er hatte die Palme Bruno getauft. Es war so etwas wie eine Premiere gewesen, denn er gab Pflanzen für gewöhnlich keine Namen. Aber da die Wurzeln sich tief in ein Gemisch aus Asche und Blumenerde graben würden und die Palme und der echte Bruno (um genau zu sein, auch die Omi mit den Löckchen) mit jedem neuen Spross nach und nach unweigerlich verschmelzen würden, fühlte es sich in diesem speziellen Fall richtig an.

Das Wageninnere vibrierte zu »They Don't Care About

Us«, als die Ausfahrt Hannover-Zentrum vor ihnen auftauchte.

Es roch nach Putzmittel und muffigem Lappen.

Fletscher sagte: »Ich hab einen rosa Übertopf genommen, deine Lieblingsfarbe.«

Er stellte die Palme auf die Fensterbank, drehte die Seite mit den kürzeren Zweigen in die Sonne. Brunos sehnlichster Wunsch war damit erfüllt. Er war bei seiner großen Liebe.

Fletscher wandte sich seiner Mutter zu. Es war nicht mehr viel von ihr übrig. Sie lag bewegungslos im Bett, verstrahlte die Lebenskraft einer ausgequetschten Zahnpastatube und starrte an ihm vorbei aus dem Fenster.

Fletscher zog einen Stuhl zu ihr und setzte sich.

Das graue Haar an ihrem Hinterkopf war dünn. Ihre Haut glich der einer welken Nektarine und war übersät mit Altersflecken.

Er folgte ihrem Blick. Konnte sein, dass sie die morsche Tanne anglotzte. Fletscher erinnerte sich, dass bei seinem letzten Blick aus diesem Fenster Schnee auf den Ästen gelegen hatte.

Er sagte: »Ich hab bei der Verwaltung fünfzigtausend Euro hinterlegt. Ich hoffe, das reicht, bis du … solange du noch hier bist.«

Sie starrte weiter aus dem Fenster.

Er konnte sie nicht ansehen. Er ertrug es nicht, ihr beim Dahinsiechen zuzusehen. Es war ein unwürdiges Ende, das nicht einmal sie verdient hatte.

Er stand auf, schob den Stuhl zurück an seinen Platz und ging zur Tür.

Als er die Klinke griff, merkte er, dass seine Hand zitterte. Er ließ die Klinke los und drehte sich zu seiner Mutter. Er spürte, wie sein ganzer Körper sich versteifte. Er würde sie nicht wiedersehen. Es war der Abschied. Er musste hart schlucken. Dann sagte er: »Ich …« Er stockte. Er konnte es nicht. Er konnte ihr nicht vergeben. Wie viel Wut, wie viel Schmerz konnte ein Mann ertragen? Eine Träne verriet es ihm.

Er verjagte die Erinnerungen und sagte: »Ich hab kürzlich ein paar Dinge erfahren, und seitdem lässt mich eine Sache nicht mehr los: Warum haben mein Vater und Bruno dich so sehr geliebt? Kannst du mir das erklären? Ich meine, die waren verrückt nach dir. Nicht nur einer, alle beide. Ich frage mich, was das heißt. Ich frage mich, ob es wirklich das heißt, was es heißen muss, nämlich, dass du, bevor du angefangen hast mit dem Saufen, bevor du mir die Schuld an deinem verpfuschten Leben und der ganzen anderen Scheiße gegeben und mich wie Abfall behandelt hast, so was wie ein Mensch warst. Heißt es das? Also ich … ich versteh's einfach nicht. Ist aber das Einzige, was mir dazu einfällt.«

Sie drehte ihren Kopf im Kissen. Stierte ihn an. Fragte: »Wer sind Sie?«

Fletscher nutzte die Rückfahrt, um über ihre Frage nachzudenken: Wer war er?

Er hatte auf jeden Fall eine ganz gute Ahnung davon, wer er nicht war. Er war nicht die Rolle, die er spielte. Er war nicht der charmante, hilfsbereite, nette Kerl, den man jederzeit um einen Gefallen bitten konnte. Er war nicht der, für den die anderen ihn hielten. Aber wer war er?

Sein Innerstes hatte er stets gehütet wie seinen Augapfel. Bloß keine Gefühle zeigen, keine Schwäche. Eine lange eingeübte Vorsichtsmaßnahme gegenüber seiner Mutter – er durfte ihr keine Angriffsfläche bieten. Schließlich waren der nächste Rausch und somit ihr nächster Tobsuchtsanfall nicht weit, bei dem absolut alles passieren konnte. Angefangen bei Demütigungen und Erniedrigungen bis hin zu willkürlich verteilten Prügeln.

Vielleicht aber, und das dämmerte ihm allmählich, hatte er nicht nur vor den anderen, sondern auch vor sich selbst geheim gehalten, wer er wirklich war.

Was machte Karl-Klemenz Fletscher aus?

Wenn er die Summe seiner Einzelteile war, was naheliegend schien, so blieb dennoch die Frage, woraus diese sich zusammensetzten. Die Antwort: aus den Erfahrungen und Prägungen, die sich im Laufe seines Lebens angesammelt hatten. Und wer hatte ihn am meisten geprägt? Seine Mutter – auch wenn er es ihr gegenüber nie zugeben würde –, sein Vater und Bruno. Wenn dem so war, dann vereinte er in sich die wenig schmeichelhaften Eigenschaften eines feigen Betrügers, einer von Selbstzweifeln zerfressenen Säuferin, die ihre Wut zu oft an ihm ausgelassen hatte, und eines verlogenen Mörders.

Aber da war mehr. Da war etwas, was schon immer da gewesen war. Es hatte den Weg zu ihm gefunden wie die Made in den faulen Apfel. Da war etwas Opportunistisches, etwas Chamäleonhaftes, etwas Niederträchtiges. Es trommelte und schlug Tag um Tag von innen gegen die schwere Tür des Kerkers, in den er es einst weggeschlossen hatte.

Vielleicht lag es daran, vielleicht war es ein Relikt dessen, was ungeduldig im Dunkel ausharrte, weswegen er sich mit großtrabenden Begriffen wie Anstand oder Ehre schon immer schwertat. Im Spiel des Lebens ging es für ihn nicht darum, edel zu verlieren. Es war kein gerechtes Spiel, und er war kein Edelmann. In einer perfekten Welt wäre es so, aber die Welt war nun mal nicht, wie sie sein sollte. Sie war, wie sie war. Und das hieß für ihn: Wenn man auf faire Weise keine Chance hatte, dann musste man eben tricksen.

Fletscher hielt an einer roten Ampel, um in die Kantstraße einzubiegen, und für einen kurzen Augenblick, als öffneten sich die Wolken vor der Sonne, erschien das Puzzle wie eine Erleuchtung als Ganzes ausgebreitet vor ihm. Egal was er versuchen würde, es würde ihm nicht gelingen, mit fairen Mitteln gegen das Leben zu gewinnen. Es war aussichtslos. Das Hamsterrad würde sich weiterdrehen und weiterdrehen, bis er eines Tages tot herausfiel. Er konnte das Spiel des Lebens nur gewinnen, wenn er es auf seine Weise spielte. Und die war einfach: Es gab keine Regeln, denn es war ein falsches Spiel.

Um deine Frage, wer ich bin, also zu beantworten, liebe

Mutter: Ich bin derjenige, der alles daranlegt, das Leben auszutricksen. Ich bin ein Falschspieler.

Fletscher parkte in zweiter Reihe in der Lietzenburger. Länger als ein paar Minuten würde es nicht dauern.

Als er den Laden betrat, wandten sich ihm alle Augen zu. Als wäre er in die Mädchenumkleide hereingeplatzt. Er sah zu der pummeligen Azubine, die hinter dem Tresen versauerte. »Frau Rakowska?«

Eine Zahnspange lächelte ihn an und deutete auf die gläserne Tür am Ende des Flurs. Fletscher nickte freundlich und schritt ohne anzuklopfen hindurch.

Sie lümmelte garniert wie ein Salatbouquet auf einer Liege, ihr gegenüber saß eine menschliche Barbie, die über Melisas Fuß gebeugt war. Beide hielten sie inne und sahen zu ihm.

»Mr. Detektiv«, sagte Melisa.

»Wir müssen reden«, sagte er. Und zur anderen: »Machen Sie 'ne Pause.«

Püppchen schaute auf der Suche nach Rat zu Melisa. »Ist in Ordnung, Nancy«, sagte diese.

Nancy nahm ihr rosa Smartphone, warf ihre blonden Haare über die Schulter und erhob sich.

Fletscher sah ihr zu, wie sie aus dem Raum wackelte. Als er sich wieder Melisa zuwandte, streckte sie ihm einen Cremespender hin. »Mach dich nützlich.«

Weil Fletscher sich nicht rührte und vermutlich recht sparsam dreinblickte, sah Melisa sich zu einer Ansage genötigt: »Creme mir die Füße ein, Fletscher.«

Er tat ihnen den Gefallen. Legte ihren linken Fuß in seine Handfläche. Sehr zart. Offensichtlich kam sie öfter her. Er musterte ihre Zehennägel. Sie glänzten pink.

»Gypsy Pink. Nice, was? Das ist Shellac.«

»Was soll das sein?«

»Ein Gel-Lack, der in drei Schichten aufgetragen wird. Schont die Nägel, weil sie nicht angeraut werden müssen. Und der Lack hält länger, mindestens vier, manchmal sogar fünf oder sechs Wochen. Splittert einfach viel seltener ab als normaler Nagellack.« Sie zwinkerte ihm zu. »Und er ist kratz- und stoßfest.«

Er verzichtete auf einen Kommentar und massierte die Creme ein. »Gut so?«

»Ja, aber du musst auch zwischen die Zehen.«

Sie trug ein gelbes Kleid, besser gesagt Kleidchen, das wirkte, als hätte sie es nicht angezogen, sondern um sich gewickelt. Es reichte nicht mal bis zur Hälfte ihres Oberschenkels. Ein tiefer V-Ausschnitt endete zwischen ihren Brüsten. Neben ihr standen Pantoletten, die in Regenbogenfarben gestreift und mit Glitzersteinchen bedeckt waren. Fletscher cremte weiter und sagte: »Du hast es wahrscheinlich schon mitbekommen.«

Sie nickte. »Kipp spricht jetzt zwei Oktaven höher.«

Er blickte auf, um sich zu vergewissern, ob Schadenfreude in ihrem Gesicht lag. Sie hatte nur so geklungen, es war keine da.

»Luzi hat ihre Aussage schon gemacht. Ihr ist nichts Auffälliges aufgefallen. Zum Glück hat sie ihr U-Bahn-Ticket aufgehoben, das zu ihrer Aussage passt: dass sie zu dem Zeitpunkt, als es laut wurde in Kipps Zimmer, auf dem Nachhauseweg war. Das Ticket könnte sie sich zwar von jemand anderem geholt haben, das scheint aber niemand anzunehmen.«

»Gut gemacht.«

»Find ich auch.«

Fletscher schmierte Creme zwischen die bunt angemalten Zehen. »Unser Mann für gewisse Angelegenheiten hätte Interesse an einem Anschlussjob.«

»Hat er seine Sache denn auch gut gemacht, was denkst du?«

»Hat geliefert, wurde nicht erwischt, niemand ist tot. Mehr kann man nicht erwarten.« Fletscher war selbst überrascht, wie geschmeidig er die Lüge verkaufte.

Sie sagte: »Okay.«

Er fragte: »Okay?«

»Wenn du findest, ich sollte ihm den Job geben, dann hat er den Job. Du bist der Spezialist.«

Fletscher ließ ihren Fuß los. »Um den anderen soll Nancy sich kümmern. Sie wird immerhin dafür bezahlt.«

Melisa fuhr sich durchs Haar und warf den Kopf in den Nacken. »Oh, Fletscher. Du hast es genossen.«

Er hob demonstrativ die Brauen für sie an.

Sie ihrerseits hob das linke Bein, das bisher auf ihrem rechten gelegen hatte, und schlug in neuer Reihenfolge ihr rechtes Bein über das linke.

Jetzt kannte er die Farbe ihrer Unterwäsche.

Es war ihr gutes Recht, bei ihrer Masche zu bleiben. Es ging ihr so leicht von der Hand, die Männer in ihrer Umgebung einzuwickeln, sie wäre dumm gewesen, dieses Talent nicht zu ihrem Vorteil einzusetzen.

Sie fragte, als wäre nichts geschehen: »Wie viel will er?«

»Ähm …«, stammelte Fletscher. Und nachdem er sich wieder gesammelt hatte: »Hunderttausend.«

Er merkte, dass sie zögerte. »Ist ein fairer Preis«, sagte er, um ihr die Zweifel zu nehmen.

»Also hunderttausend für ihn, plus deine Vermittlungsgebühr?«

Er nickte.

»Und wann soll die Party steigen?«

»Sag du's mir, du bist der Boss.«

»Wie es sich gehört«, sagte sie mit einem Lächeln. »Die Lady ist der Boss.« Irgendetwas daran schien ihr gut zu gefallen. »Lass mich mal überlegen …« Ihre Pupillen wanderten nach links oben. »Der Börsengang ist nächsten Freitag. Ich brauche das Geld also spätestens am Donnerstag auf dem Konto.«

»Du willst zwei Millionen in bar einzahlen? Das könnte unter Umständen ein klitzeklein wenig Aufmerksamkeit erregen.«

Sie verdrehte die Augen. »Fletscherlein. Kümmere du dich um deine Themen, okay? Föhnwelle regelt das für mich. Er braucht zwei Tage, sagt er. Verrate mir lieber, wie lange es dauert, bis die Moneten bei mir sind.«

»Rechnen wir mal rückwärts vom spätesten Zeitpunkt. Also Donnerstag minus zwei Tage für deinen Föhnwellen-Lover.«

»Er ist nicht mein Lover. Oder wolltest du zum Ausdruck bringen, dass er auf Föhnwellen steht?«

»Donnerstag minus zwei ist Dienstag. Und dann müssen wir Dietze mindestens zweiundsiebzig Stunden geben, um das Geld aufzutreiben. Samstag und Sonntag sind die Banken geschlossen, heißt, wir sind bei Donnerstag – dieser Woche.«

Ihre Augen wurden größer. Dabei war Fletscher noch nicht mal fertig. »Das ist der Tag, an dem er die Lösegeldforderung erhält.«

Sie sah ihn ganz ohne Umschweife erstaunt an. »Mit anderen Worten …«

»… das Kidnapping muss übermorgen stattfinden, wenn wir wenigstens einen Mini-Puffer für Unvorhersehbares haben wollen.«

»Du planst mit Unvorhersehbarem?«

»Nein, ich plane nicht mit Unvorhersehbarem. Wie soll das funktionieren deiner Meinung nach?«

»Das fragst du mich?«

Er schüttelte den Kopf. »Ich sage, es kann immer was passieren, was man nicht auf dem Zettel hat. Dann ist es von Vorteil, ein wenig Spielraum zu haben, um seine Pläne anzupassen.«

Melisa beugte sich vor. So weit, dass er durch ihren Ausschnitt bis zu ihrem Bauchnabel sehen konnte. Sie hauchte: »Ich will, dass du in meiner Nähe bleibst.«

Er lehnte sich zurück, um in ihr Gesicht blicken zu können. Sie lächelte verführerisch. Zumindest wollte sie so wirken, und für neun von zehn Männern stellte sie mit Sicherheit eine honigsüße Versuchung dar. Für Fletscher hingegen war sie mittlerweile nichts anderes als sein Ticket in die Zukunft.

Sie sagte: »Ich will nicht eine Woche allein mit einem Fremden sein.«

»Natürlich nicht. Ich hatte sowieso vor, die Sache aus dem Hintergrund im Auge zu behalten. Wenn's um so viel Geld geht, kann man heutzutage nicht vorsichtig genug sein.«

Sie nickte und seufzte im selben Augenblick. »Ausgerechnet Yogamittwoch.«

Fletscher winkte ab. »Ich rede mit unserem Mann und melde mich.«

»Ich mag es, wenn du ›uns‹ sagst. Aber kann der so kurzfristig denn überhaupt?«

»Er sitzt in den Startlöchern, wartet nur drauf, dass es losgeht. Ich sehe da kein Problem.«

»Alrighty«, sagte sie und klimperte ihm zum Abschied mit den Fingern zu.

Er brach auf, stoppte aber im Türrahmen, als sie fragte: »Wie heißt er eigentlich? Nicht, dass es eine Rolle spielen würde, aber …«

Fletscher sah zu ihr, sah sie ohne mit der Wimper zu zucken an. »Commander«, sagte er dann. »Sein Codename lautet Commander.«

14

Fletscher entfernte sich flinken Schrittes vom Kosmetikstudio. Es galt, keine Zeit zu verlieren. Er musste den Idioten dazu bringen, zu tun, was Fletscher wollte.

Es klingelte eine ganze Weile, bis er endlich abhob.

»Ja bitte?«, fragte der Idiot.

Fletscher sagte: »Hier ist Ihr neuer Freund.«

»Hallo?«

»Hier ist Ihr neuer Freund. Wir haben uns gestern Abend kennengelernt.«

»Ist da jemand?«

»Ja, hier ist –«

»Hallo?«

»Was stimmt nicht mit Ihnen?«

»Sorry, Mann, ich hab's immer noch nicht verstanden. Kann natürlich auch daran liegen, dass ich gar nicht am Telefon bin.« Piep.

Fletscher hielt abrupt an. Sah auf sein Handy, als wollte er nachsehen, ob es ihn auslachte. Was für ein Armleuchter!

Erst jetzt bemerkte er das aggressive Hupen in seinen Ohren. Es drang aus einem gelben Lamborghini Aventador S Coupé, der schief hinter seinem Audi stand und verzweifelt versuchte, auf die linke Spur zu wechseln. Die Berliner Verkehrsteilnehmer betrieben Klischeepflege und ließen ihn nicht.

Fletscher umkurvte seine Kühlerhaube und winkte dem Fahrer des Sportwagens entschuldigend zu, ohne ihn anzusehen. Als er die Autotür öffnete registrierte er im Augenwinkel, wie die Tür des Lamborghinis mit Vehemenz aufgeworfen wurde.

Der Fahrer brachte seinen Unmut zum Ausdruck: »Du Arschgeige! Mitten auf der Straße stehen bleiben!«

Die Stimme einer Frau schickte, hörbar um Beschwichtigung bemüht, hinterher: »Baby, bitte, nicht schon wieder.«

Fletscher kamen beide Stimmen seltsam vertraut vor. Er lenkte seinen Blick hin zum Lamborghini und erkannte Immobilienmakler Markus Zwieback, einen schlaksigen Typen in den Vierzigern, der mit T-Shirt, Sakko und Sneakers noch immer auf Berlin-Mitte machte, und dessen ehemalige Sekretärin und jetzige Ehefrau Mara Zwieback.

Während sie flehend ihren Mann ansah, glotzte dieser Fletscher an. Und zwar so, als hätte es ihm die Sprache verschlagen, weil er sich einem Geist gegenüber wähnte. Als er sein Vokabular wiederfand, sagte er: »Fletscher! Du verkackte Missgeburt!«

»Hallo, Markus. Lange nicht gesehen«, entgegnete Fletscher, ohne eine Miene zu verziehen. Sie lächelte er an. »Hallo, Mara.«

Sie hatte ihn nicht wiedererkannt, erinnerte sich nun aber umgehend. Sie zwinkerte ihm zu. »Hi, Fletscher.«

Fletscher hatte ihr zu einer Vielzahl intensiver Orgasmen verholfen, um an Informationen zu gelangen, die sein damaliger Auftraggeber benötigte, um an das Schwarzgeld ranzukommen, das er Zwieback für illegale Geschäfte überlassen, das dieser aber absprachewidrig für sich eingesackt hatte.

»Setz dich wieder ins Auto, Mara, ich will nicht, dass du verletzt wirst«, sagte Zwieback.

Wie es schien, war er bis heute nicht dahintergekommen, wer ihn damals verpfiffen hatte.

Zwieback visierte Fletscher an und setzte sich zähnefletschend in Bewegung. »Du verdammter Wichser! Du Kack-Arsch! Hurensohn!«

Fletscher lächelte Mara an. »Du siehst gut aus. Hast du was mit deinen Haaren gemacht?«

Sie lächelte geschmeichelt zurück.

Zwieback hielt an, drehte sich zu ihr. »Ich hab gesagt, geh zurück ins Scheiß-Auto!«

Zuerst verschwand Maras Lächeln, danach sie selbst.

Zwieback widmete sein cholerisches Temperament wieder voll und ganz Fletscher. Stapfte auf ihn zu und sagte: »Ich polier dir deine verschissene Arschfresse! Hab lange drauf gewartet, du blöde Drecksau!«

»Sorry, Markus, aber ist gerade ganz schlecht«, entgegnete Fletscher.

Als Zwieback ihn erreichte, saß er schon im Audi und hatte die Zentralverriegelung geschlossen. Was Zwieback nicht davon abhielt, mit wütender Fratze am Türgriff zu ziehen und zu zerren. »Du aufgeblasenes Oberaffenarschloch!«

Fletscher zündete den Motor. »Keine Zeit, tut mir echt leid.«

Zwieback schlug gegen die Scheibe: »Komm da raus, du Scheißhausfliege! Steig aus! Kämpf wie ein Mann!«

»Vielleicht nächstes Mal, Markus. Grüße an Mara.«

Zwieback hämmerte erneut gegen die Scheibe, dieses Mal deutlich wütender. Danach sagte er: »Aua! Ah!«

Er hielt sich schnaufend die schmerzende Hand, aber sein Repertoire an Beleidigungen war noch nicht erschöpft. »Du Kanalratte! Verfickte Pissgurke! Verkackte Toilettengeburt!«

Fletscher setzte die Blinker und ließ den A6 losrollen, aber Zwieback machte einen Satz und sprang mit einer Art Arschbombe auf die Motorhaube.

Fletscher stieg auf die Bremse und sah durch die Windschutzscheibe zu Zwieback. »Markus, sei bitte so gut und geh runter von meiner Motorhaube.«

»Du bleibst hier, du Stück Scheiße! Jetzt wird abgerechnet!«

Fletscher fuhr vorsichtig an, er wollte niemanden verletzen. Aber Markus Zwieback ließ nicht dieselbe Vorsicht walten, stattdessen machte er etwas, was ihn garantiert für Tage ins Krankenhaus beförderte. Er brüllte: »Bekackter Schwanzlutscher!«, sprang vom Audi, hob den Brustkorb an, bog den Rücken durch – er sah aus, als wollte er zum Kopfball ansetzen – und schleuderte sich, mit der Stirn voraus, gegen das geschlossene Seitenfenster der Fahrertür. Er prallte ab und wurde mit Schmackes von den Beinen gefegt. Als wäre er ein Rindvieh, das von einem Cowboy mit dem Lasso eingefangen und weggezerrt wurde.

Fletscher warf einen Blick in den Seitenspiegel und fädelte ohne Mühe in den fließenden Verkehr ein. Gute Besserung, sagte er in Gedanken, meinte es aber nicht so.

Hätte er ein letztes Argument gebraucht, dass es höchste Zeit war auszusteigen, dieser Zwischenfall hätte ihn endgültig überzeugt. Genug war genug. Fletscher hatte keine Lust und keine Kraft, sich für den Rest seiner Tage mit den Melisas, den Zwiebacks, den Stahlplatten-Deniz oder Schalakos dieser Welt herumzuschlagen. Ein Leben, dessen Hauptpreis darin bestand, dass ihm die Eier nicht abgeschnitten wurden, hatte ihm nichts mehr zu bieten. Ab jetzt hieß es: Fletscher first. Er würde Melisa zuvorkommen – denn was auch immer sie vorhatte, sie würde versuchen, ihn zu verarschen, damit lag Bruno ohne Zweifel richtig – und sich mit Dietzes Geld zur Ruhe setzen. Sie war im Gegensatz zu ihm jung, ihr standen alle Türen offen. Sie würde darüber hinwegkommen.

Fletscher rief den Idioten, der sich Commander nannte, aufs Neue an. Diesmal sprach der Armleuchter mit ihm.

»Sie sind wo?«, hakte Fletscher erstaunt nach, weil er glaubte, er habe ihn falsch verstanden.

Aber er hatte richtig verstanden – Marzahn war tatsächlich im Tennisclub.

Fletscher begab sich sofort dorthin.

Der Idiot saß unter gut einem Dutzend anderer Zuschauer auf einer kleinen Tribüne mit Sitzschalen aus Kunststoff, die geschätzt Platz für etwa fünfzig Personen bot, und verfolgte das Match zweier Frauen auf Court Nummer zwei. In seinem roten Hemd und mit der monströsen Vokuhila auf seiner Rübe war er kaum zu übersehen.

Fletscher wartete etwas abseits des Tennisplatzes im Schatten eines Sonnenschirms, nachdem er Marzahn zu sich gewinkt hatte. Er beobachtete den Armleuchter, während der auf ihn zuwatschelte, und hatte den Eindruck, das schmale Hemd wollte seine Gliedmaßen loswerden, so wild warf er sie von sich. Fletscher bemerkte erst spät das weiße Pflaster in Form eines kopfstehenden Passionskreuzes, das eigentlich nicht zu übersehen war. Es klebte auf Marzahns Nase und gab seiner demolierten Visage den letzten Schliff.

»Boah, voll die Rückhand des Todes, ey, die die Kleine da spielt«, näselte er, als er Fletscher erreichte. »Die hätt sogar Andre Agassi aus den Schuhen gefetzt, Alter. Voll wuuuuusch.« Er ahmte eine beidhändige Rückhand nach.

Das rot dominierte Hemd, das er trug, war ein kurzärmeliges Hawaiihemd. Blau gefiederte Papageien saßen auf grünen Palmblättern. Fletscher musste kurz an Bruno denken, wie er ohne Papagei auf dem Fensterbrett in Hannover stand. Vielleicht hatte er inzwischen schon erkannt, wie einsam man sich fühlte, wenn man sich in Gesellschaft seiner Mutter aufhielt.

Marzahn lenkte den Blick hinüber zum Tennisplatz. »Das Match is megaspannend«, sagte er. »Die mit dem bunten Röckchen führt vier zu drei im dritten Satz.«

Sie verfolgten gemeinsam den nächsten Ballwechsel. Der Aufschlag ging auf die Vorhand, der Return kam cross auf die Rückhand der Spielerin im bunten Rock. Sie hatte tatsächlich eine starke Rückhand, schlug einen langen Ball mit ordentlich Speed longline zurück, den ihre Gegnerin nur mit Mühe erreichte.

Marzahn war voll dabei. »Und jetzt ans Netz. Ans Netz!«, fieberte er mit. »Wieso geht die nicht vor? Vor ans Netz, Mann, Mädchen, wieso klebst du an der Grundlinie?«

Den nächsten Ball setzte die Spielerin im bunten Rock ins Aus.

»Ja, geil, ey, das hast du jetzt davon.« Marzahn schüttelte genervt den Kopf und stöhnte: »Mann, Mann, Mann.«

Er erwartete offenbar, dass Fletscher einen Kommentar abgab, aber alles, was ihm dazu einfiel, war: »Ich mache mir nichts aus Tennis.«

»Ich auch nicht«, erwiderte Marzahn. »Aber Damentennis, Mann – yeah, Baby. Ey, haben Sie mal zugehört? Haben Sie das Stöhnen gehört? Nicht, dass Sie jetzt was Falsches denken, das ist kein Fetisch oder so von mir, aber haben Sie so was schon mal gehört? Also mich macht das voll wuschig, ey.«

Fletscher drückte Marzahn die Hand fest auf die Schulter und sorgte auf diese Weise dafür, dass er ihn erwartungsvoll ansah. »Ich brauche für fünf Minuten Ihre Aufmerksamkeit«, sagte Fletscher. »Ist das drin?«

»Okay, okay. Der Commander ist ganz Ohr.«

»Es geht um Folgendes –«

»Wie geht's Bruno? Wollt ihn anrufen, aber is nicht ran.«

»Bruno ist in Ordnung. Bruno geht's gut. Er erholt sich.«

Marzahn war anzusehen, dass er nicht wusste, ob er ihm Glauben schenken sollte. »Und wie läuft das mit der Kohle jetzt? Wie krieg ich die? Bruno hat mir 'nen Tausender versprochen, wie Sie sich vielleicht erinnern. Ich hab's Ihnen gestern erst gesagt.«

»Ich erinnere mich«, sagte Fletscher. »Einer der Gründe, weswegen ich hier bin.« Er griff in sein Portemonnaie und legte ihm zwei lila Scheine in die Hand. »Mit vielen Grüßen von Bruno.«

Marzahn blickte auf das Geld, als stamme es aus einer unbekannten Dimension. »Ich hatt noch nie 'nen Fünfhunderter in der Hand. Alter, wie fresh ist das, ey?«

Er grinste, als wäre er der Sonnenkönig höchstpersönlich. Aber nicht für lange. Das Strahlen erlosch, als er fragte: »Aber woher weiß ich, dass die echt sind? Sind die echt?« Und dann hob der Idiot die Scheine über seinen Kopf, um sie im Sonnenlicht zu betrachten.

Fletscher packte Marzahns Unterarm und riss ihn herunter. Der Idiot machte ein Gesicht wie ein verstörter Welpe, weil er natürlich nicht wusste, dass er ein Idiot war.

»Warum klettern Sie nicht da drüben auf den Schiedsrichterstuhl und zeigen der ganzen Welt Ihr Geld? Und wenn Sie dann schon mal da oben hocken, könnten Sie bei der Gelegenheit gleich noch eine öffentliche Erklärung abgeben, dass Sie Kippling die Eier abgeschnitten haben. Was sagen Sie, wie klingt das für Sie?«

Marzahn senkte das Haupt. Als er nur eine Sekunde später wieder aufblickte, war jede Verlegenheit schon wieder weggeblasen. Er sagte: »Hab's in den Nachrichten gesehen. Voll krass, Alter. Ich bin jetzt berühmt, oder was, kann man das sagen, kann man sagen, ich bin jetzt 'ne Celebrity?« Er grinste saudämlich, als ob er für ein Selfie posierte, und machte das Victoryzeichen.

Fletscher nahm seine Sonnenbrille ab. Obwohl er ihm liebend gern die Faust ins Gesicht gebohrt hätte, verzichtete er darauf und bohrte stattdessen seinen Blick tief in Marzahn.

Der schien's zu kapieren. Er schrumpfte, als würde die heiße Luft, mit der er sich die ganze Zeit künstlich aufblies, aus ihm abgelassen.

Fletscher schob sich näher an ihn heran und sagte: »Ich bin außerdem hier, weil ich einen Job für Sie habe. Da sind noch mehr lila Scheine drin.«

Marzahn machte einen Schritt zurück und blickte ihn mit weit aufgerissenen Augen an. Fletscher schob seinen Zeigefinger vor seinen Mund und signalisierte dem Idioten, dass er die Klappe bloß nicht wieder aufreißen sollte.

Marzahn hielt sich für seine Verhältnisse extrem zurück, als er fragte: »Geht's dabei irgendwie um Eier? Weil, wenn's dabei wieder um Eier geht, dann danke, aber nein danke. Ich mein's ernst. Ich will nichts mehr mit Eiern zu tun haben. Ich will keine mehr sehen. Nie wieder. Mir wird schon bei der Vorstellung ganz, ganz komisch. Richtig unwohl. Also, wenn's um Eier geht – is nicht drin, sorry, ohne mich. Ich hab mit Eiern abgeschlossen.«

»Es geht nicht um Eier.«

»Na, Gott sei Dank, weil wenn's um Eier gegangen wäre, dann –«

»Halten Sie die Klappe, Mann. Es geht um ein Kidnapping.«

Marzahn kicherte. »Hey, Alter, ich kenn mich ja mit vielen, mit wirklich vielen Sachen aus, aber ausgerechnet darin bin ich jetzt zufällig kein Pro.« Er machte eine Pause. »Das steht für Profi.«

»Ist auch nicht nötig. Es geht nur ums Abholen und Liefern, wie beim Paketdienst. Kommen Ihnen die Paketboten von DHL und UPS wirklich wie Profis vor?«

»Keine Ahnung, Mann, weiß nicht. Ehrlich gesagt noch nie drüber nachgedacht, aber wenn ich drüber nachdenke, dann find ich, dass ich denke, dass die Jungs für gewöhnlich schon echt professionell aussehen.« Er nickte für sich selbst. »Tragen ja sogar Uniformen. Ich mag die von UPS.«

Fletscher hob stumm die Hand. Die Hand aber war nicht stumm. Sie sagte laut und deutlich: *Stopp, kein weiteres Wort!*

Als Marzahn gehorchte, gönnte Fletscher ihm noch eine Erklärung: »Das war eine rhetorische Frage.«

»Aha«, sagte Marzahn und sah ihn dumpf an.

»Mein Fehler.«

Marzahn nickte Fletscher nachsichtig zu. Er war einfach zu dämlich.

»Und, und überhaupt, wen wollen Sie überhaupt kidnappen? War das schon Thema?«

»Es geht um eine Klientin von mir. Sie würde sich gerne verändern.«

Gähnende Leere in Marzahns Gesicht. »Ist das jetzt noch 'n Auftrag, oder wie? Was heißt ›verändern‹? Fühlt sie sich im falschen Körper gefangen, oder was? Geht's doch wieder um Eier? Alter, ich hab doch eben erst versucht darzulegen, dass ich mit Eiern kein Business mehr mache. Mann, ey, Sie verwirren mich, ehrlich, Mann. Was Sie sagen, wie Sie es sagen, wie Sie Ihre Worte wählen, das ist alles so …«, er fuchtelte mit den Armen, »nebelhaft.«

»Okay. Ich werde mich von jetzt an bemühen, die Sache in klare Worte zu fassen.«

»Ja, bitte, ey. Muss doch echt nicht immer alles so kompliziert sein, oder? Einfache Botschaften senden.«

Fletscher atmete tief durch. »Es ist ein Auftrag. Ein und derselbe. Sie will sich verändern, soll heißen, sie will woanders neu durchstarten. So was kostet aber, wie Sie sich vielleicht vorstellen können. Deswegen das Kidnapping. Sie will entführt werden.«

Marzahn schüttelte überfordert den Kopf. »Keinen Plan, was Sie mir da gerade erzählen. ›Sie *will* entführt werden‹? Was ist das für 'n crazy Hokuspokus?«

»Es geht ums Geld. Sie will entführt werden, um das Lösegeld zu kassieren. Sie beauftragt einen Entführer mit ihrer eigenen Entführung. Es ist nicht echt, kapieren Sie?«

Fletscher konnte sehen, wie die kleinen Rädchen in Marzahns Hirn langsam, ganz langsam anfingen, sich in Bewegung zu setzen, und ganz allmählich ineinandergriffen.

»Das Lösegeld einkassieren«, wiederholte er, ehe ein Leuchten in seine Augen trat. »Boah, ey, wie im Film, Alter.«

»Genau. Wie im Film«, sagte Fletscher. Er wusste, er sollte sich damit zufriedengeben, dass der Idiot überhaupt ein Wort verstanden hatte. »Und genau wie im Film wird's auch in echt nicht so laufen, wie sie sich's vorstellt.«

»Wird's nicht? Warum?« Marzahn war erneut durcheinander.

»Nein.«

Während Marzahn krampfhaft versuchte, sich einen Reim darauf zu machen, zündete Fletscher sich in aller Ruhe eine Dimitrino an. Er nahm einen tiefen Zug, ehe er sagte: »Wissen Sie, sie ist das, was ich eine Ku'damm-Schwalbe nenne. Angelehnt an Bordsteinschwalbe.«

»Sie is 'ne Nutte?«

»Nicht direkt, nein, so kann man das nicht sagen.«

In Marzahns Blick lag plötzlich eine Klarheit, mit der Fletscher nicht gerechnet hatte. »Ich weiß, was Sie meinen. Ich weiß genau, was Sie meinen. Sagen Sie jetzt nichts. Sie hat sich 'nen Geldsack geangelt. Stimmt's?«

Fletscher nickte. »Und jetzt sitzt sie im Grunewald und langweilt sich zu Tode.«

»Tja, Mann, ist das älteste Gewerbe der Welt, was? Solche wird's immer geben.«

Jetzt hatte er den Armleuchter am Haken. Zwei coole Machos, die sich darin einig waren, dass Frauen nicht mehr als verachtenswerte Objekte waren. Zumindest würde er ihn genau das glauben lassen. Fletscher sagte: »Ich kann nicht tatenlos zusehen, wie so eine einen Haufen Kohle abgreift.«

Marzahn zeigte sich mit dem Finger an die Stirn. »Fürs Beine-breit-Machen, ey.«

Fletscher nickte. »Wahrscheinlich hat sie Angst, dass ihr die Nägel abbrechen, wenn sie arbeiten geht.«

»Mich kotzt das so krass an. Diese Bitches, die sich nur durchschnorren im Leben.«

Fletscher sah ihm tief in die Augen. »Wir zocken sie ab. Sie und ich.«

Marzahn strahlte. »Aber hallo.«

Fletscher lächelte feierlich.

»Und, und wie soll das laufen, Alter?«, fragte Marzahn.

»Gut, dass Sie fragen. Nämlich ganz einfach: Sie spielen den Kidnapper.«

Marzahns Lippen spitzten sich, als wollte der pfeifen. Tat es aber nicht.

Fletscher sagte: »Sie holen sie ab, sie ist das Paket, bringen sie ins Hotel und sorgen dafür, dass sie für 'ne Weile das Zimmer nicht verlassen muss. Damit sie von der Bildfläche verschwindet, klar so weit? Abholung und Lieferung. Es wird nur ein paar Tage dauern bis zur Geldübergabe. Die übernehmen auch Sie. Sie nehmen das Geld in Empfang und bringen es mir. Abholung und Lieferung, merken Sie was? Um alles andere kümmere ich mich.«

Marzahn grinste breit. »Commander Paketbote, Baby.«

Fletscher verschluckte sich am Rauch seiner Zigarette. Er hustete: »Sie sagen es.«

»Gefällt mir.«

»Freut mich zu hören. Wir teilen natürlich brüderlich – zwei Drittel für mich, ein Drittel für Sie.«

»Das ist brüderlich?«, fragte Marzahn, während er sich am Kinn kratzte.

»Sie wird schnell dahinterkommen, dass ich sie hintergangen habe. Sie wird mich jagen. Deswegen ist es fair, dass zwei Drittel an mich gehen. Sehen Sie's als Gefahrenzulage. Das größere Risiko, geschnappt zu werden, liegt eindeutig bei mir. Über Sie wird sie nur das wissen, was Sie ihr erzählen.«

Marzahn kratzte sich wieder am Kinn und machte: »Hm.«

»Sie wird ganz schön dumm aus der Wäsche gucken, wenn ihr Geldsack zu ihr ins Hotelzimmer spaziert – statt Ihnen mit einem Sack voller Geld.« Fletscher nahm einen weiteren Zug an der Zigarette. »Wir verraten ihm natürlich, wo er sie finden kann, nachdem wir die Kohle haben. Das Schöne daran ist, dass wir sicher sein können, dass sie die Polizei nicht einschaltet.«

»Jede Wette, dass die Bitch das alles nicht so richtig groovy findet. Die wird voll rumstressen, ey. Kennt man doch, sind doch alle gleich.«

»Das ist dann, wie gesagt, mein Problem.«

»Hm. Und der Geldsack?«

»Nun ja, solange ihre Geschichte gut ist, wird er nie erfahren, dass alles ein großer Schwindel war. Und glauben Sie mir, ihre Geschichte wird gut sein.«

Marzahn sah Fletscher lange an. »Und wieso kommen Sie damit ausgerechnet zu mir?«

»Weil Sie keine Fragen stellen.« Fletscher wartete ab, bis sich die Beknacktheit über Marzahns gesamtes Gesicht ausgebreitet hatte, ehe er ihm zuzwinkerte. »Und weil Bruno Sie empfohlen hat. Er ist der beste Leumund, den Sie haben können.«

»Bruder Bruno weiß einfach, wer was draufhat und wer nicht. Is einfach so.«

Fletscher nickte und pflückte erneut zwei lila Scheine aus seinem Portemonnaie.

Marzahns Blick lag abermals gebannt auf dem Geld. Er staunte: »Zweitausend Euro!«, und klang dabei in etwa so, als wäre ihm das Bernsteinzimmer überreicht worden.

»Sehen Sie's als Beweis, dass ich's ernst meine und Ihnen vertraue«, sagte Fletscher.

Es war klar ersichtlich, dass der Idiot ihm nicht zugehört hatte. Sein entrückter Blick ging glatt durch Fletscher hindurch. »Alter, ey, ich bin reich, Mann.«

»Das ist nichts im Vergleich zu dem, was Sie noch erwartet.«

Marzahn sah ihn neugierig an.

Es war vermutlich das erste und letzte Mal, dass Fletscher seine ungeteilte Aufmerksamkeit hatte. Er sagte: »Ein Drittel von zwei Millionen.«

Marzahns Kinnlade klappte auf.

»Wenn Sie morgen immer noch interessiert sind«, fuhr Fletscher fort, »treffen wir uns, um die Details abzuklären.«

»Okey-dokey, Alter, so machen wir's. Obwohl ich Ihnen jetzt schon sagen kann, was ich sagen werde: Alter, der Commander ist Ihr Mann, Mann.«

Fletscher trieb mit viel Mühe ein Schmunzeln in sein Gesicht. Dann zeigte er mit einem Kopfnicken zu den Tennisspielerinnen. »Viel Spaß bei dem da. Und eine Sache noch: Halten Sie sich von Brunos Laden fern. Dort wartet nur Ärger.«

Marzahn nickte, aber aus ihm drang: »Warum?«

»Tun Sie's einfach.«

»Okay, Sie sind der Chef vom Commander.«

»Ich mein's ernst.«

»Ich auch, Mann, ich auch.«

Fletscher fischte eine Zigarette aus der Packung und griff nach dem Feuerzeug. Doch er wurde in seinem Vorhaben unterbrochen – es klopfte an der Tür.

Fletscher legte die Dimitrino auf den Rand des Aschenbechers und nahm die Beine vom Tisch. »Ja bitte?«

Patrizia erschien. Sie steckte in ihrem bunten Mantel und hatte ihren Rucksack auf dem Rücken. Bereit für den Feierabend. Aber im Gegensatz zu sonst verabschiedete sie sich nicht, sondern stand stumm da und wartete. Worauf, das war die Frage.

»Kommen Sie rein«, sagte Fletscher.

Patrizia trat ein. Etwas war anders. Etwas in ihrem Gesicht.

»Was gibt's?«, fragte er.

»Ich wollte nur sagen, ich gehe jetzt.«

Fletscher blickte sie abwägend an. Er kam nicht drauf. Also sagte er: »In Ordnung, schönen Feierabend. Bis morgen.«

Sie sagte: »Ich komme nicht wieder.«

Jetzt wusste er, was mit ihrem Gesicht war: Sie sah betrübt aus.

»Ist was passiert?«

»Heute war mein letzter Praktikumstag.«

»Ach nein. Wirklich?«

Sie nickte langsam.

»Ich hab das ...«, Fletscher suchte nach den passenden Worten, »um ehrlich zu sein Ich hab's vergessen. Hab jetzt natürlich auch gar nichts besorgt für Sie.«

»Is schon okay. Ich hab nichts erwartet.«

Er sah sie schief an.

Sie bemerkte es und stellte klar: »Sie haben immer so viel zu tun und so. Ich bin einfach nicht davon ausgegangen, dass Sie daran denken.«

»Und wie geht's jetzt weiter bei Ihnen?«

»Ich mach ein Praktikum beim Radio für vierhundertfünfzig Euro. Wir haben drüber geredet.«

Fletscher kramte nach der Erinnerung, fand sie aber nicht.

Es schien sie auch das nicht zu überraschen. Sie streckte die Hand aus und sagte: »Ich fand's cool bei Ihnen.«

Fletscher zog eine in schwarzes Geschenkpapier verpackte Schachtel aus der Schublade und reichte sie anstelle seiner Hand über den Tisch.

Patrizia sah erst die Schachtel, dann ihn baff an.

Er fragte: »Sie dachten wirklich, ich hab's vergessen?«

Sie schüttelte den Kopf und nickte zur selben Zeit.

»Machen Sie's auf«, sagte er.

Sie befreite die Schachtel vom Geschenkpapier, und eine Parfümbox von Yves Saint Laurent kam zum Vorschein.

»Ich hoffe, Sie besitzen den Duft noch nicht.«

Sie zog den goldenen Flakon heraus und blickte Fletscher mit großen Augen an. Sie strahlte wie ein Kind unterm Weihnachtsbaum. »So teure Parfüms besitze ich nicht.«

»Wollen Sie's nicht testen? Vielleicht mögen Sie's nicht.« Er lächelte.

Sie entfernte zögerlich die Kappe und sprühte sich einen Stoß aufs Handgelenk.

Fletscher griff ihre Hand und führte sie unter seine Nase. Patrizia ließ es willenlos geschehen. »Duftet wunderbar an Ihnen.«

Als er ihre Hand wieder freigab, bemerkte er, dass ein besonderer Glanz in ihren Augen lag. Er hatte ihn schon oft gesehen. Nicht bei ihr zwar, aber bei vielen anderen. Patrizia stand auf ihn.

Wie aufs Stichwort bestätigte sie seine Einschätzung, als sie sagte: »Ich würde ja bleiben, aber ... aber meine Eltern machen Druck. Sie wollen mir die Miete nicht länger bezahlen.«

Fletscher musterte sie. Ihr kleines Näschen, die Sommersprossen, die roten Locken. Sollte er oder sollte er nicht? Er fand sie nicht hübsch, aber sie hatte ohne Zweifel was an sich. Etwas, das nichts darauf gab, was andere über sie dachten. Er traute ihr die leidenschaftliche Liebhaberin zu. Aber nein, er sollte nicht. Sie war ja noch ein halbes Kind. Und in ihrem Wesen viel zu unverdorben für ihn. Er würde sie unglücklich machen. Das war so sicher wie das Amen in der Kirche.

Er stand auf und reichte ihr die Hand. »Ich wünsche Ihnen alles Gute, Patrizia. Ich werde Sie in guter Erinnerung behalten.«

Sie lächelte tapfer, konnte ihre Enttäuschung aber kaum verbergen. Es war trotzdem besser so. Sie sagte: »Tschüss, Herr Fletscher.« Und verschwand für immer.

Er ließ sich in seinen Stuhl fallen und nahm die Dimitrino vom Aschenbecher. Mit der Zigarette zwischen den Lippen zog er die Schublade mit den Parfüms auf. Nur noch zwei Schachteln waren übrig geblieben.

Während er eine Flamme aus dem Feuerzeug kitzelte, attestierte Fletscher sich, dass es ein paar ungeschriebene Gesetze über Frauen gab, und eines davon, das soeben mal wieder bestätigt worden war, lautete: Sie waren verrückt nach Parfüm.

Weswegen ein umsichtiger Mann Sorge dafür trug, dass er stets einen kleinen Vorrat griffbereit in der Schublade hatte.

***

Alter, niemand schrieb ihm vor, was er zu tun oder nicht zu tun hatte. Nicht mal seine Mama, ey. *Er* bestimmte, wo's langging. Und wenn er in Brunos Ramschladen wollte, weil er sein Scheiß-Stirnband dort vergessen hatte, dann ging er eben in Brunos Scheiß-Ramschladen, um sein Stirnband zu holen. Voll egal, wer oder was dort auf ihn wartete. So einfach war das. Punkt.

Das weiße Adidas-Stirnband lag genau dort, wo er es vermutete: in einer Ritze des durchgewetzten Sofas.

Er schob es sich über den Kopf, und als er vorn im Laden an einem der zig Spiegel vorüberkam, zupfte er ein paar Strähnen seines Ponys in Position. Er sah sich an und war zufrieden. Das Stirnband machte das Outfit komplett. Und alles war easy-peasy.

Er zog die Knarre aus dem Hosenbund und legte auf sein Spiegelbild an. Sagte: »Das würde ich nicht tun an deiner Stelle.«

Ließ die Pistole sinken, spitzte die Lippen, kniff die Brauen zusammen. Fuhr die Hand mit der Knarre blitzschnell wieder aus. Sagte zu seinem Abbild: »Ganz locker bleiben, Kumpel. Ganz locker.«

Wandte sich ab, drehte sich dem Spiegel wieder zu, machte einen Schritt nach vorn, legte die Stirn in Falten. Sagte: »Are you talking to me?«

Mit so viel Kohle in der Tasche ging's glattweg nicht mehr ohne Wumme. Ein Mann musste wissen, wie er sich Respekt verschaffte. Er war jetzt schließlich 'n Ganove. Oder war er 'n Gangster? Nein, nein, Mann, er war 'n Gesetzloser. Er nickte sich zu. Ja, er war ein Outlaw.

Marzahn stellte sich breitbeinig hin und verschränkte die Arme vor seinem Ebenbild: »Yeah, Baby. Der Commander startet durch.«

Das Klingeln an der Tür bereitete den Trockenübungen ein jähes Ende. Marzahns Kopf drehte sich von selbst, obwohl er wusste, dass die vollgestopften Regale den Blick zum Eingang versperrten.

Es klingelte noch mal.

»Herr Béla? Hier ist die Polizei. Machen Sie auf.«

Marzahn hielt den Atem an, stellte sich tot. Nur sein rechtes Lid zuckte.

Sie klopften.

»Herr Béla, wir wissen, dass Sie da sind.«

Marzahn tippelte nervös von einem Fuß auf den anderen. Woher wussten die das?

»Es brennt Licht.«

Marzahn legte den Kopf in den Nacken und blickte zur Deckenlampe. Shit.

Er verstaute die Pistole in der Trommel einer Waschmaschine und lugte vorsichtig hinter dem Regal hervor.

Sie waren zu dritt, wie er durch den Glaseinsatz der Tür erkannte. Zwei trugen Uniformen, einer, der hinter ihnen stand, war zivil gekleidet. Er sah jemandem zum Verwechseln ähnlich, aber Marzahn kam nicht drauf, an wen er ihn erinnerte.

Als ihn der Blick eines Uniformierten traf, schob Marzahn sich zurück hinter seine Deckung.

»Herr Béla? Polizei. Öffnen Sie.«

Marzahn pustete durch, dann trat er zaghaft in den Korridor und winkte höflich – als hätte er die Bullen eben erst bemerkt –, während er sich dem Eingang näherte. Er schloss die Tür auf und gab sich echt Mühe mit seinem Unschuldslächeln. »Tach. Kann ich Ihnen irgendwie behilflich sein?«

Einer der uniformierten Bullen fragte: »Sind Sie Herr Bruno Béla?«

Marzahn sah die drei misstrauisch an. »Wer will das wissen?«

Die beiden Bullen setzten komische Gesichter auf und glotzten den Dritten, den ohne Uniform, fragend an. Er nickte ihnen zu, woraufhin sie einen Schritt zur Seite machten, um ihn vortreten zu lassen.

Er hielt Marzahn seinen Dienstausweis unter die Nase. »Mein Name ist Tönnies. LKA Berlin. Ich ermittle in einem Fall von versuchtem Totschlag und möchte mich diesbezüglich mit Herrn Béla unterhalten. Ist er zugegen?«

Marzahn musste schlucken. So sah also Ärger aus. Wie ein alter Bekannter, dessen Namen man vergessen hatte.

»Nö, der Bruno, der ist nicht da«, sagte er.

»Und Sie sind Herr …?«

Der LKA-Typ hatte eine Schärfe in der Art, wie er was sagte, geradewegs so, als wollte er ihn wie ’ne Currywurst in Stücke hacken.

»Ich bin der –« Er überlegte es sich anders. »Mein Name ist Marzahn. Herr Milano Rambo Marzahn.«

»Was ist mit Ihrer Nase?«

»Ähm, gestoßen.«

Der LKA-Typ sah ihn scharf an. Unangenehm eindringlich scharf.

»An ’nem Ball«, ergänzte Marzahn.

»Ein Sportunfall also?«

Marzahn ließ seinen Kopf wippen. »Jepp.«

Der LKA-Typ fragte: »Sie arbeiten hier?«

»Das ist korrekt.«

»Sie haben nicht zufällig eine Idee, wo Herr Béla sich aufhalten könnte?«

»Das ist ’ne gute Frage, Sie, aber nö, weiß ich nicht. Null Idee. Zu Hause vielleicht?«

»Da waren wir bereits.«

Marzahn zuckte die Schultern, und der LKA-Typ schaute ihn an, als wollte er ihn in ganz, ganz kleine Portionen zerstückeln.

»Haben Sie mal versucht, ihn anzurufen?«, fragte Marzahn ihn.

»›Kein Anschluss unter dieser Nummer‹«, sagte der LKA-Typ. »Es scheint, als habe er sein Mobiltelefon ausgeschaltet.«

Marzahn nickte andächtig und schwieg.

»Wann haben Sie Herrn Béla zuletzt gesehen, Herr Marzahn?«

»Das dürfte schon 'ne Weile her sein. Ja, das war schon länger.«

»Wie lange?«

Marzahn konnte förmlich hören, wie er die Messerklingen wetzte. Schnipp, schnipp, schnapp machte es.

»Oh, das kann ich Ihnen nicht sagen«, sagte er. »Das weiß ich nicht. Schon länger her, ja, auf jeden Fall.«

»Ist es üblich, dass er nicht zu erreichen ist und Ihnen den Laden für unbestimmte Zeit überlässt?«

»Ähm … ich bin mir nicht ganz sicher. Ich … ich glaub, ich weiß es nicht.«

Die zwei anderen hatten schon wieder komische Gesichter auf, wohingegen der LKA-Typ anscheinend nur einen Gesichtsausdruck besaß. Den Ich-mach-klitzekleines-Hackfleisch-aus-dir-und-würze-es-mit-super-spicey-hot-Chili-Gesichtsausdruck. »Ist Ihnen irgendwas aufgefallen in letzter Zeit?«, bohrte er nach. »Ist was Ungewöhnliches passiert? Hatte Herr Béla Streit mit jemandem?«

»Oh Mann, ich hab mir echt abgewöhnt, zu allem 'ne Meinung zu haben.« Marzahn nickte zur Bestätigung. Ja, genauso war das.

»In Ordnung, Herr Marzahn«, sagte der LKA-Typ und zog dabei jedes Wort in die Länge, fast so, als hätte er Zweifel. Er reichte Marzahn seine Visitenkarte. »Wenn Sie Herrn Béla sehen oder von ihm hören, richten Sie ihm aus, er soll sich bei mir melden.«

Marzahn winkte mit der Karte. »Okey-dokey.«

»Schönen Abend«, sagte der LKA-Typ. »Wir sehen uns sicher bald wieder.« Und schwirrte ab.

Die Uniformträger verabschiedeten sich der Reihe nach und dackelten der LKA-Chili hinterher.

Da fiel es ihm wieder ein. »Hey, wissen Sie was?«, rief Marzahn den Bullen nach.

Sie stoppten und sahen zu ihm.

»Ich hab mir die ganze Zeit die Birne zermartert, an wen Sie mich erinnern. Bin ums Verrecken nicht drauf gekommen, wer's sein könnte. Aber als Sie mich gerade so komisch von der Seite angeglotzt haben, da war's plötzlich da. So klar wie keine Ahnung, was. Mann, Alter, Sie sehen aus wie Freddie Mercury.«

Der LKA-Typ schaute aus der Wäsche, als hätte er den Namen noch nie zuvor gehört.

»Kommen Sie, Sie wissen schon, ›Another One Bites The Dust‹ und so«, sagte Marzahn. »Es ist der Pornobalken. Muss es sein. Voll Eighties, ey. Gefällt mir. Gefällt mir de luxe. Wissen Sie was, Herr Tönnies vom LKA? Ich glaub, ich lass mir auch einen stehen.«

Das »Rodeo« platzte aus allen Nähten. Partypeople, so weit das Auge reichte. Manche verfolgten das Geschehen auf der kleinen Bühne gegenüber der Bar, wo die Rapperinnen, die sich SXTN nannten, abgingen. Andere versuchten, sich zu unterhalten. Aber das war nicht so einfach, denn es war scheiße laut.

Marzahn checkte die Lage: Ein, zwei, drei, fast vier heiße Chicks zählte er auf Anhieb. Dabei hatte er sich noch nicht mal vom Fleck bewegt und konnte vom Eingang aus bestenfalls die Hälfte des Ladens einsehen.

Das würde sein Abend werden. Er gehörte jetzt zu den Big Players. Was kostet die Welt, ey? Marzahn wollte sich erst mal einen Drink an der Bar genehmigen. Schließlich war er hier, um seinen Durchbruch als Outlaw zu feiern. Während er sich ins Getümmel stürzte, spien die Rapperinnen ins Publikum: »Die Fotzen sind zurück / Wir sind asozial und geil …«

Ja, hier war er goldrichtig. Aber so was von.

Er kam an einem heißen Chick vorbei, sie war Nummer fünf. Sie kaute gedankenverloren am Strohhalm, der in ihrem Drink schwamm. Marzahn blieb breitbeinig vor ihr stehen. Sie blinzelte ihn an, ohne den Strohhalm aus dem Mund zu nehmen.

Er fragte: »Weißt du, dass es von dir ein Bild auf Wikipedia gibt?«

Sie ließ den Strohhalm los und plärrte: »Was?«

Marzahn schob sich näher an ihr Ohr, um den Lärm zu übertönen. Er rief: »Ich hab gefragt, ob du weißt, dass von dir ein Bild auf Wikipedia ist.«

Sie schrie: »Nein.«

»Ja, doch, unter ›Schönste Frau der Welt‹«, schrie er zurück.

Sie zeigte keinerlei Regung, saugte mit ausdrucksloser Miene an ihrem Strohhalm.

»Okay, ich schau mal weiter. Man sieht sich«, rief er und ließ sie stehen. Er musste erst mal warm werden.

Marzahn quetschte sich weiter durch die Menge und achtete darauf, sich an möglichst vielen Titten und Ärschen zu reiben. Wenige Schritte vor der Bar kreuzte eine Megagranate seinen Weg. Er sorgte dafür, dass sie ihm umständlich ausweichen musste.

»Sorry«, sagte er. Als sie nett lächelte, gab er sich verdutzt: »Sag mal, kenn ich dich nicht von irgendwo?«

Ihr Lächeln schrumpfte, sie wirkte plötzlich, als wollte sie schnell weiter. »Darf ich mal?«

Darfst du nicht, Sexy. Marzahn verstellte ihr den Weg. »Kennst du mich vielleicht von irgendwo?«, fragte er aufgesetzt nachdenklich.

Ihr Lächeln verschwand, und sie sagte: »Was laberst du mich voll, verpiss dich, du Spast.«

Marzahn verpisste sich an die Bar, winkte dem Barmann, aber der ignorierte ihn. Er ignorierte seinerseits den peinlichen Moment, lehnte sich lässig mit dem Unterarm auf den Tresen und ließ den Blick durch den Raum schweifen.

»Wou-wou-wou, Commander is in da house«, sagte er. Aber niemand hörte zu.

Einige Hocker neben ihm saß einer mit öligen Haaren und nippte an was, das aus der Distanz wie ein Ginger-Ale aussah. Er grüßte Marzahn mit einem eitlen Grinsen, als gehörte ihm der Schuppen. Marzahn nickte knapp zurück und wandte sich lieber SXTN zu.

Sie rappten: »Ich ficke deine Mutter ohne Schwanz / Dein Leben ist fake / Mein Rap ist real / Du bist nicht mehr als ein Fickbär / Ich hab dafür gezahlt, also tanz …«

Als eine heiße Dunkelhaarige neben ihm an der Bar auftauchte, schlug sein Chickalarm das nächste Mal heftig aus. Sie lächelte den Barmann an, der natürlich sofort zu ihr angespreißelt kam, und gab ihre Bestellung auf.

Marzahn nutzte die Gelegenheit. Er sagte: »Für mich 'ne Jackie Cola, Alter«, zog 'nen lila Lappen aus der Tasche und platzierte ihn für alle, die sich in einem Umkreis von drei Metern befanden, gut sichtbar vor sich auf der hölzernen Theke. Der Barkeeper nickte und nahm einen Zug an seiner Fluppe, als wäre er der Scheiß-Marlboro-Mann persönlich. Was für 'n Horst.

Marzahn wandte sich dem Chick zu und starrte sie so lange von der Seite an, bis sie endlich zu ihm rübersah. »Is was?«

»Ich frage mich die ganze Zeit: Hat's eigentlich wehgetan, als du vom Himmel gefallen bist?« Der Fünfhunderter war ihr bestimmt aufgefallen.

Sie hob ihre aufgemalten Augenbrauen und fragte: »Glaubst du, du bist lustig?«

Bevor er ihr antworten konnte, dass er sogar sehr lustig sein konnte, das aber nicht seine herausragende Eigenschaft war, bekamen sie ihre Drinks, und sie verschwand auf Nimmerwiedersehen.

Marzahn nippte an seiner Jackie Cola und blickte sich um. Bald stieß er auf eine, die an einem Tisch saß und ihm nach kurzem Blickkontakt zuzwinkerte. Obwohl sie alles andere als ein Chick war, und wenn, dann ein Masthühnchen, zwinkerte er zurück. Sie lächelte und schickte ihm einen Luftkuss. Marzahn führte eine regelrechte Pantomime auf, tat, als würde ihn die Wucht des Kusses beinahe umhauen. Als er wieder zu ihr sah, lachte sie breit und mit ihr ihre beiden Freundinnen, die neben ihr hockten. Marzahn lachte mit, auch wenn es ihm irgendwie merkwürdig vorkam. Als sie mit dem Finger auf ihn zeigten, begriff er, dass sie nicht mit ihm lachten. Sie lachten über ihn.

Er drehte ihnen den Rücken zu und landete im fragenden Gesicht der Barfrau, die zwar hinter dem Tresen, aber trotzdem dicht vor ihm stand.

»Was ist mit deiner Nase passiert?«, wollte sie wissen.

»Gebrochen«, näselte er. »Vier Mal.«

»Autsch. Noch 'nen Drink?«

»Nein danke.«

»Wenn du's dir anders überlegst – du weißt, wo du mich findest.«

Sie lächelte ihm zu, wandte sich um, und als sie sich bückte, sah er den Saum ihres schwarzen Tangas, der unter ihrer Jeans hervorspitzte. Sie hatte für seinen Geschmack etwas zu breite und etwas zu speckige Hüften und proportional dazu gesehen zu kleine Möpse, aber hässlich war sie nicht. Konnte man nicht behaupten. Marzahn kam es vor, als trüge sie etwas unter ihrem weißen Shirt, um ihren Bauch in Form zu pressen. Eine Art Korsett oder so.

Er sagte: »Du musst der wahre Grund für die globale Erderwärmung sein.«

Sie stellte sich aufrecht vor ihn und fixierte ihn für einen langen Moment, ehe sie fragte: »Was trinkst 'n du da? Whiskey Cola?«

Marzahn nickte, und sie sagte: »Ich hab gehört, dass der Drink unwiderstehlich macht. Und jetzt wollt ich dich fragen: Wirkt er schon?«

Marzahn gefielen ihre Nase und ihr Mund auch.

»Ich glaub schon«, sagte er.

»Gut, dann merk dir meinen Namen, denn du wirst ihn die ganze Nacht schreien.« Sie reichte ihm die Hand. »Ich bin die Dörte. Und ich liebe schlechte Anmachsprüche.«

»Dazu muss ich gleich was sagen«, entgegnete Marzahn, während er ihre Hand festhielt. »Ich bin kein Mann für eine Nacht.«

Sie zog eine Flunsch.

»Aber ein bis zwei Stunden hätt ich schon Zeit«, schob er nach.

Sie schenkte ihm ein Lächeln. Es sah echt aus.

Er sagte: »Meine Freunde nennen mich den Commander.«

»Als Gott dich schuf, wollte er sicher angeben.«

»Gott hängt zwischen meinen Beinen. Ich meine, noch hängt er.«

»Na, darauf bin ich gespannt.«

Marzahn grinste das coole Grinsen, das er oft vor dem Spiegel geprobt hatte. »Du gefällst mir«, sagte er.

»Ach ja?«, erwiderte sie.

»Oh ja, Baby.«

Sie deutete mit dem Finger auf seinen Trainingsanzug aus Polyester. »Ich mag deinen Style.«

»Danke. Wie lange musst du noch arbeiten?«

»Bis zum bitteren Ende. Drei Uhr locker.«

Marzahn sah auf die Uhr. Es war gerade mal zehn.

Sie schenkte ihm einen lasziven Blick. »Aber in 'ner halben Stunde mach ich Pause.«

»Ist es weit zu dir?«

»Du gehst ja ran.«

»Dafür bin ich bekannt. Und gefürchtet.«

»Sollte ich jetzt Angst haben?«

»Nicht, wenn du auf große Sachen stehst.«

»Ich mag große Betten.«

»Mein Bett ist kaputt«, sagte Marzahn, woraufhin sie ihn bedrückt anblickte und meinte: »Und meins steht nicht in Kreuzberg.«

Er winkte mit nachlässiger Geste ab. »Wer braucht schon ein Bett?«

Sie lächelte.

Eine halbe Stunde später fand er sich wild knutschend zwischen Kartons mit Kaffee, Obstkisten, Kartons mit Serviettenpackungen und Getränkekisten mit Leergut wieder.

Als er seine Hand unter Dörtes BH schob, schloss sie die Augen und stöhnte. Ihre Brustwarzen waren hart. Marzahn kniff ihr mit seiner anderen Hand in den Arsch und sagte: »Ich will dich ficken.«

Sie schlug die Augen auf. »Was glaubst du, was wir hier machen?«

»Stimmt auch wieder.«

Dörte küsste ihn leidenschaftlich mit Zunge, während ihre Berührungen südlich wanderten. Als sie seinen Schritt erreichte, hielt sie umgehend inne. »Mamma mia, gehört das alles dir?«

»Ich hab dich gewarnt …«

Sie lächelte und wollte seinen Schwanz gar nicht mehr loslassen. »Hast du was dabei?«, fragte sie angetörnt zwischen zwei nassen Küssen.

Marzahn grinste. »Das, was du da in der Hand hast, ist alles.«

Sie blickte ihn irritiert an und war augenscheinlich aus dem Konzept gebracht. »Kondome?«

»Ach so. Ähm … nein«, erwiderte er.

»Ohne Kondome mach ich's nicht.« Sie schüttelte den Kopf und machte einen halben Schritt von ihm weg. »Benutzt du sonst keine?«

»Doch, doch, klar«, beteuerte Marzahn.

»Du wirkst ja schon wie einer, der viele Frauen hat …«

»Na ja, ich date, ich hab Sex. Ab wann ist viel viel?«

Sie lächelte wieder, kam näher, packte ihn erneut an seiner Männlichkeit und sagte: »In der Bergmannstraße ist ein Kaiser's.«

Er schaute sie an und wusste ehrlich nicht, was sie von ihm wollte.

Sie sagte: »Ich hoffe, die haben Gummis in XXL«, und ließ ihn frei.

Beim Verlassen des Vorratslagers stolperte Marzahn fast über einen Eimer, der mit Alufolie bedeckt war.

»Vorsicht, das Chili«, kicherte Dörte und blickte ihm hinterher, wie er in seinem türkisfarbenen Trainingsanzug abrauschte.

Marzahn hastete orientierungslos durch die Gänge. Er wollte so schnell wie möglich zurück zu Dörte, die in seiner Vorstellung in feuchter Vorfreude auf ihn wartete.

Marzahn spürte ein schmerzliches Stechen in seiner Seite, welches das ernüchternde Gefühl noch verstärkte, das sich eigentlich immer einstellte, wenn die euphorisierende Wirkung des Alkohols abflaute. Vielleicht hätte er nicht die gesamte Strecke im Vollsprint zurücklegen sollen. Oder zwischendurch mal Luft holen.

Er stoppte vor dem Regal mit den Kondomen und musterte kurzatmig die beträchtliche Auswahl. Sie reichte von »gefühlsecht« über »Fun Explosion« bis hin zu dem, was wirklich große Männer wie er brauchten: »King Size – Für einen komfortablen Sitz, mit zartem Duft«, las er auf der Packung. Die Vorstellung, dass ein König zwischen seinen Beinen regierte, gefiel ihm außerordentlich.

Weit weniger gefiel Marzahn, dass ein Typ an der Kasse saß, an der er bezahlen musste. Obwohl ihm rasch klar wurde, dass es ihm noch weniger behagt hätte, die Gummis bei einer Kassiererin zu kaufen. Er reihte sich in die Schlange ein – vor ihm waren erst noch zwei andere dran – und legte die Kondome mit einem mulmigen Gefühl im Bauch aufs Band. Es war sein erstes Mal, er hatte noch nie welche persönlich im Laden besorgt. Er wusste jetzt, er mochte es nicht. Kondome zu kaufen, mitten in der Nacht obendrein, war ein ziemlich deutliches Statement. Genauso gut hätte er aufs Kassenband springen können, die Hose runterlassen, damit alle einen Blick auf seinen Ständer werfen konnten, und in den Supermarkt rufen: »Alle mal hersehen! Das ist mein Schwanz, und mit dem ficke ich die Dörte!«

Es fühlte sich nicht richtig an. Er wollte nicht, dass sich jemand hinter ihm anstellte und mitbekam, dass er Gummis kaufte. Auf noch mehr Publikum, das in seine Intimsphäre eindrang, konnte er gut verzichten. Er sah sich unruhig um. Noch waren keine weiteren Kunden in Sicht. Aber er war als Nächster an der Reihe, sobald der, der vor ihm stand, es endlich schaffte, seine PIN korrekt einzugeben.

Marzahns Blick blieb an den Fächern über dem Kassenband hängen. Ganz oben standen Kartons mit kleinen Fläschchen Kräuterschnaps und Wodka, darunter befanden sich neben Pappschachteln, die mit verschiedenen Süßigkeiten befüllt waren, auch ein paar Schachteln, in denen Tütchen mit Wrestling-Aufklebern steckten.

Marzahn kippte einen Wodka, legte die leere Flasche aufs Band, nahm eine Handvoll der Aufkleber und bedeckte mit ihnen notdürftig die Kondome, um sie so lange zu verstecken, wie es nur irgendwie ging.

Der Mann vor ihm kramte gerade nach Münzen in seinem Portemonnaie, da sich das mit der PIN offenbar erledigt hatte, als sich eine Frau hinter Marzahn einreihte. Sein Herz begann, wild zu wummern, er spürte, wie seine Halsschlagader pochte, als würden Murmeln hindurchgepresst.

Und als er an seinen Beinen hinuntersah, registrierte er, dass er keine Hose mehr trug. Er war splitterfasernackt. Marzahn spürte, wie seine Wangen sich vor Scham aufheizten. Er hätte sich am liebsten an Ort und Stelle in Luft aufgelöst, aber es war schon zu spät. Er war dran.

Der Blick des Kassierers streifte ihn flüchtig, als er Marzahn mit »'n Abend« grüßte. Er nahm das ausgetrunkene Wodkafläschchen, hielt es in den Scanner. Es piepste, er legte es hinter sich ab. Dann griff er nach der Packung mit den Wrestling-Aufklebern, die auf den Gummis lagen.

»Halt, stopp!«, platzte es aus Marzahn heraus. »Finger weg!«

Der Kassierer erstarrte vor Schreck und sah auf.

Marzahn zielte ihm mit der Knarre direkt ins Gesicht. »Und jetzt Hände hoch«, sagte er. »Das is 'n Füberall, äh, Überfall.«

15

Es war Dienstagmorgen, kurz nach sieben, als die Berliner Nummer im Display aufleuchtete. Fletscher trank einen Schluck aus der Kaffeetasse. Nach einem Zug an seiner Zigarette wanderte sein müder Blick zurück zum Smartphone, das nach wie vor blinkend und vibrierend neben ihm auf dem Frühstückstisch lag.

Er gab sich einen Ruck und legte ein frühlingsfrisches Zwitschern in seine Stimme.

FLETSCHER: »Fletscher Privatermittlungen.«

MARZAHN: »Na endlich, Alter, da sind Sie ja. Hab ich ’nen Flattermann gemacht, ey. Hatt voll Schiss, dass Sie nicht rangehen.«

FLETSCHER: »Marzahn.«

Er prüfte nochmals die Telefonnummer, mit der der Idiot anrief. Sagte ihm nichts.

FLETSCHER: »Hätte nicht gedacht, dass Sie Frühaufsteher sind. Wie geht’s Ihnen?«

MARZAHN: »Ging schon mal besser, ey, schon mal viel besser. Hab voll die Kopfschmerzen. Also wenn’s Ihnen nichts ausmacht, wär’s cool, wenn Sie ’n bisschen leiser reden könnten.«

Marzahn klang heftig verkatert.

FLETSCHER: »Lange Nacht gehabt?«

MARZAHN: »Kann man so sagen, Mann, kann man so sagen. Heavy, Alter. Echt heavy.«

Schweigen.

FLETSCHER: »Wollen Sie, dass ich rate, warum Sie anrufen?«

MARZAHN: »Nein, Mann, da kommen Sie nie im Leben drauf. Die Arschlochbullen haben mich einkassiert.«

Fletscher ließ vor Schreck die Dimitrino fallen. Jetzt war er hellwach.

FLETSCHER: »Wo sind Sie?«

MARZAHN: »Ich weiß nicht, Mann. Ich war in irgend'nem Krankenhaus, jetzt bin ich in irgend'ner Scheiß-Zelle. Könnte Friedrichstraße sein, keine Ahnung, echt, ich weiß es nicht. Die haben mich am Bein operiert. Ich sag Ihnen, das tut so höllisch weh, ist abartig krass.«

FLETSCHER: »Die haben *was*?«

MARZAHN: »Ja, Mann, die Alte hat auf mich geschossen. Voll die Polizeigewalt, ey.«

Fletscher rückte vor an die Stuhlkante.

FLETSCHER: »Die Polizei hat auf Sie geschossen? Womit?«

MARZAHN: »Mit Munition, Mann, Alter. Die Schlampe hat mir 'ne Kugel ins Bein gejagt.«

FLETSCHER: »Was um alles in der Welt haben Sie getan, Marzahn?«

MARZAHN: »Nichts, Mann. Nur 'nen Supermarkt überfallen.«

Fletscher sank kraftlos zurück, die Lehne war zum Glück zur Stelle und fing ihn auf.

FLETSCHER: »Darf ich fragen, warum?«

MARZAHN: »Alter, ich weiß auch nicht, ey, war irgendwie 'ne spontane Sache, alles in allem. Is 'ne lange Geschichte.«

Fletscher wog ab, ob er sein Telefon anbrüllen oder es an die Wand schmettern sollte. Letztlich entschied er sich gegen beides. Marzahn war es nicht wert.

FLETSCHER: »Wissen Sie was? Sie sind ein Idiot.«

MARZAHN: »Heh, was soll 'n der unhöfliche Ton jetzt?«

FLETSCHER: »Was der Ton …? Wir waren für morgen verabredet, falls Sie sich erinnern. Wir wollten seriöse Geschäfte machen. Lukrative Geschäfte. Ich habe Ihnen einen Vorschuss gezahlt. Und Ihnen fällt nichts Besseres ein, als einen Supermarkt zu überfallen?«

MARZAHN: »Ach komm, ey. Also erstens, Mann, ich hab das ja nicht mit … mit Absicht gemacht, so gesehen. Es ist irgendwie passiert. Wie ein Unfall quasi. Ein Unfall, ja. Ein Unfall. Hab ich ja gerade versucht zu erläutern, wenn Sie mal zuhören würden. Aber Sie wollen mir ja lieber Vorwürfe machen. Das ist echt unfair.«

Fletscher konnte nicht fassen, wie dämlich dieser Marzahn war.

FLETSCHER: »Und zweitens?«

MARZAHN: »Zweitens müssen Sie mich hier rausholen. Und zwar schnell.«

Ob beabsichtigt oder unbeabsichtigt, bei Fletscher kam es als unmissverständliche Drohung an.

FLETSCHER: »Muss ich das, ja?«

Marzahns Stimme wurde weich.

MARZAHN: »Ja, Alter, holen Sie mich raus, bitte. Mein Bein tut so weh und, und, und ich will einfach nur nach Hause. Ich halt's hier nicht aus, Mann.« Marzahn schniefte.

FLETSCHER: »Flennen Sie gerade?«

MARZAHN: »Nein, Mann!«

Marzahn war nicht nur verblödet, er war außerdem schwach. Eher früher als später wäre das Würstchen so weichgekocht, dass es seine eigene Mutter verkaufen würde, wenn es sich davon was versprach. Fletscher hatte keine Wahl. Er konnte den Idioten nicht fallen lassen.

FLETSCHER: »Hören Sie, es war vollkommen richtig, dass Sie mich angerufen haben. Ich helfe Ihnen. Wir kriegen das hin.«

Marzahn schniefte erneut.

MARZAHN: »Danke, Mann. Das bedeutet mir viel.«

FLETSCHER: »Dafür sind Freunde da. Wann ist Ihr Termin beim Haftrichter?«

MARZAHN: »Was? Wo?«

FLETSCHER: »Okay, ich finde das raus. Sie müssen sich um nichts kümmern. Aber Sie müssen mir einen Gefallen tun: Halten Sie noch ein bisschen durch. Ich brauche vierundzwanzig Stunden.«

MARZAHN: »Vierundzwanzig Stunden? Alter, wissen Sie, wie lang das ist? Können Sie nicht irgendwen bestechen oder so?«

FLETSCHER: »So läuft das nicht. Ich muss erst einen passenden Anwalt für Sie finden, und dann muss er sich was einfallen lassen, wie er Sie rausboxt.«

Marzahn atmete laut aus.

FLETSCHER: »Sie schaffen das. Es ist nur ein Tag.«

MARZAHN: »Ein Tag, aber keine Stunde mehr, versprochen?«

FLETSCHER: »Bleiben Sie ruhig und vertrauen Sie mir.«

Marzahn schniefte wieder.

FLETSCHER: »Und, Marzahn?«

MARZAHN: »Ja?«

FLETSCHER: »Egal was die Sie fragen: kein Wort ohne Ihren Anwalt.«

MARZAHN: »Okay, Mann, okay.« Schniefen.

Fletscher legte auf. Hätte er bloß auf sein Gefühl gehört und ihn längst versenkt.

Nach einigen Anrufen hatte er einen Anwalt. Er kannte ihn nicht persönlich, er war die Empfehlung eines Bekannten eines Bekannten. Aber Fletscher wusste, dass er an den richtigen Mann geraten war, als der gleich im zweiten Satz klarstellte, dass er ausschließlich auf Vorkasse arbeitete.

Das eigentliche Problem war damit allerdings nicht gelöst: Sein Kidnapper war ihm abhandengekommen. Wie und wo sollte er bis morgen, Yogamittwoch, jemanden finden, der sowohl verrückt genug war, in ein kurzfristiges Fake-Kidnapping einzusteigen, und gleichzeitig dämlich genug, sich im Anschluss über den Tisch ziehen zu lassen? Marzahn war da schon so etwas wie die Idealbesetzung gewesen. Realistisch gesehen war es in der Kürze der Zeit unmöglich, gleichwertigen Ersatz zu finden. Ergo: Sie mussten verschieben. Wenigstens um einen Tag. Er rief Melisa an.

»Hey, Mister.«

»Klingt, als wärst du unterwegs.«

»Im Taxi, aber passt schon.«

Er räusperte sich und sorgte dafür, dass er angemessen besorgt klang. »Wir müssen reden.«

»Okay, reden wir.«
»Der unvorhersehbare Fall ist eingetreten.«
Sie verstand sofort. »What?«
»Unserem Mann für gewisse Angelegenheiten ist was dazwischengekommen.«
Und war sofort im Alarmzustand. »Dazwischengekommen? Dazwischengekommen!«
»Ein Notfall in der Familie wohl.«
»Are you fucking kidding me?«
»Hab versucht, ihn umzustimmen, aber er lässt nicht mit sich reden. Familie geht vor, sagt er.«
»Fuck!«
»Das sind keine guten Nachrichten, ich weiß.«
»Das dürfte die Untertreibung des Jahres sein. Und was machen wir jetzt, Fletscher?«
»Das ist die Zwei-Millionen-Euro-Frage.«
»Warte mal kurz.«
Fletscher hörte Bruchstücke von Sätzen, die sie mit dem Fahrer wechselte, ehe sie zurückkehrte.
»Okay. Wo waren wir?«
»Wir haben für morgen keinen Kidnapper.«
Sie seufzte. »*Dein* Mann für gewisse Angelegenheiten.« So flott ging das also bei ihr. Zack, hatte sie ihm den Schwarzen Peter zugeschoben. »Das hast du wirklich grandios verbockt. Großes Kino.«
»Es ist nicht verbockt.«
»Erinnerst du dich, was ich gesagt habe?«
»Du sagst so viel.«
»Jetzt versuch bitte nicht, witzig zu sein. Ich hab gesagt: Such einen anderen.« Sie legte eine kurze Pause ein. »Der Commander …«, sagte sie dann und schickte ein Zischen durch die Leitung. »Es ist so lächerlich, dass es nicht mehr lustig ist.«
»Er ist ein Idiot. Ein Armleuchter, wie er im Buche steht. Deswegen dachte ich ja, er wäre der Richtige für uns. Ich glaub's nach wie vor. Eigentlich sogar mehr denn je.«
»Oh come on, Mister. Es gibt zwei Kategorien von Idioten.

Die einen sind die, die nichts kapieren, aber immerhin tun, was man ihnen sagt. Mit solchen Leuten kannst du arbeiten. Und die zweite Kategorie, das ist die, zu der dein Buddy offensichtlich gehört. Das sind die Typen, die sich für clever halten. Von denen sollte man sich fernhalten. Es ist eigentlich ganz einfach. Nur du hast's nicht kapiert.«

»Auch wenn es jetzt vielleicht nichts zur Sache beiträgt, aber ich möchte klarstellen, dass er nicht mein Buddy ist. Nicht im Sinne von Kumpel oder Freund. Er ist … ein Bekannter. Niemand, den ich zu meinem Geburtstag einladen würde. Verstehst du?«

»Okay, ich hab's verstanden. Er ist nicht dein Buddy. Wie auch immer, wir brauchen Ersatz. Und zwar schnell.«

»Ich stimme nur bedingt zu.«

»Was soll das wieder heißen?«

»Vielleicht sollten wir unter den gegebenen Umständen darüber nachdenken, ob wir die Aktion verschieben. Wäre wahrscheinlich das Einfachste.«

»Verschieben? Hast du gerade wirklich ›verschieben‹ gesagt?«

»Um einen Tag, höchstens zwei. Übermorgen sollte er wieder können, sagt er.«

»Gar nichts wird verschoben. Was ist, wenn er übermorgen wieder einen Notfall hat? Ich verlasse mich nicht auf den Konjunktiv eines Vollidioten. Du weißt selbst, wie eng alles getaktet ist. Der Plan stammt von dir.«

Er schickte ein nachdenkliches Grummeln durch die Leitung. »Hast du schon mal in Erwägung gezogen, eventuell anderweitig zu investieren?«

»Nein.« Es war ein Nein, das keinen Spielraum für Interpretationen zuließ. »Ich ruf dich später an.«

»Wie wär's mit dem Energiesektor? Solaranlagen? Windräder?«

»Hörst du, was ich sage, Fletscher? Ich. Ruf. Dich. An. Ich muss jetzt erst mal in Ruhe nachdenken.«

Tut. Tut. Tut.

Damit war ein Haken hinter dem Telefonat. Es war nicht gut gelaufen.

Später am Tag klingelte der Doc ihn an.

»Herr Dr. Dr.«

»Haben Sie Zettel und Stift zur Hand?«

Fletscher schraubte den Verschluss von seinem Montblanc. »Ich höre?«

»Niklas Sommer, Innenarchitekt aus Berlin. Bringen Sie was in Erfahrung.«

»Wie ich Sie kenne, denken Sie dabei an was ganz Bestimmtes.«

»Lissi hat sich in den Kopf gesetzt, renovieren zu lassen. Sie wissen schon, Frauen brauchen ja immer ein Projekt. Sie hat diesem Sommer das Haus gezeigt, aber irgendetwas stimmt da nicht. Und damit meine ich nicht mal, wie sie mit ihm redet. Es ist die Art, wie er sie ansieht, die mir nicht gefällt.«

»Okay, Herr Dietze. Das Übliche also.«

»Wenn Sie es so nennen wollen.«

Fletscher vernahm ein Klopfen in der Leitung. Er sah aufs Display. Es war Melisa.

Doc Dietze fragte: »Ist das bei mir oder bei Ihnen?«

»Das ist bei mir, ich muss da ran. Wiederhören.« Er drückte auf »Annehmen«.

Melisa war ganz aus dem Häuschen. »Ich hab 'nen Kidnapper.«

Es fühlte sich an wie ein Schlag in die Magengrube. »Du hast was?«

»Ich hab 'nen neuen Kidnapper gefunden.«

Fletscher zwang sich, die Fassung zu wahren. »Ich dachte, wir waren uns einig, dass du darüber nachdenkst, ob wir verschieben.«

»Waren wir nicht. Hab trotzdem nachgedacht. Die Antwort lautet Nein.«

Ein Fragenwirrwarr schoss Fletscher durch den Kopf. Er reduzierte es auf zwei: »Wie? Woher?«

»Ist das wichtig?«

»Für mich schon. Ich arbeite nicht mit Leuten, die ich nicht kenne. Keine guten Erfahrungen gemacht.«

»Und ich hab keine guten Erfahrungen mit Leuten gemacht, die du kennst.«

»Ich bitte dich. Du hast überhaupt keine Erfahrungen.«

»Es spielt keine Rolle, ob du ihn kennst oder nicht, okay, solange er mir aus der Hand frisst. Unfähiger als dein Commander kann er nicht sein. Per Naturgesetz ausgeschlossen.«

»Und das tut er – aus deiner Hand fressen?«

»Er wird es, okay?«

»›Wird‹?«

»Du nervst, echt. Er meldet sich, sobald er sich entschieden hat.«

Zarte Hoffnung keimte in Fletscher auf. »Die Sache ist also noch nicht final eingetütet?«

»Hast du was an den Ohren? Ich hab dir doch gerade gesagt, dass er's macht. Also macht er's. Er glaubt, dass er sich noch entscheiden muss, das ist alles. Und warum sollte ich ihm die Illusion nehmen? Ihr Männer fahrt doch auf das Gefühl ab, ihr hättet was zu melden.«

Er hätte gern widersprochen. »Was hast du ihm versprochen?«

»Mich. Und hunderttausend.«

»Und er ist dumm genug, dir das abzukaufen?«

»Er ist verliebt. Und wer weiß, vielleicht halte ich mein Versprechen. Wenigstens teilweise. Eigentlich ist er viel zu jung für meinen Geschmack, ich meine, er ist fast noch ein Baby. Aber er strahlt so eine Melancholie aus … Wer weiß, vielleicht bin ich von den Socken.«

»Von den Socken? Du?«

Sie stöhnte. »Du hast so was von keine Ahnung von Frauen.«

»Von mir aus. Wenn du das sagst. Und was ist nun? Bleibt's bei morgen, wenn ich nichts mehr von dir höre?«

»Es bleibt bei morgen, und du hörst noch von mir.«

Ein Kussgeräusch war das Letzte, was er jetzt von ihr hörte, somit war auch dieses Gespräch zu Ende.

Es war nicht schwer zu erraten, wer der neue Paketbote war. Fletscher schlug mit der Faust auf den Tisch, der Aschenbecher machte einen Sprung seitwärts. Ihm war die Kontrolle entglitten. Sowohl über den Kidnapper als auch über das Geld. Mit tiefer Zornesfalte zwischen den Augenbrauen sagte er ins Halbdunkel des Raumes, als wäre er der Schurke in seinem eigenen Film: »Das Spiel ist noch nicht zu Ende, Niklas Sommer.«

16

Hilde Cham jr. ärgerte sich, während ihre Augen fest auf dem roten Ampelmännchen hafteten. Sie hatte in den zurückliegenden Wochen nachhaltige Abneigung gegenüber Fußgängerampeln entwickelt.

Durch sie wurde sie daran erinnert, dass sie es nicht mochte, zu Fuß zu gehen, und sie mochte nicht, dass sie zu Fuß ging, weil sie die öffentlichen Verkehrsmittel benutzen musste, um zur Arbeit zu kommen. Dreck, Gestank und für ihren Geschmack zu viele Fremde, die sie nicht mochte und die sie höchstwahrscheinlich noch viel weniger mögen würde, wenn sie keine Fremden wären. Sie hasste es. Und das alles wegen ihm. Seinetwegen hatte sie ihren Führerschein abgeben müssen.

Sie hasste es fast so sehr, wie sie ihn hasste.

Hilde ärgerte sich, dass sie sich ärgerte, denn sie hatte sich eigentlich fest vorgenommen, die Dinge im Allgemeinen und diese Kack-Stadt im Speziellen künftig positiver zu sehen. Aber es funktionierte nicht wirklich. Der Weg des Optimisten war ein Weg voller Schlaglöcher.

Sie blickte zur Ampel auf. Das grüne Männchen leuchtete endlich. Sie rümpfte die Nase und konnte endlich weiter. Kack-Stadt mit ihrer Kack-Ampelschaltung.

Sie überquerte die Gneisenaustraße, lief die Solmsstraße hoch. Als sie an einem Schaufenster vorüberkam, schielte sie zu ihrem Spiegelbild. Nicht einmal die Boyfriend-Jeans konnte kaschieren, dass ihr Hintern von zu viel Frustschokolade fett geworden war. Auch das war seine Schuld. Als ihr Blick dann auf die Bobfrisur fiel, die sie seit einigen Wochen trug, war sie zu ihrer eigenen Verwunderung angenehm überrascht. Sie hatte sich noch immer nicht daran gewöhnt, dass ihr die Haare nur noch gerade so übers Kinn reichten. Und dass sie neuerdings auch nicht mehr brünett, sondern in mehreren blonden

Farbtönen gesträhnt waren. Aber die Frisur stand ihr besser als die alte.

So gesehen hatte die Trennung also auch ihr Gutes. Na also, ging doch. Das Glas war halb voll, nicht halb leer.

Hilde kam zur Bergmannstraße, bog nach rechts, passierte Cafés, Burger- und Dönerläden, vor denen Junggebliebene aller Altersgruppen in der lauen Sommernacht saßen. Sie hatte keine Lust auf Catwalk, und noch weniger Lust hatte sie auf Catwalk vor zugezogenen Arschgeigen, die sich wichtig fanden, weil sie in der stinkenden Hauptstadt Deutschlands lebten. Sie wechselte die Straßenseite und näherte sich Kaiser's, aus dem ihr der Filialleiter so gut wie jeden Abend mit einem breiten Grinsen durch die Fensterfront zuwinkte. Sein Name war Tobi, und er war dermaßen verliebt in sie, dass er jedes Mal eine Extrakasse aufmachte, wenn er sie in der Schlange erspähte.

Hilde winkte ihm manchmal zurück, meistens aber huschte sie am Laden vorüber. Sie mochte es nicht, sich mit ihm zu unterhalten. Es war ihr unangenehm, dass er so offensichtlich in sie verschossen war und es vor allen zeigte. Der Punkt war, Tobi war nett, aber er war nicht besonders attraktiv. Er sah aus wie ein jüngerer Klon von Günther Jauch. Wenn sie sich schon umschwärmen lassen musste, dann doch bitte schön von gut aussehenden Männern.

Als sie am Kaiser's vorüberkam, musste Hilde feststellen, dass von Tobi nichts zu sehen war. Sie war enttäuscht, dass sie heute nicht angehimmelt wurde. Sie ärgerte sich schon wieder. Wie konnte man nur so irrational und inkonsequent sein? Sie wollte Tobi nicht und auch sonst keinen. Sie hatte abgeschlossen mit den Männern. Mindestens für die nächsten zehn bis fünfzehn Jahre.

Sie setzte ihren Weg fort und erreichte schließlich ihre Haustür. Während sie in ihrer Handtasche nach den Schlüsseln kramte, dachte sie daran, dass sie jetzt seit ziemlich genau einem halben Jahr in Berlin war. Sie hatte der bayerischen Provinz unbedingt entfliehen wollen – aber nicht so. Und

Flucht konnte man es ja auch nicht nennen. Abschiebung traf es wohl eher. Und jetzt saß sie für unbestimmte Zeit in einer fremden Stadt fest, die dicht besiedelt war mit Hipstern, Freaks und Wichtigtuern aller Art. Eine Stadt, in der die Hauswände beschmiert waren und in der man auf dem Gehsteig nach Hundescheiße Ausschau halten musste.

Hildes Stimmung sank auf einen Tagestiefstwert, als sie ihren Kühlschrank öffnete und dessen kläglichen Inhalt inspizierte: einen seit zwei Wochen abgelaufenen Auberginen-Aufstrich und einen angebrochenen Orangensaft, an dessen Oberfläche etwas Pelziges, Grünbläuliches schwamm. Sie rümpfte die Nase, als sie begriff, dass sie später wohl oder übel doch noch mal runter in den Supermarkt müsste.

Nachdem sie die Kühlschranktür zugeworfen hatte, vernahm sie ein verdächtiges Geräusch, das aus dem hinteren Teil der Wohnung drang. Aber das durfte nicht sein. Es konnte nicht sein. Es war nicht möglich. Nicht zu dieser Uhrzeit. Es war noch nicht mal elf.

Sie eilte ins Schlafzimmer, hielt mit offenem Mund den Atem an, während sie lauschte, und erhielt umgehend Gewissheit: Ihr Nachbar und seine neue Flamme poppten tatsächlich schon wieder über ihrem Kopf.

Hilde hatte ihn neulich durchs Fenster beobachtet, als er morgens den Innenhof durchquerte. Er war locker zwei Meter groß, gab sich trotz seiner klobigen Statur aber alle Mühe, auf androgyn zu machen – die schulterlangen Haare waren mit einem Mittelscheitel geteilt, die riesigen Füße steckten in babyblauen Espadrilles. Sein Beinkleid bestand aus hellen Bermudas, darüber trug er ein rosafarbenes T-Shirt. Die gesteppte goldene Männerhandtasche rundete die Sache seiner Meinung nach wahrscheinlich ab. Und von diesem Hanswurst wurde sie regelmäßig um ihren Schlaf gebracht. Ein schlechter Scherz auf ihre Kosten.

Sie hatte schon alles Mögliche ausprobiert. Sie hatte bei ihm geklingelt, sie hatte ihm Briefe geschrieben und unter der Tür durchgeschoben, sie hatte ihm Zettel an die Wohnungstür geklebt, sie hatte von unten an die Decke gehämmert. Das Ergebnis war immer das Gleiche: Über ihr wurde rücksichtslos gepoppt. Mit Vorliebe trieben sie's zwischen Mitternacht und drei Uhr morgens.

Wenn die beiden eben erst losgelegt hatten, erwarteten Hilde mit Unterbrechungen gut zwei Stunden Gestöhne, Bettgeruckel, Gekicher, Gestöhne, noch mehr Geruckel, noch mehr Gestöhne und Gekicher. Was war bloß los mit dieser Kack-Stadt? Es fing ja schon bei Kleinigkeiten an. Man blickte nicht auf, wenn jemand auf der Straße entgegenkam, man grüßte nicht, man bedankte sich nicht, wenn jemand den Vortritt ließ, man hielt nicht die Tür auf, man machte in der Bahn nicht für Ältere Platz, man entschuldigte sich nicht, wenn man jemandem aus Versehen auf die Füße trat. Als wäre es ein Sport, sich wie eine möglichst große Arschgeige aufzuführen.

Hilde holte den Besen aus der Abstellkammer und war bereit, die Decke zu durchstoßen, wenn es sein musste. Durch das anschauliche Hörspiel, das ihr geboten wurde, konnte sie viel zu deutlich vor sich sehen, wie die beiden sich direkt über ihrem Kopf durchs Bett wälzten. Sie hielt einen Moment inne – und das war ihr Fehler. Denn gerade als sie losklopfen wollte, hörte sie, wie Hanswursts Tussi sich in einen ekstatischen Höhepunkt hineinstöhnte. Zauberhaft, dachte Hilde, warf den Besen in die Ecke und ließ sich schlaff aufs Bett fallen.

Positiv betrachtet: Jemand hatte Sex. Angeblich ja die schönste Nebensache der Welt. Aber was sollte daran für sie kack noch mal positiv sein? Sie hasste es, anderen dabei zuzuhören.

Es war einfach sinnlos. Sie konnte nicht positiv denken. Wenn sie ehrlich zu sich war, fehlte in ihrem Leben so einiges. Es war eine lange Liste, angefangen bei A wie Anerkennung bis Z wie Zufriedenheit. S wie Sex kam in der Mängelliste allerdings nicht vor. Daran hatte sie keinen Bedarf mehr.

Seit sie mit dem Fremdpopper Schluss gemacht hatte, war ihr ihre Libido abhandengekommen. Das war die meiste Zeit okay und fiel nicht weiter auf. Viel größere Sorgen bereitete ihr, dass es so schien, als machten die kackpositiven Schwingungen neuerdings einen noch größeren Bogen um sie als für gewöhnlich.

Hätte sie bloß auf ihren Vater gehört, statt seine Warnungen aus purem Trotz in den Wind zu schlagen. Aber wie hätte sie auch ahnen können, dass er dieses eine Mal in über sechzig Jahren richtiggelegen hatte, als er gegen die Verlobung gewesen war?

Hilde sah hinauf zur Decke und schüttelte den Kopf. Nein, sie würde sich den Abend nicht verderben zu lassen. Sie beschloss, sich aus Protest eine Tiefkühlpizza zu holen.

Kurz bevor sie die Schiebetüren des Supermarkts erreichte, kam ihr ein merkwürdig gekleideter Fremder, schlaksig, kaum größer als eins siebzig, entgegengestürmt. Das Gesamtbild, das sich ihr bot, bestehend aus Vokuhila, türkisfarbenem Trainingsanzug, der an Armen und Beinen gelbe und lila Einsätze hatte, Retro-Tennisschuhen und überdimensionalem Nasenpflaster, war geradezu lächerlich krampfhaft auf Achtziger getrimmt.

Er sah sie zu spät und rempelte sie an, prallte von ihr ab, und das, was er eben noch in seinen Händen hielt, verteilte sich auf dem Asphalt. Geldscheine und Wrestling-Sticker lagen wild verstreut und mittendrin eine Packung mit Kondomen, auf denen »King Size« stand.

Als Hilde ihren Blick nach oben lenkte, blieb sie, ohne dass sie es wollte, für einen Moment an seinem Schritt hängen. So weit, so unauffällig. Die Augen des Fremden aber, die zwischen dem, was zu Boden gefallen war, und ihr hektisch hin- und hersprangen, waren auffällig. Es stand weder Schreck noch Überraschung noch Wut in ihnen. In den Augen des Fremden spiegelte sich Scham wider.

Er sagte: »Sorry, Mann«, hob die Kondome auf und hastete davon, die Bergmannstraße entlang in Richtung Marheineke-Halle. Hilde schaute ihm nach und wurde das Gefühl nicht los, als wäre er nicht die hellste Kerze auf der Torte.

Sekunden später galoppierte Tobi aus dem Supermarkt.

Blieb nur ein paar Schritte entfernt zu ihr stehen, bemerkte sie aber trotzdem nicht, sondern stieß ein hysterisches »Überfall!« aus. Danach schaute er sich fahrig nach allen Seiten um und entdeckte den Täter in der Ferne. Tobi wedelte mit den Armen und kreischte erneut wie ein Mädchen: »Überfall!« Erst dann nahm er Hilde wahr. Sah sie wirr an, aber bekam den Mund nicht auf.

»Hallo, Tobi. Wie läuft's?«, sagte sie.

Tobi zeigte auf den Typen im Trainingsanzug und stammelte: »Er … er hat uns … er hat uns ausgeraubt.«

Hilde rümpfte die Nase und schwenkte, Tobis Finger folgend, auf das Männchen in Türkis. Er war noch keine hundert Meter weit gekommen. »Ey, du, stehen bleiben! Polizei!«, rief sie.

Der Trainingsanzugträger lugte über seine Schulter und rannte weiter. Hilde hatte keinen Bock mehr. Mit positiven Gedanken war hier nichts zu regeln. Sie schlug den rechten Flügel ihrer Jacke zurück und zog die SIG P6. In einer fließenden Bewegung löste sie die Schusssicherung, legte an und drückte ab. Das Projektil fetzte ein Loch in Trainingshose und Wadenmuskel.

Die Wucht des Einschlags riss dem schmächtigen Mann beide Beine weg und schleuderte ihn mit Schulterpartie und Schläfe gegen einen am Straßenrand geparkten Wagen. Er prallte von der Karosserie ab, wo er eine schädelgroße Beule hinterließ, taumelte über den Bürgersteig, stürzte und blieb bewegungslos in einem Haufen Hundescheiße liegen.

Hilde ließ die Pistole zurück ins Halfter gleiten und sah zu Tobi, der ihr etwas blass um die Nase erschien. Sie interessierte sich nur für eine Sache. »Jetzt sag nicht, ihr habt die Ofenfrische mit Salami und Jalapeños heute nicht da.«

***

Die Presseabteilung des Berliner Landeskriminalamtes hatte bis vor Kurzem aus fünf Mitarbeitern bestanden, die sich auf sechs Schreibtische verteilten. Hildes Platz war ein vergessener lichtarmer Einzeltisch in der Ecke neben dem Kopierer. Das war fein, sie war es gewohnt, abseits zu stehen oder auch, wie in diesem Fall, zu sitzen. Deswegen hatte sie gar nicht erst versucht, mit ihren Kollegen warm zu werden. Sie wusste, dass sie sich hinter ihrem Rücken die Mäuler zerrissen. Es störte sie nicht. Für Hilde waren sie sowieso keine echten Polizisten.

Während sie ihren Platz räumte, wurde ihr klar, dass sie nichts vermissen würde. Sie hatte es gehasst, in der Presseabteilung zu verrotten. Alle wussten, sie gehörte raus auf die Straße. Genau aus diesem Grund hatten sie sie ja in die Pressestelle gesteckt. Sie wollten sie bestrafen. Das war gelungen.

Hilde klemmte den Karton mit ihren Sachen unter den Arm und brach auf. Sie fühlte, wie die abschätzigen Blicke der anderen auf ihr ruhten. Sie tat so, als würde sie es nicht mitbekommen. Kack-Schreibtischhengste.

Als sie sich dem Ausgang näherte, erschien ein drahtiger Mann mittleren Alters im Türrahmen. Er machte keine Anstalten, zur Seite zu gehen, auch dann noch nicht, als Hilde eine Armlänge entfernt vor ihm stehen blieb und fragte: »Darf ich mal?«

Das Einzige an ihm, was sich bewegte, waren seine Augen. Sie musterten Hilde von Kopf bis Fuß. »Sind Sie die, die sie Dirty Hilly nennen?«

»Schätze schon«, sagte Hilde.

Sein Blick wanderte an ihr vorbei zu den anderen. »Abmarsch, Bürostuhlakrobaten!« Sein Tonfall war der eines preußischen Heerführers. Die Duckmäuser kannten ihn anscheinend, denn es dauerte keine fünf Sekunden, ehe sie sich verdünnisiert hatten.

Er schob ihr einen Stuhl hin und sagte: »Hinsetzen.« Er trug seine Autorität wie andere ihren maßgeschneiderten Anzug.

Hilde konnte gar nicht anders, als sich aufs Kommando hinzusetzen.

Er selbst nahm sich auch einen Stuhl, positionierte sich ihr gegenüber und hielt sie von da an fest mit seinem Blick, der scharf wie eine Rasierklinge war. »Ich wusste nicht, dass in der Namensgebung ein ›Junior‹ auch bei Frauen geläufig ist.«

»Ist selten«, erwiderte Hilde. »Meine Eltern, vor allem mein Vater, haben sich immer einen Sohn gewünscht. Stattdessen gab's mich. Damit könnte es zusammenhängen.« Sie hob die Schultern, um klarzumachen, wie sie darüber dachte. »Ich heiße wie meine Mutter. Seit meiner Geburt ist sie Hilde Cham senior.«

Er scannte sie eine Weile auf seine ureigene, unangenehme Art, ehe er sagte: »Sie haben Ihren Verlobten nach einer Verfolgungsjagd von der Straße abgedrängt und ein Sieb aus seinem Wagen gemacht.«

Es klang nicht wie ein Vorwurf, aber Hilde verspürte dennoch das Bedürfnis, ihn über ein, zwei Dinge aufzuklären. »Er hat mich betrogen.«

»Nachsichtig von Ihnen, dass Sie nicht auf ihn geschossen haben.«

»Mit Nachsicht hatte das nichts zu tun. Sein Auto war ihm einfach wichtiger als ich.«

»Lösen Sie Ihre Probleme immer auf diese Weise?«

»Nachsichtig, meinen Sie?«

»Nein, mit der Schusswaffe.« Er spießte sie förmlich auf mit seinem Blick.

Hilde wollte, dass es aufhörte. »Wer auch immer Sie sind, Bulle, und was auch immer Sie von mir wollen – da wird nichts draus. Sie kommen zu spät. Ich bin suspendiert.«

»Natürlich sind Sie das. Sie sind aggressiv, unbeherrscht und ohne Disziplin. Sie hätten schon vor sechs Monaten, nach der Sache mit Ihrem Ex, aus dem Verkehr gezogen werden sollen. Aber Papi ist nun mal mit dem Innensenator befreundet, nicht wahr?«

»Durften Sie sich Ihre Eltern aussuchen? Ich nicht.«

Hilde bildete sich ein, er verbarg ein heimliches Lächeln unter seinem Bart, als er sagte: »Mein Name ist Tönnies. Hinter meinem Rücken nennen sie mich ›Der Preuße‹ oder Friedrich der Große. Ich leite die Ermittlungen im Fall Kippling. Sie haben davon gehört?«

»Die Kastration im Hotel?«, fragte Hilde zurück.

Tönnies nickte. »Wir haben allerhand Zeugen, die allerhand beobachtet haben. Der übliche Unfug. Außerdem Zigtausende DNA-Spuren aus dem Hotelzimmer, die derzeit ausgewertet werden, weil niemand auf die Idee kam, das Personal darauf hinzuweisen, dass das Zimmer erst nach der Spurenaufnahme gereinigt werden darf. Wir mussten das Arbeitswerkzeug des Zimmermädchens konfiszieren. Obenauf kommen Hunderte Kfz-Kennzeichen, die im fraglichen Zeitraum das Parkhaus befahren oder verlassen haben – in der Tiefgarage unter dem Hotel, die leider öffentlich zugänglich ist, gibt es eine Überwachungskamera. Um es kurz zu machen: Wir wühlen uns durch.«

»Was sagt Kippling?«

»Als Zeuge unbrauchbar. Posttraumatische Störung.«

»Und warum erzählen Sie mir das alles?«

»Unter den Fahrzeugen, die zum Tatzeitpunkt im Parkhaus waren, befand sich unter anderem das eines gewissen Bruno Béla. Ex-Knacki, Ex-Zuhälter, Ex-Geldeintreiber, Ex-was-Sie-sich-so-vorstellen-können. Ist seit Jahren im Ruhestand und führt ein bürgerliches Leben. Betreibt einen kleinen Laden im Wedding und bietet darüber hinaus Entrümpelungen an. Verdient sich was zur Rente dazu, Sie wissen schon.«

Hilde nickte. Sie wusste nicht, konnte sich aber so einiges vorstellen.

»Es gibt dazu zwei springende Punkte. Zum einen scheint Béla seit der Sache im Hotel vom Erdboden verschluckt worden zu sein. Und zum anderen hat er einen Angestellten namens Milano Rambo Marzahn.« Tönnies machte eine kurze Pause. »Unter Umständen auch Rambo Milano Marzahn. Fakt ist, Sie haben ihm gestern Abend auf fast hundert Meter ins Bein geschossen.«

Hilde sah Tönnies an und schüttelte sachte den Kopf. »Ich sehe da nicht wirklich einen Zusammenhang.«

»Ich auch nicht«, sagte er. »Aber dieser Marzahn hatte zweitausend Euro bei sich und eine gebrochene Nase. Beides schon, bevor er den Supermarkt betreten hat.«

Hilde rümpfte die Nase.

Tönnies nickte. »Sie sagen es. Sein Anwalt hat einen zehnseitigen Antrag mit allerlei juristischem Firlefanz beim Richter eingereicht. Und da Sie auf ihn geschossen haben, obwohl Sie keine Waffe tragen durften, wird er spätestens morgen Mittag wieder auf freiem Fuß sein. Es fällt mir schwer, zu behaupten, dass er eine Spur im Fall Kippling ist, aber mein Instinkt sagt mir, wir sollten ihn im Auge behalten – für den Fall, dass doch.«

»Ich muss noch mal fragen: Wieso erzählen Sie mir das alles?«

»Ich brauche jemanden, der Marzahn im Auge behält. Meine Leute haben Wichtigeres zu tun.«

Hilde war verwirrt. »Und dabei dachten Sie …?«

Er nickte. »Genau.«

Hilde musterte ihn. Es schien ihm ernst zu sein. »Bei allem Respekt«, sagte sie, »aber ich weiß nicht.«

»Niemand hat Sie um Ihre Meinung gebeten.«

Hilde konnte seinem schneidenden Blick nicht standhalten und wich ihm aus.

»Sie wollen nicht, dass ich das mache, glauben Sie mir. Ich bin aggressiv, unbeherrscht und ohne Disziplin, ich bin kein Teamplayer, und ich bin außerdem echt mies drauf zurzeit.« Sie nahm ihren Mut zusammen und sah Tönnies an.

Er zuckte nicht mal mit den Wimpern. Nicht mal mit einer einzigen. »Lassen Sie mich Ihnen kurz Ihre Optionen skizzieren. Entweder Sie arbeiten für mich, oder Sie nehmen Ihren kleinen Schuhkarton da und gehen nach Hause. Das, Frau Cham junior, war's dann allerdings mit Ihrer Polizeilaufbahn. Papi wird Sie dann nicht mehr lieb haben, fürchte ich.« Tönnies stand auf und ließ sie sitzen.

Hilde drehte sich im Stuhl, rief ihm nach: »Warum ich?«

Er hielt mit der Klinke in der Hand inne. »Sagen wir's so: Mir gefällt Ihr Stil.«

Ihr Gesicht gab anscheinend, wie so oft, ihre Gedanken preis, denn er wirkte mit einem Mal sehr zufrieden. Er sagte: »Wir sehen uns morgen um null achthundert.«

»Krieg ich dann meine Pistole wieder?«

Tönnies lächelte milde. »Nein, aber das hier.« Er zog Hildes Führerschein aus der Hosentasche und warf ihn ihr zu. »Willkommen beim LKA.«

Dritter Teil

17

Sie hatten Glück. Sie fanden direkt vor dem Haus einen freien Platz.

Wenn Bosse vom Wochenende bei seinen Eltern zurückkehrte, hielt er allzu gern einen Vortrag darüber, wie tiefenentspannt die Parksituation in Berlin sei im Vergleich mit Düsseldorf. Dort fuhr er nicht selten bis zu einer Viertelstunde im Kreis, bis er, mit den Nerven am Ende, seinen BMW irgendwo halb illegal abstellte. Das Problem sei, leierte er wie eine Drehorgel, in Düsseldorf und Region besäßen die Leute einfach zu viele Fahrzeuge. Im Gegensatz zu Berlin, wo es im Durchschnittshaushalt bestenfalls einen Wagen gebe (er ließ durch die Art, wie er »Durchschnitt« aussprach, keine Zweifel aufkommen, wie weit entfernt er sich selbst vom Durchschnitt sah), sei es in Düsseldorf, Nordrhein-Westfalen, absolut kein Ausnahmefall, dass jedes Familienmitglied ab achtzehn sein eigenes Auto fuhr. Nun ja, das sei eben der Haken an einer traditionell finanzstarken Region, resümierte er ein ums andere Mal. Er bildete sich einen Arsch voll darauf ein, dass seine Eltern, und für sein Selbstverständnis somit auch er, zum alteingesessenen Geldadel gehörten.

Nachdem Bosse den Motor abgestellt hatte, klopfte Nicki ihm von hinten auf die Schulter, sagte: »Gut gemacht.«

Bosse hatte während der Fahrt keinen Ton von sich gegeben, und daran änderte sich auch jetzt nichts. Er krallte sich nach wie vor ans Lenkrad, als hinge sein Leben daran, und starrte geradewegs durch die Windschutzscheibe.

Nicki beugte sich über Melisa, zog ihr den Sack vom Kopf. Das Blut auf ihrer Stirn war schwarz geronnen, ebenso das auf ihrer Unterlippe, deren rechte Hälfte in der Zwischenzeit angeschwollen war und ihren Mund nicht mehr ganz so perfekt erscheinen ließ, wie Nicki feststellte, nachdem er ihr den Klebestreifen vorsichtig entfernt hatte.

»Wir haben's geschafft, wir sind da«, sagte er.

Sie hob den Mundwinkel, der nicht geschwollen war, schwach an, regte sich darüber hinaus aber nicht.

Während Nicki die Kabelbinder zerschnitt, blieb sein Blick an ihrem Bein hängen. Ihr Knöchel war auf die Größe eines Tennisballs angewachsen und hatte sich verfärbt, ihre Haut schimmerte dunkelviolett. »Meinst du, du kannst auftreten?«, fragte er, obwohl ihm klar war, dass sie es nicht konnte.

»Kann's versuchen«, sagte sie leise. Sie hielt die Augen nur einen Spaltbreit offen.

»Ich stütze dich.« Nicki sah zu Bosse. »*Wir* stützen dich. Nicht wahr, Bosse?«

In diesem Moment ließ Marvin Bosse tatsächlich vom Lenkrad ab und drehte sich nach hinten zu ihnen um. Sein Blick war leer, sein Atem ging ruhig und gleichmäßig.

Als Melisa zu ihm sagte: »Ich bin gespannt, wie du das wiedergutmachen willst«, reagierte er zwar nur mit einem glasigen Augenaufschlag, aber Nicki sah ihm an: Er war wieder da.

»Okay, Bosse, ich steig jetzt aus«, sagte er. »Du wirst circa fünf Sekunden mit ihr alleine sein. Kriegst du's hin, sie in dieser Zeit nicht umzubringen?«

***

Wo zum Teufel war er da hineingeraten? Irgendwas lief hier falsch, ganz, ganz falsch. Er musste mit Nicki reden. Keine Ahnung, was das Ganze sollte, aber es ging nicht. Das hier musste ein Ende finden.

Bosse verfolgte, wie Nicki aus dem BMW kletterte, einen Bogen um den Kofferraum beschritt, die Tür hinter dem Beifahrersitz öffnete und seinen Oberkörper über die Rückbank und über diese Melisa schob. Ihre Blicke kreuzten sich.

»Was geht ab?«, fragte Bosse.

»Hey, du hast die Sprache wiedergefunden«, entgegnete Nicki.

»Was geht ab?«, wiederholte Bosse, dieses Mal schon eindringlicher.

»Ich bring sie rein.« Nicki griff Melisa unter die Arme und stellte sie neben dem Auto ab.

Bosse sah, wie sie das rechte Knie anwinkelte, damit ihr Fuß den Boden nicht berührte. Sah, wie sie ihren Arm auf Nickis Schulter legte. Hörte, wie er sagte: »Nicht belasten.« Er senkte sich mit Melisa an seiner Seite sachte in den Fond und fragte: »Kommst du?«

Bosse war Student der Betriebswirtschaftslehre, einer der Besten seines Jahrgangs. In nicht mal einem Jahr hätte er seinen Master in internationalem Management in der Tasche, und in ungefähr zehn Jahren würde er die Firma seines Vaters leiten, die der Anfang der Neunziger wiederum von seinem Vater übernommen hatte. Er würde sich von da an erfolgreicher Unternehmer nennen können. Kunden aus aller Welt würden bei ihm ein und aus gehen, und er würde verantwortlich sein für knapp dreihundert Angestellte. Er würde im Jahr Minimum eineinhalb Millionen machen und an der französischen Mittelmeerküste ein Ferienhaus besitzen. So wie Viola es sich wünschte. Ach du Scheiße! Wenn sie Wind davon bekam, dass er mit Nicki und dieser Melisa …

Bosse nickte Nicki eifrig zu, doch er war weg. Stand nicht mehr im Türrahmen, wo er eben noch gestanden hatte. Bosse sah sich suchend um und entdeckte ihn wieder. Er steuerte mit Melisa aufs Haus zu. Bosse fasste hastig nach dem Türöffner.

***

Sie gab sich alle Mühe, es zu verbergen, aber Nicki entging nicht, dass sie bei jedem Schritt starke Schmerzen hatte, obwohl sie auf dem linken Bein hüpfte und ihr rechtes Sprunggelenk eine Handbreit über dem Boden hing. »Geht's wirklich?«

»Geht so«, stöhnte sie, aber Nicki war klar, dass ihr Stolz aus ihr sprach. In Wirklichkeit ging's nicht.

Als er auf der Suche nach Hilfe seinen Hals zum Wagen reckte, erschien Bosses Gesicht über dem Autodach. »Wo rein?«, fragte er verstört. »Zu mir rein?«

Nicki sandte ihm ein selbstverständliches Nicken. »Kommst du jetzt? Ich könnte ein bisschen Manpower gebrauchen.«

»Nein!«, schrie Bosse regelrecht panisch. »Nein, nein, nein!«

Nicki wusste im ersten Moment nicht, wie er damit umgehen sollte. Melisa, die einbeinig um ihn herumgesprungen war, nahm ihm die Entscheidung ab. Sie sagte: »Doch.«

Bosse schüttelte aufgeregt den Kopf. »Nein, das geht nicht. Du kannst nicht mit rein. Keine Chance.«

»Warum nicht?«, fragte Melisa, und Nicki war sich so gut wie sicher, sie hätte am liebsten die Hand in die Hüfte gestemmt und ihr Bein eingeknickt.

Bosse war anzusehen, wie angestrengt er nach einer guten Antwort suchte. Was er fand, bestand allerdings nur aus einem »Weil halt«.

Melisa lenkte ihren Blick zu Nicki. Sie musste nicht ein Wort verlieren. Ihm war auch so klar, was sie erwartete: Er sollte sich um das Bosse-Problem kümmern.

»Ist doch genug Platz«, sagte Nicki, um die Gemüter zu beruhigen. »Sie kriegt das Gästezimmer.«

»Nein, Mann«, blockte Bosse ab.

»Du hast ihr den Knöchel gebrochen, falls du das vergessen haben solltest.«

»Und? Was hat das eine mit dem anderen zu tun?«

Nickis Blick wanderte zu Melisa, deren Miene in der Zwischenzeit nicht entspannter geworden war, und wieder zurück zu Bosse. »Sie muss verarztet werden.«

»Dann bring sie zum Arzt. Aber doch nicht in meine Wohnung.«

Nicki hob ratlos die Arme und sah erneut zu Melisa. Die Art und Weise, wie sie Bosse unter die Lupe nahm, ließ keine Fragen offen. Sie hatte augenscheinlich keine Lust auf ihn, noch war sie darauf erpicht, den Einbruch der Nacht auf dem Gehweg zu erleben. »Und in der Notaufnahme erzählst du dann was? Dass du mich umgefahren hast?«

Bosse schaute sie stumm an. Es dauerte eine ganze Weile, ehe er sagte: »Keine Ahnung. Nicht mein Problem.«

Melisa hob die Brauen an. »Yee-zus.« Blickte vorwurfsvoll zu Nicki. »Und der soll in Ordnung sein?«

»Er ist es. Manchmal zumindest«, gab Nicki zurück.

»Sag doch einfach, du bist umgeknickt«, warf Bosse ein.

Melisa schleuderte einen toxischen Blick auf ihn. »Okay, Arschloch, das wird mir jetzt endgültig zu blöd. Kannst ja versuchen, mich aufzuhalten.« Sie humpelte zurück in ihre ursprüngliche Position an Nickis rechter Seite und hüpfte, indem sie ihn als Gehhilfe nutzte, in Richtung Haustür.

»Ich will sie nicht bei mir haben«, schickte Bosse ihnen hinterher. »Und mit eurer Kidnapping-Scheiße will ich auch nichts zu tun haben.« Er schlug mit der flachen Hand aufs Autodach. »Fuck!«

Nicki funkelte Bosse über seine Schulter hinweg an. »Super, nur noch ein kleines bisschen lauter und die ganze Nachbarschaft weiß Bescheid. Halt die Schnauze und komm mit jetzt.«

***

Bosse war schon zum zweiten Mal an diesem Tag überrascht von Nickis scharfem Ton. So viel Entschlossenheit war er nicht gewohnt von ihm. Aber okay, er würde die Schnauze erst mal halten. Er wusste ohnehin nicht, wie er die beiden stoppen sollte, ohne dass es in einer Schlägerei enden würde. Und wenn er ganz ehrlich war, wollte Bosse ja auch nicht, dass das Mädchen mit dem gebrochenen Fuß auf der Straße stehen musste.

Verdrießlich sah er zu, wie Nicki aufschloss, Melisa über die Stufe half und gemeinsam mit ihr im Schatten des Hausflurs verschwand. Als Bosse die Autotür zuwerfen wollte, blieb sein Blick an den Nummernschildern hängen, die auf der Matte hinter dem Beifahrersitz lagen. Er krabbelte in den Wagen, fischte sie aus dem Fußraum. D-MB 1990 – zweifelsfrei seine. Es fiel ihm schwer, eine einigermaßen sinnvolle Erklärung dafür zu finden, warum sie sich nicht dort befanden, wo sie hingehörten.

***

Fletscher lümmelte im Hertz-Mietwagen, der Duftbaum schwang zart im Luftzug, der durch die einen Spaltbreit geöffneten Fenster wehte. Eine Dimitrino zwischen den Lippen, beobachtete er, wie der muskulösere der beiden Amateure, der, der den BMW gefahren hatte, erst die Kennzeichen montierte und schließlich Melisa und dem anderen, bei dem es sich allem Anschein nach um Sommer handelte, folgte.

Er konnte nur Mimik und Gestik verfolgen, weil er größeren Abstand als vermutlich angebracht hielt, aber mehr war auch nicht nötig, um zu erkennen, dass es einen Riss zwischen Melisa und Sommer auf der einen und dem Fahrer auf der anderen Seite gab. Zwei Männer und eine Frau waren in der Regel ein Mann zu viel. Und so schien es auch diesmal zu sein.

Fletscher aschte neben dem Rauchverbot-Aufkleber ab und wählte Dietzes Nummer.

»Haben Sie was rausgefunden?«, meldete der Doc sich.

»Guten Tag, Herr Dietze«, sagte Fletscher. »Hab ich in der Tat. Aber ich denke, wir sollten das persönlich besprechen. Unter vier Augen.«

»Kommen Sie in meine Praxis«, erwiderte er. »Es ist niemand da außer mir.«

***

»Er war in Weißensee gemeldet, ist aber vor rund anderthalb Monaten unbekannt verzogen. Und er hat Medizin an der HU studiert, aber das ist auch schon ’ne Weile her.« Fletscher schlug die Beine übereinander. »Ich weiß noch nicht, was er macht, aber eines lässt sich schon jetzt sagen: Der Kerl ist ganz sicher kein Innenarchitekt.«

Sie hatten die Rollen getauscht. Während Dietze – die Hand in einem Schälchen mit Waffelgebäck – hinter seinem Schreibtisch saß, hatte Fletscher auf einem der Besucherstühle Platz genommen.

»Ich hatte also wieder mal recht«, sagte Dietze und zerbiss knackend ein Waffelröllchen.

»Bedingt«, erwiderte Fletscher.

»Soll heißen?«

»Ich glaube nicht, dass Melisa eine Affäre mit ihm hat.«

»Was denn sonst?«, fragte Dietze und griff erneut in die Schale.

Fletscher sah ihn für einen langen Moment an.

»Was sonst?«, wiederholte Dietze. Es war bereits mehr als eine Frage.

»Sie hat sich zum Schein von ihm kidnappen lassen.«

Dietze zögerte nicht eine Sekunde, ehe er in lautes Lachen ausbrach.

»Das ist kein Witz, Herr Doktor«, sagte Fletscher und bedachte ihn mit einem intensiven Blick.

Dietzes Lachen verhallte. »Das ist absurd.«

»Das mag sein, nichtsdestotrotz ist es Realität.«

»Sie müssen sich irren.«

»Sie waren zu zweit. Sie haben sie abgefangen, als sie gegen halb drei das Haus verlassen hat. Ich hab sie durch die halbe Stadt verfolgt, aber zu meiner Schande auf Höhe der Chausseestraße im Berufsverkehr verloren.«

Dietze verfolgte nervös, wie Fletscher sein Smartphone hervorkramte und ihm das Display zudrehte. Was folgte, war ein knapp einminütiges Video, das zeigte, wie eine maskierte männliche Person Melisa überwältigen wollte, sie der Person in den Unterbauch trat und anschließend aus dem Bild rannte. Das Letzte, was der Zuschauer sah, bevor das Bild gefror, war ein weißer BMW, der Melisa nachfuhr.

Dietze blickte völlig überfordert zu Fletscher. »Nein.« Er konnte nicht aufhören, den Kopf zu schütteln. »Das geht nicht. Ich kann das nicht glauben.«

Fletscher zeigte auf das Praxistelefon, das auf dem Tisch stand. »Überzeugen Sie sich selbst. Rufen Sie sie an.«

Dietze musterte Fletscher, der im Stuhl lehnte und sich angesichts des Inhalts, den er mitzuteilen hatte, noch mehr Mühe als gewöhnlich gab, möglichst seriös zu wirken.

»Das ist absurd«, wiederholte Dietze. Er griff nach dem Hörer und schüttelte den Kopf noch immer, als er Melisas Nummer eintippte. Mit der Muschel am Ohr und den zweifelnden Blick auf Fletscher gerichtet, wartete er ab.

Die Frauenstimme, die sich meldete, gehörte nicht Melisa. »The number you are calling is not available at the moment.«

Dietze legte auf und sah in Fletschers Ich-habe-es-Ihnen-gesagt-Gesicht. »Das beweist gar nichts.«

Fletscher neigte den Kopf ein wenig zur Seite. »Rufen Sie beim Yoga an, fragen Sie, ob sie heute da war.«

Dietze tat es und erfuhr, dass Melisa die Yogastunde nicht wahrgenommen hatte. Als er auflegte, setzte sich das Zimmer in Bewegung. Ihm war, als säße er inmitten eines Karussells, während sich der Raum um ihn herum drehte. Die lederne Besuchercouch, die Zimmerpalme in Hydrokultur, die Wände mit den Bildern von Paul Klee – alles wirbelte im Kreis. Dietze wurde schwindelig.

»Eine falsche Entführung?«, fragte er. »Warum?«

»Wegen dem Üblichen, schätze ich«, sagte Fletscher. Wegen Geld.«

»Aber … wozu? Sie hat alles. Und was sie nicht hat, bekommt sie von mir.«

»Ich weiß es nicht.« Fletscher zuckte mit den Achseln. »Sagen Sie's mir, Herr Doktor. Sie ist Ihre Freundin.«

Dietze hielt sich an der Tischkante fest, um nicht von der Zentrifugalkraft des rotierenden Zimmers weggetragen zu werden. »Ich habe ihr stets jeden Wunsch erfüllt.« Er machte sich erst gar nicht die Mühe, zu verschleiern, wie sehr er sich selbst bedauerte.

»Ich kann mir nicht vorstellen, dass sie ohne handfesten Grund auf die Idee gekommen ist. Bei allem Respekt.«

Der Raum verringerte seine Geschwindigkeit, drehte sich langsamer. Ein Schweißtropfen fiel von Dietzes nasser Stirn auf den Schreibtisch. »Was … was mache ich jetzt?« Er tupfte sich die Stirn mit einem Kleenex trocken. »Was schlagen Sie vor, Fletscher?«

»Abwarten und laufen lassen«, sagte er. »Herausfinden, wohin es führt.«

Weil Dietze ihn regungslos anstarrte, fühlte Fletscher sich offenbar zu einer Erklärung veranlasst. »Sie haben wenig zu verlieren, jetzt, da feststehen dürfte, dass Sie sie verloren haben. Außerdem schätze ich, Sie werden bald ihre Forderungen erhalten.«

Dietzes Blick flackerte ziellos über den Tisch. Die Vorstellung, Melisa zu verlieren, traf ihn nicht unerwartet, nach allem, was geschehen war. Aber es gab Ereignisse, auf die konnte man sich nicht vorbereiten. Sein Brustkorb fühlte sich an, als würde er unter einem Mühlstein zermalmt.

Nach diesem kurzen Moment der Orientierungslosigkeit wusste er, was Fletschers Auftrag sein würde. Er sah entschieden auf. »Sie bleiben dran an ihr und halten mich auf dem Laufenden.«

»Hätte ich auch vorgeschlagen.«

»Das war kein Vorschlag«, sagte Dietze. »Ich hole sie mir zurück. Und Sie helfen mir dabei.«

Nachdem Fletscher verschwunden war, saß er noch eine ganze Weile starr da und wartete darauf, dass das Karussell anhielt, damit er endlich aussteigen konnte.

***

Bosse löste den Blick von den überquellenden Mülltonnen, die im Innenhof wie eh und je in gleicher Abfolge aufgereiht waren, und wandte sich Nicki zu, als der in die Küche stiefelte. »Wie geht's ihr?«, fragte er.

»Sie schläft. Hast sie ziemlich fertiggemacht«, sagte Nicki, während er den Kopf in den Kühlschrank steckte.

Bosse machte erneut seinen Standpunkt klar: »Sie muss zum Arzt.«

Nicki trat mit einer Flasche Malzbier in der Hand neben die Kühlschranktür.

»Das geht nicht. Und das weißt du. Ich hab ihr den Fuß geschient und verbunden. Ich denke, das passt erst mal.« Er gab der Tür einen Stoß.

Bosse sah ihn skeptisch an. »Mal ehrlich, Nicki, das ist doch alles ein gigantischer Haufen Bockmist.«

Nicki nickte, nahm einen Schluck und sagte: »Und was genau meinste jetzt?«

»Einfach alles. Sie muss weg.«

Nicki wollte nicht mit Bosse streiten. Er lächelte ihn sanft an. »Komm schon, es ist nur eine Woche.«

»Keine Chance, Mann. Hast du schon mal 'n Kammerspiel gesehen?«

Nicki warf ihm einen ahnungslosen Blick zu.

»Gehen alle gleich aus. Irgendwelche Leute sind irgendwo zusammengesperrt, und am Ende versinkt alles in Psychokrieg und Chaos.«

Nicki atmete tief aus. Bosse zu erklären, dass sie nicht Teil irgendeines Films waren und die Dinge in der echten Welt manchmal anders abliefen als in Hollywood, hätte wahrscheinlich Stunden in Anspruch genommen. Das konnte er sich schenken. Nicki setzte also einen treuen Hundeblick auf. »Hey, hab ich dich je um was gebeten?«

»Du bittest mich ständig um was. Es vergeht kein Tag, an dem du nichts von mir willst.«

Nicki gab ein »Hmm« zurück, während er im Stillen seine Erinnerungen durchforschte. »Na gut«, sagte er hierauf, »kann sein. Aber trotzdem. In ein paar Tagen ist alles über die Bühne, und wir lachen drüber.«

Bosse schüttelte den Kopf. »Kein Schwein wird lachen. Die ganze Aktion ist volle Kanne daneben. Merkst du's nicht? Merkst du's wirklich nicht?« Er klang zunehmend wie vorhin am Auto.

»Bosse«, sagte Nicki so milde er konnte, um ihn zu beruhigen, »jetzt mach dich mal locker.«

Aber Bosse hatte kein Interesse, sich lockerzumachen. »Mann, Nicki, die Tante hat nicht alle Tassen im Schrank, glaub mir, ich kenn mich aus mit solchen. Du hast keine Ahnung, worauf du dich einlässt.«

»›Mit solchen‹?«

»Sie ist ein bestimmter Typ Frau, okay? Aber darum geht's jetzt ja wohl nicht.« Bosse hob den Zeigefinger. »Ich sag dir jetzt mal was, so von Freund zu Freund: Du musst das nicht machen. Ist dir das eigentlich klar?«

»Doch, Bosse, ich muss das machen. Ich bin unwiderruflich pleite, bankrott, okay, kapierst du das? Ich hab keine Ausbildung, keinen Job, nicht mal 'ne Idee. Ich muss das machen.«

»Du hast die Medikamententests.«

»Was wollt ihr alle mit den Medikamententests? Scheiße, echt, das ist der letzte Scheiß.«

»Schön, gut, du bist verzweifelt. Das versteh ich. Ginge mir wahrscheinlich ähnlich an deiner Stelle. Aber noch mal: Du musst das nicht machen.«

Nicki lächelte dünn. Er hatte das Gefühl, er hätte sich ebenso gut mit der Kühlschranktür unterhalten können, mit dem Unterschied, dass sie inzwischen mehr gecheckt hätte.

»Du könntest wieder studieren«, sagte Bosse.

Nicki winkte ab. »Wieso rede ich überhaupt mit dir?«

Bosse fuhr ungerührt fort: »Medizin. Du kannst dich wieder einschreiben. Und wegen den paar Fehlstunden ... Semestern ... Das lässt sich bestimmt regeln. Also ... irgendwie.«

Bosse hatte es geschafft – Nicki war gereizt. »Hör auf, Bosse.«

»Und wenn dein Vater erfährt, dass du wieder studierst, dreht er vielleicht auch den Geldhahn wieder –«

»Lass meinen Alten da raus«, fiel Nicki ihm mit erhobener Stimme ins Wort.

Bosse streckte beschwichtigend beide Hände von sich. »Is ja gut. Beruhig dich.«

Nicki war kurz davor, ihm eins auf die Nase zu geben. »Sag du mir nicht, wann ich mich beruhigen soll. Du hast doch keine Ahnung. Kriegst alles in den Arsch geschoben und denkst, du hast ein schweres Leben, weil du dein Sky-Abo selber zahlen musst. Du bist ein verwöhntes Muttersöhnchen, und das ist die Wahrheit, Marvin Bosse. Aber ich, ich muss im Gegensatz zu dir selbst sehen, wie ich klarkomme. Meine Eltern interessieren sich nämlich einen Scheiß für mich. Ich werd dieses Jahr dreiunddreißig, und alles, was ich kann, ist dumm hinter 'ner Bar stehen. Ich brauch 'ne Perspektive, kapierst du das nicht?«

Bosse sah ihn eine Zeit lang abwägend an, und schließlich sagte er: »Ich wollte eigentlich nicht, dass es so weit kommt, aber du lässt mir keine Wahl.«

»Wovon redest du?«

»Kein Plan, was das hier juristisch betrachtet ist, aber es kann unmöglich legal sein. Also, entweder sie zieht Leine – oder ich ruf die Polizei. Da hast du deine Perspektive.«

»Tickst du noch ganz sauber?«, entfuhr es Nicki.

»Ich schon, Nicki, ich schon.«

Nicki durchleuchtete ihn, wie er dastand, in der Ecke neben dem Fenster, die Arme wie ein Türsteher verschränkt. Aber seine Augen verrieten ihn. Sie waren von Angst erfüllt.

»Es ist wegen ihr, oder?«, fragte Nicki.

»Wegen wem ist was?«

»Wegen Viola.«

Es genügte, ihren Namen auszusprechen, um Bosse unruhig blinzeln zu lassen.

»Du benimmst dich wegen ihr wie 'ne Pussy, oder?«, hakte Nicki nach.

»Bullshit. Aber ja, klar, wenn sie davon erfährt ...« Bosse legte die Hand vor die Augen und wackelte unheilschwanger mit dem Kopf.

Nicki hatte es geahnt. Unfassbar, wie sehr Bosse unter der Fuchtel dieser Frau stand. »Viola ist in Toronto«, sagte er. »Das sind locker sechstausend Kilometer. Wie soll die von dort aus was mitkriegen?«

Bosse senkte die Hand und blickte Nicki mit felsenfester Überzeugung an. »Viola kriegt alles raus.«

Da war, so verrückt es auch klang, mehr dran, als Nicki je zugeben würde.

Bosse sagte: »Und sie findet's schon nicht gut, dass du hier wohnst.«

»Wieso? Ist doch deine Bude«, gab Nicki zurück.

»Ja, aber sie findet's nicht gut. Das musst du akzeptieren.«

Nicki hob die Brauen, riss sich aber zusammen und fragte ganz, ganz sanft: »Und wann noch mal kommt sie wieder, die Viola?«

»In zwei Monaten und einer Woche.«

»In zwei Monaten und einer Woche, Bosse, da ist Melisa schon seit zwei Monaten über alle Berge, okay?«

»Nicki, nein«, sagte Bosse und mimte mit der Hand ein Stoppschild. »Nein. Ich hab Nein gesagt.«

Nickis Blick blieb am Bilderrahmen hinter dem Küchentisch hängen. Viola hatte Bosse dort eine Grafik anbringen lassen. »LIVE, LOVE, LAUGH«, prangte in goldenen Majuskeln auf weißem Hintergrund. Das Motto war an sich schon einfältig, es sich zu Hause an die Wand zu hängen, ein Akt purer Blödheit. Was das Ganze allerdings oberhohl machte, war, wenn man wie er wusste, dass Viola nicht den blassesten Schimmer davon hatte, welchen Inhalt die drei Wörter »live«, »love« und »laugh« in dieser Zusammensetzung überhaupt transportieren sollten.

Sie tat ja nur so, als würde sie »leben«. Ihr Leben – und das von Bosse – verlief nach engstirnigen Vorstellungen und strengen Regeln, zu denen es null, absolut keine Alternativen gab. Was Viola sich in ihrem Viola-Hirn ausdachte, musste geschehen. Sie gab vor, zu »lieben«, aber in Wirklichkeit bastelte sie sich einen Marvin-Bosse-Bausatz nach ihren eigenen Wünschen und Bedürfnissen zusammen. Sie interessierte sich einen Scheiß dafür, wer er war und was er wollte. Er hatte nach Violas Vorstellungen und Regeln zu funktionieren. Jeder Verstoß wurde geahndet. Und »lachen«? Nichts anderes als ein schlechter Witz. Sie gaukelte ihren Freunden und vielleicht sogar sich selbst vor, ihr Dasein sei eine Aneinanderreihung von Glücksmomenten und good times. Alles schön auf Instagram dokumentiert – die Reisen, die schicken Dinners, die Shoppingtouren – und die weniger glücklichen Momente einfach nicht posten. Oder noch besser, erst gar nicht fotografieren. Fertig war das Bilderbuchleben.

Nicki spürte, dass seine Augen sich zu Schlitzen verkleinerten, als er sagte: »Ich kann's machen wie Viola, kein Problem. Ich kann dir auch sagen, was du zu tun und zu lassen hast. Willst du das? Ist es das, was du brauchst? Jemanden, der dir sagt, wo's langgeht? Bitte sehr, kannst du haben.«

»Was laberst du für 'ne Scheiße?« Bosse setzte einen empörten Ausdruck auf, der so künstlich und gewollt aussah, dass man ihn nur als eselhaft bezeichnen konnte.

»Du hast jetzt genau zwei Optionen. Entweder Melisa kommt hier unter für die paar popeligen Tage, oder ...« Er stockte. Sobald er die Linie überschritt, an der sein großer Zeh in diesem Moment kratzte, würde es kein Zurück geben.

»Oder was? Willst du mir drohen? In meiner eigenen Wohnung?«, plusterte sich Bosse auf.

Nicki grunzte verächtlich. »Deine Wohnung? Mach dich nicht lächerlich.«

»Jemand, der Bosse mit Nachnamen heißt, zahlt tausendfünfhundert Miete im Monat. Also kann ich die Wohnung wohl meine Wohnung nennen.«

»Die Bude kostet *was*?«

Bosse hatte für Nickis Erstaunen nur ein Schulterzucken übrig. »Tausendfünfhundert. Mitte kostet. Auf welchem Planeten lebst du, Mann?«

»Die Schwedter Straße liegt nicht in Mitte.«

»Und wo befinden wir uns dann deiner Meinung nach?«

»Prenzlauer Berg eventuell?« Nicki deutete mit dem Daumen hinter sich. »Mitte geht erst zwei Straßen weiter los.«

Bosse konnte seine Schlichtheit nicht verheimlichen, sie sprang Nicki förmlich an, als er sagte: »Viola wollte unbedingt nach Mitte. Und sie hat die Wohnung ausgesucht. Wenn das hier nicht Mitte wäre, hätte ihr die Wohnung sicher nicht gefallen.«

»Du bist so ein Opfer.«

»Sagt das Opfer, das seit Jahren nichts auf die Kette kriegt.«

Nicki war nicht in der Stimmung für Selbstkritik und erst recht nicht in der Stimmung, sich von Bosse Kritik reinzuziehen. Er sagte: »Okay, pass auf, wir kürzen das ab. Entweder Melisa bleibt hier, oder ich steck Viola, dass du bei Tinder bist. Wie klingt das für dich?«

Bosse regte sich nicht, er schien regelrecht erstarrt. Nicki ging es nicht viel anders. Er hätte nicht gedacht, dass es so weit kommen würde. Er hatte gehofft, dass es nicht so weit kommen würde. Aber die rote Linie lag nun hinter ihm.

»Ich erzähl ihr von den peinlichen Muckiselfies, die du vorm Spiegel im Fitnessstudio machst«, setzte er nach. »Weiß der Geier, was du dort treibst auf Tinder, ob du datest, die billigen Weiber flachlegst oder ob du nur chattest. Mir ist das ja scheißegal, aber Viola, die wird dir den Arsch aufreißen. Die wird einfach keinen Sinn dafür haben, wie angesagt Tinder zurzeit ist. So viel ist sicher.«

Es fühlte sich nicht gut an, Bosse zu erpressen, aber auch nicht so falsch, wie Nicki es sich vorgestellt hatte. Vielleicht, weil es die Wahrheit war, die ihn erpressbar machte.

Bosse war augenscheinlich getroffen. Er brauchte eine ganze Weile, ehe er sich halbwegs gesammelt hatte, und stammelte: »Das … das würdest du nicht tun.«

»Doch, Marvin. Würde ich und werde ich.«

»Nach allem, was ich für dich getan hab?«

»Deine Entscheidung.« Nicki war überrascht, wie kalt er das rüberbrachte. Er begriff erst jetzt, dass er nicht bluffte, sondern es todernst meinte.

»Das ist Erpressung«, sagte Bosse.

»Ja, ist es. Also, haben wir 'ne Abmachung?«

»Ich fasse es nicht. Ich dachte, wir wären Freunde.«

Nicki sah ihn eindringlich an. »Wie lautet deine Entscheidung?«

Bosse schüttelte aus schierer Verzweiflung den Kopf. »Du bist so ein Wichser.«

»Denk lieber mal drüber nach, warum du so leicht zu erpressen bist. Du bist ihr gegenüber so was von devot, es ist nur noch peinlich. Kriechst ihr bis zum Anschlag hinten rein, hast aber gleichzeitig auf Tinder was am Laufen. Warum wohl? Weil Viola so toll ist, wie sie dir die ganze Zeit einredet? Oder weil sie in Wirklichkeit 'ne Antibraut ist, die dich benutzt und manipuliert, um ihre beschränkten Ideen umzusetzen?«

Bosse taxierte ihn, und Nicki hoffte für einen Augenblick, er würde vielleicht über Viola nachdenken, doch das war eher nicht der Fall. Dafür kam Bosses Antwort deutlich zu schnell: »Fick dich, Nicki.«

»Ach, fick du dich doch.«

Bosse kam näher, baute sich vor ihm auf. Nicki verspürte den Drang zurückzuweichen, wusste aber, er musste standhaft sein, wenn er glaubwürdig bleiben wollte. Er hielt die Stellung.

»Du hast eine Woche«, zischte Bosse. »Dann packst du deine Sachen und verschwindest.« Er war so nah, dass Nicki seinen Atem spüren konnte.

Bosse wandte sich ab, nur um umgehend wieder herumzuwirbeln. Er war noch nicht fertig, wollte offenbar dringend noch was loswerden. »Und um eins klarzustellen«, sagte er. »Wenn dir die ganze Scheiße später um die Ohren fliegt, und das wird sie, darauf kannst du einen lassen, du Loser, dann kannst du vergessen, dass du wieder angekrochen kommst. Ist mir scheißegal, was du dann machst. Ich werd dir nicht helfen. Unsere Freundschaft ist Geschichte.«

Nicki schenkte ihm einen gelangweilten Augenaufschlag. »Okay. Noch was?«

»Komm mal klar, Nicki«, entgegnete Bosse. »Die verdreht dir den Verstand, und du schnallst nicht, dass sie einfach nur 'ne Bitch ist.«

»Meine Worte.«

Bosse blickte ihn fassungslos an. Nicki empfand seine Reaktion selbst als so maßlos arrogant, dass er es Bosse nicht verübeln konnte, als der ihm das Malzbier entriss und die Flasche gegen die Wand pfefferte. Scherben verteilten sich über den Küchenboden, an der Raufasertapete blieb ein hellbrauner Fleck zurück, darunter eine tiefe Einkerbung. Ein Mahnmal für den Tag, an dem ihre Freundschaft zerbrach.

Bosse verschwand, ohne ein weiteres Wort zu verlieren. Nicki rief ihm nach: »Melisa ist … sie ist was Besonderes! Okay?«

Fast zeitgleich mit dem lauten Schlag von Bosses Zimmertür legte sich Nickis Blick auf den Umschlag in seiner Hand. Es war das Lösegeldschreiben, das Melisa ihm diktiert hatte und das zum dicken Dietze musste. Wenn er sich beeilte, würde es heute noch mit der Post rausgehen.

Er war das Treppenhaus so gut wie runter, als er innehielt, weil sich seine Beine weich wie Gummi anfühlten. Nicki zitterte, als stünde er barfuß und in kurzen Hosen auf der zugefrorenen Spree.

***

Eine große Anzahl unentwirrbar miteinander verquickter unangenehmer Dinge. Gemäß Duden die Definition eines »Rattenschwanzes«.

Wenn sich die Gelegenheit bot, zum Beispiel, wenn er wie jetzt auf eine Verabredung wartete, hatte er es sich angewöhnt, Wörter, die ihm zufällig in den Sinn kamen, auf Synonyme hin im Duden nachzuschlagen. Aus dem einfachen Grund, weil er seinen Wortschatz erweitern wollte. Er schätzte es, wenn seinem Gegenüber eine gewisse Eloquenz zu eigen war, und hatte denselben Anspruch an sich. Zu Hause lagerten mehrere Duden im Bücherregal, darunter auch das Deutsche Universalwörterbuch. Da der zweieinhalb Kilo schwere Wälzer allerdings nicht unbedingt handlich war, begnügte Fletscher sich mit der Online-Version, wenn er unterwegs war.

Bruno hatte ihm einst eingeschärft – damals, als er sich

gerade so Teenager nennen durfte und sie sich noch regelmäßig sahen –, dass der kleinste Fehler einen Rattenschwanz an Schwierigkeiten nach sich ziehen konnte. Fletscher fragte sich, was Bruno, wäre er noch am Leben, davon gehalten hätte, wenn er ihm berichtet hätte, welche unangenehmen Dinge dazu geführt hatten, dass er mit Rambo Milano Marzahn, auch bekannt als der »Commander«, nach dessen Freilassung an einer Hotelbar verabredet war.

Wahrscheinlich hätte Bruno ihm mit einer seiner Pranken auf die Schulter geklopft und gesagt: »Junge, manchmal sind es eben die großen Fehler, die dich in Teufels Küche bringen.«

Als Fletscher Marzahn entdeckte, war er noch vorsichtig zuversichtlich, dass aus ihrem Treffen keine weiteren Komplikationen erwachsen würden, wenngleich sein Gefühl ihm sagte, dass die Chancen dafür schlecht standen. Obwohl er mit dem Rücken zum Eingang saß, konnte er geradezu spüren, wie die Schwierigkeiten durch die Schiebetüren humpelten. Fletscher stieß sich mit dem Fuß ab und vollzog eine Vierteldrehung mitsamt seinem Barstuhl.

Marzahn sah aus, als hätte er über drei Runden von beiden Klitschko-Brüdern Prügel kassiert. Seine Nase war mittlerweile gänzlich unter einem Gips verschwunden, sein linkes Auge, von dem nicht mehr als eine schmale Falte zwischen zwei wulstigen Schwellungen geblieben war, schmückte ein dunkellila leuchtendes Veilchen, und seine Augenbrauenpartie schien lediglich von mehreren Klammerpflastern am Rest seines Gesichtes festgehalten zu werden.

Da er sich mit der Rechten auf eine Gehhilfe stützte, winkte er Fletscher mit der Linken zu. »Howdy, Partner.«

Fletscher empfing ihn mit einem schmalen Lächeln. »Gut sehen Sie aus.«

»Sehr witzig«, sagte Marzahn und kletterte umständlich auf den nächsten Barstuhl. Er drückte sein lädiertes Bein durch, so gut es ging, und präsentierte sein zerschnittenes türkisfarbenes Hosenbein, unter dem er einen weißen Verband trug. »Ziehen Sie sich das rein, Alter. Die Hose ist ruiniert.«

Fletscher schnippte Asche von seiner Zigarette. »Sie finden eine neue.«

»Keine Chance, Mann. Das war mein Lieblingsanzug. Original 1991, Tactel-Faser, Innenfutter aus Baumwolle. Hat mich achtzig Flocken gekostet. Der wird längst nicht mehr hergestellt. Alter, ich hab so bossmäßig drin ausgesehen.«

»Sie tun es noch immer.« Fletscher nahm einen Zug und drehte sich von Marzahn ab. Über den bunten Spirituosenflaschen, die ihnen gegenüber vor dem Barspiegel aufgereiht waren, ragten nebeneinander ihre Köpfe empor. Fletschers etwas höher. Er sah, wie Marzahns Spiegelbild ihn unsicher von der Seite anblickte.

»Okay, Mann, ich muss dringend ins Bett«, sagte der Spiegel, der wie ein Idiot klang. »Sie wollten reden. Hier bin ich, reden wir.«

Fletscher löschte die Zigarette und zerrieb sie auf dem Glas des Aschenbechers. »Ich warte hier schon eine ganze Weile. Ich hatte also genug Zeit, mir vorzustellen, wie sich unser Gespräch gestalten könnte. Ich habe einige Versionen durchgespielt, aber jede davon, wirklich jede einzelne, begann damit, dass Sie sich bei mir bedanken.«

Er löste seinen Blick vom Aschenbecher und sah Marzahn direkt ins Gesicht. Dort herrschte, wie erwartet, gähnende Leere. »Dafür, dass ich Sie vor dem Knast bewahrt habe«, fügte er an.

Fletscher konnte sehen, wie in Marzahns Oberstübchen das Licht anging. »Ach so, das. Ja, Mann, danke, ey.«

»Ihre Dankbarkeit scheint sich in Grenzen zu halten.«

Marzahn widersprach nicht. Ihre Blicke trafen sich im Spiegel. »Ihnen liegt was auf der Seele, raus mit der Sprache«, sagte Fletscher.

»Okay, wenn Sie's genau wissen wollen, es hat mich voll angepisst, dass es länger als vierundzwanzig Stunden gedauert hat.« Marzahn nickte sich selbst an. »So, jetzt is es raus.«

Während Fletscher sich ihm zudrehte, erhaschte er einen flüchtigen Blick auf sein eigenes Spiegelbild und sah, wie er die

Brauen anhob. »Es hat Sie angepisst?«, gab er zurück. »Tatsächlich?«

»Ja, Mann, ich kann's voll nicht ab, wenn Leute ihr Versprechen nicht halten. Da geht bei mir alles hoch, verstehen Sie? Ein Versprechen ist, ich meine, ein Versprechen ist immer noch ein Versprechen, oder? Verstehen Sie, das ist was Heiliges. So wie der Nikolaus oder der heilige Christophorus, nur anders. Alles klar?«

»Der heilige Christophorus?«, wiederholte Fletscher.

Marzahn nickte und versuchte, ihn zu durchleuchten, aber Fletscher wusste, er zeigte keine deutbare Regung.

»Nehmen Sie's nicht persönlich«, sagte der Idiot. »Sie nehmen's nicht persönlich, oder?«

Fletscher schenkte ihm ein schmallippiges Lächeln und schüttelte sanft den Kopf. »Nein, nein.«

Marzahns Miene hellte sich auf. »Na, dann is ja alles cool«, sagte er.

»Klar, alles cool«, erwiderte Fletscher.

»Heh, Garçon«, Marzahn winkte dem Barkeeper, »was muss ein durstiger Mann tun, um bedient zu werden?«

Der Barkeeper trat zu ihnen. »Sie wünschen?«, fragte er mit unterwürfigem Gestus, ohne eine Gefühlsregung zu zeigen. Ein Profi.

»'nen Kiba«, sagte Marzahn.

»Verzeihung?«

»'nen Kiba, Alter. Kirschsaft mit Bananensaft.« Er zeigte auf seine Nase. »Und 'nen Strohhalm.«

»Sehr wohl, der Herr«, nickte der Barmann und machte sich abseits von ihnen an die Arbeit.

Fletscher griff die Schachtel mit den Dimitrinos und zündete sich noch eine an. Er ließ den Blick schweifen. Die Lobby, die durch eine Glasscheibe von der Bar abgetrennt wurde, war menschenleer gewesen, als er das Hotel betreten hatte. In der Zwischenzeit hatte sich daran nicht viel geändert. Vor den Aufzügen hatte sich eine asiatische Reisegruppe versammelt und war im Gänsemarsch aufgebrochen, seit einer Weile saß eine Frau mit Bobfrisur in einem Ledersessel und blätterte in einer Zeitschrift.

»Da Ihr Anwalt den Fall nicht pro bono übernehmen wollte, schulden Sie mir eigentlich einen Tausender.«

Marzahn stierte Fletscher durch seine kleinen Augen an. Es verging eine halbe Ewigkeit, dann sagte er: »Ziehen Sie's von meinem Drittel der zwei Millionen ab.«

Fletschers Zigarette glomm neben seinem Ohr, als er entgegnete: »Darüber wollte ich unter anderem mit Ihnen reden. Es wird kein Drittel geben.«

Marzahn hielt für einen Moment inne, ehe es aus ihm platzte: »Hey, stopp. Stopp, stopp, stopp. Was soll das heißen, ›es wird kein Drittel geben‹? Denken Sie, ich arbeite pro bono? Dann hab ich Neuigkeiten für Sie: Tue ich nicht. Okay?«

Fletscher stieß Rauch aus. »Das Kidnapping ist gestorben.«

»Was erzählen Sie da?«, hakte Marzahn verstört nach.

Der Barkeeper kehrte zurück, was dazu führte, dass Fletscher und Marzahn vorübergehend Masken der Unbeschwertheit aufsetzten.

»Einmal Kirsch-Bananen-Saft für den Herrn.« Der Mann stellte das Glas vor Marzahn ab und zog sich wieder ans Ende seiner Theke zurück, wo er damit fortfuhr, Gläser zu polieren.

Marzahn ließ seine Maske achtlos fallen und blickte Fletscher unverhohlen schockiert an. »Aber ... wir haben einen Deal, Alter.«

»Wir hatten. Sie haben ihn platzen lassen.«

»Scheiße, Mann. Scheiße, ey. Das können Sie mir nicht antun. Ich weiß, ich hab Mist gebaut, aber ich, ich, ich ... ich hab mir schon Sachen bestellt. Ich hab Ausgaben, Verbindlichkeiten. Verstehen Sie, was ich meine?«

»Nicht nur Sie sind raus, wir sind beide raus. Der Auftrag wurde anderweitig vergeben. Wenn Sie verstehen, was ich meine.«

Marzahn sah ihn mit weit aufgerissenen Augen an, und dann passierte etwas, womit Fletscher nicht gerechnet hatte: Marzahn zeigte Einsicht. »Scheiße, ey. Ich hab's vermasselt.«

Fletscher nickte. »Untertrieben, aber ja, so könnte man es ausdrücken.«

»Ich weiß auch nicht.« Marzahn wippte wild mit dem Kopf, seine Augen begannen, wässrig zu glänzen. »Ich, ich, ich … ich war noch nie eingesperrt. Alter, ey. Das … das hat mich voll fertiggemacht.«

Marzahn war im Begriff, die Fassung zu verlieren. Fletscher wollte sich das gern ersparen. »Okay, ganz ruhig«, sagte er. »Beruhigen Sie sich. Sie haben's überstanden.«

»Sorry, Alter, es tut mir voll leid. Echt, ey.« Er sah ihn mit gebeugtem Haupt von unten an. »Sie sind bestimmt mächtig sauer auf mich, oder?«

Fletscher blickte irritiert hinab auf sein Bein, als Marzahn die Hand auf seinem Oberschenkel ablegte. »Die letzten dreißig Stunden waren nicht besonders erfreulich«, erwiderte er, »das ist wahr. Aber ich bin nicht nachtragend. Wir machen alle Fehler. Das Schlimmste an ihrem war das Timing.« Fletscher griff Marzahns Arm und entfernte die Hand von seinem Bein.

»Ich zahl Ihnen die Anwaltskosten natürlich zurück«, sagte der Idiot. »Ist Ratenzahlung möglich?«

Fletscher hob die Hand. »Schon gut.«

»Danke, Mann, aber ich besteh drauf. Ich will echt keinen Beef mit Ihnen.«

»Sehen Sie's als Gegenleistung für Ihr Schweigen. Sowohl künftiges als auch vergangenes.« Er sah Marzahn hart an. »Sie haben doch die Klappe gehalten, oder?«

»Klar, klar, klar. Ich hab nichts gesagt …«

Fletscher taxierte ihn. »Höre ich da ein Aber?«

Marzahn sah ihn eine Weile lang an. »Na ja, als Sie mir gesagt haben, ich soll nicht in Brunos Laden, weil mich dort nur Ärger erwartet …«

»Sie haben nicht auf mich gehört?« Fletscher hielt mit der Zigarette vor den Lippen inne.

Marzahn senkte schuldbewusst den Blick. »Auf einmal waren die Bullen vor der Tür und, und haben komische Fragen gestellt.«

Der Rauch der Dimitrino stieg zwischen ihnen zur Decke empor.

»Was für Fragen?«, fragte Fletscher durch den blauen Dunst hindurch.

»So Bullenfragen halt. Über Bruno. Und … über meine Nase. Aber ich hab nichts verraten, ich schwör's. Trotzdem hatt ich so ein Gefühl, ich glaub, die ahnen was. Irgendwas wegen Kipplings Eiern.«

Fletscher löste sich aus seiner Erstarrung, zog an seiner Zigarette und atmete Qualm aus.

»Ich wollt's Ihnen sagen«, Marzahn zupfte nervös am Bund seines Ärmels, »es war mir wichtig, dass Sie's wissen.«

Fletscher nickte ihm zu. »Und das war vollkommen richtig. Auch wenn ich nicht glaube, dass es Grund zur Sorge gibt.«

Marzahn ließ den Ärmel los und lächelte erleichtert. »Was ich mich frage …« Er beugte sich vor zu seinem Getränk und trank durch den Strohhalm. »Warum lassen Sie sich das eigentlich gefallen?«

»Was meinen Sie?«

Marzahn zuckte mit den Schultern, während er den Strohhalm zwischen den Zähnen zerkaute. »Na, warum entführen Sie sie nicht?«

»Weil sie bereits entführt wurde. Haben Sie mir nicht zugehört?«

Marzahn ließ den Strohhalm los. »Was ich sagen will – warum kidnappen wir sie nicht einfach von ihrem Kidnapper?« Er schnipste mit den Fingern. »Capito?«

Fletscher sah Marzahn verblüfft an. Unter anderen Umständen wäre es ein verhältnismäßig pfiffiger Gedankengang des Idioten gewesen und vielleicht sogar eine Überlegung wert. Aber Fletscher hatte schon andere Pläne. Er sagte: »Je länger ich darüber nachdenke, desto besser gefällt mir Ihre Idee.«

»Commander Einstein, Baby.« Marzahn grinste und legte die Fingerspitze an seine Schläfe.

Fletscher musste an Melisas Vortrag über Kategorie-zwei-

Idioten denken und erblickte ein dünnes Lächeln von sich im Spiegel.

Als er sich Marzahn wieder zuwandte, bemerkte er dessen ausgestreckte Hand. »Sind wir wieder im Geschäft?«, fragte Kategorie zwei.

Fletscher zögerte, er sah Marzahn in die Augen. Als der »Nicht vergessen, versprochen ist versprochen« sagte, stieß Fletscher auf etwas, das ihm dort schon zuvor begegnet war, beide Male jedoch weniger ausgeprägt als jetzt. Das schiefe Grinsen in Marzahns zerknautschtem Gesicht war nur dem Anschein nach das unbedarfte Grinsen eines Narren. Fletscher konnte spüren, wie sich eine Schlinge um seinen Hals legte.

Er spielte mit und drückte Marzahns Hand. »Wir sind wieder im Geschäft.«

»Darauf müssen wir anstoßen.« Marzahn winkte dem Barkeeper zu. »Noch einen Kirsch-Bananen-Saft.«

Das größte Übel an Schwierigkeiten wie diesen, die beständig anwuchsen und sich wie ein Rattenschwanz unentwirrbar miteinander verquickten, war, dass man gegen sie ab einem gewissen Punkt nur noch auf *eine* Art vorgehen konnte, hatte Bruno ihm eingetrichtert: Man musste sie so nachhaltig aus der Welt schaffen, wie es nur irgendwie ging. Als hätten sie nie existiert. Besser war es also, von vornherein seine grauen Zellen anzustrengen und keine Fehler zu begehen, denn ein Aus-der-Welt-Schaffen war zu keinem Zeitpunkt und für niemanden eine angenehme Sache.

***

Hilde zählte bis zwanzig, ehe sie die Zeitschrift beiseitelegte, sich aus dem Ledersessel erhob und diesem Marzahn und dem in die Jahre gekommenen Schönling mit dem Nikotinproblem folgte.

***

Es waren die Blauen. Volltreffer!

Bosse neigte zum Frustfressen, was aber nicht weiter auffiel, solange er fünfmal die Woche im Dungeon – so nannte er das John Reed in der Prenzlauer – schwitzte. Bevor er den Kraftsport für sich entdeckt hatte, war er ein pummeliger Kartoffelsack gewesen, dessen einziger Ehrgeiz darin bestand, möglichst viele Filme oder Serienepisoden in einem Tag unterzubringen. Er wusste nicht, woher er kam, geschweige denn, wohin er wollte. Er trieb orientierungslos durchs Meer des Lebens wie ein Stück Holz im Ozean.

Dann aber hatte er Viola kennengelernt, und seither stellte sie sein Leben in jeder erdenklichen Form auf den Kopf. Genau genommen ordnete sie es neu, stellte Regeln auf, verhalf ihm zu Orientierung, und vor allem gab sie ihm eine Zukunft. Sie hatte ihm erklärt, was für ein Glückspilz er war, hatte ihm aufgezeigt, dass mit der Firma seines Vaters ein glückliches Leben ausgebreitet vor ihm lag, das nur darauf wartete, dass er zugriff und es pflückte. Mit Violas Hilfe war es ihm gelungen, seinem Leben Struktur zu verleihen, es auf ein Ziel auszurichten. Dank ihr hatte er sein Leben und auch seine Esssucht unter Kontrolle bekommen. Denn das Ziel hieß Erfolg.

Es war sein erster Rückfall seit Jahren.

Nachdem er gehört hatte, wie die Tür hinter Nicki ins Schloss gefallen war, hatte er zuerst den Karton mit den Donuts von Dunkin' Donuts geleert. Es waren drei Fruchtjoghurts gefolgt, die er in rekordverdächtiger Geschwindigkeit ausgelöffelt hatte, danach hatte er sich Wiener Würstchen mit eingelegten Gürkchen reingeschoben und als Nachtisch alles, was von den Erdnussflips noch übrig war.

Er fühlte sich beschissen, und das nicht nur, weil ihm kotzschlecht war. Er hatte das Gefühl, dass er Viola dieses Mal wirklich betrogen hatte. Bisher hatte er's immer nur in abstrakter Form getan: in seinen Gedanken.

Er nutzte Tinder ja nicht, weil er unverbindlichen Sex suchte. Es drehte sich darum, rein hypothetisch die Möglichkeit zu haben, mit anderen zu schlafen. Ein gewaltiger

Unterschied. Zum einen das, und dann war da natürlich das schmeichelnde Gefühl, begehrt zu werden, welches mit jedem neuen Match einherging. Bosses Account zählte mittlerweile über tausend Matches, von denen er, wenn's hochkam, mit dreien oder vieren harmlosen Small Talk betrieb.

Hauptsächlich wischte und wischte und wischte er und wartete auf den nächsten Treffer. Wartete auf den nächsten Glücksstoß, der dann aber im Nachgeschmack meistens derart bitter auf der Zunge lag, dass er für kaum mehr als einen flüchtigen Augenblick taugte. In etwa so wie der Moment, wenn einen bei flirrender Hitze der Windstoß des Ventilators erreichte. Sobald der Ventilator sich wieder wegdrehte, kam auch die erdrückende Hitze zurück.

Es war schon etwas länger her, seit ihn der Verdacht beschlichen hatte, dass Tinder genauso eine Sucht von ihm war wie das zügellose Fressen. Er hatte damals aus schlechtem Gewissen Viola gegenüber die App gelöscht, weil sie etwas Nettes zu ihm gesagt hatte. Aber schon eine Woche später hatte er sie wieder installiert, weil er das Gefühl hatte, dass ihm was fehlte. Er fühlte sich einsam ohne Tinder, irgendwie verstoßen. Verbannt, wie Napoleon auf Elba. Es war ziemlich eigenartig.

Damals wie heute hatte ein bohrendes, hartnäckiges Verlangen Besitz von ihm ergriffen, das nicht lockerließ, ehe es hatte, was es wollte. Und es wollte nur eines: mehr. Komisch, dachte Bosse, es schien, als würde in seinem Leben früher oder später alles zur Sucht.

Er kam nicht dazu, den Gedanken zu Ende zu führen, denn die bohrende Stimme aus seinem Inneren, die seinem Vater beängstigend nahekam, machte ihm klar, was er jetzt viel dringender brauchte: was Süßes als Kontrast zu den übersalzenen Flips. Seine Seele war noch immer hungrig.

Im Vorratsschrank hinter den angebrochenen Müslis wurde er fündig. Es waren die blauen M&Ms. Bosse riss die Tüte auf, warf den Kopf in den Nacken und schüttete sich die Schokolinsen gierig in den Schlund.

Es dauerte nicht lange, bis er sich über der Kloschüssel kniend wiederfand. Bosse kniff die Augen zusammen, zählte laut: »Eins, zwei, …«, und rammte sich bei »drei« den Zeigefinger in den Mund, gegen Zungengrund und Gaumen.

Er hustete, er würgte, er spie aus.

Erst als das Pumpen aus seinem Inneren verebbte, schlug er die Augen wieder auf. Der Geruch in seiner Nase war beißend, und seine Speiseröhre brannte. Aber er fühlte sich erleichtert. Befreit von seinen Sünden. Nicht von allen, aber wenigstens von denen, die ihm schwer im Magen gelegen hatten.

Er drehte den Hahn des Waschbeckens auf, ließ sich Wasser in den Mund laufen, gurgelte, spuckte, spülte durch. Hielt sich ein Nasenloch zu, schnäuzte den Inhalt des anderen aus. Wiederholte den Vorgang auf der anderen Seite, und danach ging's ihm besser. Zumindest war das ätzende Gefühl in seiner Kehle und Nase weg.

Anschließend trottete Bosse leicht benebelt durch den Flur, in sein Zimmer, wo er beim Betreten über die Schwelle stolperte, und schloss die Tür hinter sich.

Er lehnte sich zurück, pustete tief durch und kratzte sich hinter dem Ohr. Was für ein Tag. Als er aufsah, stellte er fest, dass er die falsche Tür genommen hatte.

Sie lag auf dem Bett und schlief.

Eines ihrer Beine steckte nach wie vor in schwarz-beige gemusterter Schlangenhaut, das andere war eingewickelt in roten Verband. Ihre Fußzehen waren pink lackiert.

Bosse ließ den Blick über den Verband gleiten, der an ihrem Spann begann, über das gesamte Schienbein reichte und erst unterhalb ihres Knies endete. Sein Blick wanderte weiter, über ihren nackten Schenkel bis hoch zu ihrem Schoß. Bosse hielt inne, und für ein paar Augenblicke stockte ihm der Atem. Melisas Slip war schwarz. Irgendwie schaffte er es, seinen Blick zu lösen, und setzte die Entdeckungsreise fort. Unterhalb ihres Bauchnabels standen wenige, ganz, ganz zarte weiße Härchen im Sonnenlicht. Darüber trug sie noch immer das verschmutzte bauchfreie Top, unter dem ihr ebenfalls schwarzer BH schimmerte. Unweit davon ragte ihr markantes Schlüsselbein aus dem Ausschnitt ihres Oberteils. Er hätte es gern angefasst, ganz kurz nur, aber in diesem Moment seufzte Melisa und klappte träge ihre Lider auf.

***

Nachdem sie mehrmals geblinzelt hatte, nahm Bosse mehr und mehr Kontur an. Er stand regungslos neben ihr und musterte sie von oben herab. In seinem Blick lag sichtbare Verachtung.

»Warum Nicki?«, fragte er.

Melisa vergrub sich bis zum Hals unter der dünnen Decke. »Was willst du von mir?«

»Ich will wissen, warum du dir ausgerechnet Nicki ausgesucht hast.«

Melisa schwieg.

Bosse fixierte sie scharf. »Ich durchschaue dich. Du denkst, du bist was Besonderes. Besonders hübsch, besonders interessant, wahrscheinlich denkst du sogar, du bist besonders schlau. Aber die Wahrheit ist die: Von dir gibt's unendlich viele.«

Melisa lächelte süffisant. »Ist das so, ja?«

Er nickte. »Du benutzt Menschen. Das ist alles. Weil du nichts anderes kannst.«

»Was soll das werden? Ethikstunde mit Marvin?«

Er schüttelte den Kopf. »Eine Klarstellung. Nur eine Klarstellung.«

»Na, dann stell mal klar, du.«

»Ich will, dass du Nicki in Ruhe lässt.«

Melisa setzte sich umständlich auf. Ihr Bein schmerzte. Sie lehnte sich mit dem Rücken ans Kopfteil des Bettes und sah Bosse an wie jemand, der ganz genau um seine Macht weiß. »Soweit ich das mitbekommen hab, läuft's gerade nicht so gut zwischen euch, Mr. Tinderman. Du willst, dass ich ihn in Ruhe lasse, damit er dich in Ruhe lässt. Kommst ohne deine Viola nicht klar, was?«

Bosse schob sich direkt vor ihr Gesicht. »Ich sag's dir ein letztes Mal. Du bist hier nicht erwünscht. Verschwinde.«

»Wir wissen beide, dass das längst geklärt ist. Ich bleibe, ob's dir passt oder nicht. Also, wenn du mir wieder mal was zu sagen hast, würde ich dir raten, du machst 'nen Knicks, bevor du mich ansprichst. Und jetzt zisch ab, Bosse.«

Bosse rührte sich nicht vom Fleck. Sein Blick kam einer Kriegserklärung gleich.

Bevor Melisa ihm mitteilen konnte, dass er keine Chance gegen sie hatte, vernahm sie ein Geräusch an der Tür. Jemand drückte die Klinke. Sie sah zum Zimmereingang.

Es war Nicki. Er stand wie festgefroren im Rahmen. Augenscheinlich waren die bad vibes, die den Raum erfüllten, geradezu greifbar. »Alles klar?«, fragte er argwöhnisch.

Sie schwenkte zu Bosse zurück, der auf Abstand gegangen war, aber noch immer am Bett stand. Er glotzte Nicki stumm an.

»Ich weiß nicht«, sagte sie. »Er stand plötzlich neben dem Bett und war … irgendwie komisch.«

Während Bosse sie mit einem Anflug von Verwirrung musterte, hakte Nicki nach: »Komisch?«

Sie nickte. »Sexuell erregt, irgendwie.«

Bosse schnaufte verächtlich, als könnte er sich nichts Abstruseres vorstellen.

»Was machst du hier?«, fragte Nicki.

Bosse zuckte mit den Schultern. »Hab die falsche Tür genommen.«

Er brach auf, um das Zimmer zu verlassen, doch Nicki versperrte ihm den Weg. »Was hast du hier drin zu suchen?«, wiederholte er.

»Geh mir aus der Sonne«, blaffte Bosse.

Nickis Blick verengte sich. »Halt dich fern von ihr, okay?«

Bosse atmete aus. »Merkst du denn nicht, was sie mit dir macht?«

»Ich merke, dass du in ihrem Zimmer stehst, obwohl du hier nichts verloren hast. Was soll das?«

Bosse reckte das Kinn. »Ach, leck mich. Und jetzt mach Platz.«

Nicki trat zur Seite und gab den Weg frei. Bosse verschwand.

Als Nicki zu ihr sah, schenkte sie ihm ein honigsüßes Lächeln. Ihr Mund formte ein stummes, aber komplett ernst gemeintes »Danke!«.

***

In Toronto war es gegen acht gewesen, als Viola ihn kontaktiert hatte. Sie hatte zu Abend gegessen und sich im Anschluss ein Bad eingelassen, ehe sie ihn anschrieb. Bosse hatte vor Müdigkeit kaum noch die Kraft zum Tippen aufgebracht. Die Buchstaben waren vor seinen Augen verschwommen, trotzdem hatte er brav Violas Fragen (»Bist du beim Sport gewesen?«, »Wie läuft's in der Uni?«, »Ist Niklas endlich ausgezogen?«) beantwortet, die er bei jedem ihrer Gespräche beantworten musste. Als die Unterhaltung sich anschließend wie üblich auf ausufernde Schilderungen ihres anstrengenden Alltags konzentrierte, beschlich ihn eine ungemütliche Ahnung, die ihn in Unruhe versetzte. Vielleicht lag Nicki ja doch nicht so weit daneben, vielleicht war er ja wirklich nur mit ihr zusammen, weil ... weil er sie brauchte, damit sie ihm sagte, wo's langging.

Mit Viola war es zwar nicht immer leicht, er musste durchaus Zeit und Geld in sie investieren – das erwartete sie einfach –, aber solange er das tat und solange er vor allem tat, was sie glücklich machte, führten sie eine harmonische Beziehung. Was war daran verwerflich? Lief's im Grunde nicht bei allen so – happy wife, happy life?

Als er ihr aus einer Stimmung heraus vorschlug, ihm ein Nacktfoto aus der Wanne zu schicken, wehrte Viola mit ihrer typischen Affektiertheit ab. »Was denkst du von mir, Marvin? Ich bin kein Flittchen!«, schrieb sie.

Bosse machte also, was er immer tat – er bat gnädigst um Entschuldigung. Und auch Viola tat, was sie immer machte – sie hob den mahnenden Zeigefinger der Richtenden und kam vom Hundertsten ins Tausendste, sodass er am Ende nicht mehr wusste, worum es überhaupt ging, aber dafür eine sehr genaue Vorstellung davon hatte, warum er die größte Flasche war, die je über den Erdball gewandert war.

Jetzt lag er auf dem Bett und dachte nach. Wann hatten er und Viola eigentlich das letzte Mal Spaß gehabt? Die Form von Spaß, die ein Kribbeln im Bauch hinterließ. Die ihn glauben machte, er könne, leicht wie ein Ballon, davonfliegen. Die Art von Leichtigkeit, die ihn vergessen ließ, und wenn's nur für ein kurzes Weilchen war, dass er unentwirrbar verzurrt war in einem Netz aus Erwartungen, Pflichten und Zwängen. Bosse kam nicht drauf.

Und dann klopfte es.

Er setzte sich auf und lenkte den Blick zur Tür.

Melisa hielt einen Suppenteller in der Hand, und ihre Stimme war engelsgleich. »Ich hab polnischen Bigos gekocht. Hunger?«

Bosse nickte, bewegte sich aber nicht von der Stelle, genauso wenig wie sie. Und so herrschte ein paar lange Momente Stille, ehe sie sagte: »Ich bin nicht so gut zu Fuß zurzeit, also …«

»Ja, klar, natürlich, sorry, ich war gerade woanders.«

Bosse sprang auf, und als er vor sie trat, umspielte ein süßes Lächeln ihre sinnlichen Lippen. »Guten Appetit«, sagte sie und überreichte ihm den Teller.

»Ähm, also wegen vorhin –«, begann er leise.

»Ich bin nicht sauer«, unterbrach sie schnell.

Er sah sie verblüfft an. »Nicht?«

»Nein. Warum denn?«

»Na, weil ich … na ja, du weißt schon.« Er sah zu Boden.

»Weil du mich im Schlaf abgecheckt hast und dabei scharf geworden bist?«

»Ähm, ja«, sagte er und brachte es nicht fertig, ihr in die Augen zu sehen.

»Ich seh's als Kompliment.«

Bosse blickte überrascht auf.

Sie fixierte ihn. »Willst du's immer noch?«

»Was?«

»Na, es dir vor mir machen.«

»Was? Nein! Auf keinen Fall. Ganz bestimmt nicht. Wie kommst du denn darauf?«

Melisa sah ihn schräg an. »Ich hatte den Eindruck, du findest mich nicht so schlecht.«

»Ja, schon, aber …«

Sie schob enttäuscht die Unterlippe vor. »Silly me. Vergiss es einfach.«

Bosse atmete tief aus und sagte nichts – weil es die einzige Möglichkeit war, die ihm einfiel, sich nicht noch weiter in die Scheiße zu reiten.

Melisa sah ihn an. Sie fixierte ihn regelrecht mit ihrem Blick, so als wollte sie ihn nie wieder loslassen. So fühlte es sich jedenfalls an.

»Was guckst du?«, fragte er.

Das unendlich tiefe Grün ihrer Augen verschluckte ihn, als sie sagte: »Ich will, dass du kommst. Komm für mich. Jetzt.«

Bosse merkte, wie sein Mund sich öffnete und ein verlegenes Lachen auspresste.

Sie ignorierte es und lockte ihn stattdessen mit dem Zeigefinger. »Komm her.«

Bosse konnte sich nicht bewegen.

»Na, komm.« Als riefe sie nach ihrem Fiffi.

Bosse schob sich wie ferngesteuert auf sie zu. Melisa hob die Hand und signalisierte, dass er stehen bleiben sollte, als er sich ihr bis auf einen Schritt genähert hatte. »Das ist nah genug.«

Sie lächelte breit. Jede Wette, dass Gott persönlich diese Lippen geformt hatte.

»Also, ähm, ich weiß nicht, ob –«

»Halt die Klappe und zieh die Hose aus.«

Er stand wie angewurzelt da, nicht fähig, sich zu bewegen.

»Nicki wird uns diesmal nicht stören«, sagten ihre göttlich designten Lippen.

Er spürte, dass sie spürte, dass er wankte. Es hätte ihn überrascht, wenn sie es ihm nicht geradewegs an der Nasenspitze angesehen hätte.

»Los jetzt, runter damit.« Und noch im selben Atemzug griff sie nach seinem Hosenbund. Bosse ließ es zu.

Melisa sah zufrieden, wenn nicht sogar glücklich, an ihm hinunter. »Er stellt sich nicht so an wie du.«

»Tja«, sagte Bosse, da ihm nichts anderes einfiel.

»Nimm ihn in die Hand.«

Er zögerte.

Melisa entblößte ihr Schlüsselbein. »Gefällt's dir?«

Bosse nickte mehrmals hintereinander. Er fühlte, wie seine Wangen vor Hitze glühten.

Melisa legte ihren Blick wieder zwischen seine Schenkel. »Und jetzt mach's dir. Leg los. Spritz für mich ab.«

Bosse legte los, und Melisas Augen funkelten grün wie Polarlichter. »Schneller, schneller«, sagte sie, und ein paar Augenblicke später war es schon vorbei.

Als er sie schüchtern ansah, blickte sie entschlossen zurück. »Das machen wir ab jetzt öfter. Puck-puck-puck.«

Bosse hatte dazu verschiedene Gedanken im Kopf, allen voran, was Puck-puck-puck zu bedeuten hatte.

Sie stand mit lächelnden, zugleich verschlossenen Lippen vor ihm, als erneut ein »Puck-puck-puck« aus ihr drang.

Zuerst begriff Bosse, dass der Ton nicht aus Melisa kam, und kurz danach verblasste sie, als wäre sie nicht mehr als – ja, genau das, was sie war: ein Geist in der Dunkelheit.

Als er träge die Augen aufschlug, fand er sich in derselben Position auf seinem Bett wieder, in der er sich zuvor abgelegt hatte. Es puck-puck-puckte schon wieder an seinen Ohren. Er brauchte in seinem Zustand ein wenig, um auszumachen, dass es von draußen kam. Genauer gesagt, von der anderen Seite des Flurs. Jemand klopfte gegenüber mit dem Fingerknöchel an Nickis Zimmertür. Puck-puck-puck. Es klopfte noch zweimal, ehe Bosse hörte, wie sich eine Tür öffnete – und wieder schloss.

***

Gegen ein Uhr nachts, Nicki hatte das Licht gelöscht und war eigentlich schon weggedämmert, vernahm er, wie es an der Tür pochte.

Als ihm bewusst wurde, dass es Melisa sein musste, die anklopfte, war er auf einen Schlag wieder hellwach.

Mit einem Kloß im Hals presste er ein leises »Ja?« über seine Lippen.

Die Tür schwang auf, und es erschien wirklich Melisa. Sie stützte eine Hand auf die Krücke, in der anderen hielt sie die Klinke. Sie hatte das aufgetragene Karohemd übergeworfen, das er ihr als Nachthemd überlassen hatte. Ob sie außer dem knallroten Verband darunter noch irgendetwas trug, war der Phantasie des Betrachters überlassen.

»Darf ich bei dir schlafen?«

Nickis Herz überschlug sich, hämmerte bis zu seiner Kehle, und alles, was oberhalb davon lag, vibrierte, als hätte jemand einen Gong in seinem Schädel geschlagen. »Ähm. Ja. Klar. Komm rein«, sagte er.

Sie lächelte, schloss die Tür hinter sich und hüpfte langsam zu ihm.

»Stimmt was nicht?«, fragte er, dabei stemmte er sich auf seine Hände.

»Mit deinem Bosse stimmt was nicht. Das war Creepy McCreepster, was der vorhin abgezogen hat. Ich hab Angst alleine.«

Nicki sagte: »Hmm.«

Sie blieb vor ihm stehen. Nickis Nase befand sich knapp unterhalb ihrer Brüste. So nah war er ihnen noch nie gewesen. Er hob den Blick. »Welche Seite ist dir lieber?«

Sie zuckte mit den Schultern. »Mir egal.«

Er rutschte rüber, und sie glitt neben ihn ins Bett. Sein altes Hemd verdeckte gerade mal das Nötigste. Er bildete sich ein, er könnte ihre Haut riechen, von der sehr viel nackt neben ihm lag.

»Brauchst du ein Kissen oder so, für dein Bein?«

»Nein danke«, sagte sie und drehte ihren Kopf im Kissen.

Sie sah ihn mit einem Blick an, so scheu wie der eines Kätzchens, das sich verlaufen hatte. »Keine Ahnung, was noch alles passiert wäre, wenn du nicht da gewesen wärst, Nicki.«

Er musste sich räuspern. »Aber ich war da.«

Ihr Mund war höchstens eine halbe Armlänge entfernt und lächelte ihn an wie ein Erdbeertörtchen, das danach lechzte, vernascht zu werden.

»Ja, du warst da.«

Ein Schimmer trat in ihre Augen. Nicki kannte ihn, er hatte ihn schon mal gesehen. Das erste Mal, als sie ihn zum Abendessen eingeladen hatte. Damals, unmittelbar bevor die Fahrstuhltüren sich zwischen sie gedrängt hatten.

Sie griff seine Hand, und ehe er wusste, wie ihm geschah, schmiegten sich ihre Erdbeerlippen an ihn, und sie streichelte ihm den zartesten Kuss der Menschheitsgeschichte auf den Mund.

»Mein Held. Danke, dass du das alles für mich machst.«

Er war ihr Held. Was sagte man dazu? Das machte ihn in etwa zur geilsten Sau der Stadt. Das und sein pulsierender Schwanz unter der Bettdecke. Nicki spürte, wie jede Faser seines Körpers wie Prosecco prickelte. Ihm wurde immer heißer. Gleich würde er in Flammen stehen.

Leider wurde es nur ein Strohfeuer.

Sie hauchte: »Gute Nacht«, drehte ihm den Rücken zu und löschte das Licht.

18

Kaum hatten sie die Stadtgrenze hinter sich gelassen, schmeckte die Luft nicht mehr nach heißem Asphalt, schmelzenden Autoreifen und toxischen Abgasen. Plötzlich fühlte es sich nicht mehr an, als würde man mit jedem Luftholen ein bisschen mehr ersticken.

Sie fuhren mit heruntergelassenen Fenstern auf der B 109. Ihr Ziel war der Liepnitzsee, circa acht Kilometer nördlich von Berlin. Sie würden ihn kurz vor Einbruch der Dunkelheit erreichen.

Fletscher hatte Marzahn erzählt, die »Bitch« würde auf der Insel Großer Werder im Liepnitzsee festgehalten. Er hatte ihm ein windschiefes Backsteinhaus mit einer grünen Holztür beschrieben, einen Weg mit schlecht verlegten Pflastersteinen, die sich unter seinen Füßen anheben würden, sollte er nicht achtgeben, wohin er seinen Schritt setzte. Er hatte sogar einen Wildapfelbaum erwähnt, der neben dem Haus wuchs. Marzahn hatte an seinen Lippen gehangen und ihm alles abgekauft.

Im Rückspiegel schrumpfte die Stadt am Horizont, und mit ihr schienen auch Fletschers Sorgen, die dort wie Krebsgeschwüre wucherten, in der Bedeutungslosigkeit zu verschwinden. Er wusste, es war eine Illusion, wie ein Zaubertrick, nur eine Täuschung seiner Sinne.

Als er den Blick vom Spiegel löste, streifte er den Rucksack, der sachte auf der Rückbank vibrierte.

Fletscher hatte Marzahn gesagt, dass sich darin das nötige Werkzeug befand, das man für eine Aktion wie die von ihnen geplante benötigte. Tatsächlich beinhaltete der Rucksack zehn Meter Seil aus witterungsbeständigem Polyester und Hantelgewichte von insgesamt fünfundzwanzig Kilogramm. Fletscher hatte versucht, sich mit dem archimedischen Auftriebsprinzip zu befassen. Er wollte berechnen, wie viel Gewicht an Marzahns Füßen erforderlich war, um sicherzugehen, dass seine Leiche am Grund des Sees liegen blieb. Er hatte ziemlich schnell genervt aufgegeben, nachdem sein Gehirn beim Anblick der physikalischen Formeln auf Arbeitsverweigerung geschaltet hatte. Sein Gefühl sagte ihm, fünfundzwanzig Kilo sollten reichen. Und selbst wenn nicht, bis der Idiot wieder auftauchen würde, wäre er selbst längst unauffindbar abgetaucht.

Nachdem sie das Waldstück vor Basdorf durchquert hatten, mokierte Marzahn sich in üblicher Ausführlichkeit darüber, dass es in der lausigen Ecke aussehe, als wäre die Zeit stehen geblieben. Oder schlimmer noch, als wären sie in der Zeit zurückgereist und im Jahr 1987 gelandet. Er bildete sich ein, den Mief zu riechen, den die DDR zurückgelassen hatte. Es sei für ihn wie in Friedrichshain. Er hasse es dort wie hier, obwohl er sich nicht ganz sicher sei, was von beidem er abgefuckter fände. Als waschechter Wessi komme er nach wie vor nicht klar mit dem Osten – sei's in Berlin oder anderswo.

Fletscher verkniff sich jeden Kommentar und sagte stattdessen: »1987 hatte auch sein Gutes.«

Marzahn drehte sich Fletscher zu, und während hinter ihm die teils maroden Straßenzüge vorbeizogen, die der Sozialismus hinterlassen hatte, fragte er: »Ach ja? Was 'n?«

Als Fletscher zu ihm schielte, trafen sich ihre Blicke – gerade so lange, wie es der Verkehr zuließ. Er bediente wortlos den Bordcomputer, und kurz darauf ballerte die unverwechselbare Bassline von »Bad« aus den Boxen.

Fletscher sagte: »Das.«

»›Bad‹?« Marzahn blickte verblüfft aus der Wäsche.

»Von 1987«, nickte Fletscher.

Sogar aus dem Augenwinkel erkannte er, dass Marzahn ihn anstarrte, offenbar völlig baff.

»Sie stehen auf MJ?«

»Gibt's da ein Problem?«

»Nein, Mann. MJ rockt.« Marzahn ließ seinen Kopf im Takt wackeln. »Drehen Sie mal lauter.«

Fletscher drehte auf, und Marzahn begann mitzusingen:

»I'm giving you / On count of three / To show your stuff / Or let it be.«

Fletscher sah auf die Straße und stimmte ein: »I'm telling you / Just watch your mouth / I know your game / What you're about.«

Marzahn sang: »Well they say the sky's the limit / And to me that's really true.«

Fletscher sang: »But my friend you have seen nothin' / Just wait 'til I get through / Because I'm bad, I'm bad.«

Marzahn sang: »Really bad.«

Fletscher sang: »You know I'm bad, I'm bad.«

Marzahn sang: »Really bad.«

Fletscher lächelte nachdenklich, während MJ den Song ohne sie zu Ende brachte. War er auf dem richtigen Weg? Gab es wirklich keine andere Lösung für das Rattenschwanzproblem?

Marzahn unterbrach ihn in seinen Gedanken, als er sagte: »Der Maestro, der King, der Chef de la Cuisine.«

Ohne ihn anzusehen, sagte Fletscher: »Hätte nicht gedacht, dass Sie Musikgeschmack haben.«

»Mann, Sie wissen so einiges nicht über mich, Partner. Ich stecke voller Überraschungen.«

»Was ist Ihr Favorit?«

»Von Michael Jackson jetzt, oder was?«

Fletscher nickte. »Und überlegen Sie gut. Ihr Schicksal könnte davon abhängen.«

Marzahn lachte. »Alles klar, Alter. Bei MJ hört der Spaß auf, was?«

Fletscher widersprach nicht mal im Geiste.

Marzahn dachte eine Zeit lang nach, dann sagte er: »Ich denke, ›Billie Jean‹. Ja, doch, ›Billie Jean‹ kickt immer.« Er spielte Luftbass: »Daa-daa-daa-die-da-da-da-da …«

»Leider falsch«, erwiderte Fletscher. Aber da galt seine Aufmerksamkeit längst dem dunklen Renault Mégane, der ihm zuletzt vor zehn Kilometern aufgefallen war, als sie die Danziger gekreuzt hatten, und der sich aktuell anschickte, hinter einem alten Mercedes CLK und einem Dacia Duster im Verborgenen zu bleiben.

Als Verfolger kam so mancher in Betracht: Es konnte ein Geldeintreiber eines Gläubigers sein, der die Geduld verloren hatte; jemand, den Tönnies geschickt hatte; einer, dessen Frau Fletscher gebumst hatte; oder auch einfach nur jemand, der zufällig denselben Weg hatte. Wer auch immer es sein mochte, Fletscher wollte ihn unbedingt abschütteln.

In Wandlitz, auf Höhe der Sportanlage, wurde die rechte Fahrspur saniert. Die Prenzlauer Chaussee war vom Straßenbauamt über eine Länge von grob zweihundert Metern zur Hälfte geschlossen worden, eine Baustellenampel sorgte dafür, dass sich Verkehr und Gegenverkehr die verbliebene Fahrbahn im stetigen Wechsel teilen mussten.

Fletscher hatte seinen Mietwagen gerade an sechster oder siebter Stelle in die Schlange hinter der roten Ampel eingereiht, als ihm die Idee kam. Er rief: »Festhalten!«, und scherte aus. Als er das Gas durchtrat, krallte Marzahn die Fingernägel in die Armlehne. Sie ließen die wartenden Autos, deren Insassen ziemlich lange Gesichter machten, neben sich liegen und schossen mit Vollgas über die freie Spur. Die Ampel vor dem Vierzigtonner, der in die Richtung wollte, aus der sie kamen, leuchtete zu diesem Zeitpunkt schon grün. Der Sattelzug rollte los, kam jedoch nicht weit. Als Fletschers schwarzer Audi wie ein Geschoss auf ihn zuflog, stieg der Fahrer hart in die Eisen. Das Führerhaus hob sich an und drohte vorn überzukippen, schnellte dann aber zurück, als würde es an einem unsichtbaren Gummiband hängen, das es mit aller Kraft rückwärts zog.

Marzahn hatte den Aufprall schon vor Augen und schrie: »Nein, ey!«

Fletscher trat einmal scharf auf die Bremse, lenkte den Wagen gekonnt um den Lkw, und bevor Marzahn überhaupt wusste, wie ihm geschah, waren sie auf den Lanker Weg abgebogen. Ein paar Kilometer weiter erreichten sie pünktlich zum Sonnenuntergang den Parkplatz am Waldrand. Fletscher ließ die Handbremse des Audis klicken und sah rüber zu seinem Beifahrer. »Ab hier geht's zu Fuß weiter.«

Er setzte sich den schweren Rucksack auf, dessen Gurte sich bald in seine Nackenmuskeln fraßen, und ging voraus.

Die Sonne hing blutrot in den Baumwipfeln, als sie den ausgetretenen Pfad beschritten, der sich am Seeufer entlangschlängelte. Als der Weg das Ufer verließ und sich einen Hügel hinaufschwang, sagte Fletscher: »Wir sind gleich da.«

Marzahn hielt nur mühsam mit ihm Schritt und folgte ihm humpelnd durchs Unterholz. Fast dreißig Minuten nachdem sie am Parkplatz aufgebrochen waren, erreichten sie die Stelle, an der der schäbige Kahn aus Glasfaserkunststoff unter einer grünen Abdeckplane versteckt auf sie wartete.

»Und das Ding soll schwimmen?« Marzahn standen die Zweifel ins Gesicht geschrieben, als Fletscher die Plane lüftete.

»Bis zur Insel und zurück schafft er's auf jeden Fall.«

Fletscher ließ den Kahn zu Wasser und klemmte die Sitzbretter ein. Platzierte den Rucksack unter Marzahns Brett und setzte sich mit den Paddeln an den Bug. Sagte: »Setzen Sie sich, erholen Sie sich, ich rudere.«

Auf halber Strecke hob Fletscher die Paddel aus dem Wasser und drehte sich der Insel zu, die hinter ihm in der Dämmerung lag. »Sehen Sie die Lichter?«

»Ja«, sagte Marzahn. Er kniff die Augen zusammen und schob den Kopf leicht vor, als könnte er den Ausblick so schärfer stellen.

»Dort lagern unsere Millionen.« Fletscher warf ihm einen Blick über die Schulter zu. »Geben Sie mir mal den Feldstecher aus dem Rucksack.«

Marzahn beugte sich über den Rucksack, aber als er ihn öffnete, fand er darin kein Fernglas, nur ein Seil und Hantelgewichte. Zu diesem Zeitpunkt befand sich die Nadel längst neben Marzahns Hals, und Fletscher rammte sie ihm ohne zu zögern unmittelbar neben eine pulsierende Vene.

Marzahn schlug mit der flachen Hand auf die Einstichstelle,

als würde er eine Stechmücke verjagen wollen. »Scheiße, Alter, was …« Er tastete seinen Hals ab. »Verdammte Moskitos, ey.«

Erst jetzt sah er auf und entdeckte die Spritze, die Fletscher neben seinem Gesicht in der Hand hielt.

»Waren Sie das?«, fragte er. Wenngleich seiner Stimme anzumerken war, dass er die Antwort bereits kannte – und sie ihn verängstigte.

»Das war Tetrodotoxin, kurz TTX«, erwiderte Fletscher. »Ein Nervengift.«

Marzahns Blick bestand aus nichts als blankem Entsetzen. Als würde er seinem Henker ins Antlitz sehen. Womit er der Wahrheit ziemlich nahekam.

Fletscher sagte: »Grad eins besteht aus Gefühlsstörungen im Mund- und Rachenbereich. Grad zwei sind Taubheitsgefühle, beginnende Lähmungserscheinungen, Muskelschwäche, Koordinationsstörungen. Es folgen ausgedehnte Lähmungen, Ateminsuffizienz, Blutdruckabfall, Stimmverlust. Schade fast, dass Sie's so weit nicht schaffen werden. Danach würde sich Grad vier anschließen, mit schweren Schluck- und Atembeschwerden, Kreislaufversagen und Bewusstseinsstörungen. Nach sechs bis vierundzwanzig Stunden tritt der Tod durch Atemlähmung ein. Das wird Ihnen erspart bleiben. In sechs Stunden liegen Sie längst ertrunken auf dem Grund dieses Sees.«

Fletscher warf die Spritze über Bord, während Marzahn sich nicht einen Millimeter bewegte. »Was?«, stammelte er, zu mehr nicht fähig. Er war verstört.

Fletscher hatte Verständnis. »Ich wollte Ihnen den Gefallen tun und habe nach einer passenden Stelle im Westen gesucht, aber es hat sich nichts angeboten. Letztlich dürfte es ohnehin egal sein, wo Sie tot sind.«

Marzahn schielte an seiner Nasenspitze vorbei, streckte die Zunge raus und strich sich mit dem Finger darüber. »Es kribbelt. Fühlt sich irgendwie … pelzig an.«

»Das ist gut möglich. Die Dosis war sehr hoch.«

Marzahn sah Fletscher direkt an. »Warum … warum haben Sie das gemacht?«

»Weil Sie's vermasselt haben. Und weil Sie mich bedroht haben. Beides einmal zu oft.«

»Bedroht? Komm, ey.«

Marzahn schwankte. Er musste sich mit beiden Händen am Sitzbrett festhalten, um nicht aus dem Boot zu fallen.

»Darf ich mal?« Fletscher griff zwischen Marzahns Beine und zog den Rucksack zu sich.

Marzahn wollte nach Fletschers Schulter greifen, verlor aber das Gleichgewicht und kippte vornüber. Als er mit dem Kinn hart auf dem Bootboden aufschlug, stöhnte er laut vor Schmerzen.

»Ich mache Ihnen so gesehen keinen Vorwurf«, sagte Fletscher, während er ungerührt verfolgte, wie Marzahn vergebens versuchte, seine Arme und Beine zu mobilisieren. »Neulich erst hat mir jemand erklärt, dass Sie ein Kategorie-zwei-Idiot sind. Sie halten sich für clever, sind es aber nicht. Sehen Sie den Tatsachen ins Auge – es ist Ihre Bestimmung, es zu vermasseln. Sie konnten nicht anders. Es musste so kommen. Von dem Moment an, als Sie aus Ihrer Mutter gefallen sind, sind Sie genau auf diesen Tag zugesteuert.«

Marzahn gelang es irgendwie, sich auf seine Unterarme zu stützen. Sein Nasengips hatte sich an der Stelle, wo seine Nasenlöcher lagen, rot verfärbt. Er kauerte wie ein geprügelter Hund vor Fletscher.

»Ich spüre meine Beine nicht mehr.«

»Wissen Sie, vorhin im Auto, da hatte ich ganz kurz meine Zweifel. Ich dachte, vielleicht gibt es doch einen anderen Ausweg. Ich dachte, vielleicht habe ich etwas übersehen. Vielleicht könnte ich Sie am Leben lassen. Aber ›Billie Jean‹? Ernsthaft? Kein echter Michael-Jackson-Fan würde je auf die Idee kommen, ›Billie Jean‹ seinen Lieblingssong zu nennen.«

»Was quatschen Sie da? Ich hab –«

»Sch-sch-sch!« Fletscher legte den Finger auf den Mund. »Somit war endgültig klar, dass Sie mich hintergehen würden, sobald sich Ihnen die Gelegenheit bietet. Sie wollen was sein, was Sie nicht sind. Sie wollen groß sein, bedeutend, wichtig.

Die Wahrheit ist, Sie sind nichts anderes als ein Fehler. Sie sind kein stabiler Charakter. Deswegen ist es ganz egal, ob es um ›Billie Jean‹ geht oder um zwei Millionen – Sie sind schlicht nicht vertrauenswürdig.«

»Mann, bitte. Ich hab Scheiße gebaut, okay, aber bitte, ey, Mann. Tun Sie das nicht.« Er war kaum noch zu verstehen. Als versuchte er, mit einem Filzlappen zwischen den Zähnen zu sprechen.

»Es ist längst getan, Marzahn. Ich habe Sie getötet. Sie atmen lediglich noch.«

Fletscher sah, wie Marzahns Augen glasig im Dunkel schimmerten. Sah, wie Tränen über seine Wangen liefen. Er kniete sich neben ihn und legte die Hand in die seine. »Okay, ganz ruhig. Es ist gleich vorbei.«

»Ich sag Ihnen, ich hab Sie nicht bedroht.«

Fletscher schüttelte enttäuscht den Kopf. »Nicht mal im Angesicht des Todes schaffen Sie es, sich zu ein wenig Wahrhaftigkeit durchzuringen.«

»Das ist doch Bullenscheiße. Alter, ey.«

»Ja, das ist es«, sagte Fletscher. »›Rock With You‹ wäre die richtige und einzig zulässige Antwort gewesen. MJ, Temperton und Q – einfach unschlagbar.«

Damit erhob er sich, ging um Marzahn herum, nahm dessen Arm, über den der Idiot längst keine Macht mehr hatte, und drückte ihn ihm auf den Rücken. Dann griff er den zweiten Arm, zog ihn nach, schlang das Seil um beide Hände und zurrte es fest.

Im Anschluss band er die Hantelgewichte an Marzahn, der mittlerweile auf Knie und Stirn abgestützt am Boden kauerte und zu nichts mehr in der Lage schien.

Als Fletscher seine Arme um Marzahns Brustkorb schloss, um ihn hochzuziehen, spürte er, wie verzweifelt der bereits nach Luft rang. Das Röcheln, das dabei aus ihm drang, klang nicht mehr nach einem Lebenden und ließ Fletscher erschaudern.

Es war komplizierter, als er es sich ausgemalt hatte, Marzahns schlaffen Körper ohne zu kentern über Bord zu werfen.

Ehe er in die Tiefe sank und die nasse Dunkelheit ihn verschluckte, riss er plötzlich die Augen auf, als hätte er in just diesem Moment die Nachricht erhalten, dass er nicht in seinem warmen Bett lag und träumte, sondern dass es das reale Ende in dieser Welt für ihn war. Er hinterließ nicht mehr als eine Handvoll Luftblasen, die zur Wasseroberfläche aufstiegen und dort zerplatzten.

Fletscher sah hinab ins Schwarz. Ein tiefes Gefühl von Mitleid erwuchs und erfüllte ihn innerhalb kürzester Zeit. Als er begriff, dass es nicht der Idiot war, der ihm leidtat, sondern dass er sich selbst betrauerte, bröckelte es ihm wie Schuppen von den Augen. Er war nicht, wie er es bisher ganz selbstverständlich angenommen hatte, der Held seiner Geschichte. Er war der Bösewicht. Er wusste nicht, wie seine eigene fulminante Fehleinschätzung so lange hatte überleben können. Was er dafür wusste: Er war verloren.

Während Fletscher zurück zum Ufer ruderte, versicherte er sich – es schien ihm, er tat es beinahe aus Trotz gegenüber dem, was sein unausweichliches Schicksal war –, dass es eine ganze Weile dauern würde, bis sie die Leiche fanden. Immerhin maß der Liepnitzsee an dieser Stelle eine Tiefe von fast dreißig Metern. Bis Marzahn auftauchen oder jemand durch Zufall auf ihn stoßen würde, hätte sich jede Spur seines Mörders längst in Südamerika verloren.

Fletscher hatte sich über mehrere Städte und Regionen informiert, und seine innere Stimme hatte ihm geraten, Feuerland sei der Ort, an dem er seinen Frieden finden würde. Und selbst wenn es nur aus dem einen Grund war, dass die Durchschnittstemperatur in Ushuaia bei sechs Grad Celsius lag. Er war dumm genug gewesen, sich Glauben zu schenken, als er sich gesagt hatte, mit den zwei Millionen, die ihn erwarteten, müsste er sich, wenn er nicht gerade in Luxus schwelgte, nie wieder Geldsorgen machen und alles andere würde sich schon ergeben. Inzwischen begriff er, dass er sich etwas vorgemacht hatte.

Fletscher zerrte den alten Kahn an Land. Als er die Plane über das Boot warf, vernahm er das Knacken eines Astes. Er wandte den Kopf zur Seite und entdeckte zwei schwarze Schuhpaare, die neben ihm standen. Es waren Springerstiefel, und sie gehörten zwei grobschlächtigen Figuren, die tumben Gesichter unter den Glatzköpfen so blass, als hätten sie den gesamten Sommer im Keller verbracht, um Hakenkreuzfahnen zu nähen. Ehe Fletscher sich's versah, hatten ihn die Nazis gepackt und ihre schraubstockgleichen Pranken fest um ihn geschlossen.

Er musste noch nicht mal fragen, was das Ganze sollte. Er beantwortete die Frage, als er aus dem Dunkel der Nacht trat. Die überdimensional große Cowboy-Buckle war das Erste, was Fletscher von ihm erblickte, als das Licht des Mondes sich darin verfing. Dicht hinter der Gürtelschnalle folgte ein Grinsen, das weniger auf Amüsement beruhte, sondern vielmehr dem Umstand geschuldet war, dass er es zeit seines Lebens versäumt hatte, sich die Zähne richten zu lassen. Seine beiden Schneidezähne ragten schief unter seiner wulstigen Oberlippe hervor und sorgten für eine stets sympathische, gut gelaunte Miene. Nichts hätte seiner wahren Natur fernerliegen können.

»Grüß dich, Kah-Punkt Kah-Punkt. Wie geht's, wie steht's?« Er hielt dicht vor ihm an. Er hatte auffällig lange Beine, sein Oberkörper war gedrungen, und die Schultern hingen etwas mehr als sonst. Seine Stimme klang auch nach all den Jahren noch so rau und kratzend, als stünde man Joe Cocker gegenüber.

Fletscher beäugte die schwarze Lederhose, den schwarzen, bodenlangen Ledermantel und das rote Hemd und begrüßte seinen alten Bekannten ohne jedwede aufgesetzte Höflichkeit: »Schalako.«

Aus irgendwelchen Gründen fiel ihm erst jetzt der Kopfschmuck auf. Er fragte: »Seit wann trägst du Hut?«

»Das ist kein Hut, Kah-Kah. Das ist ein Stetson. Und den trage ich, weil mir das Haupthaar allmählich ausgeht. Hab mich wohl zu viel über dich geärgert in letzter Zeit.«

Schalako nahm den Hut ab, und sein lichtes schneeweißes Haar kam zum Vorschein. Unter anderen Umständen hätte man vielleicht sagen können, es schimmerte verheißungsvoll im Mondlicht. Aber so sagte Fletscher: »Ich kann mir denken, dass es nicht leicht ist, im Knast Anschluss zu finden, aber du solltest wirklich wählerischer sein bei der Auswahl deiner Wegbegleiter.«

Schalako presste die dicke Unterlippe hervor, hob die Schultern und machte alles in allem ein Gesicht, als könne er keiner Fliege etwas zuleide tun. Er schob sich zwei Schritte vorwärts und stand mit einem Mal viel zu nahe vor Fletscher, der den eiligen Drang verspürte, seine Innereien, seine Genitalien oder wenigstens sein Augenlicht zu schützen.

»Pass auf«, sagte Fletscher, »bevor du jetzt irgendwas überstürzt – ich hab ein Angebot für dich.«

Schalako legte den Stetson auf einer der Glatzen ab und sah zu ihm. Fletscher gefror das Blut in den Adern, seine Nackenhaare richteten sich auf. Etwas durch und durch Verdorbenes lebte hinter Schalakos Augen.

Er zog ihn an der Krawatte zu sich, und der Rest geschah so schnell, dass Fletscher kaum etwas davon mitbekam. Mit einer Faust, die wiederholt wie ein Hammer bamm-bamm-bamm in sein Gesicht schlug, bearbeitete Schalako ihn unnachgiebig.

Fletscher schwanden die Sinne. Er hörte, wie sein Kiefer brach und Schalako noch dreimal hintereinander auf ihn einhämmerte. Als die Glatzen Fletscher losließen, sank er auf alle viere. Er spuckte aus, es schmeckte nach Blut. Er konnte nur schätzen, wie viele seiner Zähne vor ihm im Dreck lagen.

»Verzeih mir, ich hab dich unterbrochen. Du wolltest was sagen?«, fragte Schalako.

Fletscher wollte tatsächlich was sagen, aber er gab nur unverständliche Laute von sich.

»Wie bitte? Du willst dich entschuldigen? Ja, na gut, dann mach mal. Auf den Knien bist du ja schon.«

Fletscher hatte eben erst erfahren, wie schwer es war, die passenden Wörter ohne Zähne zu finden, also verzichtete er auf die ganz große Ansprache und streckte Schalako stattdessen mit letzter Kraft den Mittelfinger entgegen.

»Du verletzt meine Gefühle, Kah-Kah«, sagte Schalako. »Dreh dich um.«

Weil er sich nicht rührte, trat Schalako ihm gegen die Schulter, sodass Fletschers Rumpf sich ganz zwangsläufig drehte.

Im nächsten Moment schnürte es ihm die Luft ab. Fletscher versuchte verzweifelt, die Hände zwischen den Draht und seinen Kehlkopf zu schieben, aber ein Tritt in seinen Nacken, der ihn alles andere als sanft auf den Waldboden schickte, vereitelte dieses Vorhaben.

Während sich seine Kehle verengte, spürte er, wie sich ein Knie zwischen seine Schulterblätter bohrte. Schalako saß mit seinem Gewicht auf ihm.

Fletscher strampelte wie wild mit beiden Beinen, irgendwann fühlte es sich sogar so an, als hätte er dabei einen Schuh verloren, doch es half alles nichts.

Als es ihm mühsam gelang, den Blick anzuheben, sah er in die Mündungen zweier Pistolen. Die Glatzen zielten auf ihn. Selbst wenn es ihm irgendwie gelingen sollte, Schalako abzuschütteln, würden seine beiden Dobermänner im Anschluss ihre Magazine in ihn entleeren.

Es war schwer, sich einzugestehen, dass er keine Chance hatte. Aber ihm blieb gar nichts anderes übrig. Es war vorbei.

Das Letzte, was er von dieser Welt sehen würde, war totes Laub, waren kahle Sträucher, rissige Baumstämme und das modrige Wasser des Sees, das klatschend ans Ufer schwappte. Die Welt schien ihn mit Beifall zu verabschieden.

Fletscher schloss die Augen und ließ es geschehen.

***

Hilde Cham fand den A6 nur durch Zufall wieder, nachdem ihre Suche in einem Umkreis von rund fünf Kilometern um die Baustelle herum erfolglos geblieben war.

Während dieser zweistündigen Suche, in der die Nacht hereinbrach, war die Wut über die Ohnmacht, die ihrerseits eine direkte Folge ihres mutmaßlichen Versagens war, minütlich angewachsen. Hilde ertrug die Vorstellung nicht, schon wieder als Verliererin vom Platz zu gehen.

Ihr Zustand hatte sich so weit verschlechtert, dass sie mit quietschenden Reifen am Bordstein neben einer Bushaltestelle angehalten und den dort hängenden Abfalleimer mit zwei gezielten Tritten in den Straßengraben gekickt hatte.

Es war nicht mehr als ein flüchtiger Blick über den Schotterparkplatz gewesen, während sie sich, nachdem sie den Müll aufgelesen, den Eimer zurück ins Bushäuschen gestellt und sich ausgiebig über ihr Unvermögen geärgert hatte, wutschnaubend anschickte, in ihren Renault einzusteigen, doch dieser flüchtige Blick hatte genügt, um den Hertz-Mietwagen zu bemerken, der verborgen hinter einer mächtigen Tanne in der Finsternis auf seinen Fahrer wartete.

Seitdem war eine Stunde vergangen, in der Hilde den Audi nicht aus den Augen gelassen hatte. Sie konnte nicht länger stillhalten. Sie musste was unternehmen. Also stieg sie aus und folgte dem Weg in den Wald.

Im Licht ihrer Taschenlampe entdeckte sie schließlich einen einzelnen Herrenschuh, der im seichten Uferwasser trieb. Es handelte sich um einen Schnürschuh aus schwarzem Leder, mit Budapester-Zierlochung, Größe dreiundvierzig, und der Sohle nach zu urteilen, war er nicht allzu oft getragen worden. Es fehlte jede Witterungsspur, und an der Spitze des Schuhs klebte Erde. Er konnte noch nicht lange da liegen.

Hilde machte ein paar Schritte vom Ufer weg, ließ das Licht über den Boden gleiten. Unweit des Sees stieß sie auf ein klaffendes Loch im Waldteppich, der weiche Boden war übersät mit Furchen. Es sah aus, als hätte jemand versucht, mit den Schuhspitzen die Erde umzugraben.

Hilde musterte den Schuh in ihrer Hand. Sie erinnerte sich, wie sich der Privatdetektiv an die Hotelbar gesetzt, sich eine Zigarette angezündet und einen polierten Schuh auf der Fußstütze des Barhockers abgestellt hatte. Er hatte den Blick durch

Bar und Lobby schweifen lassen und sie dabei sogar gesehen, sie aber wohl für einen Hotelgast gehalten. Hilde war etwas in seinen Augen aufgefallen, etwas, das sie erst ein Mal zuvor gesehen hatte. Dieser Mann ahnte schon damals, dass sein Untergang beschlossene Sache war.

Hilde löste den Blick vom Schuh und sah hinaus auf den See. Der Mond schimmerte verheißungsvoll auf der Wasseroberfläche. Auf der etwas schwamm. Oder eher jemand. Mit dem Gesicht nach unten. Es war Marzahn, wie sich herausstellte.

19

Etwas früher …

»Welch Chuzpe«, sagte Dietze. Und das in einem Tonfall, der deutlich durchblicken ließ, was er vom geforderten Betrag von zwei Millionen Euro hielt.

Fletscher lugte über den Rand des Schreibens, das der Bote am Vormittag mit der übrigen Praxispost zugestellt hatte.

»Auf gar keinen Fall werde ich zahlen«, sagte der Doc, und Fletscher begriff erst jetzt, dass er enttäuscht war von Melisa. Was eigentlich selbstverständlich sein sollte, würde man meinen, aber umso verwunderlicher, weil es für Dietze bis zum heutigen Tag eben offenbar nicht selbstverständlich gewesen war.

»Stand das je zur Debatte?«, fragte Fletscher.

»Nein, tat es nicht.« Dietze schüttelte den Kopf. »Ich wollte damit zum Ausdruck bringen, dass ich selbst dann nicht zahlen würde, wenn ich nicht wüsste, dass es eine Finte ist.«

Er stand auf und walzte zum Fenster. Mit wem er sprach, während er nach draußen blickte – mit sich, Fletscher oder höheren Mächten –, wusste er vermutlich selbst nicht. »Zwei Millionen in kleinen Scheinen«, murmelte er. »Warum tut sie mir das an? Warum?«

Nach einer Weile drehte er sich Fletscher zu und hoffte, seinem Ausdruck nach zu urteilen, auf eine Antwort, die ihm eine befriedigende Erklärung lieferte. Als ihm klar wurde, dass diese Hoffnung vergebens war, wandte er sich wieder ab. Den Blick nach draußen gerichtet, sagte er: »Die schreiben, sie melden sich, sobald ich mich einverstanden erkläre. Was denken Sie, bis wann wollen die das Geld?«

»Nun ja, wenn sie nicht von vorne bis hinten Amateure sind, dann lassen sie Ihnen zumindest ein paar Tage. Wenn ich die wäre, würde ich Ihnen bis Anfang nächster Woche Zeit geben, um das Bargeld zu besorgen.« Fletscher zeigte keine Gemütsregung, obwohl er sich mit Dietzes Hinterkopf unterhielt, der Lüge und Wahrheit wohl kaum unterscheiden konnte.

Der Doc drehte sich um. Etwas Streitlustiges hatte den Weg in sein Gesicht gefunden. »So lange kann ich nicht warten. Unter keinen Umständen. Ich will diesen Sommer treffen – so schnell es geht.«

Fletscher kräuselte die Stirn. »Sie wollen ein Treffen? Haben Sie nicht gerade eben gesagt, dass Sie nicht zahlen werden?«

»Und dabei bleibt's.« Dietze kam bedrohlich näher. »Ich will ihm in die Augen sehen«, der Doc sah Fletscher hart in die Augen, »er soll wissen, dass er sich mit dem Falschen angelegt hat.«

Fletscher saß da wie eine alte Eiche und rührte sich nicht. »Und dann?«

»Dann folgen Sie ihm und lassen sich dieses Mal nicht abhängen. Und dann hole ich mir Melisa zurück.«

»Wenn sie nicht vorher von selbst kommt.«

Ein hoffnungsvoller Glanz trat in Dietzes Augen. »Glauben Sie?«

»Nun ja, wenn ihr klar wird, dass ihr Plan gescheitert ist – warum nicht? Aber es könnte natürlich auch passieren, dass sie nicht wieder zurückwill und das Weite sucht.«

Die Vorstellung verbreitete in Dietze augenscheinlich Panik. Möglich, dass er sie wirklich liebte. Oder es zumindest liebte, sie zu besitzen. Sein Blick verengte sich. »Arrangieren Sie was«, drängte er. »Für heute noch.«

Fletscher nickte und legte die Hand ans Kinn. Eine grüblerische Pose, obwohl es nichts zu grübeln gab. Es hätte für ihn nicht viel besser laufen können.

Dass der Doc nicht zahlen wollte, spielte Fletscher geradewegs in die gezinkten Karten. Ein Joghurt mit abgelaufenem Haltbarkeitsdatum war mehr wert als ein Kidnapping, wenn niemand bereit war, für den Entführten zu blechen. Sommer hatte ausgedient, Melisas Vorhaben war gescheitert. Wenn sie trotzdem an ihre Moneten ranwollte, würde sie sich was einfallen lassen müssen. Oder ihn um Rat fragen. Und dann würde es ihm sehr gelegen kommen, dass er sich bereits was hatte einfallen lassen und ihr sofort einen neuen Plan präsentieren konnte. Er würde seine zweite Chance bekommen, von denen es im Leben weniger gab als gemeinhin angenommen.

Die Sache war, trotz aller Fehler, die ihm unterlaufen waren, endlich wieder unter Kontrolle – und wenn alles glattging, würde er am Ende zwei Millionen abkassieren. Er würde Melisa benutzen, wie sie Sommer benutzte, und ehe sie durchschaut hätte, was gespielt wurde, wäre er schon jenseits des Atlantiks. Wenn sie ein klein wenig Sportsgeist besaß, würde sie nicht mal lange sauer auf ihn sein. Fletscher hatte allerdings nicht vor, darauf zu wetten.

Wie so oft im Leben entbehrte auch diese Verkettung von unwägbaren Umständen nicht einer gewissen Ironie, fand er. Schließlich war Melisa selbst es gewesen, die ihn mit der Nase darauf gestoßen hatte: »Donnerstags erledigt er Papierkram in der Praxis.« Na klar. Dietze erledigte donnerstags in der Tat so manches, aber der geringste Teil davon spielte sich in der Praxis ab.

Fletscher hatte die Angewohnheit – die für ihn so normal war wie das Zähneputzen –, sich so viele Informationen wie nur irgend möglich über seine Klienten zu beschaffen. Es schadete nicht, wenn man für den Fall der Fälle etwas in der Hinterhand hatte. Ein Druckmittel in beliebiger Form, von beliebig starkem Druck. Wenn man lange und tief genug im Schlamm wühlte, wurde man zwangsläufig fündig, egal um wen es ging. Was er dabei ausgrub, war oft so schmutzig, dass es niemand im Tageslicht sehen wollte. Fletscher betrachtete diese Art von Wissen als Schmutzpfand. Er sammelte und verwahrte es für den Moment, in dem er gezwungen würde, seine Interessen über die seiner Klienten zu stellen.

Er sagte: »Eines dürfte klar sein. Die werden nicht auftauchen, wenn sie wissen, dass sie mit leeren Händen nach Hause gehen. Oder dass sie etwas erwartet, was ihnen nicht in den Kram passt. Sie, und das können nur Sie, Herr Dietze, müssen den Eindruck erwecken, und das sehr glaubhaft, dass Sie sich auf die Kidnapper und ihre Forderung einlassen.«

Dietze schwieg für ein paar Augenblicke, dann sagte er: »Sagen Sie denen, ich wäre einverstanden. Ich hätte das Geld und wäre bereit, die volle Summe für Melisa zu zahlen.«

Fletscher drehte das Schreiben so, dass der Doc es einsehen konnte. »Da steht, dass sie Melisa zwar freilassen, aber erst vierundzwanzig Stunden nachdem sie das Lösegeld erhalten haben. Und dass Sie die Beauty Trophy um Punkt fünfzehn Uhr fünf auf der Bank mit der Aufschrift ›In dubio melior est conditio possidentis‹ gegenüber vom Schloss Bellevue abstellen sollen, um Ihr Einverständnis zu signalisieren. Ich denke, Sie sollten genau das tun.« Er sah Dietze unschlüssig an. »Was auch immer eine Beauty Trophy ist.«

Doc Dietze musterte ihn mit schräg gelegtem Kopf, ehe er sich abwandte und den Blick wieder aus dem Fenster lenkte. »Kretins«, entgegnete er. Die Antwort auf Fletschers Frage blieb er jedoch schuldig.

***

Um Punkt fünfzehn Uhr fünf mitteleuropäischer Sommerzeit küsste Dr. Dr. Diederich Dietze zum Abschied die Brüste der Beauty Trophy 2017, die zu achtundneunzig Prozent aus Zinn bestand und mit einer dünnen Haut aus vierundzwanzigkarätigem Gold überzogen war, und ließ sie schweren Herzens auf der Parkbank gegenüber von Schloss Bellevue zurück.

***

Nicki saß in einem Bus der Linie 100. Nachdem er sich zwischen Alexanderplatz und Unter den Linden wie eine Flipperkugel gefühlt hatte, die von einer Schulter zur nächsten gestoßen wurde, leerte sich der Bus ab Madame Tussauds nach und nach. Am Brandenburger Tor hatte er seinen Stehplatz gegen einen Sitzplatz am Fenster eingetauscht.

Während er aus dem Fenster blickte, flog die Stadt in bunten Farben an ihm vorüber, als wäre sie ein impressionistisches Gemälde. Wie aus dem Nichts erschien ihm Melisa. Sie saß im Rollstuhl, über ihr wölbte sich der strahlend blaue Sommerhimmel. Es war die Erinnerung an ihren Spaziergang.

Davor, am frühen Morgen, hatte Nicki ein Sanitätshaus in der Nähe ausfindig gemacht und Melisa überrascht. Sie staunte nicht schlecht, als er ihr das Frühstück mit einem Rollstuhl ans Bett brachte. Als sie ihm eröffnete, dass sie sich vegan ernähre und deshalb den Großteil dessen, was sich auf dem Frühstückstablett befand, nicht essen könne, kam Nicki sich wie ein Versager vor. Er sah ihr verschämt zu, wie sie wie ein Spatz an einem Brötchen mit Marmelade herumnagte, und schlug ihr schließlich vor, weil er das Gefühl hatte, etwas wiedergutmachen zu müssen, dass sie später vielleicht einen kleinen Ausflug machen könnten, um den Rollstuhl einzuweihen. Obwohl sie sich einig waren, dass die Idee ein wenig riskant war – man konnte nie wissen, welche Pläne der Zufall hatte –, waren sie sich ebenso einig, dass Melisa unmöglich eine Woche lang in der Bude herumhocken konnte, ohne dabei ihren Verstand zu verlieren. Ihr gefiel die Vorstellung, wie Nicki sie durch die Stadt schob, also war es beschlossene Sache.

Melisa, die nach wie vor sein altes Hemd trug, sah ihn an. »Ich brauch was zum Anziehen. Meine Sachen sind hinüber.«

Das zerrissene weiße Top und die verschmutzte Schlangenhaut vor Augen, kam Nicki eine Idee. Er sagte, er sei gleich wieder da, eilte aus dem Zimmer, durchwühlte die Kommode im Flur und kehrte mit seiner Ausbeute zurück.

»Was ist das?«, fragte Melisa, während sie skeptisch eine blumige Tunika mit angenähten Volants begutachtete, die er zusammen mit den anderen Kleidungsstücken vor ihr auf dem Bett ausbreitete.

»Gehört Viola«, antwortete Nicki.

Melisa spitzte über den Rand eines cremefarbenen Kleides mit Blumenmuster, das sie zwischen ihren Händen aufgespannt hatte. »This girl likes flowers, huh?«

Nicki zuckte mit den Achseln.

»Ich fürchte nur, da ist nicht wirklich was in meiner Größe dabei. Ich trage XXS oder zweiunddreißig.« Sie ließ den Blick über die überschaubare Auswahl wandern und entschied sich für ein schwarzes Sommerkleid mit aufgedruckten Blumensträußen, die sich aus weiß und blassgelb blühenden Blumen zusammensetzten. Sie sah Nicki an und zeichnete mit dem Finger einen Kreis in die Luft. »Wenn ich bitten darf.«

Nicki wandte ihr den Rücken zu. Er hörte, wie sie das Hemd über den Kopf zog und in das Kleid schlüpfte. Als sie »Okay« sagte, drehte er sich wieder zu ihr. Melisas Taille und Brüste waren verschwunden, das Kleid hing ihr schlaff von den Schultern, und es wirkte, als würde sie jeden Moment von der schieren Menge überschüssigen Stoffs verschluckt werden.

»Und, was sagst du?«, wollte sie wissen.

Nicki fand die passenden Worte nicht und entschied sich, die undankbare Aufgabe abzutreten, die darin bestand, Melisa die Wahrheit zu gestehen. Er half ihr in den Rollstuhl und schob sie in den Flur, wo ein Garderobenspiegel hing. Sie stützte sich auf Nicki, als sie sich betrachtete.

Melisa war anzusehen, wie wenig ihr Spiegelbild ihr zusagte. »Yee-zus«, sagte sie, aber nachdem sie sich einmal rundum gemustert hatte, lächelte sie. »Na ja, zumindest ist es bequem.«

Das sexy Grübchen in ihrer Wange war noch nicht ganz verschwunden, als Bosse zu ihnen stieß. Er kam vom Training, die Sporttasche hing über seiner Schulter. Beim Anblick Melisas, die in Violas Kleid steckte, trat derselbe empörte Ausdruck in Bosses Visage, den er schon letztes Mal gehabt hatte, als es um Viola ging. »Was wird das?«, platzte er heraus. »Das gehört dir nicht.«

Melisa ließ sich in den Rollstuhl sinken und lächelte Bosse überlegen an. »Wir machen einen Ausflug. Wir dachten uns, Viola ist so nett und leiht mir einen ihrer Blumensäcke aus. Meinst du, sie hat was dagegen?«

Nicki bemerkte das verachtende Funkeln in Bosses Augen. Der hatte Melisas Drohung natürlich längst erfasst. Er sagte: »Nein, das … passt schon.«

Ein Schlagloch in der Straße beendete die Vorführung in Nickis Kopf. Als sein trüber Blick wieder an Schärfe gewann, entdeckte er am Wegesrand das granitfarbene Carillon, das sich in den Berliner Himmel emporstreckte.

Die Uhr in seinem Handy verriet ihm, dass er bald an der Haltestelle Schloss Bellevue sein musste: Es war drei nach drei.

Als der Präsidentensitz am Ende der Straße auftauchte, griff Nicki nach dem Fernglas, das neben ihm lag. Er erkannte die Art, in der die breiten Männerhüften mit den fetten Arschbacken wackelten, auf Anhieb wieder. »One of a kind«, wie Melisa wahrscheinlich gesagt hätte. Der Dicke entfernte sich zügig.

Nicki schwenkte die Linsen des Fernglases zur Seite, bis die Bank in sein Blickfeld rückte. Dietzes Titten-Trophäe posierte stolz wie Oskar mit ausgebreiteten Flügeln auf der Sitzfläche. Das hieß, er würde kooperieren.

Aus unerfindlichen Gründen fiel Nicki erst jetzt auf, dass ein Post-it, nicht größer als eine Zigarettenschachtel, an der Statue haftete. Er drehte am Schärfenrad und musste blinzeln, aus dem einfachen Grund, weil er nicht glauben konnte, was er las. Auf dem gelben Zettel stand:

»292100Baug19
52,4656
13,3891
2,000,000 ppt.«

***

Die Botschaft, die Nicki hastig auf seinen Fahrschein gekritzelt hatte, ehe der Bus nach dem halbminütigen Stopp vor dem Schloss seine Fahrt in Richtung Siegessäule fortgesetzt hatte, lag ausgebreitet auf dem Küchentisch.

Dass die erste Zeile eine Zeit- und Datumsangabe sein musste, glaubten Melisa und er auf den ersten Blick zu erkennen. Wikipedia gab ihnen recht und verriet, dass es sich um eine besondere Schreibweise handelte, die sogenannte taktische Zeit. Da stand nichts anderes als: »29.08.2019, 21:00 Uhr«.

Wofür »ppt.« stand, war schon eine Stufe kniffliger. Eine Abkürzung, klar, aber welche, das war die Frage. Parts per trillion? Power Point? Polyphenyl-Terephthalamid? Alles Käse. »ppt.« stand für »promptly«. Das war nicht nur das englische Wort für »sofort«, sondern bedeutete in der Wirtschaftswelt so viel wie »sofort liefer- und zahlbar«. Und damit war eindeutig die Zahl mit den sechs Nullen gemeint – die zwei Millionen Euro. Dietze wollte es also heute Abend um neun über die Bühne bringen und in bar bezahlen. Hieß es das? Hieß es das wirklich?

Wenn ja, dann war die Frage, wo, und die Antwort naheliegend: dort, wo sich 52,4656 und 13,3891 trafen – Längengrad und Breitengrad. Ein paar weitere Klicks durchs Internet und sie waren informiert. Treffpunkt würde ein ehemaliges Parkhaus in Tempelhof sein, das demnächst niedergerissen werden würde, weil es einem Neubauprojekt weichen musste.

Eine andere Frage konnte ihnen das Internet leider nicht beantworten: Was zum Henker sollte das alles? Dass Dietze in Codes kommunizierte, um nicht halb Berlin in ein Parkhaus zu lotsen, in dem ein siebenstelliger Betrag den Besitzer wechselte, war noch nachvollziehbar.

»Aber warum hat er's so eilig?«, fragte Nicki sich, und das so laut, dass Melisa sich zwangsläufig angesprochen fühlen musste.

»Er will mich wiederhaben. Ich hab's dir gleich gesagt.« Sie legte ihre Hand auf seine.

Für sie schien es Sinn zu ergeben. Für Nicki nicht ganz, aber er nickte trotzdem, als er den Blick von Melisas blütenzarter Hand auf den Fahrschein lenkte. »Woher nimmt er so schnell zwei Millionen in bar?«

Melisa zuckte die Achseln. »Vielleicht hat er 'nen Safe, von dem ich nichts weiß. Oder ein Schließfach. Keine Ahnung.«

Nicki löste den Blick vom Fahrschein und richtete ihn auf Melisa. »Oder … es ist ’ne Falle.«

Sie blinzelte langsam. Was so viel hieß wie: Bullshit. Aber das war mehr seine persönliche Interpretation als gesichertes Wissen, denn sie sagte eine ganze Zeit lang gar nichts und schaute mit verengten Augen aus dem Fenster zum Hof.

»Also lassen wir uns drauf ein oder nicht?«, fragte Nicki, als er ihr nicht länger beim Schweigen zuhören wollte.

»Yes«, sagte sie.

Nicki fühlte, wie seine Stirn sich in Falten legte. »Ja-yes oder yes-nicht?«

Melisa sah zu ihm. »Ich kann mir nicht vorstellen, dass es ’ne Verarschung ist. Passt nicht zu Diederich. Aber nehmen wir mal an, entgegen aller weiblichen Intuition, dich erwartet irgendwas Unerfreuliches in dem Parkhaus, dann würde ich sagen: So fucking what? Du hast den größten Trumpf, ach was, du hast alle Trümpfe in der Hand – mich. Also, ja, wir lassen uns definitiv drauf ein.«

»Okay«, sagte Nicki, »du hast bisher immer richtiggelegen. Hoffen wir, es bleibt so.«

Sie küsste ihn auf den Handrücken. »Chill dich, Hasipups. Diederich ist nicht doof, er wird nichts riskieren.«

***

Bosse sah nur kurz auf, als Nicki den Raum betrat. Die übrige Zeit starrte er die kahle Wand an.

»Wir haben um neun ein Date in Tempelhof. Lösegeldübergabe«, sagte Nicki.

»Okay«, entgegnete er.

»Du fährst.«

»Okay«, entgegnete er erneut.

»Wann müssen wir los, um pünktlich zu sein?«

»Viertel nach.«

»Okay.«

Als Nicki im Flur stand und die Tür zuzog, war er nicht

besonders überrascht davon, wie kühl sie miteinander umgingen. Was ihn viel mehr überraschte, war, wie gut sie darin waren.

***

Die Uhr zeigte kurz vor neun, aber Fletscher war nicht da. Die letzte Nachricht, die Dietze von ihm erhalten hatte, besagte, dass sie sich im Parkhaus treffen würden. Fletscher hatte keine einzige SMS beantwortet, jeder Anrufversuch war gescheitert. Dietze hatte noch nicht einmal eine Vermutung, was geschehen sein könnte. Doch es schien an der Zeit, sich mit dem Gedanken anzufreunden, dass er auf sich allein gestellt war.

Die hellen Lichtkegel waren das Erste, was er sah, als sie die Rampe zum Oberdeck heraufrollten. Dietze wartete, bis der weiße 1er-BMW zum Stillstand kam. Er atmete tief durch und setzte den Fuß neben die Fahrertür seines Mercedes.

***

»Mann, ist der dick«, sagte das grüne Gesicht neben Nicki, als Dietze ausstieg und selbst als Silhouette im Scheinwerferlicht seines Wagens noch eine bizarr unförmige Figur abgab. »Unglaublich, dass Melisa den rangelassen hat.«

Nicki taxierte Yoda-Bosse, aber die Latexmaske verhinderte, dass er schlau aus ihm wurde. »Will man sich das vorstellen?«

Bosse schüttelte, den Blick auf den Dicken gerichtet, den Kopf. »Auf keinen Fall.«

Nicki richtete seine Spiderman-Maske. »Okay, du wartest hier.«

Als er die Hand an den Türgriff legte, hielt Bosse ihn auf. »Weißt du, du hättest mich auch einfach fragen können. Einfach fragen, ob ich dir helfe bei deinem dämlichen Kidnapping.«

»Klar. Und dann hättest du mitgemacht?«, erwiderte Nicki.

»Bin ich bekloppt, oder was?«, gab Bosse zurück, eine seltene Sanftheit in seinem Blick.

Nicki ließ vom Türgriff ab und sagte: »Dass ich dich bei Viola ankacken wollte und alles das, ähm, das war nicht so gemeint.«

»Oh doch, das war's. Aber ist okay.« Bosse lächelte unsicher. »Ich hab drüber nachgedacht, was du gesagt hast. Über Viola und mich und so. Ich schätze, ich muss mich einfach mal entscheiden, wer ich sein will – Checker oder Schoßhündchen.«

Nicki fühlte, wie eine Last von ihm abfiel. Es war sein schlechtes Gewissen. Aber so, wie Bosse ihn ansah, schien es, als wollte er noch etwas hinzufügen. Was er dann auch tat: »Trotzdem müssen wir noch mal über Melisa reden.«

Nicki seufzte angestrengt.

»Sie ist 'ne Schlange. Ein durchtriebenes Biest.«

Nicki seufzte erneut. »Du wiederholst dich, Mann.«

»Du merkst nicht, dass sie dir den Verstand vernebelt. Darin ist sie auch richtig gut.«

»Was genau willst du mir sagen, Bosse?«

»Dass du mal wieder deinem Kopf die Kontrolle übers Denken zurückgibst. Nur ein Schwanz, der sich einbildet, denken zu können, kommt auf die Idee, sich auf so 'nen hirnrissigen Schwachsinn wie eine Entführung, die keine ist, einzulassen.« Bosse machte den Scheibenwischer. »Ich weiß nicht, vielleicht gehst du in Zukunft erst mal wichsen, bevor du mit ihr sprichst?«

»Okay, ich werd über deinen Vorschlag nachdenken.«

Bosse breitete die Hände aus. »Ist nur zu deinem Besten. Sie wird dir nämlich nichts abgeben von der Kohle, mein Freund.«

»Woher willst du das wissen?«

Bosse lachte hart. »Weil's offensichtlich ist, Nicki. Jeder weiß das.«

Nicki zog die Brauen hoch. »Wer ist ›jeder‹?«

Bosse antwortete nicht, es schien, als wäge er ab. »Das ist heftig jetzt, ich weiß«, sagte er schließlich, »aber sie hat kein

Interesse an dir. Du hast keine Chance. Sie benutzt dich nur, sie spielt mit dir. Und dann lässt sie dich im Regen stehen. So sieht's aus. Das ist die Realität. Auch wenn's wehtut.«

Nicki stierte Bosse wortlos an.

»Ich sag dir das als Freund, das ist dir hoffentlich klar, oder?«

Nicki nickte langsam.

»Schön, dann können wir ja jetzt nach Hause fahren und sie aus meiner Wohnung werfen.«

Nicki reagierte nicht und ließ den Blick durch die Windschutzscheibe wandern. Dietze wartete erstaunlich geduldig.

»Oder nicht?«, fragte Bosse, aber seine Stimme war leise, weit entfernt.

Nicki dachte an vergangene Nacht. Er dachte an Melisa, wie sie sich im Schlaf an ihn schmiegte. Wie sie ihn am Morgen anlächelte und wie sich ihr Grübchen, die Mutter aller Grübchen, auf ihrer Wange formte, als er ihr als Überraschung den Rollstuhl vorführte. Sie saß vor ihm, er schob sie. Er war ihr Beschützer, ihr Held. Sie machten einen Spaziergang, einen kurzen nur, einmal durch den Weinbergspark, und genau genommen war das schon leichtsinnig. Es hatte sich ein bisschen wie früher angefühlt, als würde er mit den Coolen aus der Schule heimlich eine rauchen, als sie sich ein Eis kauften und es im Schutz der Büsche und Sträucher verspeisten. Melisa lächelte ihn aus dem Rollstuhl an und wollte wissen, was er mit seinem Anteil anstellen würde. Weil er noch keine Idee hatte, fragte sie, ob er vielleicht mit ihr kommen wolle. Sie habe sich überlegt, für eine Weile zurück nach Polen zu gehen. Als er unsicher entgegnete, dass er kein Wort Polnisch spreche, meinte sie, das sei kein Problem, sie würde ihm das Nötigste beibringen. »Moje kochanie« sei ohnehin alles, was er für den Anfang wissen müsse. Sie strahlte, als sie sagte, dass es so viel heiße wie »mein Schatz«. Und dann hauchte sie ihm erneut einen samtig-zarten Kuss auf den Mund. Ihre Lippen schmeckten nach …

»Nicki!«

Nicki lenkte den Blick zu Yoda-Bosse, der ihn mit erwartungsvoller Miene ansah. So kam es ihm zumindest vor. »Was hast du jetzt vor?«

»Aussteigen«, sagte Nicki. »Ich hol mir den Zaster.«

Der Dicke ließ Nicki keine Sekunde aus den Augen, während er langsam auf ihn zuschritt. Da Dietze im grellweißen Gegenlicht stand, nahm er erst ganz allmählich Farbe und Struktur an. Je näher Nicki kam, desto deutlicher konnte er die Entschlossenheit sehen, die in Dietzes Blick lag.

Nicki kam sich vor, als spielte sich vor seinen Augen der Showdown eines Westerns ab, mit ihm mittendrin. Und wer konnte mit Gewissheit ausschließen, dass sie sich nicht schon zuvor, so hundertfünfzig Jahre früher, in einem anderen Leben begegnet waren? Damals nicht auf einem Parkhausdach, sondern auf einer staubigen Straße in der Mittagssonne, die Hände am Colt und gewillt, sich gegenseitig über den Haufen zu schießen.

Als Nicki den Dicken erreichte, wunderte er sich, warum ihm nicht schon längst aufgefallen war, dass er weder Koffer oder Tasche noch sonst ein Behältnis bei sich trug, in das zwei Millionen Euro in kleinen Scheinen gepasst hätten.

»Wo ist das Geld?«

»Es gibt keins«, sagte Dietze, und etwas Unheimliches blitzte in seinen Augen auf.

Nicki verlagerte unruhig das Gewicht vom einen aufs andere Bein. »Was soll 'n das heißen?«

»Das heißt, ich weiß, dass Sie mit Melisa gemeinsame Sache machen.«

Im Nachhinein war Nicki heilfroh, dass er maskiert war – selbst wenn es eine kindische Spiderman-Maske war –, denn er machte mit Sicherheit ein selten blödes Gesicht.

»Ich hatte ja eigentlich gehofft, dass wir uns nicht wiedersehen, Herr Sommer«, sagte Dietze. »Sie waren mir von Beginn an wenig sympathisch. Aber ich wollte Ihnen die Botschaft persönlich überbringen.«

»Ich … ich kenne keinen Herrn Sommer«, stieß Nicki ertappt hervor.

Dietze warf ihm einen warnenden Blick zu. »Schluss mit den Albernheiten, Herr Sommer. Haben Sie noch nicht verstanden, mit wem Sie's zu tun haben?«

In Nickis Kopf war es stockfinster. Bosses gedämpfte Stimme drang durch die Dunkelheit zu ihm. »Alles klar da drüben?«

Nicki sah zu ihm – Bosse lehnte im offenen Fenster und reckte neugierig das Kinn in seine Richtung –, er wusste nicht, was er antworten sollte.

Als er sich wieder zurückwandte, blickte er in Dietzes selbstherrlich grinsende Visage.

»Ich will, dass Sie Fräulein Rakowska eine Botschaft von mir überbringen. Richten Sie ihr aus, sie kann jederzeit nach Hause kommen.«

»Okay, wir brechen das ab«, Nicki wich zurück, »offensichtlich brauchen Sie noch Bedenkzeit.« Ihm fiel wirklich nichts Besseres ein, als sich zu verdrücken. Er gab sich alle Mühe, möglichst souverän zu wirken, während er Abstand zwischen sich und Dietze brachte. Er wollte vermeiden, das Bild eines geprügelten Hundes abzugeben, der sich mit eingezogenem Schwanz davonschlich.

»Ich werde sie mit weit geöffneten Armen empfangen«, legte Dietze nach. »Als wäre nichts geschehen.«

Nicki blieb stehen und nahm den aufgeblasenen Sack ins Visier. »Is ja 'n Ding«, sagte er. »Das werde ich ihr ganz sicher nicht ausrichten.«

»Nehme ich da etwa einen Anflug von Courage wahr, Herr Sommer?«

»Ich lass nicht zu, dass Sie ihr die Beine ausreißen und sie wegwerfen, als wäre sie … als wäre sie irgendein Insekt.«

»Wovon reden Sie?«, röhrte Dietze und lachte los.

Nickis Augen traten aus ihren Höhlen. »Was ist daran schon wieder so witzig?«

»Sie. Sie sind witzig«, konterte Dietze. »Sie haben sich in sie verliebt, Sie Narr.« Er lachte Nicki unverblümt ins Gesicht.

»Na und? Und selbst wenn?«

»Sie wird wegen dem Luxusleben, das ich ihr biete, zurückkommen«, warf Dietze ihm gemeinsam mit einem letzten Glucksen zu. »Und was können Sie ihr bieten, Herr Sommer?« Dietzes Doppelkinn wabbelte vor Vergnügen. »Charme? Witz? Jugend?«

Nicki sah ihn ein paar lange Momente an. Wie gern hätte er ihm noch ein klitzekleines, dünnes Minzoblatchen ins Maul gestopft. »Schönen Abend noch«, sagte er stattdessen. »Fahren Sie vorsichtig.«

Dietze aber ließ sich nicht abspeisen. »Hiergeblieben, Bürschchen!«

»Bürschchen?« Nicki legte all seine Empörung in die Erwiderung.

»Bürschchen«, der Dicke rollte wie ein Panzer auf ihn zu, »bring mich zu ihr, ich will mit ihr reden.«

»Na sicher. Sie können mich mal, Fettsack.«

Dietze kam schwerfällig vor Nicki zum Stehen, sah ihm direkt in die Augen. Und ehe er wusste, wie ihm geschah, landete eine klatschende Ohrfeige in seinem Gesicht. Er taumelte seitwärts und spürte, wie tausend kleine Stecknadeln in seine Wange stachen. Er riss sich die Maske von der Stirn und fauchte den Dicken an. »Geht's noch?«

Plötzlich legte sich eine Hand von hinten auf seine Schulter. Nicki wirbelte herum.

Es war Bosse. Er sagte: »Sorry, Kumpel.«

Bosses Augen verengten sich unter seiner grünen Maske, und das Nächste, was Nicki sah, war eine Faust, die auf ihn zukam. Und dann wurden alle Lichter dieser Nacht ausgeknipst.

20

Als Hilde den Raum betrat, erwartete sie ein Mann mit scharfem Blick und festem Händedruck. Durch die Schlitze der Jalousien schimmerte das Licht der Straßenlaternen, sodass sich lange Schatten quer durch Tönnies' ansonsten spärlich beleuchtetes Büro zogen. Durch die gekippten Fenster drang das Rauschen der nie verstummenden Großstadt.

»Der DNA-Test war positiv, setzen Sie sich«, sagte er.

»Marzahn war also im Hotelzimmer?«, erwiderte Hilde.

Ein Nicken. »Zusammen mit Béla, wie's aussieht. Von dem haben die Kollegen im Labor inzwischen auch DNA sichergestellt.«

»Das ging ja zackig.« Hilde verdrehte die Augen. »Was treiben die da drüben eigentlich den ganzen Tag?«

Ein bitteres Lächeln umspielte Tönnies' Lippen. »Sie haben das Beste noch gar nicht gehört, Cham. Kipplings Erinnerungsvermögen ist zurückgekehrt. Wenigstens teilweise. Er hat Marzahn und Béla auf Fotos identifiziert. Setzen Sie sich, oder haben Sie was gegen meinen Stuhl?«

Hilde ließ sich in den Stuhl sinken.

»Zieht man die Aufnahmen aus der Tiefgarage mit ins Kalkül, ergibt sich ein relativ klares Bild, was sich im 25 Hours abgespielt hat«, fuhr Tönnies fort.

»Béla und Marzahn haben Kippling überwältigt und entmannt«, sagte Hilde.

Noch ein Nicken. »In der Wohnung was gefunden?«

»Stapelweise Kartons von Amazon und Zalando. Sieht nach großer Shoppingtour aus.« Hilde runzelte die Stirn. »Was dahintersteckt, ist mir allerdings schleierhaft.«

»Nichts, außer dass er zu Geld gekommen ist«, sagte Tönnies.

Hilde dachte einen Augenblick nach. »Weil er bezahlt wurde.« Sie sah Tönnies an. »Weil sie bezahlt wurden.«

Tönnies lehnte sich zurück. Seine Augen richteten sich direkt auf Hilde. »Ich muss einräumen, dass ich die Gemengelage falsch eingeschätzt habe. Ich war mir sicher, dass dieser Marzahn nichts mit dem Fall zu tun hat. Zu sicher, wie's aussieht.«

Hilde senkte den Blick. »Ich hab versagt.«

»Weil er tot ist?«

Hilde nickte kaum merklich.

Tönnies hob die Schultern an. »Erspart mir eine Menge lästiger Fragen.«

Hilde hielt vergeblich Ausschau nach einem Lächeln, einem Zwinkern, nach irgendetwas, das ihr signalisierte, dass er es nicht so meinte.

»Wie können Sie so gleichgültig sein?«, fragte sie.

»Zwanzig Jahre Berufserfahrung. Mit etwas mehr Disziplin kommen Sie auch dorthin, Frau Cham junior.« Tönnies faltete die Hände über dem Tisch. »Tja«, sagte er, »das war's dann wohl.«

»Sie wollen die Akte schließen?« Hilde konnte es nicht fassen.

Tönnies durchbohrte sie förmlich mit seinem Blick. »Das Gemächt eines Basketball-Millionärs interessiert mich keine Sekunde länger als nötig.«

»Ist Ihnen egal, was passiert ist?«

»Es ist mir sogar scheißegal.«

Hildes Augen weiteten sich. »Wer hat Marzahn ermordet und im See entsorgt? Wo steckt Béla?«

Tönnies zeigte keine Regung – er schien wirklich nichts drauf zu geben.

»Und was ist mit dem Detektiv?«, legte Hilde nach.

»Sie meinen den Spitzel?«

Hilde konnte ihre Verwunderung kaum verbergen. »Fletscher hat für uns gearbeitet?«

Tönnies nickte. »Zuletzt nicht mehr, soweit ich weiß. Aber davor jahrelang. Stand bei uns in der Kreide. Schon mal was von Anes Schalako gehört?«

Hilde schüttelte den Kopf.

Tönnies zog die Tastatur des Computers zu sich und begann, auf die Tasten einzuhacken. Während sein Blick auf dem Monitor haftete, der sein knochiges Gesicht in kaltes blaues Licht tunkte, sagte er: »Hat Heroin, Kokain und Marihuana geschmuggelt und verkauft. Gerüchteweise war er außerdem als Auftragsmörder für diverse Araber-Clans tätig. Konnte ihm aber nie nachgewiesen werden.«

Er hielt inne und sah sie an. »Falls Sie ihm zufällig mal begegnen sollten – schießen Sie erst und stellen Sie dann Ihre Fragen. Niemand wird Ihnen einen Strick daraus drehen, ich gebe Ihnen mein Wort.«

»Heißt das, ich krieg meine Waffe jetzt wieder?«

Tönnies ging nicht darauf ein und widmete sich wieder dem Computerbildschirm. »Fletscher hat sich freigekauft, indem er geholfen hat, Schalako dingfest zu machen.« Er griff die Computermaus. »Die Kollegen haben ihn festgenommen, als er dabei war, mehrere Kilo Kokain zu verkaufen. Seitdem sitzt er in«, Tönnies versteinerte, »saß er in Frankfurt 1.«

Er sah zu Hilde, und zum ersten Mal lag etwas anderes als Entschlossenheit in seinem Blick. Es war eine Mischung aus Verwirrung und Missmut, als hätte jemand einen Witz gerissen, den er nicht verstand. »Er wurde Anfang der Woche vorzeitig entlassen.«

Ehe Hilde die Nase rümpfen konnte, war Tönnies aufgestanden und bediente sich am Wasserspender. »Auch was?«, fragte er, während sich der Pappbecher füllte.

»Danke, nein.«

»Sie nehmen hoffentlich genug Flüssigkeit zu sich. Ist wichtig bei der Hitze.« Tönnies trank aus und warf den Becher in den Papierkorb. Als er sich setzte, war wieder alles beim Alten, jeder Anflug von Schwäche war restlos eliminiert. Er sagte: »Lassen Sie mich das unmissverständlich klarstellen: Der Fall Kippling ist mit Marzahns Tod abgeschlossen. Béla und Fletscher sind Sache der Kollegen.«

Hilde legte die Stirn in Falten. »Aber … wir wissen beide, dass die Wahrscheinlichkeit, dass dieser Schalako –«

»Vielleicht«, unterbrach Tönnies. »Vielleicht aber auch nicht.«

Hilde spürte, wie sich ihr Körper versteifte. »Es ist unsere Aufgabe, genau das herauszufinden.«

Tönnies' Miene verfinsterte sich. Es lag wahrscheinlich am Widerspruch, den er nicht duldete. »Ich bin weder die Vermisstenstelle noch die Mordkommission. Ich leite eine Sondereinheit. Ich bearbeite die Fälle, und nur die Fälle, die mir aufgetragen werden.«

Hilde mühte sich erfolglos gegen den Drang, die Nase zu rümpfen. Und um zu unterstreichen, dass sie keine Frau für halbe Sachen war, unterlegte sie ihr Naserümpfen mit einem »Kack!«.

Tönnies fixierte sie einen Moment scharf, ehe er sich zurücksinken ließ. »Was denken Sie, warum ich als fähigster Ermittler gelte, den das LKA zu bieten hat?«, fragte er erstaunlich milde. »Weil ich meinen Impulsen folge und ehrenvoll jedem Verbrechen nachjage, das meinen Weg kreuzt? Oder weil ich durch vorausblickende Vorauswahl dafür sorge, dass ich die Fälle, die ich übernehme, in der Regel auch aufklären kann? Den Ruf, der Beste zu sein, baut man nicht auf, indem man der Beste ist, Cham. Man baut ihn auf, indem man dafür sorgt, dass die anderen denken, dass man der Beste ist. Ich bin mir sicher, Sie begreifen den Unterschied.«

»Ich habe keine Ambitionen, die Beste zu sein«, erwiderte Hilde. »Ich will einfach nur meinen Job machen. Wie ich eben schon sagte: Kack!«

Tönnies' Blick war schneidend wie eh und je, aber er blieb trotz Hildes Paroli nachsichtig. »Sie haben sich bewährt«, sagte er, »aber offenbar hat Ihnen niemand erklärt, was passiert, wenn man sich zu weit aus dem Fenster lehnt.«

»Doch, man sieht besser«, entgegnete sie und fand selbst, dass sie es mit der Aufmüpfigkeit allmählich übertrieb.

Tönnies war derselben Ansicht. Milde und Nachsichtigkeit wichen etwas, das sich wie ein Messer an Hildes Kehle anfühlte. Sie musste unweigerlich schlucken. Sie konnte ehrlich nicht sagen, ob es nicht vielleicht das Beste für alle wäre, wenn sie aus besagtem Fenster sprang. Sie entschied sich, es vorerst aufzuschieben, und ruderte in halbwegs angemessenem Ton zurück: »Wie können Sie sagen, ich hätte mich bewährt? Marzahn ist tot, Fletscher ist … weg.«

»Darum ging's nicht. Ich wollte Sie testen. Ich wollte sehen, ob Sie in der Lage sind, Anweisungen zu befolgen. Ob Sie in der Lage sind, sich unterzuordnen und Polizeiarbeit zu leisten. Nun ja, wenn ich sehe, wie Sie da sitzen und mich herausfordern, geht die Tendenz eindeutig zu Nein.« Er faltete die Hände über dem Bauch. »Aber da Sie auf niemanden geschossen haben und ich gelernt habe, mit wenig zufrieden zu sein: Glückwunsch, Cham, Sie haben bestanden.«

Hilde wartete vergebens auf den Schalk in Tönnies' Gesicht, doch er fuhr bierernst fort: »Machen Sie sich keine Sorgen, Sie fallen weich. Ich nehme Sie in meiner Einheit auf.«

Hilde holte Luft, doch Tönnies war noch nicht fertig. »Aber ich warne Sie nicht noch mal. Finden Sie sich damit ab, dass keine Mordermittlungen stattfinden, in die Sie involviert sind. Das ist ein Befehl, Frau Cham. Haben wir uns verstanden? Ansonsten wird es für Sie ein kurzer Aufenthalt in meiner Sondereinheit.«

»Ich … ich weiß nicht, was ich sagen soll. Ich –«

»Heben Sie sich Ihre Dankesrede für Ihren Vater auf.« Tönnies nahm eine Akte von seinem To-do-Stapel und vertiefte sich mit gekräuselter Stirn. »Wegtreten!«

Hilde war nicht in der Lage, sich zu rühren. *Was bin ich für eine dumme Kuh.* Sie hätte gleich damals, als Tönnies in der Pressestelle aufgetaucht war, wissen müssen, dass ihr Vater wieder seine Finger im Spiel hatte. Er konnte es einfach nicht lassen, sie wie ein Kind zu behandeln. Für ihn war sie auch mit über dreißig noch immer eine unmündige Göre, deren Fehler er korrigieren musste. Sie hasste es. Sie hasste es, von ihm bevormundet zu werden.

Als Tönnies aufblickte, verstand er sofort. »Oh, Sie wussten es nicht«, sagte er. »Tja. Ihr Papi ist nicht nur mit dem Innensenator gut bekannt.«

Hilde hätte am liebsten ihr Mittagessen ausgespuckt, so drehte sich ihr der Magen. Tönnies hatte sie nur aus einem einzigen Grund nicht zum Teufel gejagt – weil er dafür belohnt wurde. »Ich will nicht in Ihre Scheiß-Einheit«, polterte sie.

Ihr Trotz perlte an Tönnies ab wie Wassertropfen an Glas. »Sie bleiben suspendiert, solange das Verfahren in der Schwebe ist. Wir sprechen uns, sobald Sie angehört wurden und das Urteil ergangen ist. Wegtreten!«

Hilde stand auf.

»Und wenn ich Ihnen einen guten Rat geben darf«, sagte Tönnies, »fahren Sie in die Berge, oder machen Sie's wie ich, gehen Sie Hochseeangeln.«

»Was hat mein Vater Ihnen versprochen?«

»Nicht genug«, erwiderte Tönnies und senkte den Blick auf die Akten. »Halten Sie die Füße still, Cham. Ansonsten breche ich sie Ihnen.«

»Jawohl, Herr Kriminalhauptkommissar. Danke, Herr Kriminalhauptkommissar.« Hilde salutierte ohne jede Körperspannung und floh hinaus in die Nacht.

***

Der größte Teil des vierstöckigen Gebäudekomplexes in Adlershof war von einer TV-Produktionsfirma angemietet worden. Auf drei Ebenen wurden in den Studios verschiedene Fernsehformate, hauptsächlich für RTL und ProSieben, hergestellt. Fletschers Office lag in der vierten Etage, die außerdem einen Kostüm- und Requisitenverleih und das Büro einer Landschaftspflege-Firma beherbergte.

Hilde huschte ins Gebäude, vorbei an einer Gruppe von Fernsehleuten, die um einen kleinen Mann mit Seitenscheitel herumtänzelten. Unter seinem Bart trug er ein trotz Bewuchs nicht zu übersehendes Babyface. Hilde hatte schon mal eine Sendung mit ihm angeschaut. Soweit sie sich erinnerte, moderierte er gemeinsam mit einem großen blonden Babyface ohne Bart eine auf subversiv getrimmte Show. Ihr fiel weder der Name der Sendung ein noch, wie die Clowns hießen.

Die Tür zur vierten Etage stand offen, weil jemand einen Holzkeil daruntergeklemmt hatte. Es war kurz nach dreiundzwanzig Uhr, und das Geschoss schien menschenverlassen. Irgendwo in der Ferne ratterte ein Kopierer. Während Hilde den mit blauer Kunstfaser ausgelegten Korridor hinaufging, bemerkte sie hinter sich eine Person – ob männlich oder weiblich, war nicht einwandfrei auszumachen –, die über und über mit Kostümen beladen war und Hilde nicht wahrnahm.

»K. K. Fletscher – Privatermittlungen«, besagte die Aufschrift auf der verschlossenen Tür, durch die sie wollte. Hilde warf einen letzten Blick über ihre Schulter und sah den Flur hinunter. Niemand da. Sie öffnete ihr Pickset, das bei flüchtiger Inaugenscheinnahme wie ein Schweizer Offiziersmesser aussah, und keine dreißig Sekunden später saß sie an Fletschers Schreibtisch.

Sie schob den mitgebrachten Stick in den USB-Slot und startete den Computer. Über F11 gelangte sie ins Boot-Menü, das sie wiederum ins Menü der Hackersoftware führte. Nachdem sie den entsprechenden Pfad markiert hatte, erledigte das Programm den Rest. Das Passwort, das den Rechner vor den Blicken Fremder, wie sie einer war, schützen sollte, lautete »Dontstoptilyougetenough09«.

Fletscher schien ein gewissenhafter Mensch zu sein – gewesen zu sein, sagte Hildes Instinkt –, der Inhalt der Festplatte war übersichtlich strukturiert und aufgeräumt.

Nach nur wenigen Klicks hatte sie den Ordner mit den Fallakten entdeckt und geöffnet. Dank Fletschers Ordnung fand Hilde leicht heraus, dass er zuletzt im Auftrag eines gewissen Dr. Dr. Diederich Dietze tätig gewesen war. Laut Unterlagen ein vierundsechzigjähriger Schönheitschirurg mit Praxis in Charlottenburg. Fletscher sollte dessen einundzwanzigjährige Lebenspartnerin beschatten – eine Polin namens Melisa Rakowska. Die Akte beinhaltete unzählige Aufnahmen von

Rakowska an allen möglichen Orten in Berlin. Sie war ein rattenscharfer Männertraum mit markanten osteuropäischen Gesichtszügen.

Als Hilde den Ordner mit dem Namen »Petrocelli« öffnete, stieß sie auf eine Fotoserie, die Rakowska mit Stevie Kippling beim Italiener zeigte – lächelnd, essend und küssend.

Rakowska, die Freundin von Fletschers Auftraggeber Dietze, hatte also was mit Kippling. Demselben Kippling, der von Marzahn und Béla kastriert worden war. Demselben Marzahn, der mehr oder weniger zur selben Zeit wie Fletscher von der Bildfläche verschwunden war.

Lag der Verdacht, dass Dietze Kippling ganz old-schoolmäßig entmannen wollte, weil er von Fletscher erfahren hatte, dass er mit Dietzes Freundin rummachte, so nahe, wie Hilde dachte? Klang die Schlussfolgerung, dass Fletscher Marzahn die Drecksarbeit hatte erledigen lassen, so einleuchtend, wie es ihr erschien?

Hilde stöberte weiter durch die Akte, und auf einmal hörte sie, wie ihre eigene Stimme ein erschrockenes »Ahhh!« ausstieß.

Darauf war sie nicht vorbereitet gewesen.

Ein Ordner, voll mit Fotos von Vaginas.

Hilde klickte durch die Aufnahmen und musste feststellen, dass sie nichts, aber wirklich gar nichts über das weibliche Geschlechtsorgan wusste. Vulven in jeder vorstellbaren und unvorstellbaren Ausprägung. Die Sammlung kam einer Raritätenanhäufung gleich.

Als sie den Ordner schloss, fühlte Hildes Kopf sich an, als hätte jemand Watte hineingestopft. Grob geschätzt umfasste die Sammlung locker einhundert Exponate. Und so verschieden die Muschis auch waren, so gab es doch einige sonderbare Gemeinsamkeiten: Die Fotografien waren alle auf ähnliche Weise schattenfrei ausgeleuchtet, und sie waren, wie es den Anschein hatte, auf Behandlungsliegen oder Gynäkologenstühlen entstanden.

Die Entdeckungen verlangten nach Antworten. Hilde kopierte alles und trat den Rückzug an. Ihre nächsten Anlaufstationen standen fest.

Kippling bewohnte ein Penthouse nahe dem Jüdischen Museum, wo Berlin-Mitte und Kreuzberg aufeinanderprallten.

Als sich die Wohnungstür öffnete, sah sich Hilde einem jungen Mann Anfang dreißig gegenüber. Er trug eine schwarze Jeans, schwarze Sneakers und ein tiefblaues, weit aufgeknöpftes Hemd. Er sagte: »Servus, ich bin der Steffen.«

Alles an ihm wirkte ebenso teilnahmslos wie die aschblonden Haare, die platt auf seinem Kopf lagen.

Da Hilde ihren Dienstausweis hatte abgeben müssen, zückte sie ihren Perso und wischte ihn so flüchtig an Steffens Schweinchennase vorbei, dass sie ihm genauso gut ihre Krankenkassenkarte hätte zeigen können, ohne dass er es mitbekommen hätte.

»Mein Name ist Cham, Kripo Berlin. Ich würde gern mit Herrn Kippling sprechen. Ich weiß, meine Kollegen waren schon hier und es ist mitten in der Nacht, aber es sind noch ein paar wichtige Fragen aufgetreten.«

Steffen nickte. »Ich und der Kippster, mir sin ein Herz und ein Verstand.«

Hilde schob beide Augenbrauen hoch, verzichtete aber darauf, das »Ah ja«, das ihr auf der Zunge lag, auszusprechen. Stattdessen fragte sie: »Ist Herr Kippling zu Hause?«

»Ja, scho, abba ich weiß ned … Dem Kipp geht's grad ned so gud.«

Aus der Wohnung drang eine Stimme zu ihnen. Sie war weit tiefer, als Hilde es erwartet hatte. Es war Kipp, er sagte: »Lass sie rein, Steffen.«

»Sie ham's gehört«, sagte Steffen und gab den Weg frei. »Kommen Se rein.«

Überall waren Pokale und Trophäen aufgereiht, Trikots anderer Spieler hingen in allen erdenklichen Farben an den Wänden, daneben Fotos, die Kippling beim Wurf, beim Dribbling oder beim Tackling zeigten.

Der Anblick bewirkte ein Glimmen in Steffens bis hierhin völlig ausdruckslosen Augen. »Die Wall of Fame. Es gibt halt nur einen Mr. Big Shot. Beeindruckend, odda?«

Hilde nickte andächtig und rümpfte die Nase, die vom Geruch der Wohnung kitzelte. Es roch nach Neubau.

Steffen blieb an einer Treppe stehen, die in die zweite Etage führte. Er sah nach oben. »Die Dame is von der Bolizei.«

Hilde folgte seinem Blick und entdeckte Kippling, der ihr vom Ende der Treppe zugrinste. Er trug ein Trikot, darunter eine ausladende Jogginghose. Keine Schuhe. Dafür hatte er sich einen mächtigen Strap-on-Dildo umgeschnallt. Der Kunststoff-Penis wippte direkt vor ihrem Gesicht, als sie die letzten Stufen hinaufstieg. Kippling streckte ihr die Hand entgegen. »Stevie Kippling. Du ka-a-annst Kipp zu mir sagen.«

Hilde wich dem Dildo aus und reichte Kippling die Hand. »Cham.«

Kipplings Blick wurde schwammig. »Scham? W-w-wegen meinem …?«

»Cham mit ›ch‹. Mein Name ist Cham.«

Kippling nickte wiederholt und tat so, als verstünde er.

Er sagte: »Jo, gehen wir zu einem schö-ö-öneren Ort«, drehte ab und watschelte breitbeinig voran. Währenddessen wippte der Kunststoffpenis an seiner Hüfte, als wäre er an einer Druckfeder befestigt.

Hilde folgte Kippling durch eine Tür und fand sich in seinem Schlafzimmer wieder. Das Bett war so riesig, dass man, wenn man am Morgen zur falschen Seite aufstand, wahrscheinlich erst zum Mittagessen auf der anderen Seite ankam. An der Decke über dem Bett hing ein Spiegel von identischem Ausmaß.

»Cool, heh?« Kippling blickte Hilde gespannt an.

Sie tat ihm den Gefallen und nickte. »Ein sehr großes Bett.«

Kippling grinste zufrieden und wandte sich den Einbauschränken zu, die sich über die gesamte Breite des Zimmers erstreckten und ebenfalls verspiegelt waren. »Ich hab d-d-deinen Kol-le-legen schon alles gesagt.«

Hilde beobachtete, wie Kippling einen Schrank nach dem anderen öffnete und wieder zuwarf. Anscheinend suchte er etwas.

»Sie haben die Täter wiedererkannt.«

»Ey jo, genau so war's.« Kippling hielt inne. »Ah, da is er.« Als er sich Hilde wieder zudrehte, hatte er einen zweiten Dildo in der Hand und hielt ihn an den anderen. »We-welcher ist mehr dein Ding? Ich mein, so als Frau.«

»Ich hab dazu keine Meinung«, sagte Hilde. »Ich mache mir seit einer Weile nichts mehr aus Penissen.«

»Verstehe«, sagte er, ehe ein triumphierendes Glitzern über sein Antlitz huschte. »M-meiner ist größer. Voll v-viel größer. Jo.«

Mehr kam nicht. Er warf das Teil achtlos zurück in den Schrank und fragte: »W-was ka-ka-kann der Kipp für dich tun?«

»Sagt Ihnen der Name Melisa Rakowska was?«

»Ey jo, ja klar. T-t-top Frau. Ich mein, d-der hätt ich gern auch mal mein Schlafzimmer … W-war aber noch nicht fertig.«

»Ihr Verhältnis zu Frau Rakowska war also amouröser Natur, verstehe ich das richtig?«

Kippling musterte sie mit seinen glubschigen Augen. »Amuwas?«

»Es gibt Fotos, auf denen zu sehen ist, wie sie sich küssen.«

»Fo-Fo-Fotos?«

»In einem italienischen Restaurant.«

Irgendwo in Kippling fiel ein Groschen. Es war aber nur ein Centstück. »Ey jo, ist ja wohl kein Verbrechen jetzt, oder?«, sagte er. »Ich mein, w-was kann der Kipp dazu, d-dass die Mädels … Ich mein, w-was soll ich sagen? D-d-der Kipp is 'n Heartbreaker. Is einfach so.«

Hilde fing seinen Blick auf und sorgte dafür, dass sie ihn so gleichgültig wie nur irgend möglich ansah.

Kippling rief in Richtung Tür, als wollte er Hilde mit Hilfe einer Zeugenaussage überzeugen: »St-stimmt's, St-Steffen?«

Steffens Stimme fand ihren Weg von weit weg zu ihnen. »Was 'n?«

»Ach, nichts. Vergiss es«, erwiderte Kippling.

»Sie wissen, dass Frau Rakowska liiert ist?«, fragte Hilde.

Kippling starrte sie an, in seinem Blick gähnende Leere. »Ey jo, mit dem Moby Dick. Hätt dem fast mal die Fresse pol-li-li-liert. Hat mich vollgete-te-textet, voll von der Seite. Wie heißt 'n der? Kommt gleich. Moment. Der Kipp vergisst keinen –«

»Er heißt Diederich Dietze.«

»Bist du sicher?«

Hilde lächelte höflich, aber bestimmt.

»W-w-woher weißt 'n du das alles? Ich mein –«

Hildes Lächeln war aufgebraucht. Und allmählich auch ihre Geduld. »Ist mein Job«, sagte sie.

»Ey jo, ja klar, log-go.« Er zwinkerte ihr zu.

»Sie hatten also Streit mit Herrn Dietze?«

»Nein, kein Streit. Kein Streit. Ich mein, d-das das war, w-war eher … 'n verbales Wortgefecht, jo.«

Hilde hob die Brauen. »Und worum ging's?«

»Um, ähm, Melisa, irgendwie. E-e-er hat sie behandelt. Vo-voll schlecht. Aber … Melisa, die is 'ne Lady, alles klar?«

»Was heißt ›schlecht behandelt‹?«

»Schlecht halt. War voll eifersü-sü-süchtig auf den K-Kipp. Hat gedacht, da läuft was, oder so.«

»Tat es ja auch, oder etwa nicht?«

»Nö.«

Hilde kam nicht mehr mit. »Sie haben sich geküsst, aber es lief nichts?«

Er schüttelte so vehement den Kopf, dass Hilde fürchtete, seine Glubschaugen könnten jeden Moment aus seinem Gesicht fallen.

»Es gab also nur diesen einen Kuss – auf den Mund –, und sonst war nichts?«, hakte sie nach.

Kippling nickte, und dann sah er sie entgeistert an. »Warum fragst 'n du d-das alles?«

»Wie es aussieht, hat Herr Dietze jemanden damit beauftragt, sie zu beschatten.«

»Mich?«

»Hauptsächlich Melisa Rakowska. Aber damit eben auch Sie.«

»Ein Spanner?«

Hilde ließ laut Luft ab. »Nein. Ein Detektiv.«

Kippling hob das Kinn und ließ es wieder sinken. »Ach so. Ich mein, ich hab schon gedacht … Puh!«

»Er ist Ihnen und Frau Rakowska gefolgt und hat Sie beim Italiener fotografiert.«

Kippling fuhr sich mit der Hand am Kinn entlang. »Jo?«

»Er ist übrigens verschwunden beziehungsweise tot, wenn Sie mich fragen. Genau wie die beiden Männer, die Sie im Hotelzimmer … Also genau genommen ist Béla verschwunden, und der andere, Marzahn, ist tot. Wissen Sie ja. Aber wenn Sie mich fragen, dann ist der andere auch tot. Somit wären alle tot, die an der Sache beteiligt waren. Schon etwas merkwürdig, nicht?« Hilde holte Luft. »Und wissen Sie was? Die Fäden scheinen alle bei Herrn Dietze zusammenzulaufen.«

»Aber der lebt jetzt noch, oder?«

»Ähm, ja.«

Kippling nickte, aber es war ihm anzusehen, dass er wenig kapiert hatte.

»Herr Kippling –«

Er hob den Finger. »Sag do-doch Kipp.«

Hilde spürte, wie sie die Kraft verließ. »Kipp«, sie atmete tief aus, »können Sie sich vorstellen, dass Herr Dietze so weit gehen würde? Könnte er, nachdem er vom Kuss zwischen Ihnen und Frau Rakowska erfahren hat und sicher dachte, da läuft sexuell was, jemanden beauftragt haben, der Ihnen die … ähm, um dafür zu sorgen, dass Sie nicht mehr … dass Sie nicht mehr mit seiner Freundin … Na, Sie wissen schon.«

Hildes Blick fiel auf den Kunststoffpenis, der waagerecht in den Raum zeigte. Ein klein wenig Mitleid rührte sich in ihr. Als sie wieder aufsah, bemerkte sie ein Flackern in Kipplings

Augen. »D-d-der Doktor hat gesagt, dass, wenn ich Glück hab, d-d-dann steht er noch … noch ein halbes, m-m-mindestens … ein halbes Jahr. Lo-lo-locker.« Er seufzte und schlug die Hände vors Gesicht.

Hilde neigte den Kopf zur Seite und betrachtete das Häufchen Elend, das vor ihr stand. »Herr Kippling?«

»G-geh jetzt«, schluchzte er, »geh weg.« Ließ sich rücklings aufs Bett fallen. Der Umschnall-Dildo wippte, stand aber nach wie vor wie eine Eins zur Decke. Kippling rief nach Steffen, das Gesicht noch immer vergraben.

»Was 'n, Kipp?«, fragte Steffen erneut von irgendwo weit entfernt.

»Der Kipp braucht seine Me-Me-Medizin«, gab Kippling zurück.

Hilde konnte nicht mal bis drei zählen, als die Tür schon aufschwang und Steffen neben ihr stand. Er hatte einen kleinen Koffer bei sich, voll bepackt mit Antidepressiva, Schmerz-, Beruhigungs- und Schlafmitteln. Setzte sich auf die Bettkante und tätschelte Kippling, der »Na endlich« wimmerte.

»Sie müssen jetzt gehen«, sagte Steffen, »der Kippster will allein sein.« Er wandte sich Kippling zu. »Is doch so, Kipp, odda?«

Kippling schniefte und sah durch die Schlitze zwischen seinen Fingern zu Steffen. »Ey jo, sag ihr, s-s-sie soll weg.«

Steffen warf Hilde einen ernsten Blick zu. »Sie ham's gehört.«

»Und m-m-mach mir den Schwa-anz … den Sch-scheiß-Schwanz ab, St-Steffen.«

Steffen beugte sich zu Kippling und griff den Dildo mit beiden Händen.

Hilde hob ob des Anblicks, der sich ihr bot, kapitulierend die Hände. »Alles klar, Jungs, ich find alleine raus.«

21

»Du willst wissen, warum? Okay, ich sag dir, warum. Erinnerst du dich, als du gefragt hast, ob du bei Tim Raue einen Tisch reservieren sollst? Erinnerst du dich? Du hast drei Tage im Voraus gefragt. Das gab's noch nie. Wir gehen immer spontan essen, einzige Ausnahmen sind vielleicht unsere Geburtstage. Aber auch da reservierst du nicht so weit im Voraus. Im ersten Moment hab ich gedacht, mein Herz bleibt stehen vor Glück. Weißt du, weil ich dachte, dass du mir endlich einen Antrag machst. Ich hab wirklich geglaubt, es ist so weit. Es hat sich so gut angefühlt, einfach richtig, nachdem ich zwischenzeitlich echt schon out of ideas war. Ich meine, am Ende konnte man's wirklich nicht mehr subtil nennen. Nicht nur, dass ich dich zu Cartier geschleppt hab, um dort meine Ringgröße messen zu lassen, ich hab sogar einen Verlobungsring anprobiert und dir das crazy funkelnde Ding unter die Nase gehalten. Und trotzdem kam von dir: nichts. Bis zu dem Tag eben, an dem du gefragt hast, ob wir zum Raue wollen … Ehrlich, ich hab echt gedacht, es ist so weit. Immerhin war's der Jahrestag unseres Kennenlernens. Aber silly me. Nicht nur, dass du unseren Jahrestag vergessen hast – ehrlich gesagt hätte es mich wahrscheinlich eher verunsichert, wenn du ihn ausnahmsweise mal nicht vergessen hättest –, du hattest ihn nicht nur vergessen, du hattest nicht mal im Ansatz vor, um meine Hand anzuhalten. Es war schlimm, richtig schlimm für mich, als mir das klar geworden ist. Es hat sich angefühlt wie … keine Ahnung. Aber was dann passiert ist, das war das Highlight schlechthin. Das hat alles getoppt. Und nur, damit wir uns richtig verstehen, damit meine ich nicht die Schweineschnäuzchen mit grünem Rettich und Liebstöckel. Weißt du noch, was du gemacht hast? Erinnerst du dich? Du hast einen dicken Stapel Quittungen und Kassenbons aus deiner Burberry-Mutch geholt und sie auf der Tischdecke ausgebreitet. Du hast sie fein säuberlich sortiert, als würdest du eine Patience legen oder what the heck. Und dann hast du gesagt: ›Bei deinen Belegen fehlen vierzig Euro, Lissi.‹ Ja, das hast du gesagt. Ich seh's vor mir, als wäre es gerade erst gewesen. Du sitzt in dem blauen Polster, hinter dir hängt das Bild mit den Müllsäcken, und du sagst: ›Es fehlen vierzig Euro.‹ Fucking heavy, Diederich. Und der Ton, in dem du's gesagt hast ... Ich krieg jetzt noch Gänsehaut, wenn ich daran denke. Ich meine, vierzig Euro? Really? Was ist kleiner als Peanuts? Was jucken dich vierzig Euro? Gar nicht. Aber das an sich war ja noch nicht mal das Übelste. Seien wir ehrlich, es ging dir keine Sekunde darum, mein Budget zu kürzen, damit hast du schon so oft gedroht. Das Schlimmste war, nein, das Schlimmste ist, dass es dir einzig und allein darum geht, mir vor Augen zu führen, wer ich bin. Nämlich niemand. Ein Nichts. Ein kleiner dummer Wellensittich, den du in einem goldenen Käfig hältst. Und du wusstest das. Oh ja, du wusstest das ganz genau. Deswegen hast du ja auch einen öffentlichen Ort gewählt für deinen Vortrag. Damit ich dir keine Szene mache. Und ja, wie wir wissen, der Plan ging auf, ich hab dir keine Szene gemacht. Aber ich hab an dem Abend beschlossen, dass ich's dir heimzahlen werde. Um also deine Frage zu beantworten: Ja, ich bin sauer auf dich. Mehr als das. Ich bin echt angepisst. Und verletzt. Du hast mir das Herz gebrochen, Diederich Dietze. Du hast mir richtig wehgetan. Das hab ich aber erst später gemerkt, als ich verstanden habe, dass du mich nie heiraten wirst. Du hast halt keinen Bock, ist okay, irgendwie ja auch deine Entscheidung, nur ... hat halt auf einmal nichts mehr Sinn für mich ergeben. Ich wusste nicht weiter. Ich war verloren. Lost. Und irgendwann kam mir dann die Idee. Die vermeintlich zündende Idee. Nach allem, was passiert ist, ich denke, das inszenierte Kidnapping war so was wie ein Hilferuf. Ein Schrei nach Liebe, nach deiner Liebe. Weißt du? Es war ... Verzweiflung. Ja, ich denke doch, das ist die Antwort auf deine Frage. Das ist das Warum. Pure Verzweiflung wegen gebrochenem Herzen.«

Melisa blinzelte zu ihm auf und sorgte dafür, dass ihre Augen todunglücklich glänzten.

Diederich schwieg eine Zeit lang und fummelte an seinem Brillengestell herum, ehe er sagte: »Der Ring war für mich lediglich eine von vielen fixen Ideen von dir.« Er nickte und blickte sie mit reueloser Miene an. »Ich habe ihn als eine deiner Launen interpretiert. Statt einer neuen Handtasche oder eines Porsche sollte es eben ein Ring sein.«

»Für dich ist es eine Laune, dass ich dich über alles liebe und heiraten will?«

»Das habe ich nicht gesagt«, gab er schnell zurück. »Verdrehe mir nicht wieder das Wort im Mund.«

Sie schmollte.

»Ich habe den Ring einfach nicht mit einer Hochzeit in Verbindung gebracht«, versuchte Diederich, sich zu verteidigen.

Melisa hob die Brauen. »Womit könnte man einen Verlobungsring sonst noch in Verbindung bringen? Wem willst du hier was vormachen, Diederich? Du wolltest mir eins auswischen. Du wolltest mich verletzen. Du hast ganz genau gewusst, dass ich dachte, dass du mir einen Antrag machst.«

Er schüttelte den Kopf. »Es war nicht meine Absicht, dich zu verletzen.«

»Ach nein? Was sollte die Nummer dann?«

Er nahm das Brillengestell erneut zwischen seine Finger und schob es in Richtung seiner Stirn, während er sie musterte. »Es war ja nun wahrlich nicht das erste Mal, dass du nachlässig warst, was deine Belege angeht. Ich habe dir wiederholt erklärt, dass ich die Belege für die Steuer benötige.« Er machte eine Pause. »Aber anscheinend ist es zu viel verlangt, dass du ein wenig Ordnung hältst.«

Melisa ließ eine Träne in ihr Auge steigen und sah wie ein ausgesetztes Kätzchen zu Diederich auf. Er stand da und wusste offenbar nicht, was er tun oder lassen sollte. Aber er kannte sie wohl leider auch zu gut, um auf die Mitleidstour hereinzufallen. Er sagte: »Und dieser Nonsens mit dem goldenen Käfig. Ich kann es nicht mehr hören. Immer dieselbe Leier. Es steht dir frei zu gehen.«

Melisa lachte auf. »Und wie weit würde ich kommen? Doch nur so weit, wie du mich lässt. Und wir wissen beide ganz genau, wie weit das ist.«

Er trat zur Seite, wies zur Tür. »Bitte. Ich halte dich nicht auf.«

»Ja, klar. Das lässt du neuerdings ja andere erledigen.«

Diederich brauchte einen Moment. Er begriff augenscheinlich, dass sie wusste, dass er ihr hatte nachspionieren lassen. Er sagte: »Ich vertraue dir nicht. Und das zu Recht, wie wir sehen.«

»Ich hab dich nie betrogen. Noch nicht mal dran gedacht hab ich.«

Er lachte hart und trocken. »Und was war mit diesem Basketballspieler?«

»Du bist paranoid.«

Seine Augen verkleinerten sich. »Ich habe dir eine Frage gestellt.«

»Yee-zus Christ! Nichts war mit Kipp.«

»Ich habe andere Informationen. Ich habe Beweise.«

»Das war inszeniert, Diederich, okay?«

Er sah sie perplex an.

»Fletscher hat dir erzählt, was du hören wolltest, damit du zufrieden bist. Wir mussten dich ruhigstellen, damit du uns beim Kidnapping nicht in die Quere kommst.«

Diederichs Gesicht geriet aus den Fugen und entgleiste. Köstlich, auch wenn alles den Bach runterging, allein dieser Anblick war es wert gewesen.

Melisa lächelte überlegen. »Da staunst du, was? Er war in alles eingeweiht. Ich hab ihm einen Anteil versprochen.«

Diederich wurde blass. »Das heißt, Kipplings Testikel …«

»Jetzt bloß keine Gewissensbisse. Kipp hat Luzia nach Strich und Faden verarscht.«

»Wer ist Luzia?«

Sie winkte ab. »Egal. Unwichtig.«

Diederich brauchte eine Weile. Als er sich wieder gefasst hatte, fragte er: »Wo steckt Fletscher?«

Als Melisa mit den Schultern zuckte, schien Diederich besorgt. »Fletscher und Geld, das ist wie mit Fliegen und Scheiße«, sagte sie, weil sie seine Sorge für unangebracht hielt. »Der wird wieder anschwirren.«

»Und was ist zwischen dir und diesem Sommer?«

Sie zuckte erneut mit den Schultern. »Nichts. Ein Loser, der zur richtigen Zeit am richtigen Ort war. Vergiss ihn.«

Diederich atmete angestrengt aus. »Ich komme mir vor, als wäre ich am Nasenring durch die Manege gezogen worden.«

»Tja«, stimmte Melisa zu und warf ihm kurz darauf einen versöhnlichen Blick zu. »Einigen wir uns auf unentschieden?«

Er fixierte sie und nickte nachgiebig. »Unentschieden.«

Melisa lächelte und fuhr den Arm aus, an dessen Ende ihre Hand in erwartungsvoller Stellung hing.

Diederich zögerte eine Weile, ehe er versuchte, vor ihr auf die Knie zu gehen, aber sosehr er sich auch mühte, es gelang ihm nicht. Er sah aus wie ein gemästeter Tanzbär. Er begnügte sich schließlich damit, ihre ausgestreckte Hand zu halten und ihr tief in die Augen zu sehen. »Ich werde dich heiraten, Lissi. Versprochen.«

Melisa hob die Brauen. Ein Antrag ganz nach Art Diederich Dietzes.

»Schon bald«, schob er nach und ließ ihre Hand los. »Aber jetzt müssen wir mit dir erst mal in die Notaufnahme. Dein Bein bedarf fachmännischer Behandlung.«

Sagte es und schob sie im Rollstuhl aus dem Zimmer.

Es war die Nacht, in der sie, wäre alles nach Plan verlaufen, ihre Freiheit in Form von zwei Millionen Euro hätte erlangen sollen. Ihre Handflächen waren seit Stunden schweißnass gewesen, sie hatte es kaum mehr erwarten können, die Scheine endlich vor sich zu sehen. Sie fragte sich, wie groß der Haufen Cash wohl war, und malte sich aus, wie sie in eine Badewanne voller Geldscheine eintauchte.

Um neun, dem Zeitpunkt der Übergabe, hatte sie sich vorgestellt, wie Diederich, kochend vor Wut, dass er seine heiß geliebte Kohle hergeben musste, das Geld in einem Aktenkoffer an Nicki aushändigte. Um zehn fand sie, dass Nicki länger als nötig auf sich warten ließ, und sie beschlich für einen Moment die Befürchtung, dass er vielleicht doch mit dem Geld durchgebrannt war. Sie wischte den Gedanken als nicht mal hypothetisch zulässig zur Seite und verlor die Lust auf ein Bad. Stattdessen würde sie die Knete auf dem Bett ausbreiten und nackt darauf schlafen. Es war beschlossen, und die Vorstellung ließ ihren Unterleib vibrieren.

Als sie um halb zwölf endlich Schritte im Treppenhaus vernahm, die zu ihr heraufstiegen, bebte ihr ganzer Körper, als hätte sie an eine Hochspannungsleitung gefasst. Die Schritte betraten die Wohnung, kamen den Flur entlang. In Melisas Herz tanzten zwei Eichhörnchen Tango.

Das Nächste, woran sie sich erinnerte, war Diederich, der sagte, er sei hier, um sie nach Hause zu holen. Er verharrte auf der Türschwelle, und es kam ihr vor, als stünde er schon eine halbe Ewigkeit dort, wahrscheinlich dauerte es in Wirklichkeit nicht mal eine halbe Minute. Ihr wurde schnell klar, dass sie improvisieren musste. Aber was sie brauchte, musste mehr als eine Ausrede sein, es musste eine Geschichte sein.

Als Diederich im Stil der Dramaqueen, die er war, »Warum, Melisa? Warum hast du mir das angetan?« fragte, wurde ihr mit einem Schlag bewusst, dass er darum bettelte, geradezu flehte, dass sie ihm eine Story auftischte, die ihm erlaubte, sie wieder aufzunehmen. Also gab sie ihm, was er sich so sehr wünschte. Und sie würde es durchziehen, bis ihr was Besseres einfiel. Bis sie ein neues Konzept entwickelt hatte, wie sie sich mit seiner Asche aus dem Staub machen konnte.

Im Flur trafen sie auf mehrere Männer, die Melisa noch nie zuvor gesehen hatte, die aber allesamt gleich aussahen: Bartstoppeln, fahle, leicht gräuliche Teints, blaue Overalls, darunter Bierbäuche. Sie beobachtete die Fremden, wie sie Säcke voll mit Kleidung, Umzugskartons, Lampen und Möbel aus Nickis

Zimmer schleppten. Der Letzte blieb mit einer mannshohen Topfpflanze im Türrahmen hängen, woraufhin deren welke Blätter zu Boden segelten. Es juckte ihn nicht.

Auf dem Weg zum Treppenhaus kam ihm Marvin Bosse entgegen. Er ging gebückt, als er durch die Wohnungstür trat, seine Schultern hingen schlaff, als ob das Leid der Welt auf ihnen lastete.

Der Fremde hielt inne. »Das wär's dann, Meister«, sagte er. »Macht fünfhundertfuffzig.«

Bosse sah ihn mit großen Augen an. »Abgemacht war aber was anderes.«

»Du hast gesagt, es ist nicht viel, aber der ganze Wagen ist voll«, sagte der Fremde mit unüberhörbarem Vorwurf.

Bosse hob die Schultern an. »Anscheinend haben wir andere Vorstellungen von ›viel‹.«

»Es ist mitten in der Nacht. Und ausladen müssen die Jungs auch noch. Das heißt Nachtschicht. Mit Nachtschichttarif. Weiter runter als fünfhundertfuffzig kann ich nicht gehen.« Der Fremde setzte einen Blick auf, als könne er kein Wässerchen trüben. »Oder sollen wir alles wieder ausladen?«

Bevor Bosse irgendwas erwidern konnte, mischte Diederich sich ein. »Schon gut, ich übernehme das.«

»Nein, das … das ist nicht …«, versuchte Bosse zu entgegnen, aber Diederichs Reaktion fiel nahezu überschwänglich aus und machte alles platt, was in seinem Weg stand. »Doch, doch, ich bestehe darauf«, sagte er. »Ich stehe tief in Ihrer Schuld, junger Freund.«

Dann drückte er dem Möbelpacker, oder womit auch immer der Mann seinen Lebensunterhalt bestritt, sechshundert Euro in die Hand. »Stimmt so.«

Melisa war fassungslos.

»Danke, Meister«, sagte der Fremde und bedachte Diederich mit einem vergilbten Kettenraucherlächeln.

Das Lächeln verweilte nicht lange in seinem Gesicht. Als Diederich um eine Quittung bat, wich es einem ungläubigen Staunen und wuchs zügig zu einem rasselnden Lachen an. Der

Fremde winkte ab und verschwand lauthals johlend. »War nett, mit euch Geschäfte zu machen.«

Diederich und Bosse sahen ihm gleichermaßen sprachlos hinterher.

»Falls ich noch irgendetwas für Sie tun kann …«, sagte Diederich, der sich als Erster wieder gesammelt hatte, und streckte die Hand aus.

Bosse wich Melisas Blick aus, als er sich zu ihm drehte und mit schwachem Kopfschütteln einschlug. »Danke. Ich fahr erst mal für 'ne Weile nach Düsseldorf.« Er warf einen kurzen Blick in Nickis leer geräumtes Zimmer, und als er sich wieder umwandte, war ihm die innere Unruhe deutlich anzumerken. »Bisschen runterkommen und abschalten. Vom Stress erholen, Sie wissen schon.«

Diederich klopfte ihm aufmunternd auf die Schulter. »Sie haben es sich verdient.«

Bosse bemühte sich um eine muntere Miene, aber viel kam dabei nicht heraus. »Ich musste ihn aufhalten. Es ging nicht anders. Er hätte alles zerstört.«

Diederich nickte ihm erneut bekräftigend zu, während Bosse kreidebleich wurde. »Es ging nicht anders«, wiederholte er, als wollte er sich selbst überzeugen, dass er mit sich im Reinen war. Aber auch das schien nicht recht zu klappen. Sein Blick wanderte unruhig durch den Flur und blieb zuletzt an Melisa hängen. Er riss die Augen auf, als stünde er dem Leibhaftigen gegenüber, und richtete den Finger auf sie. »Das ist alles wegen dir.«

Melisa beäugte den armen Wicht für eine ganze Weile mit kaltem Blick, ehe ihr die eine Frage einfiel, die sie an Bosse noch hatte, bevor ihre Wege sich für immer trennten: »Wo ist Nicki?«

22

Nicki parkte Melisa am Rand der Terrasse und zwinkerte ihr ungelenk zu. »Lauf nicht weg.« Dann ließ er sie hinter sich.

Jedes Mal, wenn er versuchte, ihr zu gefallen, verwandelte er sich. Er wurde zu einem anderen, zu jemandem, der so gehemmt und verkrampft war, dass er sich am liebsten selbst am Schopf gepackt und fest durchgeschüttelt hätte. Wahrscheinlich weil er wusste, dass er nicht in ihrer Liga spielte.

Als Nicki fünf Minuten später mit einer Flasche Wasser aus dem Nola's zurückkehrte, stand irgendein Mitte-Hipster neben Melisa und textete sie zu. Seine dünnen Hipster-Beine steckten in einer schwarzen Röhrenjeans, darüber schlabberte ein blau-weiß quergestreiftes Shirt. Eines jener Sorte, die Männer, die das sechste Lebensjahr vollendet hatten, nicht tragen sollten. In seinem Gesicht spross der obligatorische Vollbart, die schwarze Sonnenbrille gab dem Ganzen den letzten Schliff.

Nicki konnte sich kaum entscheiden, was ihm an dem Typen am meisten missfiel. Was bildete die halbe Portion sich ein? Melisa war sein love interest.

Er sagte: »Darf ich mal?«, rempelte dem Hipster an die Schulter, und bevor der überhaupt wusste, was los war, hatte Nicki sich den Rollstuhl geschnappt und rollte mit Melisa davon.

Als der Hipster ihm nachrief, warf Nicki einen langen Blick zurück. Er sagte kein Wort, sondern blitzte den anderen nur finster an. Was er bei alldem allerdings erst jetzt bemerkte: Melisa lächelte dem Hipster zu. Nicki konnte es in der Spiegelung seiner Hipster-Sonnenbrille sehen.

Aber warum war ihm das nicht schon viel früher aufgefallen? Es gab im Grunde nur eine Antwort: Er hatte es absichtlich übersehen, besser gesagt, er hatte es verdrängt.

Nicki fiel es wie Schuppen von den Augen. Er hatte nicht

wahrhaben wollen, was das Lächeln über Melisa verriet. Es teilte ihm nämlich unverfroren mit, dass sie auf ihn pfiff. Dass sie sich hinter seinem Rücken vor einem Wildfremden über ihn lustig machte, hieß, sie schätzte ihn nicht und sie schätzte nicht, was er für sie tat. Sie spielte mit ihm. Die Hipster-Situation stand, das musste man so folgern, sinnbildlich für ihr ganzes Verhältnis. Für Melisa war Nicki nicht mehr als irgendein Blödmann, mit dem man's machen konnte. Und dass sie es hinter seinem Rücken machte, war nicht etwa mit Rücksichtnahme zu verwechseln. Es war schlicht Eigennutz. Denn sie brauchte ihn. Noch.

»Glückwunsch«, sagte sein Verstand, »die Rolle des Blödmanns hast du mit deiner Performance perfekt ausgefüllt.«

»Nun ja«, entgegnete Nickis Bauch, »nobody's perfect.«

»Ach, ihr könnt mich beide mal.« Nicki schlug die Augen auf.

Nach einer Weile realisierte er, dass er in der Dämmerung lag. Zu klären war noch, ob Abend- oder Morgen-.

Nicki setzte sich auf. Der Boden war hart und unbequem, konnte aber den Schmerz, der von seinem Kinn ausging, nicht überlagern. Er tastete sein Gesicht ab. Sein linker Mundwinkel war taub und schien angeschwollen, auf seiner rechten Wange klebte verkrustetes Blut, sein Speichel schmeckte nach blutigem Metall.

Er blickte sich um, aber vor seinen Augen lag ein Schleier. Er nahm säulenartige Umrisse wahr, die um ihn herumstanden. Unter ihm fühlte es sich erdig an, und es roch ringsum nach Wald. Nicki legte den Kopf in den Nacken und erhielt Gewissheit: Über ihm wölbten sich die Baumkronen, darüber der graue Himmel.

Nicki war eine Viertelstunde, vielleicht auch schon eine halbe Stunde, durchs Trübe geirrt, als der Wald plötzlich endete und sich eine Lichtung vor ihm ausrollte. Daran, dass er keinen Schimmer hatte, wo er war, änderte das allerdings wenig. Es dauerte deutlich länger, als er vermutet hätte, bis er an einer

Wurzel, einem Stock oder Stein hängen blieb und sich flachlegte. Er landete überraschend weich in etwas, das er bald als Sand identifizierte. Etwas drückte jedoch von unten in seine Seite, bohrte sich unangenehm in seine Rippen. Er griff unter sich und barg eine Kugel, deren Größe, Gewicht und Struktur einem Golfball entsprach.

Einen Golfball inmitten der Wildnis zu finden, das war wohl die gute Nachricht, versprach vermutlich in etwa das Gleiche wie die Sichtung eines Landvogels auf hoher See. Als Nicki sich aufrappelte und den Sand von sich schüttelte, bestätigte sich seine Theorie. Sein nebeliger Blick erhaschte zwei helle Punkte, die hinter entfernten Baumreihen durchs Halblicht flogen.

Er mobilisierte die letzten Kräfte, krabbelte aus der Sandgrube und rannte torkelnd der Zivilisation entgegen. Sie näherte sich ihm in Form von Autoscheinwerfern, und jetzt vernahm Nicki auch das dazugehörige Motorröhren.

Er hetzte weiter, brach sich fast die Beine, als er in einen Graben stürzte, den er nicht kommen sah, und landete schließlich atemlos und auf allen vieren auf asphaltiertem Untergrund. Kaum hatte er sich aufgerappelt, fand er sich eingetunkt in grelles Hell wieder. Es folgte das Quietschen von Autoreifen, und danach wehte es einen warmen Wind, der sich anfühlte wie das Gebläse einer Heizung, an seine Beine.

Als ihn der Gestank verschmorten Gummis erreichte, kapierte er, dass die Hitze dem Kühlergrill des Autos entstammte, das ihn soeben beinahe überfahren hätte. Dem Geruch folgte eine tiefe männliche Stimme. »Grundgütiger! Ich hab dich nicht gesehen.«

Nicki blickte auf und entdeckte einen schmalen Schatten, der auf ihn zukam. Nach und nach schälte sich das Antlitz eines Mannes heraus. Er war hager, bestimmt zwei Meter groß, und überhaupt schien an ihm alles lang zu sein. Er hatte lange Beine, sein Gesicht war lang und mündete in ein spitzes Kinn, und seine Nase bestand aus zwei Stufen, die hinauf zu seiner Stirn führten. Er hatte grau meliertes Haar, trug einen schwarzen Anzug, dazu ein weißes Hemd und einen schwarzen Schlips. Als wäre er auf dem Weg zu einer Beerdigung. Oder an ein Tarantino-Set.

»Grundgütiger, dein Gesicht!«, sagte der Lange, als er vor ihm stehen blieb.

»Das war schon so«, entgegnete Nicki schlapp.

Erst spürte er, wie der Boden unter seinen Füßen nachgab, dann kippten der Lange, die Scheinwerfer seines Wagens und alles andere um ihn herum ganz langsam zur Seite. Zwei Hände packten ihn unter den Armen und verhinderten, dass er umfiel wie ein angesägter Baumstamm.

»Geht's dir gut? Bist du verletzt?«, fragte der Lange, während er ihm auf die Beine half.

Nicki schüttelte matt den Kopf, merkte aber rasch, dass er das lieber sein lassen sollte. »Wo … wo bin ich?«, fragte er, während er gegen seinen Drehwurm ankämpfte.

»Der Planet heißt Erde.«

»Scheiße, da wollte ich auf keinen Fall landen.«

Der Lange schmunzelte angemessen soft. »Ich lass dich jetzt los, in Ordnung? Mal sehen, ob du stehen bleibst.«

Nicki wankte, aber er blieb stehen. Der Lange musterte ihn von Kopf bis Fuß, nickte zufrieden und sagte: »Ich bin der Rix.«

»Der Rix?«, gab Nicki zurück.

Der Lange legte die Stirn in Falten. »Danny Rix.«

»Hm«, nickte Nicki. »Mein Name ist Nicki Sommer.« Er ließ den Blick schweifen. »Wo genau auf diesem Planeten Erde sind wir?«

Der Rix richtete den Daumen hinter sich. »Rund drei Kilometer hinter uns befindet sich das DeMarí-Resort Scharmützelsee mit dem DeMarí-Golfclub.« Er streckte den Zeigefinger aus. »Einen Kilometer in diese Richtung liegt der Scharmützelsee. Ausgesprochen romantisch, die Ladys lieben Picknick am Seeufer.«

Der Rix knickte das Handgelenk mit dem ausgestreckten

Finger um neunzig Grad und sagte: »Und da geht's nach Berlin.«

»Kennst dich ja bestens aus.«

»Das ist mein Job.«

Nickis Blick wanderte zu Rix' Wagen – sah aus wie ein verdammter Rolls-Royce – und wieder zurück zum Rix, der ihn bereits mit einer hochgezogenen Braue empfing. »Ich bin der persönliche Fahrer und Assistent von Mary DeMarí, Gesellschafterin und Geschäftsführerin der DeMarí-Resort GmbH, zu der unter anderem das DeMarí-Resort Scharmützelsee zählt. Außerdem das DeMarí-Resort Sylt und das DeMarí-Resort Kitzbühel. Alle mit anliegenden DeMarí-Golfclubs, entworfen von namhaften ehemaligen Profigolfern. Schon mal was von Arnold Palmer gehört?«

Nicki schüttelte wieder den Kopf, diesmal ganz langsam und behutsam. Zu viele Informationen für seinen derzeitigen Zustand.

»Du siehst 'n bisschen blass aus, Nicki Sommer. Was hältst du von einem Abstecher zur Helios Klinik in Bad Saarow?«

Nicki stierte ihn mit großen Augen an. »Wie weit ist es nach Berlin?«

»Siebzig Kilometer.«

»Ich muss zu Melisa.«

»Wer ist das?«

Nicki blieb ihm die Antwort schuldig und blickte sich stattdessen fahrig um. »Kannst du mich zur nächsten S-Bahn bringen?«

Der Rix musterte Nicki eine Weile, dann gab er ihm mit einer winzigen Regung in seinem Gesicht zu verstehen, dass er ihn fahren würde, auch wenn er absolut nicht wusste, worum es ging.

»Okay, Nicki Sommer, steig in den Rolls. Ich bin ohnehin auf dem Weg in die Stadt.«

»Danke«, sagte Nicki und folgte dem Rix, der schon zum Wagen unterwegs war. »Ich muss in die Schwedter Straße. Kennst du die zufällig?«

»Natürlich, Prenzlauer Berg«, erwiderte der Rix.
Nicki lächelte. »So ist es.«
Bevor sie einstiegen, hielt der Rix inne und sah über das Dach des Rolls-Royce hinweg zu Nicki. »Zieh die Schuhe aus, ich hab frisch gesaugt.«

23

Die Verletzung sei eine schulbuchmäßige Weber-A-Fraktur, die Syndesmose habe zum Glück nichts abbekommen, es sei kein operativer Eingriff vonnöten.

Diederichs Buddy, ein Sportmediziner, dessen Atem nach Tic Tac Fresh Mint roch, hatte ihr zugezwinkert, als er seinen Blick von den Röntgenbildern löste. Als stünde ihm ein Blowjob als Gegenleistung zu, weil er ihr das Leben gerettet hatte. *Notgeiler Bock.*

Nachdem Diederich die Ärzte der Notaufnahme in der Vornacht als inkompetente Kurpfuscher beschimpft hatte und sie beide nach stundenlangem Warten ohne Untersuchung nach Hause gefahren waren, hatte Diederichs Buddy sie am Morgen als erste Patientin in seiner Praxis behandelt und ihr das Bein nach der erfreulichen Diagnose eingegipst – und dabei jeden nackten Zentimeter von ihr mit seinen Blicken verschlungen.

Es war noch immer um einiges früher, als sie für gewöhnlich aus dem Bett aufstand, als sie in ihrem gefleckten Beinkleid (sie hatte die Wahl zwischen schwarzem oder blauem Verband oder Verband mit Leopardenmuster gehabt) und auf Krücken gestützt in das Haus mit den zehn Zimmern, den drei Bädern, dem Pool im Garten und den Luxuskarossen in der Auffahrt humpelte.

Melisa stieß einen tiefen Seufzer aus und sorgte dafür, dass sie erleichtert klang. »Endlich wieder zu Hause.« Sie sah zu Diederich, der keine zwei Schritte hinter ihr über die Schwelle trat und einen elektrischen Hightech-Rollstuhl schob, der angeblich sogar Treppen hinauffahren konnte. Sie sagte: »Ich glaub, ich lass mir ein Entspannungsbad ein.«

»Brauchst du Hilfe, oder kriegst du das hin mit dem Gips?«

»Wird schon«, sagte Melisa und betete, dass er es dabei belassen würde. Sie ekelte sich davor, sich vor ihm auszuziehen. Seine gierigen Blicke waren widerlich.

Sie sprang mit dem gesunden Fuß auf die erste Stufe. »Wenn ich gebadet habe, können wir über die Hochzeit quatschen. Ich wünsche mir Tauben und eine Kutsche.«

»Heute nicht, Lissi. Ich habe zu tun.«

Wusste sie's doch. Er hatte nicht vor, sie zu heiraten. Wäre ja auch zu schön gewesen.

Sie sah ihn an. Er starrte unverwandt zurück. »Was?«

Sie schenkte ihm ein zartes Lächeln. »Nichts.«

Er lächelte schmal zurück.

Nein, an ihrer Lage hatte sich rein gar nichts verändert. Sie waren zurück in ihren Paraderollen und führten den ewigen Klassiker der geheuchelten Zuneigung zwischen dem reichen alten Sack und der jungen Schönheit, die mit möglichst wenig Anstrengung finanziell abgesichert sein will, auf.

»Ich muss noch ein Telefonat führen, danach komme ich und seife dir den Rücken ein«, sagte er.

Sie schenkte ihm ein weiteres Lächeln, wenngleich es sie schüttelte, sobald sie nur daran dachte, wie er sie mit seinen schwitzigen Händen betatschte.

Diederich setzte sich in Richtung Wohnzimmer in Bewegung, während das Telefon in seiner Hand bereits wählte. Er verschwand aus ihrem Blickfeld, doch seine Stimme hatte es nicht so eilig, sie blieb noch ein bisschen. Die Stimme sagte: »Hallo, Wolff, ich bin's, Didi. Wollte mich nur nachträglich für meine Absenz am gestrigen Abend entschuldigen. Es gab einen kleinen … Notfall. Nächste Woche bin ich wieder dabei, ja, versprochen. Ich habe neues Material. Ihr werdet begeistert sein.«

Melisa traf es wie der Blitz. Eine Verabredung am Donnerstagabend? Wie konnte das sein, wenn Diederich donnerstags doch angeblich die Steuer machte?

***

Sie konnte es drehen und wenden, wie sie wollte und sooft sie wollte, früher oder später verhedderte sie sich, und alles, was blieb, war ein unmöglich zu entflechtendes Gedankenknäuel, ein Labyrinth an Möglichkeiten, das in eine Sackgasse führte, ganz egal, welchen Weg sie einschlug.

Die Faktenlage war dünn. Fakt eins: Béla und Marzahn hatten Kippling kastriert. Fakt zwei: Fletscher hatte Melisa Rakowska nachgeschnüffelt.

Von da ab wurde es nebulös. Béla und Marzahn hatten, so weit die Theorie, die Drecksarbeit für Fletscher erledigt, der zuvor von Dietze damit beauftragt worden war. Und dann, so sah's aus, war irgendwas gründlich aus dem Ruder gelaufen. Béla war vom Winde verweht – warum? –, Marzahn war im See versenkt worden – warum und von wem? –, und Fletscher war bis auf einen Schuh ebenfalls vom Erdboden getilgt. Wie hing das alles zusammen? Hing es überhaupt zusammen?

Dass Anes Schalako sich an Fletscher für dessen Verrat gerächt hatte und seine erste Amtshandlung nach seiner Freilassung gewesen war, den Schnüffler kaltzumachen oder zu verschleppen, war durchaus denkbar. Typen wie Schalako dachten in der Regel in einfachen Mustern – Auge um Auge und ähnlich Primitives. Nur leider wusste niemand, wo sich das Arschloch aufhielt, weshalb auch Nachfragen ausschied.

Und als Kirsche on top dieses Wirrwarrs thronte eine bizarre Muschisammlung. Was hatte Fletscher damit vorgehabt? Sollte sie nur Versicherung sein oder doch mehr als das, ein Druckmittel? Wollte er –

Hildes Gedankenstränge wurden vom schnaubenden Blubbern eines Verbrennungsmotors gekappt. »Kack noch mal!«, fluchte sie, als der Bentley mit der goldenen Lackierung zum zigsten Mal röhrend und knatternd an ihr vorüberrollte. Kippling und sein Steffen drehten ihre nächste Runde.

Hilde ließ sich tief in den Sitz des Renaults rutschen, um unentdeckt zu bleiben. Sie war am frühen Morgen an der Villa angekommen und hatte bereits eine geschlagene Stunde ausgeharrt, als die Pappnasen das erste Mal aufgekreuzt waren. Dietzes Sprechstundenhilfe hatte ihr am Telefon verraten, dass die Praxis heute »wegen Krankheit« geschlossen blieb, und

Hilde war zu dem Schluss gelangt, dass es am meisten Erfolg versprach, es bei ihm zu Hause zu versuchen. Als sie gegen sieben an seiner Tür geklingelt hatte, hatte niemand geöffnet.

Ebenso war es eine Stunde später diesem Steffen ergangen. Er hatte sich mit ausgebreiteten Armen ratlos zu Kippling gedreht, als nichts passierte, hatte erneut geklingelt und dann, weil nach wie vor niemand aufmachte, den Rückweg angetreten und war wieder in den Bentley geklettert.

Seitdem kehrten die beiden alle zwanzig bis dreißig Minuten zurück, schauten, ob sich was getan hatte, ob endlich jemand im Haus war. Aber es war auch jetzt niemand da.

Der Motor des Bentleys brüllte wie ein Löwe zur Brunftzeit auf, und als sie davonpfiff, verbreitete die goldene Proletenkarre einen Sound, der Hilde glauben ließ, eine Ladung Ladycracker würde im Auspuff explodieren.

Niemand konnte bei diesem Krach klar denken.

Höchstens zwei Minuten nachdem der Bentley aus ihrem Blickfeld und Gehörgang verschwunden war, tuckerte eine silberne S-Klasse an der Villa vor. Während der Fahrer des Wagens darauf wartete, dass das eiserne Tor den Weg in die Auffahrt freigab, erkannte Hilde die Frau auf dem Beifahrersitz wieder. Es war Melisa Rakowska.

Als der Benz aufs Grundstück gefahren war und das zweiflügelige Tor sich wieder geschlossen hatte, ließ Hilde das Seitenfenster hinunter. Sie vergewisserte sich, dass in der Nähe keine Knallfrösche in die Luft gingen, wartete noch eine Weile ab, und dann stieg sie aus. Als Diederich Dietze sich über die Gegensprechanlage meldete, sagte sie: »Cham, Kripo Berlin. Wir müssen reden.«

»Worüber?«

»Über Eier. Machen Sie auf, Herr Doktor.«

***

Melisa stand in Unterwäsche vor dem Spiegel und musterte unzufrieden ihre Nase. Die angedeutete Knolle an ihrer Spitze war nicht filigran. Sie gefiel ihr nicht mehr. Melisa wünschte sich die fancy Nase von Natalie Portman. Da Diederich sie nicht heiraten würde, sollte er ihr wenigstens Natalies feines Näschen schenken.

Melisa hatte sich soeben der nach Rosenöl duftenden Wanne zugewandt und die Arme hinter den Rücken gelegt, um ihren BH zu entriegeln, als es an der Haustür läutete. Während sie ihren Seidenslip über den eingegipsten Knöchel streifte, vernahm sie Stimmfetzen, die von unten zu ihr ins Badezimmer drangen. Melisa hielt inne und lauschte, aber die Fragmente wollten sich nicht zusammenfügen. Ihre Neugierde und die amüsante Vorstellung, dass es vielleicht Nicki sein könnte, der kam, um sie heldenhaft zu retten, führten dazu, dass sie sich ein Handtuch umband, leise das Schloss entriegelte und zur Brüstung der Galerie schlich, um einen Blick ins Foyer zu riskieren.

Diederich stand mit Blickrichtung zum Hauseingang. Von ihrer Position aus sah sie nur seinen Hinterkopf und die speckigen Falten in seinem Nacken.

Obwohl die fremde Stimme, der Melisa lauschte, vergleichsweise tief klang, gehörte sie allem Anschein nach einer Frau. Die Stimme sagte: »Verstehen Sie mich nicht falsch. Ich kann nachvollziehen, dass Sie Rachegelüste hatten. Ich zum Beispiel habe auf meinen Verlobten geschossen, nachdem er mich betrogen hatte. Es gibt Momente im Leben, da verliert man einfach die Beherrschung.«

Diederich lachte hart auf. Es sollte verächtlich klingen, aber wer ihn kannte, der wusste, dass Verlegenheit aus ihm sprach. »Ich verbitte mir diese Impertinenz. Zeigen Sie mir mal Ihren Dienstausweis.«

»Warum? Wollen Sie sich beschweren? Da müssen Sie sich hinten anstellen.«

»Das werden wir noch sehen. Ihren Ausweis, wenn ich bitten darf.«

»Hören Sie, Kippling ist nicht mein Thema. Ich will über den Privatdetektiv reden, den Sie engagiert haben, damit er Frau Rakowska beschattet. Und ich will über die beiden

Männer reden, die im 25 Hours im Auftrag Ihres Detektivs beziehungsweise in Ihrem Auftrag gehandelt haben. Diese Männer nämlich und auch Fletscher sind entweder tot oder verschwunden. Möglich wäre auch beides. Genau das will ich aufklären. Und Sie, Herr Doktor, sind weit und breit der beste Ansprechpartner, was das angeht.«

Der Gedanke, dass Fletscher nicht mehr am Leben war, jagte Melisa einen kalten Schauer über den Rücken.

»Fletscher ist tot?«, fragte Diederich und klang genauso, wie sie sich fühlte.

»Verraten Sie's mir, Herr Doktor«, entgegnete die andere. »Sagen Ihnen die Namen Bruno Béla oder Milano Rambo Marzahn etwas?«

»Nein. Ist das ein Comedy-Duo?«

»Witzig, Herr Doktor.«

Diederich schwieg eine ganze Weile, ehe er sagte: »Wenden Sie sich mit Ihren Fragen an meinen Anwalt. Guten Tag, Frau Cham.«

»Ich hatte mir fast schon gedacht, dass Sie so was sagen würden.« Sie zeigte Diederich anscheinend etwas auf ihrem Handy. »Und damit soll ich auch zu Ihrem Anwalt?«

»Das ist irritierend. Warum halten Sie mir das Foto einer Vulva vor?«

»Plural. Es sind Vulven. Sehen Sie?«

Diederich schüttelte den Kopf, offenbar weil er nicht wusste, was er erwidern sollte.

»Wie gesagt, ich möchte mich nur mit Ihnen unterhalten«, fuhr die Frau fort. »Und weil Ihnen jetzt klar ist, dass Sie Ihre Zulassung verlieren, wenn Sie nicht mit mir reden, werden Sie mir den Gefallen gerne tun.«

»Meine Zulassung? Ich kann nicht folgen.«

»Die Fotos waren auf der Festplatte Ihres Detektivs. Er hat Material über Sie gesammelt, Herr Doktor.«

»Ich weiß beim besten Willen nicht, wovon Sie reden.«

»Ich rede davon, dass er sich absichern wollte. Oder Sie erpressen. Was glauben Sie?«

»Nichts von dem, was Sie sagen, ergibt Sinn. Es gab keinerlei Differenzen zwischen mir und Fletscher. Unser Verhältnis war … *ist* einwandfrei. Und diese Fotos da sehe ich zum ersten Mal.«

»Ach, wirklich? Das ist ja komisch. Dabei haben Sie sie doch selbst aufgenommen.«

Diederich sagte nichts. Das konnte nur eines bedeuten: Die Frau hatte den Nagel auf den Kopf getroffen. Diederich bestätigte Melisas Theorie schon wenige Augenblicke darauf, als er sagte: »Lassen Sie mich noch mal einen Blick auf die Fotos werfen.«

Es vergingen einige Momente. »Ja, wäre möglich, dass das berufliche Aufnahmen sind. Ich führe kosmetische Intim-OPs durch, wie Sie sicher wissen. Dazu werden im Vorfeld natürlich Fotos angefertigt. Wie Herr Fletscher an die Aufnahmen gelangt sein könnte, ist mir allerdings schleierhaft.«

»Er wird sie einfach gestohlen haben. War er mal in Ihrer Praxis?«

»Mehrere Male, aber ich bezweifle, dass ich deswegen meine Zulassung verlieren würde.«

»Sicherlich nicht, aber Sie wissen so gut wie ich, dass nur ein Teil dieser Fotos von Ihnen stammt.«

»Bitte?«

»Sehen Sie den kleinen Punkt da im Hintergrund? Wenn man den lange genug vergrößert, wird er irgendwann zu einem Praxislogo. Aber es ist nicht Ihre Praxis, sondern die Ihres Kollegen Horst Beckmann. Er ist Chirurg wie Sie und hat eine Praxis in Schöneberg. Aber warum erzähle ich Ihnen das? Sie wissen das alles ja selbst. Zusammengefasst: Es waren nicht alle so vorsichtig wie Sie, Herr Doktor. Es gibt noch 'ne ganze Menge weiterer Hinweise.«

Diederich sagte schon wieder nichts. Die Frau verstand es, mit Hammer und Nagel umzugehen.

»Ich werde diese Frage nur ein Mal stellen, damit wir endlich zur Sache kommen können«, setzte sie nach. »Wie kommen die Bilder Ihrer Kollegen auf Ihren Rechner?«

Diederich zögerte. Fast sah es aus, als schwankte er.

»Wir … wir haben einen Stammtisch«, murmelte er schließlich.

»Sie haben einen Stammtisch?«, gab sie erstaunt zurück. »Einen Muschistammtisch oder was?«

Diederich nickte zaghaft.

Die Frau prustete los.

»Es ist nicht, wie Sie denken. Wir sind allesamt Liebhaber, Connaisseurs.«

»Die Muschis wie Panini-Bildchen tauschen. Mein lieber Schwan.«

»Wir tauschen nicht. Wir haben vor, einen Bildband zu erstellen. Nur für uns, nicht für die Augen der Öffentlichkeit, versteht sich.«

»Versteht sich«, erwiderte sie süffisant.

»Es ist ein Hobby, eine Passion – nichts, was jemandem Schaden zufügt.«

»Das würden die Besitzerinnen dieser Muschis ganz sicher anders sehen.«

Melisa musste einen Jubelschrei unterdrücken. Holy Fuck! Diederich machte donnerstags *nicht* die Steuer!

»Wer ist alles beteiligt?«, hörte Melisa die andere.

»Der von Ihnen bereits genannte Dr. Beckmann, außerdem Dr. Akbaras, Dr. Kiewelitz und Dr. Krieps.«

»Und Sie.«

»Und ich.«

Fuck! Fuck! Fuckedifuck! Es war ’ne Goldgrube!

»Nennen Sie mich meinetwegen verklemmt, stört mich nicht, aber ich krieg das in meinem Weltbild nicht unter. Für mich ist das krank.«

Diederich zuckte mit den Achseln.

»Okay, kommen wir zum Eingemachten«, sagte die Frau in erstaunlich sachlichem Tonfall. »Wann und wo haben Sie Fletscher zuletzt gesehen?«

»Das war … gestern. Mittags. In meinem Büro.«

»Und dann?«

»Nichts. Wir waren am Abend verabredet, aber er ist nicht erschienen. Ich habe mehrfach versucht, ihn zu erreichen. Ohne Erfolg.«

»Sie haben vermutlich keine Idee, wo er stecken könnte?«

»Nein.«

»Was könnte er am Liepnitzsee gesucht haben?«

»Weiß ich nicht. Sagt mir nichts.«

»Warum haben Sie sich gestern Mittag getroffen und für den Abend schon wieder verabredet?«

Melisa war gespannt wie ein Flitzebogen auf Diederichs Antwort, doch das Klingeln an der Tür erlöste ihn. – Dachte sie, aber Diederich reagierte nicht. Und auch beim zweiten Bimmeln nicht.

»Wollen Sie nicht aufmachen?«, fragte die Frau hörbar verwundert.

Erst jetzt setzte Diederich sich in Bewegung und gab dadurch die Sicht auf die Polizistin frei. Unscheinbar war sie, fand Melisa, ein typisch deutsches Frauengesicht mit dezent maskulinen Zügen. Melisa würde sie auf der Straße wahrscheinlich nicht wiedererkennen. Aber ihre Frisur war nicht schlecht. Als die Frau ihren Blick in Melisas Richtung wandern ließ, tauchte Melisa ab. Gerade noch rechtzeitig, wie sie hoffte.

Diederich war inzwischen bei der Gegensprechanlage angelangt und war so aufgeregt, dass Melisa sogar oben auf der Galerie hören konnte, wie schwer sein Atem ging. »Ein Bekannter von Kippling«, hechelte er. »Er sagt, ich soll ein Mann sein und rauskommen und mich dem Kippster stellen.«

»Jetzt sehen Sie mich nicht so vorwurfsvoll an«, sagte die Frau mit dem Bob. »Ich hab nichts damit zu tun.« Zwei Sekunden Pause. »Also … nicht direkt.«

***

Steffen stand vor dem Klingelschild mit der Aufschrift »Dr. Dr. D. Dietze«.

Er war leicht vorgebeugt, weil er wahrscheinlich dachte,

er müsse von so nah wie möglich ins Mikrofon der Gegensprechanlage labern.

Er sagte: »Hallo? Diederich Dietze? Hallo?« Steffen sah ratlos zu Kipp. »Hat einfach aufgelegt.«

Kipps Kiefer mahlten vor Wut, dass seine Zähne nur so knirschten. Er verfolgte, wie Steffen sich abmühte, über die Mauer zu klettern. Aber sie war eindeutig zu hoch, und nicht nur das, die Metallstäbe auf dem Mauersims machten es außerdem unmöglich, sie zu überwinden.

Steffen kam zu einer ähnlichen Einschätzung. »Ich bräucht amma a Drambolin. Odda 'nen Jetbägg.«

»K-komm her, St-Steffen, spring rein«, winkte Kipp ihn zu sich.

Steffen trottete brav zum Wagen und setzte sich auf den Beifahrersitz. »Und was mach ma jetzt?«

»Schnall dich an, St-Steffen.«

»Okay, Kipp.«

Kaum hatte es »Klick« gemacht, gab Kipp Gas. Steffens Arsch wurde in den Sitz gepresst, als sie losdonnerten. Kipp steuerte die Straße entlang, nahm die zweite links, sie hüpften übers Kopfsteinpflaster, sodass es ihre Innereien kräftig durchrüttelte, am Ende der Straße bog er wieder nach links ab und fuhr nach gut fünfzig Metern auf einen Feldweg, der rauf auf eine Erhöhung führte. Die Gleise der S-Bahn verliefen parallel zu ihnen, unten in der Bahnschneise.

Kipp erspähte die geeignete Stelle, die sie ausfindig gemacht hatten, schon bald in der Ferne. Er schaltete runter und trat das Gaspedal bis zum Boden durch. Der Motor heulte auf, und als die Villa hinter der Strauchreihe auftauchte, riss er das Lenkrad scharf herum. Kipp spannte so viele Muskeln wie möglich so fest wie möglich an und rief: »Geronimo!«

Sie mähten durch Büsche und Gestrüpp, ehe sie den Hang erreichten, der zur Mauer um Dietzes Grundstück führte. Die Vorderräder verloren die Bodenhaftung, und Kipp, Steffen und der Bentley segelten über die Mauer. Als sie auf dem Rasen aufkamen, schnellte Steffen nach vorn, und seine Stirn krachte mit einem dumpfen Geräusch, das wie das Knacken einer Nussschale klang, aufs Armaturenbrett.

Während der Bentley wie eine Kanonenkugel durch den Garten pflügte und sie sich im Affenzahn dem Pool näherten, der vor ihnen aus dem Boden emporragte, kostete es Kipp alle Kraft, das Steuer festzuhalten, damit sie nicht abschmierten. Die Erhebung, die zur Terrasse führte, wurde zur Sprungschanze, der Bentley hob ab, sprang in einem Satz über das Schwimmbecken und krachte auf Höhe der ersten Etage zwischen zwei Fenstern in die Hauswand. Endstation.

Steffen starrte Kipp vom Beifahrersitz aus an. Aus seiner Nase und aus seinen Augen tropfte Blut. Er hatte es nicht gepackt.

Nachdem Kipp endlich den Airbag aus seinem Gesicht gewischt hatte, schnallte er sich ab und warf sich von innen mehrmals gegen die Autotür, die sich bei der holprigen Landung offenbar verklemmt hatte. Als sie aufsprang, stürzte Kipp, weil er zu viel Schwung hatte, seitwärts aus dem Wagen und schlug mit der Schläfe hart auf den mit allerhand Gebäudetrümmern bedeckten Fußboden.

***

Es war der lauteste Knall, den Melisa jemals gehört hatte. Als ob ein Güterzug von einer Abrissbirne in einen Berg voller leerer Milchkannen geschmettert worden wäre. Dem Knall folgte eine Staubwolke, die ihren grauen Schleier über alles warf, was ihr im Weg stand.

Durch das Fiepen und Wummern in Melisas Ohren drang die dunkel hallende Stimme der Frau. Sie sagte, sie werde oben nachsehen gehen und Diederich solle bleiben, wo er sei.

Melisa musste sich mehrmals befehlen aufzustehen, ehe ihr Körper ihr endlich gehorchte und sie ins Badezimmer huschte, bevor die Frau die Treppe heraufkam.

Sie lugte vorsichtig durch den Türspalt, den sie auf Kopfesbreite vergrößerte, nachdem die Frau an ihr vorübergegangen war. Sah, wie Kipp mit gepuderten Haaren aus dem Dunst torkelte und mit wackligen Beinen vor der Frau stehen blieb. Er blutete über der Augenbraue.

Die Frau sagte: »War das wirklich nötig, Herr Kippling?«

Kipp ging auf die durchaus angemessene Mischung aus Vorwurf und Unglauben nicht ein. »Wo ist de-de-der Wichser? Ich ma-ma-mach ihn fertig!«

Er wollte an der Frau vorbei, doch sie legte die Hand auf seinen Unterarm und sah ihn eindringlich an. »Beruhigen Sie sich.«

Kipps funkelnder Blick wanderte von seinem Arm ins Gesicht der Frau. »Nimm die Ha-Ha-Hand da weg.«

Sie dachte nicht daran. Sie verstärkte den Griff, schraubte ihre Hand förmlich um Kipps Unterarm und schob sich direkt vor ihn. »Bis hierhin und nicht weiter.«

Kipp knurrte wie ein Hund, und es schien, als wolle er sie zerfleischen. Er tat es erst mal nicht, denn seine Aufmerksamkeit wurde auf Diederich gelenkt, als der hinter der Frau auftauchte. Er hatte eine braune Papiertüte dabei, die er Kipp entgegenhielt. Kipp blinzelte die Tüte an, als spräche sie mit ihm.

»W-was ist das?«, fragte er, obwohl er klang, als wollte er die Antwort lieber nicht wissen.

Diederich übergab ihm die Tüte wortlos und hob beide Hände. Sollte wahrscheinlich eine versöhnliche Geste darstellen.

Kipp öffnete die Papiertüte und betrachtete für einige lange Momente starr deren Inhalt, ehe er ein lautes Schluchzen ausstieß. Als er aufblickte, wirkte er, als hätte ihm soeben jemand ein Geheimnis verraten, das er lieber nie erfahren hätte. Kipp stellte die Tüte vorsichtig ab und wischte sich mit dem Handrücken übers Gesicht. Dann griff er in seine Hosentasche, und als er die Hand wieder herauszog, lag darin ein Rasiermesser, mit dem er wild vor seiner Nase herumfuchtelte. Er blitzte Diederich an. »Jetzt wi-wirst du geschlachtet-et, f-f-fettes Schwein.«

Diederich riss erst die Augen auf, dann fasste er sich mit beiden Händen an die Brust und sank danach ächzend auf die Knie.

Kipp war augenscheinlich aus dem Konzept gebracht. Er verfolgte wie festgefroren, wie die Frau sich über Diederich beugte. »Alles in Ordnung, Herr Doktor?«

»Ich-habe-einen-Herzinfarkt«, stieß er kurzatmig aus.

Kipp fand seine Entschlossenheit wieder und sagte: »Der tut nur so. Steh auf!«

Die Frau blickte eindringlich zu ihm. »Der Mann braucht einen Arzt, du Vollpfosten.« Sie zückte ihr Handy, aber Kipp schlug es ihr aus der Hand. Es schlitterte davon.

»Mir sch-scheißegal. Ich hä-hä-hätt auch 'nen Arzt gebraucht.«

Als Kipp einen Schritt auf Diederich zu machte, sprang ihn die Frau frontal an. Klammerte sich wie ein Facehugger an ihn.

Kipp verlor das Gleichgewicht. Er stolperte rückwärts, fiel zu Boden, das Rasiermesser flog weg.

Während die beiden sich wie zwei Jungs auf dem Schulhof rauften, lenkte Melisa ihren Blick auf das Handy, das nur wenige Schritte entfernt von ihr liegen geblieben war. Sie zögerte keine Sekunde.

Als sie über Diederich hinwegstieg, der zusammengekrümmt auf der Seite lag, hielt er sie an ihrer Fessel fest. »Melisa«, stöhnte er mit letzter Kraft, »meine Tabletten.«

Melisa schlug seine Hand mit der Krücke von ihrem Fuß, als wäre sie Ungeziefer. Zwei Schritte weiter nahm sie das Handy an sich.

Kipp und die Frau hatten es in der Zwischenzeit wieder auf die Beine geschafft. Sie presste sich von hinten an ihn, hatte die Arme um seinen Hals geschlungen und versuchte, ihm die Luft abzuschnüren, indem sie ihn verbissen an sich zog. Kipp versuchte verzweifelt, die Frau abzuschütteln. Als er ihre Haare zu fassen bekam, packte er sie an ihrem schönen Bob und schleuderte sie wie einen Sack in eine Ecke.

Sie war überraschend hart im Nehmen und steckte die Landung, die sicher schmerzhaft war, gut weg. Als sie erneut auf Kipp zustürzte, täuschte er mit der Linken einen Schlag an. Sie wich aus und sah zwar die Rechte auf sich zufliegen, konnte aber nicht mehr ausweichen, weshalb seine Faust ungebremst in ihrem Gesicht einschlug.

Die Frau drehte eine Pirouette, als wäre sie eine Ballerina, ehe sie zu Boden segelte. Es gelang ihr im letzten Moment, die Arme auszufahren und ihren Sturz halbwegs abzufangen. Auf allen vieren kauernd, spuckte sie einen Schwall Blut auf den Marmorboden.

Kipp hatte in der Zwischenzeit das Messer wiedergefunden und marschierte mit irrem Blick auf Diederich zu.

In einer Demonstration wahrlich heroischen Kampfgeistes rappelte sich die Frau erneut auf, schwankte Kipp nach, obwohl sie kaum noch fähig war, sich auf den Beinen zu halten, und fasste ihm an die Schulter, wohl um ihn irgendwie aufzuhalten.

Kipp wirbelte herum und schnitt ihr mit ausgestrecktem Arm einmal quer von links nach rechts über die Brust. Noch ehe die Frau den Blick senken konnte, verfärbte sich ihre Bluse blutrot.

Kipp schien es beinahe leidzutun, als er mit der Bockigkeit eines Kindes sagte: »D-das haste jetzt davon.«

Melisa wusste, es war an der Zeit. Sie musste eingreifen. Sie rief ihm zu: »Hey, Kippi!«

Als er sich ihr verdattert zuwandte, lüftete sie ihr Handtuch. Kipp stammelte Melisas Namen und machte ein Gesicht, als wäre ihm Michael »Air« Jordan persönlich erschienen. Das Kampfgebrüll der Frau beendete die Peepshow.

Melisa sah, wie sie wie ein Speer mit gesenktem Kopf voraus auf Kipp zuflog. Ihm blieb keine Zeit zu reagieren. Die Frau rammte ihre Schulter in Kipps Bauchgegend, fegte ihn von den Beinen und riss ihn mit sich über die Brüstung.

Melisa stand mit offenem Mund da. Awesome move.

Es dauerte etwas, bis sie sich wieder bewegen konnte und es wagte, hinunter ins Foyer zu sehen. Kipp lag regungslos da.

Unter seinem Kopf breitete sich eine dunkelrote Pfütze aus. Melisa sah ihm in die ausdruckslosen Augen und wusste: Er war tot.

Die Frau war auf ihm gelandet. Sie atmete noch. Nachdem sie von Kipp heruntergekrochen war, blieb sie mit einem Stöhnen, bei dem ihre verbliebene Lebensenergie aus ihr zu entweichen schien, neben ihm liegen. Erst jetzt bemerkte Melisa, dass aus ihrer Flanke der Griff des Rasiermessers ragte, um den sich ein großer runder Blutfleck gebildet hatte.

Melisa wickelte sich das Handtuch um und hüpfte mit Hilfe der Krücken die Treppe hinab. Im Foyer nahm sie die American Express und die UBS aus Diederichs Portemonnaie, das wie immer an seinem Platz lag, an sich und drückte die Türklinke. Ehe sie über die Schwelle trat, hielt sie eine Sekunde lang inne, um in sich hineinzuhorchen. Da sie nicht den Hauch eines Zweifels vernahm, ließ sie ihr altes Leben hinter sich. Sie warf nicht einen einzigen Blick zurück.

***

Während der Fahrt nach Berlin hatte Nicki so ziemlich alles über den Rolls-Royce Phantom VII und über Mary DeMarí erfahren. Wen der Rix mehr vergötterte, wurde Nicki dabei nicht ganz klar. Eines konnte er aber mit Gewissheit sagen: Der Rix ging voll darin auf, sich um die Angelegenheiten anderer zu kümmern. Er schien zu der seltenen Sorte zu gehören, die ihrer Umwelt hilfsbereit und aufgeschlossen gegenübertrat, ohne im Gegenzug einen Gefallen zu erwarten. Er war ein Menschenfreund.

Sie fuhren über die Treptower Brücke in Richtung Friedrichshain, als er fragte: »Und was machst du beruflich, Nicki Sommer?«

»Ich?«, druckste Nicki.

»Nein, du.«

»Also wenn man's genau nimmt: nichts.«

Der Rix schielte zu ihm. »Ein Mann braucht eine Aufgabe.«

»Ich suche noch.«

»Wenn ich ein wenig von der unendlichen Weisheit weitergeben darf, die ich über die Jahre erworben habe: Im Leben geht's ums Machen. Nicht so viel grübeln und abwägen, einfach machen. Es gibt nichts zu verlieren.«

Nicki seufzte. »Hab ich probiert. Aber ich glaub, es hat nicht funktioniert.«

»Wenn du für dich was daraus ziehst, dann hat's funktioniert – ganz egal, wie's ausgegangen ist.« Der Rix schielte erneut zu ihm. »Hast du einen Führerschein?«

»Nein. Warum?«

»Ein Freund von mir hat eine Fahrschule. Der macht dir einen guten Preis. Überleg's dir.«

»Was soll ich mir überlegen?«

»Ob du mein Nachfolger werden willst.«

»Dein was?«

Der Rix antwortete mit einem Nicken. »Ich bin jetzt sechsundfünfzig«, sagte er. »Ich will noch mal was Neues machen. Ich gehe im Januar zusammen mit meinem Bruder nach Mallorca. Wir gründen einen Limousinen-Service.«

Sie hielten an einer Ampel, und der Rix nahm Nicki ins Visier. »Aber es gibt einen Haken – ich kann erst gehen, wenn ich jemanden für Frau DeMarí gefunden habe. Ich kann sie nicht alleinlassen. Das habe ich ihr hoch und heilig versprochen.«

»Und da kommst du ausgerechnet auf mich?«

»Ich suche schon seit einem halben Jahr. An Bewerbern mangelt es nicht. Das Problem ist Frau DeMarí. Sie sagt, es ist ihr wurscht, welche Qualifikation ihr Fahrer Schrägstrich Assistent mitbringt. Ihr ist nur eines wichtig: Sie will jemanden, der zu ihr passt. Nun ja, ich habe ein bisschen Menschenkenntnis gesammelt über die Jahre, und ich sage: Du passt, Nicki Sommer.«

»Da gehen die Meinungen auseinander.«

»Überleg's dir«, wiederholte der Rix und fuhr weiter.

In der Schwedter Straße musste Nicki feststellen, dass sein Wohnungsschlüssel sich nicht mehr ins Schloss stecken ließ.

Er rief so lange nach Melisa und Bosse, bis einer der Nachbarn kam und fragte, ob er eventuell behilflich sein könne. Nicki sagte: »Ach, Scheiße«, und latschte zurück zum Rix.

Es gab noch eine Chance.

Als sie an der Dietze'schen Villa ankamen, stießen sie dort auf eine Gruppe aus acht, neun, vielleicht zehn Personen, die sich vor dem Haus versammelt hatten. Einige gestikulierten aufgeregt, andere wirkten geradezu verstört. Nicki erkannte den dunkelhäutigen Hundesitter wieder, der abseits stand und das Treiben scheinbar gleichgültig verfolgte.

Während Nicki und der Rix sich der Meute näherten, wurde ihnen klar, dass es Nachbarn von Dietze waren, die alle gleichzeitig redeten. Was Nicki aufschnappte, ergab allerdings wenig Sinn. Es war von einer Explosion die Rede – oder etwas Ähnlichem, denn es brannte ja offenbar nichts –, die wie ein Bombenanschlag geklungen habe. Gegenstand der Diskussionen schien zu sein, ob man die Feuerwehr verständigen solle und, darüber hinaus, ob man das Grundstück ohne Dr. Dietzes Erlaubnis betreten dürfe.

Für Nicki stellte sich diese Frage nicht, als ihm auffiel, dass das Gartentor offen stand. Da der gepflasterte Fußweg sie nur vor eine verschlossene Haustür führte und niemand auf ihr Klingeln, Klopfen oder ihre Rufe reagierte, beschlossen Nicki und der Menschenfreund, sich auf der Rückseite umzusehen.

Der Rix war es, der Nickis Aufmerksamkeit auf die tiefen Reifenspuren im Rasen lenkte, die geradewegs auf die Villa zuführten. Als sie wenig später das Auto entdeckten, das über ihnen in einem riesigen Loch in der Hauswand steckte, war Nicki für eine Zeit lang zu nichts anderem fähig, als dazustehen und zu glotzen. Sogar Danny Rix blieb kurzzeitig die Spucke weg.

»Schade um den Bentley«, sagte er, nachdem der kurze Moment vorbei war und er die Hände in den Hosentaschen vergraben hatte. »Ich hab so was mal in den Nachrichten gesehen. Der Fahrer stand damals unter Drogeneinfluss und ist in einer Rechtskurve einfach geradeaus gefahren. Wenn du mit hundert Sachen oder was unterwegs bist, dann kann schon eine kleine Erhöhung zur Sprungschanze werden. Der ist damals mit seinem Opel in ein Kirchendach geflogen.«

Nicki löste den Blick von dem, was man wahrscheinlich wirklich einen Anschlag nennen konnte, und sah zum zwei Meter langen Rix. »Ich kletter rein und mach dir von innen auf. Räuberleiter?«

Ihm bot sich ein Bild der Verwüstung und Zerstörung. Es sah genauso aus, wie man sich vorstellte, dass es aussah, wenn ein Auto durch eine Hauswand gekracht war.

Im Bentley saß ein Fremder, der Nicki anstarrte. Er war tot, aber das Letzte, was er vor seinem Tod gesehen hatte, hatte ihn in nackte Angst versetzt.

Nickis Nackenhaare richteten sich auf, als er kurz darauf ein bekanntes Gesicht wiedersah. Dietze lag mit blicklosen Augen auf dem Fußboden, die Miene zur Fratze versteinert. Er hatte sich eingerollt wie ein Embryo. Seine Brille war verrutscht, hing ihm schief über die Stirn. Auch er war tot.

Nicki irrte auf der Suche nach Melisa durch die Villa, rief ein ums andere Mal ihren Namen, während er Zimmer um Zimmer abklapperte. Als er in die Empfangshalle kam, fand er dort zwei weitere Menschen.

Die Haut des Mannes war kreidebleich, er trug ein Basketballtrikot und lag in einer schwarzen Pfütze. Das Gesicht der Frau war blutverkrustet, und unterhalb ihres Rippenbogens hatte sich etwas, das wie ein Messer aussah, in sie gebohrt. Das Blut schwappte nur so aus ihr, aber die Frau hatte noch einen Puls.

Während Nicki starr neben den beiden Körpern stand und sich vorzustellen versuchte, was sich zwischen Dietze, dem Fremden im Auto und den beiden Fremden, die vor ihm lagen, abgespielt hatte, vernahm er den Rix hinter der Haustür. »Nicki Sommer? Kannst du mich hören?«, rief er. »Alles klar bei dir?«

Als Nicki ihn hereinließ, stieß die Frau in seinem Rücken ein Keuchen aus. Der Rix wusste, was zu tun war. Er verständigte den Notarzt und sagte, sie sollten sie besser nicht bewegen, sie hätten schließlich keine Kenntnis darüber, welche Verletzungen sie erlitten habe.

Die Frau, die geschätzt in Nickis Alter war, röchelte etwas, das sich stark wie »Wasser« anhörte.

Der Rix verschwand mit den Worten: »Ich schaue, ob ich irgendwo was finde.«

Als Nicki sich neben die Frau kniete, blinzelte sie ihn mehrmals an und ließ ihn nicht mehr aus den Augen. Er hatte das Gefühl, ihr beistehen zu müssen. »Bleiben Sie liegen, der Krankenwagen ist unterwegs.« Er nahm ihre Hand.

»Okay«, stöhnte sie und drückte schwach zu.

»Was ist passiert? Wo ist Melisa?«

»Abgehauen«, hauchte sie. »Wer sind Sie?«

»Ich bin Nicki.«

»Ich bin Hilde«, sagte sie. »Hast du ein Telefon? Ich muss telefonieren.«

Noch während Nicki den Kopf schüttelte, rückte das Festnetztelefon in sein Blickfeld, das unweit auf einer weißen Kommode stand.

Als er sich mit dem Telefon zurück zu Hilde wandte, hatte sie ihren Oberkörper angehoben und saß auf beide Hände abgestützt da.

»Du sollst dich doch nicht –«, sagte er, aber sie winkte ihn entschlossen zu sich. Nicki reichte ihr das Telefon, und sie begann, auf die Tasten zu tippen. Sie wirkte fast überrascht, als sie den Hörer ans Ohr legte und es in der Leitung klingelte. Als fiele es ihr schwer zu glauben, dass es tatsächlich einen Anschluss unter dieser Nummer gab. Es tutete nur ein paarmal, ehe der Anrufbeantworter ansprang. Sie schien darauf vorbereitet. Oder hatte genau darauf gewartet.

Sie sagte: »Hey, Dad, ich bin's. Ich wollte nur sagen … ich hasse es, wie du mich bevormundest. Ich hab's schon immer gehasst. Ich hasse es so sehr, es gibt nur eines, was ich noch mehr hasse, und das ist, dass ich es nie geschafft habe, mich gegen dich durchzusetzen. Mir hat einfach der Mut gefehlt, auf deine Gefälligkeiten zu kacken. Waren meistens ja auch echt angenehme Gefälligkeiten. Aber falls ich in ein paar Tagen noch am Leben bin, dann wird's dieses Mal anders laufen. Ich werde kündigen. Schluss mit Vitamin B. Das bin ich dir schuldig. Und vor allem bin ich's mir selbst schuldig. So sieht's aus. Bis dann.«

Die Frau namens Hilde legte auf und reichte ihm das Telefon mit einem zerbrechlichen Lächeln zurück.

Nicki sah sie unschlüssig an. »Spielt dein Vater zufällig Golf?«

»Bestimmt. Warum fragst du?«, entgegnete sie.

»Nur so. Ich musste eben an meinen denken. Ich wünschte, er hätte mir mal 'nen Gefallen getan. Wäre 'ne echte Abwechslung gewesen zu seinem ständigen Gemecker. Er ist ein Trottel.«

»Lieber einen Trottel als Vater als den Allmächtigen, der seine Hand gnädig über dich hält.«

»Ich vermisse ihn irgendwie«, sagte Nicki nach einer Weile. »Irgendwie vermisse ich ihn schon mein ganzes Leben lang.«

Sie nickte ihm zu. »Mein Vater interessiert sich auch nur für ausschließlich eine Person auf dieser Welt. Ich bin für ihn lediglich so was wie ein wiederkehrendes Prestigeprojekt.«

»Und alles wegen dem verdammten Schatten.«

»Welcher Schatten?«, fragte die Frau namens Hilde und sah ihn verständnislos an.

Nicki fixierte sie. »Obwohl er mich nie wahrgenommen hat und auch überhaupt keine Ahnung hat, wer ich eigentlich bin, bedeutet er mir trotzdem … einfach alles. Er ist mein Vater. Aber ich muss raus aus seinem Schatten, damit ich … damit ich ich sein kann. Weißt du, was ich meine?«

Die Frau namens Hilde nickte. »Glaub schon.«

»Der Witz dabei ist«, fuhr Nicki fort, »ich hab das Gefühl, je mehr Mühe ich mir gebe, nicht wie er zu sein, desto weniger weiß ich, wer ich bin.«

»Weil es nicht möglich ist, aus dem Schatten seines Vaters zu treten.« Sie schenkte ihm ein Lächeln, das ihn unweigerlich an das gütige Lächeln seiner älteren Schwester erinnerte.

»Ist es nicht?«

Hilde schüttelte den Kopf. »Ich wüsste nicht, wie.«

Er senkte den Blick und atmete tief aus. Sein Verstand und sein Bauchgefühl waren in seltener Eintracht der Meinung, dass sie recht hatte. Nicki wusste, es würde ihn nicht davon abhalten, es trotzdem zu versuchen.

Als er wieder zu der Frau namens Hilde sah, erwartete sie seinen Blick bereits mit wachsamen Augen. »Du hast nach Melisa Rakowska gefragt. In welchem Verhältnis steht ihr zueinander?«

»Gute Frage.« Nicki zuckte die Achseln. »Ich bin ihr Kidnapper.«

Hilde schob die Augenbrauen hoch. »Nichts für ungut, aber du siehst aus wie ein Kindergärtner.« Sie lachte kurz und gequält. Sie hatte Schmerzen.

Nicki verzog keine Miene. Und dann geschah etwas in Hildes Gesicht. Und zwar genau das, was immer geschah, wenn jemand erkannte, dass der Witz, den er soeben gehört hatte, kein Witz war, sondern die schäbige Wahrheit.

»Nicki«, sagte sie, ehe sie die Augen schloss, »ich glaube, wir müssen uns demnächst mal ausführlich unterhalten.«

***

Nach einem Fußmarsch von ungefähr fünfhundert Metern war Melisa erschöpft und mit schmerzendem Knöchel in das erstbeste Taxi gestiegen, das am Hagenplatz wartete. »Zum Hauptbahnhof«, hatte sie dem Fahrer zugeraunt, woraufhin er sie angeglotzt hatte, als hätte er noch nie ’ne Braut im Badetuch gesehen.

»Na, fahren Sie schon. Go, go, go!«, hatte Melisa ihn angepflaumt.

Sie tuckerten die Königsallee im Schneckentempo entlang,

und als sie in den Kreisverkehr in der Hubertusallee einbogen, merkte Melisa, dass sie am ganzen Körper zitterte.

»Sollen wir irgendwo anhalten?«, fragte der Fahrer besorgt.

Als ihre Blicke sich im Rückspiegel kreuzten, war er immerhin anständig genug, so zu tun, als würde er nicht vor Neugier platzen.

»Ich bräuchte dringend ’ne Sonnenbrille.«

»’ne Sonnenbrille?«

Melisa schwieg. Es gab dazu nichts weiter zu sagen.

»Wie wär’s mit Louis Vuitton am Ku’damm?«, sagte er, als ihm klar wurde, dass er sich nicht verhört hatte. »Oder stehen Sie eher auf Dior? Prada? Cartier? Ich fahr Sie, wohin Sie wollen.«

Guter Mann, dachte Melisa. Sie lächelte. »Louis ist voll okay.«

Nachdem sie die Smartcard aus dem Handy der Frau gepult und aus dem Fenster geworfen hatte, blieb ihr Blick erneut im Spiegel hängen.

Melisa musste unweigerlich lächeln – der Glow war zurück.

ENDE

Kopfgeld

Der Ford Raptor mit dem Kennzeichen ZZ-HH 1888 stand neben der Zapfsäule mit der Nummer drei. Vor Schalako saß Maik Kaulitz, sein Bruder Raik war reingegangen, um die Tankrechnung zu begleichen.

Manchmal, wenn er so dahockte wie jetzt und mit leerem Blick vor sich hin starrte, als hätte sich sein Erbsengehirn auf Stand-by geschaltet, schlich sich ein schwachsinniges Grinsen in Maiks Gesicht. Einmal hatte er ihn gefragt, warum er so debil grinste. Maik hatte ihn dümmlich angesehen und geantwortet, dass er sich aufs Mittagessen freue, es gebe nämlich Kartoffelpüree mit Erbsen und Hack, und auf den Spaziergang danach freue er sich, denn das Wetter sei so schön, einfach herrlich, und dass heute Abend Spieleabend sei, darauf würde er sich am meisten freuen. Das war während ihrer gemeinsamen Zeit im Knast in Frankfurt gewesen. Schalako hatte es von da ab vermieden, Maik Fragen zu stellen. Der kaputte Typ freute sich den ganzen Tag auf irgendwas.

Raik Kaulitz war das genaue Gegenteil von seinem unterbelichteten Bruder. Nicht etwa, weil er nicht genauso hirnverbrannt gewesen wäre – das war er weiß Gott –, sondern weil es nichts auf dieser Welt gab, was seine beschissene Laune heben konnte. Raik stand früh gereizt auf und ging abends angepisst schlafen. Für ihn war einfach alles scheiße. Mit ihm konnte man sich immerhin unterhalten, ohne das Kotzen zu kriegen.

Schalako hatte den Stetson tief in die Stirn gezogen, sich gegen den Türrahmen gelehnt und die Beine auf der Rückbank ausgestreckt. Er döste.

»Was ich mich gefragt hab«, begann Maik aus dem Nichts, »wäre es nicht irgendwie praktischer gewesen, den Penner abzuzocken, wie wir's vorhatten, und ihn erst später zu killen? Das soll keine Kritik sein, Boss, es ist nur so … Also ich krieg's nicht auf die Kette. Ich hab lang drüber nachgedacht, aber … ich check's nicht.«

»Wäre schon praktischer gewesen«, sagte Schalako, »da hast du vollkommen recht, Kamerad. Aber ich konnte einfach nicht anders. Ich musste einfach zu lange auf diesen Moment warten.« Er schob den Hut hoch und schlug die Augen auf. »Im Nachhinein gesehen enttäuschend, wie schnell es vorbei war. Er hat sich so gut wie gar nicht gewehrt.«

»Der Penner war 'n Feigling.«

»Hm«, Schalako kratzte sich hinterm Ohr, »ich hätte ihn foltern sollen. Wie ich's von Anfang an vorhatte. Ach, das ärgert mich.«

»Und wie machen wir das jetzt mit der Kohle? Du hast gesagt, dass wir bezahlt werden für den Job. Ich würd ja nichts sagen, ist irgendwie dumm gelaufen, Scheiße passiert, du bist der Boss, aber Mutti hat in zwei Wochen Geburtstag und –«

»Zerbrich dir nicht den Kopf, Maik. Du wirst deiner Mama alles kaufen können, was sie sich wünscht.«

»Ja?«, fragte Maik. Seine ganze Beschränktheit spiegelte sich eins zu eins in seiner Visage wider.

»Ja«, entgegnete Schalako. »Ein Kollege von mir will verloren gegangene Automobile ins Ausland schaffen. Und wie ich das verstanden habe, wird auch noch 'n bisschen weißes Pulver mit an Bord gehen. Ich leg ein gutes Wort für euch ein, für dich und deinen Bruder. Wird 'n gut bezahlter, easy Job.«

Maik grinste noch, als jemand von draußen an seine Scheibe klopfte.

Es war eine Frau in blauer Uniform von arabischem oder, wer wusste das schon, vielleicht auch persischem Erscheinungsbild.

Schalako warf einen Blick aus dem Heckfenster und sah ein Fahrzeug des Ordnungsamtes, das dicht hinter ihnen stand. Eine zweite Frau in Uniform saß auf dem Beifahrersitz und wartete.

Maik wollte das Fenster schon runterfahren, aber Schalako hielt ihn ab. »Lass mich mit ihr reden.«

Schalako setzte sich aufrecht, nahm den Hut ab und schob seinen Kopf aus dem Fenster. Er lächelte freundlich. »Guten Tag, kann ich Ihnen helfen?«

Sie schien das freudloseste Geschöpf zu sein, das er seit Langem gesehen hatte, und sie konnte ihn aus irgendwelchen unerfindlichen Gründen nicht anschauen, sondern blickte mit halb geschlossenen Lidern zu Boden, während sie sagte: »Ordnungsamt Berlin. Sie verstoßen gegen Verordnung 35 zur Durchführung des Bundes-Immissionsschutzgesetzes.«

»Wir tanken hier nur.«

»Sie haben keine Feinstaubplakette«, sagte sie und sah ihm dann doch kurz ins Gesicht.

»Oh, das wussten wir nicht.«

»Unwissenheit schützt vor Strafe nicht. Sie haben eine Ordnungswidrigkeit begangen.«

Schalako hielt seine Mimik nur mit Mühe im Zaum und zählte im Geiste einundzwanzig, zweiundzwanzig, dreiundzwanzig, ehe er der blöden Schlampe sagte: »Das tut uns sehr leid, wir wollten nicht gegen Ihr Gesetz verstoßen.«

»Es ist nicht *mein* Gesetz.« Sie tippte in ihr Gerät, das einen Zettel ausspuckte, und sah ohne jeden Ausdruck auf. »Wer ist der Halter des Fahrzeugs?«

»Das bin ich«, sagte Raik, als er plötzlich neben dem Wagen auftauchte.

»Dann ist das für Sie.« Sie reichte ihm den Strafzettel.

Als er einen flüchtigen Blick darauf warf, blieb ihm die Spucke weg. »Achtzig Euro?«

Sie nickte lapidar. »Das reguläre Bußgeld beim Führen eines Fahrzeugs ohne Feinstaubplakette in der Umweltzone.«

Schalako blickte streng zu Raik – der verstand, das war ihm anzumerken, die Botschaft war auch mehr als deutlich. Aber es war trotzdem zu spät, er war angepisst – auch wenn er's sehr wahrscheinlich vorher schon gewesen war.

Er knüllte den Wisch zusammen und warf ihn der Schlampe

mitten in ihr Gesicht. Die Papierkugel prallte von ihrer Nase ab und kullerte unter den Pick-up.

»Das ist mein Land. Ich nehme keine Strafzettel von Ausländern an.«

Die drei verduftetetn, kamen aber nicht weit. Die Weiber vom Ordnungsamt hatten es persönlich genommen und die Schutzpolizei verständigt. Nach einem Kilometer wurden sie mit Blaulicht an den Straßenrand zitiert.

So was musste wohl passieren, wenn man sich mit Hitler-Groupies abgab. Schalako wusste, dass die glatzköpfigen Kaulitz-Brüder niederträchtige Rohlinge waren – vom ganzen Nazi-Schwachsinn mal abgesehen –, genau deshalb hatte er sie sich ja als Kulis ausgesucht.

Während die Bullen sich dem Pick-up näherten, outeten sich die beiden jedoch als vollständig minderbemittelte Hinterwäldler. Ihm hatten sie gesagt, sie seien zu müde gewesen, die Leiche des Schnüfflers zu vergraben, und hätten beschlossen, ihn zu Hause bei Mutti an die Eber zu verfüttern. Sie wollten mehrere Fliegen mit einer Klappe schlagen, hatten sie gesagt, und er hatte die Schultern gezuckt. Aber wie die Dinge sich entwickelten, würden sie bald in üblen Schwierigkeiten stecken, wenn die Bullen sich die Ladefläche erst mal genauer ansahen.

Schalako blieb ganz ruhig. Er sagte: »Okay, Kameraden, ihr habt einen Fehler gemacht. Bügeln wir ihn wieder aus.« Dann zog er seine Knarre und rief: »Fürs Vaterland!« Und während Maik und Raik wie Wildschweine abgeknallt wurden, machte er 'nen polnischen Abgang.

Ein halbes Jahr später erfuhr er mehr oder weniger zufällig, dass die Staatsanwaltschaft Berlin eine Belohnung von bis zu sechstausend Euro für Hinweise zur Gewinnung von Beweismitteln, die zu seiner Festnahme führten, ausgelobt hatte. Im Klartext: Sie hatten ein Kopfgeld ausgesetzt.

Auf gewisse Weise schmeichelte es ihm, dass der Name Anes Schalako nun in einer Reihe mit Jesse James und John Dillinger erschien. Andererseits führte sein gestiegener Bekanntheitsgrad zu einigen lästigen Begegnungen, allen voran mit jener Kopfgeldjägerin, die sie Dirty Hilly nannten. Diesem zähen Miststück, das ihm mittlerweile seit Monaten im Nacken saß und einfach nicht lockerließ.

Danksagung

Mein besonderer Dank gilt Hendrik Gerstung für seine vorbehaltlose freundschaftliche Unterstützung. Meiner Frau Pamela Kozicka-Lorenz danke ich für die Einblicke in die weibliche Psyche, die sie mir gewährt hat. Bei Annika Scheffel bedanke ich mich für ihren Zuspruch, ohne den ich den Roman vielleicht nie begonnen hätte. Und ein Danke geht auch an meinen Vater, der das Manuskript Probe gelesen hat.